U0527339

李乃庆 著

黄霸传

作家出版社

> 黄霸字次公，淮阳阳夏人也，以豪杰役使徙云陵。霸少学律令，喜为吏，武帝末以待诏入钱赏官，补侍郎谒者，坐同产有罪劾免。后复入谷沈黎郡，补左冯翊二百石卒史。冯翊以霸入财为官，不署右职，使领郡钱谷计。簿书正，以廉称，察补河东均输长，复察廉为河南太守丞。
>
> ——《汉书·黄霸传》

主要人物表

黄　霸——淮阳郡阳夏县人。历任侍郎谒者、河东均输长、河南太守丞、廷尉正、扬州刺史、颍川郡太守、太子太傅、御史大夫、丞相。事汉武帝、汉昭帝、汉宣帝三朝。汉宣帝赞其为"贤人君子"。古代十大廉吏之一。

刘　彻——西汉第七位皇帝,杰出的政治家、战略家、文学家。在位五十四年,享年七十岁,谥号孝武皇帝,史称汉武帝,庙号世宗。

司马安——左冯翊夏阳人。历任郎中、太史令。史学家、文学家、思想家,所著《史记》是中国第一部纪传体通史。

汲　偃——濮阳人。汉武帝"社稷之臣"汲黯之子,官至诸侯国相。

司马谈——左冯翊夏阳人。父司马喜,子司马迁,学识广博,汉武帝建元、元封年间任太史令。

东方朔——平原郡厌次县人。汉武帝时任常侍郎、太中大夫等职,博学多才,直言切谏,性格诙谐,滑稽多智,著名文学家。

倪　宽——千乘郡千乘县人。精通经学和历法,尤善文辞,历任廷尉、掾举侍御史、中大夫、左内史、御史大夫,著名政治家、经学家和水利专家。

赵　周——因父功封高陵侯，历任太子太傅、丞相。因被控告明知列侯所献黄金不足却不上报，被捕下狱，自杀身亡。

桑弘羊——河南郡洛阳县人。法家人物，因能"言利事，析秋毫"，深得汉武帝赏识，历任大农丞、大农令、搜粟都尉兼大司农等要职，统管中央财政近四十年。因卷入燕王刘旦和上官桀父子的谋反事件，牵连被杀。

卜　式——河南郡洛阳县人。以牧羊致富。汉武帝时以家财之半捐公助边，授官不受。又以二十万钱救济家乡贫民，被召拜为中郎，赐爵关内侯，官至御史大夫。

霍　光——河东郡平阳县人。西汉政治家，"麒麟阁十一功臣"之首，名将霍去病同父异母弟。为人端正，机灵严谨，汉武帝重要谋臣。汉武帝死后，为汉昭帝、汉宣帝的辅政大臣，为汉室安定和中兴建立了功勋。

田广明——京兆尹郑县人。历任河南郡都尉、淮阳郡太守、大鸿胪、左冯翊。汉昭帝去世时，议废昌邑王，拥立宣帝，升任御史大夫，并封为昌水侯。

田千秋——战国时田齐后裔，汉初徙居长陵，初为高寝郎，供奉汉高祖陵寝。太子刘据因江充谗害而死后，他上书诉冤，汉武帝感悟，擢用为大鸿胪，数月后任丞相，封富民侯。汉昭帝即位，受遗诏辅政。

刘　启——西汉第八位皇帝，汉武帝少子，八岁时即位，在霍光、金日䃅、上官桀、桑弘羊等辅政下，沿袭武帝后期政策，与民休息，加强北方戍防。年仅二十一岁驾崩，在位十三年，谥号孝昭皇帝。

金日䃅——本姓金天氏，字翁叔，凉州武威人，西汉时期匈奴族政治家。驻牧武威的匈奴休屠王太子，父死降汉。汉武帝托孤大臣之一，辅佐太子刘弗陵。

刘病已——又名刘询,西汉第十位皇帝。"巫蛊之祸"时,襁褓中即被下狱,五岁时流落民间。十八岁时被拥立为皇帝,是中国历史上唯一一位幼年就坐过牢狱的贤君。在位二十五年,享年四十三岁,谥号孝宣皇帝。

杨　敞——弘农郡华阴县人。太史令司马迁之婿,曾任霍光的军司马,后历任长史、搜粟都尉、御史大夫、丞相。

魏　相——济阴郡定陶县人。历任茂陵令、扬州刺史、河南郡太守、谏议大夫、大司农、御史大夫、丞相,封高平侯。为人严毅,刚正不阿。

邴　吉——西汉鲁国人。汉武帝时任廷尉右监。营救汉宣帝,匿功不言。明于事,有大智。汉昭帝时任大将军长史,汉宣帝时历任太子太傅、御史大夫、丞相。"麒麟阁十一功臣"之一。

夏侯胜——宁阳侯国人。少孤,勤奋好学,师从夏侯始昌学《尚书》及《洪范五行传》,善说礼服,通灾异之学。汉昭帝时为博士、光禄大夫,汉宣帝时历任长信少府、太子太傅。为人质朴,刚正不阿。

田延年——生于河东郡,后徙居阳陵。初为大将军霍光长史,后任河东郡太守,诛杀豪强,奸邪震惧。后因为贪污罪自杀。

严延年——东海郡下邳人。少习法律,初为郡吏。历任御史属官、侍御史、御史掾、好畤县令、长史、涿郡太守、河南郡太守,后因诽谤朝政之罪,处弃市之刑。

蔡　义——河内郡温县人。少家贫,精《韩诗》。汉昭帝诏求能为《韩诗》者,擢为光禄大夫给事中,进授昭帝《韩诗》。累迁光禄大夫、少府、御史大夫等职。元平元年(公元前74前)任丞相,封阳平侯。

杨　恽——弘农郡华阴县人，杨敞之子，司马迁外孙，轻财好义，著名士大夫。历任左曹、中郎将、诸吏光禄勋，位列九卿，为《史记》保存、刊布、传世，做出历史性贡献。杨恽之死，是中国历史上以文字罪人之始。

赵广汉——涿郡蠡吾县人。为人强力，天性慧于孝职，精于吏职，曾任颍川郡太守、京兆尹，发明举报箱。后因为得罪皇亲国戚，被腰斩。

刘　奭——西汉第十一位皇帝。汉宣帝刘询与嫡妻许平君所生之子，多才艺，善史书，通音律，少好儒术，为人柔懦。

萧望之——东海郡兰陵县人，后徙杜陵。西汉第一任丞相萧何第七世孙，著名的经学家，历任大鸿胪、御史大夫、太子太傅等职。

张　敞——河东郡平阳县人。汉昭帝时任甘泉仓长、太仆丞，汉宣帝时先后任豫州刺史、太中大夫、函谷关都尉、山阳郡太守、胶东相、京兆尹。忠言直谏，为官清廉。

于定国——东海郡郯县人。少时随父学法，曾为狱吏、郡决曹。汉昭帝时为御史中丞，汉宣帝时为光禄大夫、平尚书事、廷尉。黄霸死后接任丞相，被封为西平侯。

目录

001　第一章／捐资纳粟怀大志
013　第二章／奉旨待诏金马门
026　第三章／侍郎谒者侍天子
041　第四章／祸起胞弟遭罢官
054　第五章／魂牵梦绕家国情
065　第六章／乡间路上结奇缘
075　第七章／捐纳求官再进京
090　第八章／喜忧参半蜀道行
106　第九章／职微位卑亦忧国
119　第十章／察廉授任均输长
134　第十一章／奉公迁授太守丞
151　第十二章／惜权爱民顺人心
167　第十三章／风云变幻志不移
198　第十四章／秉公行事誉满朝
211　第十五章／狱中受书闻大道
223　第十六章／灾年获释再升迁

235　第十七章／六条问事刺扬州
249　第十八章／德高望重皇帝尊
262　第十九章／教化为先事农桑
277　第二十章／仁厚爱民如保赤
291　第二十一章／宠辱不惊京兆尹
306　第二十二章／明察秋毫重民生
319　第二十三章／太子太傅献赤诚
331　第二十四章／位列三公风雨寒
341　第二十五章／高居丞相难成眠
352　第二十六章／冒死上书笑九泉

第一章　捐资纳粟怀大志

西汉元鼎五年（公元前112年）十月十六日巳时，京城长安上空彩云朵朵，阳光灿烂。庄严巍峨的未央宫宣室殿内，大臣们跽坐于席上，正按照皇帝刘彻的旨意谈笑自若地议论着各郡国举荐人才之事，忽然，怡颜悦色的刘彻脸色陡变，一阵长吁短叹之后，居然蹙眉低首，两眼潮湿。

朝臣们正一派茫然，无所适从，刘彻伸手把面前的竹简猛地往旁边一推，道："退朝！"

大臣们还没有回过神来，刘彻已经站起身，大步走下御座。接着，心事重重地朝大门外瞟了一眼，转身令侍者道："备车。"

侍者一愣，但马上答应："喏。"说着，立即快步如飞地奔出宣室殿。

刘彻走到宣室殿大门外，朝天空凝望了一会儿，接着面色凝重地一步步沿阶而下。等下到最后一级台阶，他的御驾也来到跟前。

这时，刘彻又忽然想到了什么似的，朝身后的几位重臣打了个乘车陪同的手势，这才在侍者的搀扶下登上御驾。

不一会儿，几位重臣的车先后来到他的御驾后面。

刘彻见大臣们到齐，向驭手打了个驱车驶向未央宫东门的手势。驭手会意，立即扬鞭起驾。几位大臣不知道刘彻要去往哪里，只得紧紧地跟在后面。

用了不到半个时辰,车队驶出未央宫东门,然后直奔长安城外。

刘彻到了城东门外,忽然令驭手将车停了下来,不再前行。众臣正诧异间,只见他缓缓下了车,而后面朝东方,久久伫立,面无表情。大臣们不解,却又不敢相问,因为他们知道他们的皇上虽然一向心胸豁达、气贯长虹,也常常加膝坠渊,让人莫测高深,所以,也只得都随着他眺望着东方。

刘彻为何突然之间变得如此烦乱不安?此时只有他自己知道:他即皇帝位近三十年来,多次让各郡国举荐人才,自认有才者也可自荐,他记不清这近三十年里由此得到了多少人才,又杀了多少人,他唯一能容忍的"犯上臣子"汲黯,七年前被远放到了淮阳郡太守的位子上。无数事实证明,汲黯虽然多次忤逆圣命,让他在朝臣面前威风扫地,但确实是一个胸怀天下的"社稷之臣"。两个月前,他要把汲黯再次调回身边,再次委以重任,不料,竹符已经发出,淮阳郡却遭受了罕见的蝗灾,汲黯居然在抗灾中因心脏病突发而卒。汲黯生前曾经向他上过一份举荐书,说淮阳郡阳夏县有一位胸怀大志、举止不凡的才俊——黄霸,并说要亲自送黄霸到朝廷,怎料,汲黯还没有把黄霸送到他身边,竟然撒手而去。他相信汲黯,也相信汲黯举荐的人才,可是,汲黯辞世已经两个多月,这个他十分期待的才俊,却迟迟没有到京。是黄霸不愿来京效忠汉室,还是出了什么意外?所以,当他与朝臣们再次朝议让各郡国举荐人才的时候,禁不住想到了汲黯的死和黄霸的迟迟不到,禁不住神色大变,忽然间心烦意乱起来。

刘彻静静地站在东门外,口中念念有词,许久一动不动。

朝臣们偷觑着他,又相互偷觑着,大气不敢出。他们怎么也不会想到,他们的皇上因为失去汲黯已经痛苦很久了,至今依然不能释怀。朝廷人才济济,他们的皇上竟然会因为没有及时得到汲黯举荐的人才而如此烦躁。

刘彻沉吟了良久,知道无论如何眺望,如何叹息,都无济于事,所以，一阵神色黯然之后，不得不缓缓登上车，起驾回宫。

淮阳郡位于中原之中，距离长安一千三百余里，刘彻哪里能知道此时的淮阳郡府在发生着什么事？他怎么也没想到，就在他起驾回宫的时候，一辆由两匹马驾驭的施輴车正驶出淮阳郡府的大门，开始驶向京城长安。

淮阳城西周时为陈国都城，春秋末楚国灭陈国，置为陈县，县城被称为陈城。秦朝初年为淮阳郡，后置为陈县。汉朝建立初，高祖封刘姓子弟为王者有九国，淮阳国是其中之一，都城周围一带为陈县。后来虽然因为刘姓内部的原因，时而罢国为郡，直属朝廷，时而撤郡封国，封刘姓为王实行自治，淮阳国和淮阳郡不断更迭，但国、郡和陈县治所都在这一座城中，所以，人们都习惯称郡治为淮阳城，而不称陈城。淮阳郡府在城的艮隅，即城的东北部，是根据《易·说卦》中的"艮卦"所选的位置。淮阳一带是一马平川的平原，除建筑物以外，最高的就是坟头。因为没有山，"艮"在《易经》中代表山，所以郡府设在这个位置，既有高大之隐意，也有取卦辞中"当行则行，当止则止；当说则说，不当说则不说"的诫勉之意。

郡府大门距离前面的东西大道不远，那两匹马驾着车缓缓驶出大门不一会儿便走上东西大道，然后转弯向西，驶向城中的南北大道。

淮阳城有四门，但南北相对，东西不照。马车驶入南北大道后，又转弯向南。马车驶入南北大道不一会儿，驭手"啪"地一甩手中的皮鞭，两匹驾车的棕色大马同时都扬起了头，同时甩了一下尾巴，然后抖动着身躯，扬起了四蹄。八只马蹄不约而合，同时起落，"踏、踏、踏、踏"触地赋声，声声清脆。随着古筝般的马蹄声，两个车轮也跟着发出"碌碌刺刺"之鸣，快速旋转。

马车行驶到城南部的一个十字街口，驭手扽了一下连接到右边马匹脖子的缰绳，右边的马立即转弯向西，另一匹马立即明白，"吐噜噜"一声响鼻，也随着转弯向西。不一会儿，那马车便驶向城西门。

马车驶出城西门，一路向西，直奔京城长安的方向而去。

车上坐着两个人，一个是神情端庄的五十多岁的人，一个是儒雅帅气的年轻人。

五十多岁者是淮阳郡太守丞，他本来就比较清瘦，因为最近一个时期淮阳郡受灾和操办太守汲黯的丧葬事宜，面色显得很疲倦。因为朝廷还没有派来新的太守，如今就由他来掌管淮阳郡的一切事宜。尽管今天天空蓝蓝，阳光暖暖，秋风微微，树叶摇摇，鸟儿啾啾，这位太守丞却没有惬意之感，自上车驶出郡府到出了淮阳城，一直没有说话。

年轻人姓黄，名霸，字次公，淮阳郡阳夏县黄岗村人，年十九岁，他正是汲黯举荐、刘彻急切想见到的才俊。黄霸身材高挑，大眼阔耳，慈眉善目，一身儒雅之气。黄霸是一富家子弟，去年，淮阳郡太守汲黯赴阳夏县巡视时发现了他，通过和他交谈，得知他自幼热爱读书，且喜欢攻读律法，不仅博学多才，还时常扶弱济困，有一腔爱民之心，并有梦想做官为民谋福的大志。根据刘彻诏令各郡国举贤良和捐资纳粟可以换取官职的诏书，汲黯鼓励他捐资纳粟，先让他在乡里做了一个负责巡查盗贼之事的游徼，不久又把他召到郡府做了主管学校事宜的学官掾史。汲黯根据黄霸的才识，不久，就向朝廷写了一份举荐书。汲黯原打算等抗灾结束亲自送黄霸去京城，不料，却在抗灾中突然离世。

今天，太守丞驾车赴京，既为向皇帝刘彻奏报淮阳郡的灾情和救灾情况，更重要的是完成汲黯生前的遗愿，向朝廷举荐黄霸。

黄霸知道皇帝刘彻对汲黯恩宠有加，但现在汲黯已经病逝，自上车后就喜忧参半，心中一直忐忑不安：皇帝刘彻是否还能接受汲黯的举荐？此次赴京能否如愿以偿？是否有什么不测？他脑海里反反复复，一遍遍自我追问，面色就像晴天加多云的天气，时而阳光灿烂，时而云卷云舒。

马车行至城西不远，黄霸忽然对驭手道："请停车。"

太守丞不解地望了他一眼，还没来得及问他为什么，只见黄霸已经下车。

黄霸下了车，神情肃穆地回望着淮阳城，久久一动不动，不知是留恋，还是在诉说着什么，口中念念有词地自语了一阵，这才慢慢转身，重新上车。

车启动后，黄霸依然神色肃穆。不大的车厢内显得很沉寂。太守丞虽然不知道黄霸下车后说了什么，但能够猜测出黄霸的心思。于是，故意找话题打破尴尬道："黄霸，记得住今日是何年何月何日否？"

黄霸从沉思中回过神来，浅浅一笑，道："元鼎五年十月十六日。"

太守丞又问道："知道元鼎是当今皇上的第几个年号否？"

黄霸听了，不觉面带愧色道："这个在下不知。"

太守丞得意地笑笑道："元鼎，是今皇上君临天下后的第五个年号。前四个分别是建元、元光、元朔、元狩。当今皇上是第一个使用年号的皇帝，从建元到元鼎，每六年更换一个。"

黄霸忍不住笑了，笑得很亲切、很恭敬，道："太守丞不说，在下还真的不知。"接着又问："皇上为何每六年就更换一次年号？"

太守丞道："皇上之所以如此，是要彰显他的气吞山河之势，还是每六年就要有一番新的作为和举措，只有皇上自己知道。当今皇上十六岁登基，至今已在位二十八年。这二十八年里，先是招选才俊，奋扬威怒，抑黜百家，表彰六经，奠定治国之策。接着，西辟丝绸之路，东并朝鲜，北破匈奴，南吞百越……可谓俯视天下，开疆拓土，所向无敌。"

黄霸过去虽然知道刘彻是一个雄才大略的皇帝，但对他的功绩了解不是那么详细，听到这里，忍不住赞叹道："汉朝有今日之盛世，当今皇上功莫大焉。"

太守丞望了望车窗外，接着又道："皇上雄才大略，气吞山河，群臣莫不畏服。然而，他励精图治的意念占上风时，心胸豁达，大肚能容；纵逸酣嬉的意念占上风时，又刚愎自用，一意孤行，沾沾自喜于颂歌盈耳，容不得任何不同的声音。他君临天下的这二十八年里，已经历九任丞相，九任丞相中，除一人是正常死亡外，有五人下狱治罪，自杀或被杀，三人被罢官。其中第二任丞相窦婴是皇上的表叔，被罢官后又被斩于市。第四任丞相田蚡是皇上的舅舅，后因惊惧而亡。其他大臣就更不用说。"

黄霸见太守丞敢如此评价皇上，不由为之一愣。在为那些被杀的丞相叹息一声后，又想到了他敬佩的曾经做过七年淮阳郡太守的汲黯，禁不住问郡丞道："在下听说，皇上为太子时，汲太守任太子洗马，在皇上即位之初为谒者时，就不惧权贵，且敢言直谏，不仅数度矫诏，还几次在朝堂之上廷争面折，不怕忤怒皇上。他两次回归田园，险遭不测，皇上竟屈身相求，让他先后任中大夫、东海郡太守、主爵都尉、右内史，官至九卿。他既不是皇室宗亲，也非外戚，比起丞相、太尉、御史大夫三公，官位也不是太高，皇上为何总是对他处处相让？"

太守丞对黄霸能提出这样的质疑深感诧异，没有立即回答他。

黄霸继续道："臣子一般不敢抱怨皇上，汲太守不管这规矩，看到旧日的属下纷纷升职，甚至超过自己，很不服气，竟然敢在朝堂之上对皇上拈酸吃醋：'陛下用群臣如积薪耳，后来者居上。'皇上见汲太守竟然当着众臣的面指斥他，十分恼火，却沉默不语。我听说，皇上一向很傲慢，时常不守君臣之礼，曾经把大腿耷拉在床边斜躺着召见大将军卫青。丞相公孙弘求见，也照样很随便，常常不戴天子之冠。有一次，皇上没戴帽子坐在武帐中，远远看见汲太守上殿前来奏事，急忙避入帐内，不敢见，而令近侍代为批准汲太守的奏议。皇上能用此等礼遇对待汲太守，这是为何？"

太守丞回答他道："汲太守被皇上尊敬礼遇到这种程度，确实是个异数，值得所有为官者深思熟虑。"

黄霸对太守丞的回答好像不是十分满意，又道："自古直臣多命舛，历史上的刚直忠正之臣，因为诤谏主上、指斥弊政、斥责权贵而惹祸缠身，遭遇罢官、流放、坐牢、杀身，甚或惨遭灭族者，史不绝书：比干被剖心，伍子胥被赐死，屈原被流放，等等。然，汲太守从不屈从权贵，逢迎主上，虽然因为数度廷争面折忤怒皇上，或被逐出京师去任地方官，或遭权臣算计陷害，险遭灭族，一生宦海沉浮，皇上却对他一忍再忍，是皇上即位二十八年里唯一能容的犯上臣子。皇上不仅能容忍他，还称赞他为'社稷之臣'。皇上得到汲太守卒于任的奏报后，罢朝数日举哀，又诏命汲太守在淮阳郡府卧治处为'卧治阁'，并令增高汲太守墓冢，冢前树'清风亭'，世代享祀。这是为何？"

太守丞依然没有直接回答他，道："这确实是一个奇迹，也将是千古佳话。"

黄霸不是让郡丞赞美皇上和汲黯，而是想让他回答为什么会这样，于是，又问道："在下很想知道这是为何？"

停了好一会儿，郡丞慨叹道："汲太守一心为民，处处为大汉江山社稷而谋，唯独没有私心，这大概是皇上对他处处相让的根由。"

黄霸撩开车窗窗帘，远远地眺望了一会儿，回头对太守丞道："我黄霸若能出仕为官，定当效仿汲太守，为国赤诚，为民赤心，为政清廉。"

太守丞惊喜地望着黄霸，夸赞道："你在汲太守身边为时不长，能感念如此之深，志向高远，来日定能有所作为。"

黄霸笑笑道："感谢太守丞的称誉和勉励。我黄霸之所以喜欢做官，就是想为天下百姓做事，而非为了自身的富贵荣华。太守丞相信否？"

太守丞立即道："以你家当下的殷实富庶，也能称得上富贵荣华。我相信你不是为了自身。"

黄霸接着道："在下这样说，可能会有人不以为然，还会说在下是自矜之词。"

太守丞正色道："孔子说过：'道不同不相为谋，志不同不相为友。'有志向的人不会随俗浮沉，与时俯仰。善良的人怎么能与言行不符、伪善欺世的伪君子同日而语！"

停了一会儿，黄霸不无担心地问："我受汲太守看重，先为乡里游徼，后到郡府做学官掾史，已很幸运，而今又捐资纳粟，以求得更高的官爵，能计获事足吗？"

太守丞不由笑道："早在秦朝时，秦始皇就有'百姓纳粟千石，拜爵一级'的诏令。汉朝兴立后，特别是孝文帝时，令民纳粟边陲，可得上造、五大夫等爵位。今皇上即位后，下令'吏得入谷补官'，'民得入粟补吏'，这是朝廷的法度，没想到你如今还有如此忧虑。"

黄霸听太守丞这么说，虽然有了几分自信，却仍然感到忐忑，又问道："入朝为官是否有年岁的限定？"

太守丞没有直接回答他，却讲述起汉兴以来的几个具体事例道："汉兴以来，十分珍惜人才，高祖如此，孝文帝、孝景帝时亦如此，当今皇上更甚，不仅让郡国举荐，如果自认有才，还可自荐，不论高低贵贱。蜀郡成都人司马相如少年时喜欢读书练剑，二十来岁时靠捐纳取得了个官职，做了孝景帝的武骑常侍。平原郡厌次县人东方朔，二十二岁时上书自荐，起初被当今皇上诏拜为郎，后任常侍郎、太中大夫等职。当今皇上的第六任丞相公孙弘，是齐地菑川人，少时家贫，曾为富人在海边牧豕。年六十岁时以贤良的名分去京城应征，被任命为博士。后来，皇上派他出使匈奴，归来后，因为陈述的情况不合帝意，被免职。元光五年（公元前130年），天子又诏书征求文学儒士，已七十岁的公孙弘再次被推举应诏，七十六岁时居然做了丞相。想想他们，你何须有如此忧虑！"

黄霸听了，不禁心中暗喜。

太守丞接着道："只要有才智，皇上不会因主张相左或位卑而废人，如出身贫寒的主父偃，独自到京，直接上书，一年中升迁四次，官至中大夫，掌论议。卫青家奴出身，首次出征就奇袭龙城，创汉匈之战反败为胜之先河。不久又七战七捷，收复河朔、河套等地，官至大司马大将军，封长平侯。不仅如此，皇上还能摈弃正统，容纳异类,慧眼发现东方朔,君臣之间宛如玩伴,对东方朔的诤言不仅洗耳恭听,还击节赞叹,言听计从。"

黄霸听到这里,脸上露出了出城后第一次开心的微笑。

太守丞接着又道:"有史以来,尤其汉兴以来,官德不正,为所欲为,祸及子孙者擢发难数。官德端正,心怀天下,福荫子孙者,亦不可胜数。冯唐以孝行著称于时,为中郎署长,侍奉孝文帝。孝景帝即位后被命为楚相,后被免。因为他品德高尚,今皇上即位初,征求贤良之士,冯唐又被举荐。这年他已九十岁,皇上感到他不能再做官了,就任用他的儿子冯遂做了郎官。汲太守祖上已有六代倍受国君恩宠,荣任卿、大夫之职,到了汲太守已是第七世,如今汲太守的儿子汲偃也做了谒者。你若能像冯唐、汲黯那样,不仅自己能彪炳史册,将来子子孙孙也都会功名显赫。"

黄霸听到这里,很为自己生于盛世、逢于明君而庆幸。

太守丞接着又指点黄霸道:"汲太守之子汲偃如今是皇上的近侍,他学识出众,品德高尚,到了京城,一定要好好向他求教。"

黄霸道:"汲偃已两次到过淮阳郡,虽没有机会深谈,但能从他身上领悟很多为官和做人之道。"

太守丞看到黄霸疑虑已打消,笑着转换话题道:"当今皇上不仅内强汉室,外耀武威,还是一个内修文学,提倡辞赋,浪漫多情的诗人。"

黄霸忍不住也笑道:"在下听说过,只是自幼处于乡野,未能读到过皇上的诗篇。"

太守丞自嘲地笑笑道:"我也喜欢辞赋,偶尔也捉笔涂鸦,但不能入高雅厅堂。"

黄霸忍不住问:"皇上都有哪些诗篇?郡丞吟咏几首,让在下聆听欣赏一番如何?"

太守丞道:"皇上的诗作很多,最为著名的当是《瓠子歌》《天马歌》等等。去年秋,皇上率领群臣到河东郡汾阴县祭祀后土时写下的

《秋风辞》，虽是即兴之作，却清丽隽永，笔调流畅，一波三折，抒写得曲折缠绵，为天下文人所叹服。"

此时，他们说不清走到了哪里，已经走了多远，但见西边天空现出晚霞，且刮起阵阵凉凉的秋风。太守丞触景生情，禁不住大声吟咏起刘彻的《秋风辞》来："秋风起兮白云飞，草木黄落兮雁南归。兰有秀兮菊有芳，怀佳人兮不能忘。泛楼船兮济汾河，横中流兮扬素波。箫鼓鸣兮发棹歌，欢乐极兮哀情多。少壮几时兮奈老何！"

黄霸听完，立即熟记于胸，接着也吟咏了一遍。

太守丞叹道："我行将老矣，天下就看你这样的年轻人也。"

黄霸道："太守丞正是'泛楼船兮济汾河，横中流兮扬素波'之时，怎能嗟叹已老矣？"

太守丞笑道："皇上才四十四岁，就有此嗟叹，何况我已五十多岁！"

黄霸赔笑道："太守丞刚刚还鼓励在下说：冯唐九十岁了尚且自荐做官，公孙弘六十岁被举荐入朝，七十六岁时做了丞相，你才五十岁……"

未等黄霸说完，太守丞便呵呵笑着打断他道："皇上君临天下，睥睨一世，俯视天地之间，尚有幽情哀音，一个小小的太守丞算得了什么？愁乐事可复而盛年难在，即便是君王也免不了生老病死，眼前的尊贵荣华终有尽时，所有一切也会随着死亡而柴尽火灭，所以，每每想到这里便忍不住忧伤。"

黄霸听了此话，更是感慨，道："草木枯萎还能复生，年年给人以绿色，人却一去不回，无论如何尊贵荣华终有尽时，也再无颜色。故，盛年之时，还是多多为民谋福为上，不然，草木不如也。"

太守丞叹息道："然也。"

太守丞不想再议论这些沉重的话题，一时又想不起该说些什么，只是时而望着奔驰的车马，时而望望车窗外的田野。

停了好一会儿，太守丞忽然问黄霸道："你今年已经十九岁，为何还没有成婚？"

黄霸道："一事无成，有何颜娶妻生子？"

太守丞笑笑道："你们黄家为富一方，远近仰慕，怎能是一事无成？"

黄霸道："我黄家富庶，那是祖上勤劳所得，非我黄霸之功，我黄霸岂能沉溺于祖上的襁褓之中，饱食终日，而无所为？"

太守丞听了，忍不住静静地盯住黄霸看了很久。接着又笑笑道："如若不是遇上盛世和明君，作为乡下人哪有机会被举荐和自荐？如若没有皇上的求贤诏，没有捐纳可以为官的圣制，哪有你这次崭露头角的机遇？如若没有这机遇，就不娶妻生子乎？"

黄霸听了，不由一阵苦笑，道："是啊，如若不是遇上盛世和明君，即使是千里马，依旧会困于马厩。所以，我黄霸当不愧其时也。"

太守丞又问起黄霸的家事道："你兄弟几人？"

黄霸道："我下面还有两个弟弟和两个小妹。大弟叫黄充，二弟叫黄强。"

太守丞又问道："你家十分富庶，衣食无忧，为何选择做官？"

黄霸立即回答道："家父曾经多次训诲我说，人不能为一己温饱而志得意满，要像我的祖上那样：以天下为己任，造福于民。"

太守丞愣了一下，问道："你的祖上是……？"

黄霸回答道："我是战国时楚国令尹黄歇的第七代孙。"

太守丞一听，恍然大悟，道："原来是这样，我明白矣。想当年楚国迁都于陈城，即今淮阳城，楚顷襄王拜请黄歇辅佐楚王室。黄歇曾经陪太子熊完入秦为质子十年，回楚后，顷襄王驾崩，熊完即位，拜黄歇为令尹。黄歇为楚王室的复兴和楚国的强大，功劳多多……"

没等太守丞说完，黄霸便打断他道："看来郡丞对我们黄家祖上十分了然也。"

太守丞笑道："我身为淮阳郡太守丞，能对有功于淮阳的人不去

011

追念和效法？"

黄霸道："我祖上春申君明智而忠信，宽厚而爱人，尊贤而重士，因为他的功德，楚考烈王赐他淮北十二县封地，封他为春申君，与齐国孟尝君、赵国平原君、魏国信陵君，并称为战国四君子，且居四君子之首。楚国自淮阳迁都到寿春时，他让他的一个儿子留守在淮阳。楚国被秦国灭掉后，他的这个儿子迁居到今日阳夏县黄岗村，就是我今天的老家。"

太守丞听到这里，才明白阳夏县黄氏的来历。他正要说什么，黄霸接着又道："我祖上黄歇随楚考烈王迁都到寿春后，封地改为江东。在江东，春申君依然心系百姓。他疏通河道，抑制水患，开通道路，深得民心。春申君被李园杀害后，江东人对他感恩戴德，到处修祠祭祀，还纷纷以其姓或号为许多山、水、路和地方命名，如春申江、黄申路、春申村等等，均为纪念这位开申之祖。我祖上如此爱民，作为其后人，如若只为自己，岂不有辱祖德，枉为黄姓？"

黄霸与太守丞一路有说不完的话，直到夜幕降临，他们才到一家驿站停歇下来。可是，这一夜又几乎是彻夜长谈。

为了赶路，第二天天刚蒙蒙亮，他们又启程向长安方向而去。虽然路途坑洼不平，被颠簸得腰腿疼痛，因为情投意合，一路谈笑风生，乐此不疲。

半个多月后，黄霸与郡丞终于到了京城长安。

第二章　奉旨待诏金马门

黄霸第一次离家远行，来到京城长安，心情有着从来没有过的激动。在他们的车距离长安城还有数里远的时候，他便忍不住撩开车窗窗幔远眺。当看到那高大的城墙和城墙内鳞次栉比的殿宇时，禁不住感叹道："真不愧是帝王之都也。"

太守丞笑笑道："比淮阳城壮观乎？"

黄霸赔笑道："我原以为淮阳城已够雄伟，到了这里方知何为帝王之城。"

太守丞忙给他介绍道："长安，秦朝时本是一乡名，那时仅有兴乐宫。高祖五年，在兴乐宫基址上修治长乐宫，七年，才开始修建未央宫。"

黄霸没等太守丞说完，便禁不住问道："未央是何意？"

太守丞引经据典道："未央，出自《老子》：'荒兮，其未央哉。'及《诗·小雅·庭燎》：'夜如何其？夜未央。'还有《楚辞·离骚》：'及年岁之未晏兮，时亦犹其未央。'央，尽也。未央，未尽也，即没有灾难，没有殃祸，并含有平安、长寿、长生之意。"

黄霸喜悦道："若非太守丞相告，黄霸不知其意也。"

太守丞接着继续介绍道："汉朝建立之初，都于栎阳，未央宫建成后，汉朝都城才从栎阳迁于此。孝惠帝元年至五年，始筑城墙。今皇上即位后,在城内修北宫,建桂宫、明光宫,在西城外营建章宫,并扩充上林苑,开凿昆明池。长安城东垣平直,其余三面墙随地形河渠曲折,周长六十二里,城外挖有护壕。每面城墙有三门,由北至南,东墙为宣平门、清明门、霸城门;西墙为雍门、直城门、章城门。由东至西,北垣为洛城门、厨城门、横门;南垣为覆盎门、安门、西安门。每门设三个门道。霸城、覆盎、西安、章城四门内对长乐、未央二宫,其余八门各与城内一条笔直的大街相通。每条街均分成三条并行的道路,中间为皇帝专用的驰道,两侧道路才是吏民行走之路。"

黄霸听完,不由既惊讶又感慨道:"原来长安城是这样,还有这么多讲究。"

说话间,他们已走近东城门,随之,车速也慢了下来。

驭手已多次来京,对长安城非常熟悉。因为各郡国官吏入朝都要从南门而入,所以,进城后便扬鞭策马,直奔未央宫南门。

未央宫周回二十八里。宫内不仅有前殿、宣室殿、温室殿、清凉殿、麒麟殿、金华殿、承明殿、高门殿、白虎殿、玉堂殿、宣德殿、椒房殿、昭阳殿、武台殿、钩弋殿、柏梁台、天禄阁、石渠阁等四十余座大殿,另外还有寿成、万岁、广明、清凉、永延、玉堂、寿安、平就、东明、岁羽、凤凰、通光、曲台、白虎、猗兰、无缘等楼阁,煞是壮观。

到了未央宫南门外,未等太守丞安排,驭手便直接驱车奔向位于南阙门附近的公车署。南阙门又叫司马门,凡吏民上章,四方贡献,及被征召者,皆先到此门,然后由掌管此门的公车署长官——公车令,向皇上转达。公车令属卫尉,秩六百石,除上述职责外,还掌管南阙门,兼夜间徼巡宫中的职责,所以,此次他们只得先到南阙门。

他们的车到了南阙门口,门卫立即迎了出来。门卫与驭手、淮阳太守丞已是老熟人,一看到他们,笑容满面。等把他们迎进门内,随即去报告公车令。

公车令得知淮阳太守丞来到，立即前来迎接，并亲自把他们迎进公车署内，令属下把他们安顿下来后，即奔向未央宫正中的宣室殿。

宣室殿是皇帝与近臣讨论国事的地方，也是未央宫最为高大的建筑，它的台阶与栏杆均为玉石铺就和制作，墙壁内都镶嵌有纯金的金带，殿顶的瓦当当头也为宝石镂刻而成，不仅高耸入云，而且金碧辉煌。

此时，刘彻正神情肃穆地端坐于御座正中，听取大臣们的奏报。公车令进入殿门内，见此情景，便悄悄地立于大柱的后面，以等到退朝时再向刘彻报告。

一大臣刚刚奏报毕，一大臣又奏报道："启禀陛下，岭南来报，伏波将军路博德、楼船将军杨仆率十万大军出师岭南后，所向披靡，已攻占岭南大部分疆土，南越国将很快被灭……"

刘彻没等这大臣奏报完毕，便挺直胸膛道："南越国，秦朝之前属百越之地，秦朝建立后，秦始皇于三十三年将其平定，建南海郡、桂林郡及象郡。我大汉兴立之初，立足未稳，南海郡尉赵佗起兵兼并桂林郡和象郡后建立南越国，定都番禺，可以理解。我汉朝稳固四方后，赵佗于高祖十一年和孝文帝元年先后两次臣服我汉朝，我汉朝让其存身，对他已很慈悲。没想到今年春，这个小小的南越国第五代君主赵建德居然谋反，欲不再称臣，是可忍孰不可忍！"

大臣们听到这里，脸上都不禁洋溢着一种对南越国的蔑视和汉军大获全胜的喜悦。

刘彻右手抚了抚头上的通天冠，左手抚了抚腰间的佩剑，道："剽悍狂傲的匈奴人尚纷纷向我汉朝屈膝投降，其余部也被击败于七百里之外，再不敢南犯，小小的南越国不自量力，只能自取其咎。等路博德、杨仆二将军把南越国彻底灭掉后，就将此地皆统一为南海郡，郡治设在番禺，一并统御。"

这位大臣刚刚奏报完毕，又一大臣奏报道："启禀陛下，管理音乐的官署所有馆舍已全部建好，臣奏请陛下择良辰吉日，举办乐府庆典，以昭告天下。"

刘彻大笑道："甚善！秦朝时朝廷即设立管理音乐的宫廷官署，我大汉兴立以来，尤其是朕即位以来，礼乐诗赋不绝于耳，既有代、赵之讴，又有秦、楚之风，佳作辈出，前所未有，天下人无不称颂。官署既已完工，今日何不当机立断，设立乐府？"说着，目光转向下面的李延年道："李延年擅长音律，且建树多多，可为协律都尉，管理乐府。"

李延年忙拱手道："谢陛下。"

李延年，是刘彻宠妃李夫人的哥哥。李家世代为娼，李延年早年虽因犯法而受过腐刑，在宫中养狗，因擅长音律，颇得刘彻宠爱。一日，刘彻让他献歌，他唱了一曲自己创作的《佳人曲》："北方有佳人，绝世而独立。一顾倾人城，再顾倾人国。宁不知倾城与倾国，佳人难再得。"刘彻得知李延年赞美的这佳人就是他的妹妹，十分欣喜，很快就把他妹妹召进宫，不久即封为夫人，李延年也因此倍受器重。

刘彻紧紧盯住李延年道："以后，乐府不仅要选拔文人创作朝廷所用诗词歌赋，还要广泛搜集各地歌谣，以广为流传。文人创作的诗歌，也要丰富多彩，尽显大汉昌盛之气，不能像《安世房中歌》那样仅限于享宴、祭天时所用。"

刘彻说着，目光转向刚刚升为郎中的司马迁，道："司马郎中，当把这些一一记载在册。"

司马迁拱手道："遵旨。"

接着，又有几位朝臣先后奏报。

大臣们奏报毕，将要退朝，公车令走上前奏报道："启禀陛下，淮阳太守丞到了公车署，同行者还有被举荐的才俊黄霸。"

刘彻一听，喜不自禁，双手握拳击案道："快带二人进殿，朕等他很久矣。"

公车令立即退下，奔向殿外。

不一会儿，淮阳太守丞与黄霸便随着公车令来到殿内。

淮阳太守丞与黄霸走到刘彻御座前，太守丞首先双膝跪地，俯首施礼道："微臣淮阳太守丞叩见陛下。"

黄霸见状，立即也双膝跪地，俯首施礼："小民黄霸叩见陛下。"

刘彻笑道："二位快快请起。"

淮阳太守丞和黄霸起身后，刘彻没有先问淮阳郡的事，而是先问黄霸道："你就是乐意捐纳出仕又被汲黯举荐的黄霸？"

黄霸立即回答道："在下乃战国四君子之首春申君黄歇的第七代孙，淮阳郡阳夏县黄岗村人，姓黄，名霸，字次公。"

刘彻惊讶道："你是春申君黄歇的后人？"

黄霸道："春申君明智而忠信，宽厚而爱人，尊贤而重士，黄霸不才，但愿效法祖上，为汉室和天下百姓肝脑涂地。"

刘彻笑道："汲太守在举荐书上对你赞不绝口：既有先贤之风，又有才气和抱负。今见你谈吐和举止，果然不凡，正是朕所求之士也……"

刘彻还未说完，一大臣急匆匆走上前来，跪地奏报道："启禀陛下，五原郡传来急报：匈奴族乌维单于率兵进犯五原郡，并杀死我五原太守……"

刘彻一听，脸色大变。他刚刚还在夸耀击败匈奴致其不敢南犯，话刚落音，就传来乌维单于进犯汉境，并杀死五原太守的消息，这不等于打了他的脸？于是，大怒道："匈奴进犯边境已是恣睢无忌，居然还杀死我太守！乌维单于现在何处？"

大臣道："乌维单于依然不断率军向汉境进犯。"

刘彻好似忘记了下面的淮阳太守丞和黄霸，怒目圆睁道："传令集结五万骑兵，朕要亲自领兵御敌，看看是他乌维单于厉害，还是我大汉厉害！"

"喏！"大臣应了一声，立即退下。

这时，刘彻才想起下面的淮阳太守丞和黄霸，尤其是黄霸。心里说：盼他来京已经很久，本想策问他一番，授予官职，没想这个时候发生了如此让人痛心的事。他无心再谈其他事，命公车令道："先让黄霸在公车署待诏。"

公车令听了，立即示意黄霸随他而去。黄霸很为没能与皇上说上几句话就这样退出宣室殿而沮丧，但又不得不起身跟随公车令向殿外而去。他们刚走没几步，忽然又听见刘彻大声道："哦，不，让黄霸待诏金马门。"

黄霸对刘彻如此动怒，甚至要亲自领兵迎击匈奴有些不理解，也对那奏报边境军情的大臣有些愤愤然：早不报晚不报，偏偏在这个时候报！

太守丞因为有淮阳郡的事要向丞相禀报，只得与黄霸分开。临分手之际，对黄霸微微一笑。黄霸不解，但没有相问。

黄霸随公车令走出宣室殿，忍不住问公车令道："匈奴进犯汉边已数见不鲜，今日，皇上为何这么大动肝火？"

公车令道："匈奴早已对大汉朝望而生畏，退至漠北，如今突然来犯，并杀死五原郡太守，这是汉室的耻辱，皇上能不动怒？乌维单于是伊稚斜单于的长子，去年才即位。过去，汉朝饱受匈奴入侵之苦，不得不采用和亲之策以稳定边境。今皇上即位后先后派遣卫青、霍去病等将军对匈奴进行了大举进攻。在王庭之战中，匈奴主力被卫青率领的大军几乎全部消灭，匈奴向北逃走，迁至荒芜的漠北草原。经过后来其他几位将军的进攻，原来属于匈奴的国土几乎全部沦为汉朝领地，煊赫一时的匈奴帝国土崩瓦解。而今乌维单于刚刚即位就无视汉廷，犯我汉境，并杀死太守，皇上能不动怒？"

黄霸知道这是国之大事，不由也怒不可遏。停了一会儿，忍不住向公车令问起自己的事："公车令，何谓待诏？"

公车令笑笑道："待诏，即等待诏命，换句话说，即等待天子命也。一般的待诏者，由公车署安排在一般的吃住的地方，特别优异者才待诏金马门，以备顾问，由朝廷供给粮米。"

黄霸忍不住问："金马门在何地？"

公车令笑得更响了，道："一会儿即知道也。"

不一会儿，公车令带黄霸到了一个官署，到了大门前，公车令停了下来，指着门两旁的两匹铜马，问黄霸道："知道这是什么吗？"

黄霸感到很好笑，但马上回答道："是两匹铜马。"

公车令道："此门原名鲁班门，张骞出使大宛，得汗血宝马，献给皇上，皇上一见，喜出望外，因而认定此马是太乙神所赐，兴之所至，随作《天马歌》：'太乙贡兮天马下。沾赤汗兮沫流赭。骋容与兮跇万里。今安匹兮龙为友。'不久，乃命为宝马塑铜铸像，立马于鲁班门外。这两匹铜马，常被人称为金马，故此门后来被称为金马门。这个官署，只有特别优异的学士待诏才住在这里。"

黄霸虽然对没有得到皇上的及时安排而有些不安，此刻听了公车令的这番话，心里立即踏实下来，也对太守丞在宣室殿与他分手时那微微的一笑有了理解，两眼不觉间也洋溢出几分自信。

黄霸以为刘彻要几日后才会带兵离开京城北上御敌，这几日内就会被召见，给个官位，没想到，第二天刘彻就驱车驶出京城，在一队骑兵的护卫下，浩浩荡荡奔赴边疆而去，并向朝臣传令说，他要在边疆亲自督战，直到把乌维单于彻底打垮才回京城。

黄霸得知这一消息，不禁又一阵忐忑：五原郡距长安两千余里，一来一回需要多久？等打垮乌维单于又得多久？如若情况有变，此次进京是否会一无所获？

黄霸初次到京，一切都很生疏，又突然遇上这等情景，尽管住在公车署馆舍，衣食无忧，仍忍不住感到孤单和寂寞。

这天，就在黄霸忧心如焚地徘徊在馆舍门口的时候，忽然看到不远处出现一个熟悉的身影：汲黯的儿子汲偃。在他怀疑是否幻觉时，只见汲偃步履匆匆地向他走来，汲偃的身后还有一张陌生的面孔。

汲偃年长黄霸十几岁，两年前，汲偃为了看望带病治理淮阳郡五年没到过京城、没有回过家的父亲,到过淮阳郡。那时他黄霸刚刚被汲太守安排到郡府。汲太守卒后,为处理殡葬之事,汲偃再次到了淮阳郡,他们第二次见面。他们两次相见,虽然交谈的时间有限,却相互都十分欣赏。黄霸此时看到汲偃,倍感亲切,急忙迎了上去。

汲偃深知父亲对黄霸的欣赏和举荐,这天,他得到黄霸来京的消息后,立即赶了过来。未等黄霸开口,便首先道:"欣闻黄霸弟到京,十分喜悦。"

黄霸拱手施礼道:"黄霸初次进京,烦请兄长多多关照和指点。"

汲偃拱手回礼后,转身面向同来的同伴,给黄霸介绍道:"这位姓司马,名迁,字子长。"

黄霸虽然不知道司马迁是谁,听了汲偃的话,忙施礼道:"幸会幸会。承蒙赐教。"

汲偃意识到黄霸不知司马迁的身份,笑道:"司马迁的名字你可能有些生疏,他的父亲司马谈你一定耳熟。"

黄霸听到这里,肃然起敬道:"岂是一般的耳熟!"

汲偃向他详细介绍道:"司马迁的父亲是太史令,与家父曾经是挚友,我与司马迁又同年同月生,今年都三十四岁。司马先生早年跟从孔安国读《尚书》,跟从董仲舒学《春秋》。二十岁时开始外出游历,南游江、淮之地,登会稽山,探察禹穴,观览九嶷山,泛舟于沅水、湘水之上;北渡汶水、泗水,在齐、鲁两地之都研习学业,考察孔子之遗风,在邹县、峄山行乡射之礼;曾经困厄于鄱、薛、彭城,后经过梁、楚之地回到家乡。二十三岁回到京城。不久,因才华横溢,被皇上命为郎中……"

没等汲偃说完,司马迁便打断他道:"汲兄过誉了。我只不过喜游历、爱读书,偶尔舞文弄墨,故作风雅而已,谈不上才华横溢。郎中不过是掌管护卫、陪从,备顾问及差遣,是皇上的侍从……"

汲偃笑道:"司马兄一向谦恭,是我等之师表也。"

黄霸一边把他们迎进舍内,一边道:"黄霸才疏识浅,又初入京师，冀望二位兄长多多赐教，不要客气。"

司马迁道："我们虽然刚刚相识，但却早已从汲太守的举荐中得知老弟胸怀大志，熟稔律法，为淮阳郡一才俊。既乐于捐纳，又有社稷之臣举荐，必受朝廷重用……"

黄霸再次诚恳地施礼道："黄霸出身乡野，难以规行矩止，不到之处，还望多多包涵。"

汲偃笑笑道："既已竭诚为友，相互就不要客气也。"

司马迁道："若有需要相助之处，请勿讳言。"

他们虽是初见，却有着说不完的话题，一会儿谈古论今，一会儿诗词歌赋，既谈大汉江山社稷，又议百姓衣食住行，既论为官之见，又讲做人之道，可谓无话不谈。

将要分别之时，汲偃忽然问黄霸道："黄霸弟可否知道一个既被皇上宠爱，为群士思慕向往，又受百姓拥戴的清正爱民之官——倪宽？"

黄霸面露惭愧之色道："黄霸孤陋寡闻，虽知其名，但不知其详，听兄此言，不由十分仰慕之。"

汲偃道："皇上此次北巡，短时难以回京，你既然矢志为官，近日不妨借待诏之机，拜访求教一下左内史倪宽。他为人温良清廉、治理地方有方，是深受百姓钦敬的左内史。"

黄霸激动又不安道："我来自乡间，且羽毛未丰，左内史能接受我黄霸的拜见吗？"

司马迁接过话道："左内史平易近人，所做过官的地方，民皆亲近他。"

黄霸欢喜道："既如此，就烦请二位引荐求教之。"

汲偃道："明日是我和司马迁的休沐之日，我们一同前往。"

黄霸忽然有些不解地问道："何为左内史？是否还有右内史？"

汲偃忙介绍道："内史既是官职，也是辖地。作为辖地，如同一个郡。秦朝时，掌管京师咸阳及京畿四十余县。汉兴后，高祖元年始设内史一职，掌管全国财货。高祖九年以后，内史开始掌治京师。孝景帝二年分内史为左内史、右内史、主爵都尉，将京畿设为左、右内史，形成京师之二辅制，左内史掌管京师北部，右内史掌管京师南部，主爵都尉则掌管京畿各县。"

司马迁忍不住笑道："想当年，令尊既做过主爵都尉，又做过右内史。只是，那时的主爵都尉掌管的是诸侯国各王及其子孙封爵夺爵等事宜，而今主爵都尉已不仅限于此。"

黄霸笑道："经二位这么一说，黄霸明白矣。"

按照约定，第二天一大早，他们三人便一同驱车奔向长安城北部的左内史。左内史治所在高陵县城，距长安城仅三十多里远，所以，他们感到很轻松。汲偃和司马迁为了让黄霸提前对倪宽多些了解，上车后，便一前一后地争相讲述起倪宽的故事来。

司马迁首先介绍道："倪宽，字仲文，千乘郡人。幼时聪明好学，因家中贫穷，上不起学，就在当时的郡国帮助别人做饭，以此求得读书的机会。每当下地干活时，他总是把经书挂在锄把上，歇息时就认真诵读，这就是被人们传颂的'带经而锄'的故事。"

汲偃接过司马迁的话题道："由于倪宽勤学好问，先是得到了同乡的博士欧阳生的身传亲授，后来又受业于经学博士孔安国，在经学、《尚书》研习上成就非凡，被郡府选为博士。他不仅精通经学，还精通历法，且善文辞……"

司马迁笑笑打断汲偃道："倪宽被选为博士之后不久，通过射策，入朝做了掌管礼乐之制的'掌故'之官。不久，又补为协助廷尉办理文字的'廷尉文学卒史'。这时，张汤为廷尉，主管刑狱。张汤刑法残酷，素有酷吏之称，所用者都是一些善于施用严法酷刑的人。倪宽为人温良清廉，擅长文学，不善于动武，反对张汤的做法，因此，不仅不被重用，反而被派到京城北部，到距离京城很远的北地郡管理畜牧。倪宽因为勤恳从事，数年后北地郡牛羊大为蕃息。一日，倪宽回廷尉府报送畜簿，正值廷尉府有疑案未决，几次奏报，均被皇上驳回。掌管奏报者甚为恐慌，不知如何是好。倪宽得知后，便为他重新写了奏章。写完后，读给众人听，都很佩服。倪宽写的奏章呈送给皇上后，立刻得到皇上的批复。第二天，皇上召见张汤，问：'这次的奏章不是一般俗吏所能为，是出自谁的手笔？'张汤如实回答后，皇上道：'朕早就听说过这个人，当重用之。'于是，升倪宽为奏谳，即专门起草奏章之官。倪宽在廷尉府，说服张汤和廷尉府官吏学习经学，按照《尚书》中《尧典》《舜典》的教义来治理狱讼，成绩卓著，后来很被张汤重用。"

汲偃又抢过司马迁的话题道："元狩三年（公元前120年），即八年前，倪宽被升为侍御史，掌纠察举荐官吏之职。一次，皇上召见倪宽，让他讲论'经学'。倪宽引经据典，把《尚书》中的《尧典》《舜典》讲得异常精辟、透彻。皇上大悦，立即又擢升他为中大夫，专管朝廷议论之事。元鼎四年初，即去年初，皇上又迁升他为左内史之职，可谓拱卫京畿之重任也。"

黄霸听了他们的介绍，对倪宽更加敬佩和仰慕，道："这次，黄霸定要虚心向他求教。"

高陵县城因为距长安城不远，很快就到了。

他们一到左内史府门外，守卫立即到府内向倪宽通报。不多会儿，只见浓眉和目、满脸笑容的倪宽已带领几位属下来到他们的面前。年龄上，倪宽是他们的父辈，他却不以长者自居，首先向他们三位拱手施礼道："倪宽敬迎各位惠顾左内史。"

汲偃、司马迁急忙拱手回礼："贸然打扰，还请左内史见谅。"

黄霸对倪宽恭敬有加，拱手深深施礼道："晚辈黄霸能拜见、求教左内史，不胜荣幸。"

倪宽与汲偃、司马迁交往已久，看到生面孔的黄霸，先是投以温和的目光，然后笑着问汲偃、司马迁："这位是何方人士？"

汲偃道："淮阳郡阳夏人，姓黄名霸，字次公。"

司马迁道："黄霸乃战国四君子之首春申君黄歇第七代孙，胸怀

023

大志，是汲太守向朝廷举荐的才俊，刚刚来到京城。"

倪宽听了，呵呵一笑道："汲太守是皇上盛赞的社稷之臣，他举荐的人必是贤良之才也，幸会幸会。"

司马迁进一步介绍道："黄霸不仅被汲太守举荐，还捐资纳粟，矢志做一个造福于民的好官。"

黄霸再次向倪宽施礼道："黄霸不才，仰慕先生大名，前来求教。"

倪宽笑笑道："一个人的所为，源自他的志向，有志者事必成。"倪宽说着，带领他们朝府内走去。

宾主坐定，汲偃、司马迁向倪宽介绍了一番黄霸的前前后后，接着，说明了此行的来意。倪宽见黄霸是真诚求教，就把自己的做法给黄霸一一讲来："我倪宽至今虽无大举，但爱民之心不移，所到之处皆以民为本。任左内史后，用人一律选用亲民爱民的仁厚之士，对那些对上阿谀逢迎，对下如狼似虎者，不论官职大小，皆弃置不用。对百姓，皆以儒家道德教化民众，并奖农耕，缓刑罚，重新清理狱讼，严禁错案冤案。任左内史两年来，我多在民间巡察，很少在府内。"

黄霸听着，两眼充满虔敬之情。

倪宽接着又道："本辖域早在秦朝时就修建了郑国渠，郑国渠两岸百姓深得灌溉之利，田赋是第一等的。然，当我走访郑国渠上游南岸时，发现高峁之田仍然十年九旱，百亩之收，不过百石，仍有一部分百姓衣食不足。于是，就上奏朝廷，开凿六条辅渠，使两岸的高峁之田得到灌溉，粮食丰收。收租税时，对一些丰歉不同之地和农户，在缴纳租税的急缓上因人因地而异，一些贫弱者和因故不能及时缴纳租税者，则延缓或减免。"

倪宽说到这里，汲偃忍不住道："因为这样，这里的赋税征收远远慢于其他地方，朝廷多有不满。今年春，朝廷调兵平定南越国反叛，因军务用粮紧急，下令征收赋税。百姓听说后，大户赶牛套车，小户担挑背负，交粮路上的人车连绵不绝，左内史是赋税完成最快最好的。皇上看到这一情景，十分惊奇，在朝堂上对左内史赞不绝口，群臣莫不礼拜。"

倪宽道："爱民者，民必爱之。为官者，无论职位大小，若无爱民之心，必被民弃之。"

黄霸听了，忍不住再次施礼道："黄霸自幼就敬仰爱民之官，有朝一日能踏上仕途，定当以汲太守和您为楷模，心系百姓，勤政为民。"

倪宽听了，对黄霸投以赞许的目光。

司马迁感慨道："几十年来，大汉之所以如此强大，乃当今皇上求贤若渴，重才如金所致也。朝臣中，质直有汲黯，推贤有韩安国、郑当时，笃行有石建、石庆，文章有司马相如，应对有严助、朱买臣，协律有李延年，奉使有张骞，将帅有卫青、霍去病，儒雅之士有董仲舒、倪宽……"

倪宽谦笑着打断他道："我倪宽才气不高，学识不深，岂能与他们相提并论？"

他们一个个以诚相见，说话推心置腹，谈笑妙趣横生，直至天色将晚，黄霸、汲偃、司马迁这才向倪宽告辞回京。

第三章　侍郎谒者侍天子

黄霸因为拜见到倪宽,得到倪宽的教诲,回到金马门后,心情久久不能平静。

由于一个人住在金马门馆舍,几天过后,黄霸禁不住又陷入等待皇上召见的焦虑之中。这期间虽然汲偃时常来看他,并带他结识了中郎东方朔、协律都尉李延年等朝臣,还到称病辞官在家的董仲舒家拜见了董仲舒,长了不少见识,依然难排解心中的焦躁和不安。

一个月后的一天中午,黄霸正在金马门馆舍门口徘徊,一阵阵长吁短叹,忽然,中郎东方朔来到了他的馆舍门前,他不禁一愣。黄霸自来到未央宫后,虽然与东方朔有过接触,相互也无话不谈,毕竟东方朔一直服侍在刘彻身边,他们交流的时间很少。

东方朔初入朝时,以性格诙谐、言辞敏捷、滑稽多智而誉满朝廷,被刘彻拜为顾问应对的中大夫,秩比千石。有一次,他喝醉了酒,在进入宣室殿后因控制不住在殿上小便,被其他官员以"大不敬之罪"弹奏,刘彻下诏免去他的官职,贬为庶人,让他在公车署待诏。后来,刘彻怜惜他的才华又任命他为秩比六百石的中郎,作为近侍,跟随左右,负责传达诏令等事宜。东方朔不为降职而意冷,依然诙谐如初。

东方朔看到黄霸神情郁郁寡欢,便知道原因何在,没等黄霸说话，便笑笑道："黄霸兄弟呀，能在金马门待诏，当怡然自得，为何怏怏不乐？"

黄霸赔笑否认道："只是有些寂寞，并没有怏怏不乐也。"

东方朔为了不让黄霸难堪，一边随黄霸往舍内走，一边笑道："想当初皇上刚即位时，征召天下贤良方正和有文学才能的人士，各地士人、儒生纷纷上书应聘。我写了达三千片竹简的文章上书，也在公车署待诏，可是，很久未得皇上召见，也像你现在这样，很是不满和焦躁不安。一天，我看到几个给皇上养马的侏儒，就心生一计，吓唬侏儒们道：'皇帝说你们既不能种田，又不能打仗，更没有治国安邦之才，对国家毫无益处，因此打算杀掉你们。你们赶紧去向皇帝求情，免得一死！'侏儒们听后大为惶恐，于是，一起奔向宣室殿，哭着向皇上求饶：'皇上能让我们养马，实乃皇恩浩荡，请不要因为我们个子矮小而杀我们。'皇上听了很是惊讶，问明原委，立即召见责问我。我终于有了直接面对皇上的机会，亦庄亦谐道：'陛下，我是不得已才这样做的。侏儒身高三尺，我身高九尺，然而，我与侏儒的俸禄却一样多，总不能撑死他们而饿死小臣吧？陛下如果不愿意重用我，就干脆放我回家，我不愿在这里白白耗费朝廷的粮食。'皇上听了捧腹大笑，遂令我从公车署迁到这金马门待诏，不久就任为常侍郎。你为何不学习我，想法让皇上召见呢？"

黄霸笑笑道："我黄霸没有你的才智，故不敢如此。"

东方朔也笑道："既然不学我，那就在这儿一直等吧。说不定会等上一年。"

黄霸听到这里，不禁脸色暗了下来。

东方朔见状，大笑道："我是在吓唬你，你却当真了，呵呵。皇上让我传令，要立即召见你，快快随我到宣室殿。"

黄霸听了，啼笑皆非，立即随东方朔大步奔向宣室殿。

原来，乌维单于得到刘彻亲率五万骑兵北上的消息后，想到他的父亲伊稚斜单于在位时，仅大将卫青、霍去病率军就把匈奴主力几乎全部歼灭，如今大汉皇帝亲自率军而来，岂能善罢甘休？于是，不得不放弃报复汉朝的打算，立即带兵仓皇向北逃窜。刘彻见匈奴不战而退，并没有因此立即返回，而是先到萧关，接着又到了新秦郡，在那里进行狩猎。其实，刘彻并非真的在那儿狩猎，一是为了震慑匈奴，二是为了监督边疆的兵将操练兵马。直至得到乌维单于逃往漠北再不敢南犯的奏报，这才领兵回长安。刘彻一回到未央宫，第二天便诏令在宣室殿召见黄霸。

黄霸跟随东方朔走到宣室殿，只见刘彻端坐于宝座之上，正在伏案全神贯注地批阅一份奏折。刘彻听到下面的脚步声，抬眼看到是黄霸进殿，立刻露出喜悦之色，把奏折推到了一边。

黄霸看到刘彻的笑容，紧张畏忌之感顿消。等靠近了刘彻御座前，立即施以跪拜之礼道："黄霸叩见陛下。"

刘彻笑着打了个手势，道："请起。"

"谢陛下。"黄霸一边回答，一边起身。

刘彻盯了黄霸一阵，笑问道："汲黯连我这个皇帝都敢顶撞，他居然亲自上书举荐你，为何？你是如何与他结识的？"

黄霸立即回答道："回陛下：一日，我正在自家田地里一边看管水车灌田，一边读书，汲太守巡视到了我们黄岗村。我不知他是太守，仅扫了他一眼，依然埋头看书，他却下车走到我的跟前，不仅把俺村百姓之事问个遍，还问我在读什么书，有何志向，还特别向我介绍捐纳可以为官的圣旨……"

刘彻道："你家很富庶，显贵一方，为何还喜欢做官？"

黄霸道："贵，并非贵在富有，而贵在善。自家富庶，虽有善心，只能帮扶几个小家。做了官，才能造福一方，幸福千家、万家，乃至万万家。"

刘彻大喜，击节道："说得太好了。"接着又问，"你为何喜欢读律法之书？"

黄霸道："治国既需要礼，也需要法，然，只有懂法，才能礼法并用，德主刑辅，有利天下。"

刘彻听了，对黄霸更感惊奇，忍不住问道："你都是读过哪些律法之书？"

黄霸如数家珍道："有《秦律十八种》《秦律杂抄》。汉律有萧何所定之《九章律》，叔孙通所定之《傍章律》，张汤所定之《越宫律》，赵禹所定之《朝律》……"

刘彻没等黄霸说完，又问他道："你知道律法源于何时乎？"

黄霸对答道："夏商周三代皆以礼治。孔子所谓殷因于夏礼，周因于殷礼，是也。《周礼》一书，先儒虽未有定说，而先王遗意，大略可见。其时八议八成之法，三宥三赦之制，胥纳之于礼之中，初未有礼与律之分也。周室凌夷，诸侯各自立制，刑书刑鼎，纷然并起。李悝始集诸国刑典，著《法经》六篇，然犹未以律为名。商鞅传《法经》，改法为律，律之名，盖自秦始也。汉沿秦制，顾其时去古未远，礼与律之别，犹不甚严。"

刘彻又问："你读了不少汉律，都有何见解？"

黄霸不假思索道："汉兴，高祖初入关，约法三章：杀人者死，伤人及盗抵罪，蠲削烦苛。兆民大悦。高祖受命诛暴，平荡天下，约令定律，诚得其宜，然，其后四夷未附，兵革未息，三章之法，不足以御奸，故丞相萧何捃摭秦法，取其宜于时者，作律九章。韩信申军法，张苍为章程，叔孙通定礼仪。然，虽废除了一部分秦朝时的酷法，一部分却仍有保留，如夷三族之令：'当三族者，皆先黥劓，斩左右趾，笞杀之，枭其首，菹其骨肉于市，其诽谤詈诅者，又先断舌。'孝文帝时，有人上书告发齐国太仓令淳于意受贿。按照刑法应当专车押送他到长安施以肉刑。淳于意有五个女儿，跟着囚车在哭。淳于意很生气，骂道：'生女儿不生男孩，危急时没有人能帮忙。'小女儿缇萦因父亲的话而悲伤，就跟父亲一路西行。到了长安，缇萦上书孝文帝道：'我叫缇萦，是太仓令淳于意的小女儿。我父亲做官的时候,齐地的人都说他是个清官。这次他犯了罪,被判处肉刑。我不但为父亲难过,也为所有受肉刑的人伤心。一个人砍去脚就成了残废,割去了鼻子,不能再接上去,以后就是想改过自新,亦无可奈何也。我情愿给官府为奴婢,替父亲赎罪,好让父亲有个改过自新的机会。'孝文帝听后,痛其言,就召集大臣说:'犯了罪该受罚,这是没有话说的。受了罚,也该让他重新做人才是。'这样,缇萦就救了她的父亲。当年,孝文帝即废除这种残酷的肉刑。"

刘彻从黄霸的话中,领会到黄霸对酷刑的不满,忍不住问:"你对朕即位以来所修之法有何见解?"

黄霸听刘彻这样问,半天没有回答。

刘彻见黄霸心有顾忌,笑道:"《诗经》里有言:'言之者无罪,闻之者足以戒'。有话尽管说。"

黄霸沉吟了片刻,直言道:"陛下讨伐四方,征发烦数,百姓贫耗,犯法者多,于是,招进张汤、赵禹之属,条定法令。方今律令百有余篇,文章繁,罪名重,郡国用之,疑惑或浅或深,一些官吏尚不知其处,而况愚民乎?"

刘彻为黄霸这些带有指斥之意的话语感到不悦,想到有言在先,便没有表现出来,笑笑,又问:"你以为当如何?"

黄霸没有看到刘彻的不悦,立即回答道:"法令当有,应以震慑、规范为要,执法时,对知法犯法者与不知法而触犯法令者当区别对待,不应死扣律条。"

刘彻又问:"不按律条,又如何执法?"

黄霸道:"孔子曰:父为子隐,子为父隐,直在其中矣。汉朝兴立后严禁'专任刑罚''重刑轻罪',文、景二帝皆以黄老学派的无为而治、与民休息、宽省刑法为治国之策。孝景帝时曾下诏:年八十以上,八岁以下以及孕妇、盲人、侏儒症患者,在监禁时可给予优待,不加桎梏。陛下即位后,改文、景二帝时采用老子的'无为而治'为'有为而治',采纳了董仲舒提出的'抑黜百家,表彰六经'之主张……"

刘彻听到黄霸对汉律大加赞赏,尤其是对他即位以来的做法也给予了肯定,禁不住两眼放光,心生喜悦。

不料,黄霸却忽然转换话题道:"几十年来,陛下虽然申明要'礼法并用''德主刑辅',由于施行酷法,礼、德只有其表,导致群臣人人自危,百姓家家惊慌,不知多少人含冤而死,世事不宁,危害一方。那些酷吏也往往制法、执法,却又违法,下场可悲:张汤因为犯法入狱,自杀身死;赵禹升任燕国国相后,昏乱忤逆犯罪,被免官回家……"

刘彻听到这里,脸色沉了下来。

黄霸只顾侃侃而谈,没有注意到刘彻表情的变化,继续道:"黄霸以为,律法虽定,应以教化为先。即先使人们区别是非善恶,明白律条,减少或避免犯罪。"

刘彻听到这里,不由想起他即位以来被重用,又被诛杀的几位酷吏,忽然沉下脸,垂下眼皮,陷入沉思之中。那些酷吏因为敢于替他出头卖命,官运一般都相当好,经常越级升迁,虽然他们在官场能平步青云,却常常造成冤案,激起民愤。为了平息众怒,他不得不又把他们抛弃,最终的结局往往都很悲惨。宁成、周阳由以严酷著称,好与同僚及上级官员争权,相互告发,后来,宁成被治罪,周阳由被处以弃市之刑。赵禹与张汤制定各项法令,制作"见知法",官吏以此法彼此相互监视、相互侦察、相互告讦。赵禹晚年昏乱忤逆,犯了罪,被免职回家。张汤因严刑酷法,遭到御史中丞李文及丞相长史朱买臣的构陷,被他强令自杀身死。义纵任定襄郡太守时,以杀立威,先把狱中重罪者二百余人定为死罪,又把私自探狱的囚犯亲属二百余人抓起,逼迫他们供认为死罪囚犯解脱桎梏,也定成死罪,最后把这四百余人同日斩杀。全郡人闻讯吓得胆战心惊,不寒而栗。义纵后徙为左内史,于元狩六年(公元前117年)因破坏告缗法,被诛杀。减宣因为与属官成信结怨,欲杀害成信。成信逃走藏到上林苑中,减宣派郿县县令杀死成信。官吏和士卒射杀成信时,不小心射中了上林苑的大门,减宣被交付法官判罪,法官认为他犯了大逆不道之罪,减宣被迫自杀。王温舒以杀立威,以酷行贪,许多人都被打得皮开肉绽,或惨死狱中,或被判决有罪,没有一个人能走出监狱的,以致民怨四起……这些酷吏,都是我这个皇上重用过的,也都是我这个皇上下诏诛杀的,造成这一局面,是谁之过?错在哪里?这个黄霸,年纪轻轻,说话不紧不慢,看似轻描淡写,隔靴挠痒,实则浓墨涂抹,深入骨髓。

黄霸看刘彻许久无话,不安道:"我黄霸身在乡野,往来于民间,所言皆来自百姓言传,今脱口而出,意在传达民意,不当之处,还望陛下宥恕。"

刘彻没有回答他。不是不回答,而是没有听清楚他在说什么,因为刘彻的思绪从酷吏造成的危害,又联想到了这几年发生的其他几件大事上:一是年初南越国的反叛,二是前不久匈奴的南犯,三是他们刘姓诸侯王祸乱汉室。汉朝建立之初,高祖为了稳固江山,把天下分为国和郡,实行郡国并行制,除分封刘姓王以外,还分封了七个异姓诸侯王,诸侯国的地位远远高于郡。异姓诸侯王被罢黜后,刘姓诸侯依然连城数十,地方千里,缓则骄奢,易为淫乱;急则阻其强而合从,谋以逆京师。诸侯国面积广大且领有军队,孝景帝时曾经发生七国之乱。他刘彻即位后的第十二年,实行推恩令,改变了过去诸侯王只能把封地和爵位传给嫡长子的做法,要求诸侯王把封地分为几部分,用来传给自己的几个儿子,而且直属朝廷。此举旨在减少诸侯封地,削弱诸侯王势力范围。不料,封地虽然小了,爵位却多了,王子侯多达四百零八人,骄奢淫逸者也更多了,并常常抗拒朝廷……

刘彻想到这里,不由心生感叹:年纪轻轻的黄霸,无意中点出了汉室的弊端,难道不该我这个做皇帝的警醒吗?自汲黯以后,身边多是曲意逢迎者,岂可不忧?黄霸既儒雅又仪表堂堂,且敢讲真话,自己的身边不是正需要这样的人吗?于是,笑着问黄霸道:"朕想命你做侍郎谒者,乐意乎?"

黄霸正忐忑不安,忽然听到这话,不由愣了,一时竟然忘记了回答。

刘彻以为黄霸不懂侍郎谒者为何官,接着道:"侍郎,就是朕的近侍,谒者,就是跟在朕的左右,掌接待引见宾客事宜,朝会时为卫士,亦常常奉命出使。"

黄霸一听,喜不自禁,立即跪拜道:"谢陛下恩宠。"

刘彻道:"明日即可与汲偃、司马迁一起跟随朕的左右。"

黄霸再拜,而后退出宣室殿。

黄霸下了宣室殿台阶,没有走多远,恰好汲偃与司马迁迎面而来。汲偃、司马迁见黄霸从宣室殿走出,便知是被皇上召见,禁不住都喜上眉梢。

汲偃抢先问道:"圣意若何?"

黄霸道:"皇上命在下做侍郎谒者。"

司马迁喜悦道:"一般初被举荐或捐纳者,要么为侍郎,要么为谒者,你却为侍郎谒者,身兼二职,足见皇上对你的重用。"

汲偃不再说什么,揽住黄霸的肩膀道:"今日我请你与司马兄到我家喝酒,以示庆贺。"

汲偃说罢,一手拉着黄霸,一手拉着司马迁,快步而去。

黄霸离开宣室殿后,刘彻反复回味黄霸的话,感到黄霸讲的是真实的民情民意,是从身边大臣的口中难以得到的,忍不住联想到了今年发生的几件诡异之事:年初,一个叫栾大的方士来到长安,说他经常在海上来往,见到过仙人,还找到了长生不老药。我居然相信了他,不仅封他做将军,还给他刻了只有皇帝才有资格用玉做的印,甚至还将自己的女儿嫁他。不久,虽然知道是骗局,斩了栾大，身为皇帝被骗，不是奇耻大辱？四月二十九日，发生日食天象，这是不是上天对我警告？秋初，不少郡国发生蝗灾，淮阳郡更甚，这是不是上天在惩罚我？乌维单于犯边虽然被平定，岂不也是对我汉朝的蔑视？想到这里，忍不住自语道：黄霸来自乡下，心如泉水般清澈，说的都是真话，如今不仅民怨沸腾，上天也在发怒。于是，命传令官传达诏令：近日要去翠华山拜谒太乙神，以保佑大汉江山天下太平。

诏令既下，刘彻心中又涌起诸多往事：因为连年征讨匈奴，国库空虚，可是，那些袭侯爵的诸侯国却为富一方，目无朝廷。几年来，为了打压这些诸侯王的嚣张气焰，每逢奠祭宗庙，都要令这些诸侯国献金助祭，可是，他们所献的黄金总是斤两不足，或质量不好，无视朝廷居然到了这等地步！这次去翠华山拜谒太乙神，一定要严加查验，如若再像往年那样，就借机削邑、夺爵，使之成为平民。

刘彻愤愤不平了一会儿，又令身边的传令官道："传丞相赵周来宣室殿。"

传令官应了一声"喏"，立即快步而下。

赵周能做到丞相，得益于他的父亲赵夷吾。孝景帝时，他的父亲赵夷吾曾经是第三任楚王刘戊的太傅。孝景帝前元三年（公元前154年），爆发了以吴王刘濞为首的七个诸侯王国的叛乱，赵夷吾因为劝谏刘戊不要与吴王刘濞通谋反叛，被刘戊杀害。孝景帝为表彰赵夷吾的功劳，封赵周为高陵侯，不久，又命他为太子太傅，做刘彻的老师。元鼎二年（公元前115年）二月，即刘彻即位的第二十六年二月，因为有人盗挖孝文帝皇陵中陪葬的钱币，丞相庄青翟被御史大夫张汤构陷"不先纠举"，被连坐下狱，庄青翟愤急仰药自尽，于是，刘彻任命赵周接替庄青翟为他的第九任丞相。可是，赵周任丞相三年多来，不知是因为看到前几任丞相的遭遇，还是因为其他，一直谨言慎行，总想四面讨好，所以，刘彻对他常常不甚满意。

不一会儿，丞相赵周来到刘彻的面前。

刘彻面无表情地对赵周道:"近日朕欲拜谒太乙神,各诸侯国都要像过去一样贡献黄金。然,这次朕命你亲自督查斤两和质地,不得再以次充好,缺斤短两。"

赵周满口答应道:"请陛下放心。"

此时,刘彻忽然想到黄霸来自淮阳郡,淮阳郡曾经是铸造假币最盛行的地方,是汲黯到了淮阳郡后才根治了造假,黄霸深受汲黯喜爱,又在淮阳郡府做过一段小吏,一定有识别金币真伪之能力。于是,对赵周道:"曾经跟随淮阳郡太守汲黯做官的黄霸,纯真无邪,今日被朕命为侍郎谒者,丞相可让他与掌管宫中御衣、宝货、珍膳的少府一起,参与查验。"

"喏!"赵周领命后,立即退下。

刘彻的诏令迅速传送到各诸侯国。

各诸侯国接到诏令,都以尽快的速度把黄金献到朝廷。

黄霸不知刘彻令他参与查验诸侯王所献黄金质地的真实意图,想到自己刚刚被命为侍郎谒者,又是任职后皇上交办的第一件事,所以,十分认真。对重量不足或者成色不好者都一一登记,如实呈报给丞相赵周。

刘彻如此重视各诸侯国所献黄金的质地和重量,一是显示他对太乙神的尊崇,二是想借此来检验这些诸侯王对他的忠诚程度。

九月初,当各诸侯国都把黄金献来后,刘彻立即召见黄霸,以考验他是否敢说真话,问道:"各诸侯国所献黄金重量和质地如何?"

黄霸如实回答道:"有的重量不足,有的成色不好。"

刘彻一听,脸色大变:"是否已报告给丞相?"

黄霸立即回答道:"查验后即及时报告。"

刘彻勃然大怒道:"你及时报告给了丞相,丞相居然不及时向朕禀报,意欲何为?"立即对传令官道:"传丞相赵周进殿。"

不一会儿,丞相赵周慌慌张张来到殿内。赵周走到刘彻面前,刚要施礼,还没张开口,刘彻便喝问道:"各诸侯国所献黄金重量和质地如何?"

赵周见黄霸站在一边,知道隐瞒不过去,只得如实相告。刘彻听了,怒目道:"凡是重量不足或者成色不好者,均以大不敬之罪弹劾。"

不久,有一百零六名刘姓宗亲被剥夺了爵位和封地。

与此同时,赵周被控告"明知列侯所献黄金不足却不上报"的罪名,被捕下狱。赵周到了狱中,想到刘彻对一百零六名刘姓宗亲都毫不手软,自己做丞相三年多来,刘彻多有不满,惶恐至极,第二天夜里,自杀身亡。

黄霸看到这一情况,想到这次事件与自己也有很大关联,禁不住有些毛骨悚然:朝廷是让人仰慕之地,里面的水有多深,外人难以想象。《诗经》中的"战战兢兢,如临深渊,如履薄冰"之词年少时就背诵得滚瓜烂熟,但仅明白其表面字义,今日才真切体会到其中的滋味。

赵周死后,刘彻立即任御史大夫石庆为丞相。

石庆是名门之子,其父石奋曾经随侍高祖刘邦,孝文帝时官至太子太傅、太中大夫。孝景帝即位后,位列九卿,被尊为万石君。元狩元年,即刘彻即位的第十八年,刘彻册立嫡长子刘据为太子,在群臣中为刘据选拔太子太傅时,石庆有幸从沛郡太守的位置上调任太子太傅,七年后升任御史大夫。刘彻在诏书中说:"先帝十分尊重万石君,他的子孙也有孝行,因此,朕任命御史大夫石庆为丞相,册封为牧丘侯。"

石庆为丞相后,刘彻又征召齐国国相卜式为御史大夫。

黄霸很不解,一个诸侯王的国相何以能直接升为御史大夫?一日,专程到汲黯家中向汲黯请教。汲黯笑道:"当初我和司马迁领你拜见左内史倪宽时,曾经想到过让你也拜见卜式,因为卜式远在齐国,只得作罢。"

黄霸忙问:"卜式都有哪些过人之处?"

汲偃道："卜式与家父同为当今爱民之直臣。卜式是河南郡洛阳人，年轻时以耕种畜牧为业。他有一个弟弟，弟弟长大后，卜式从家中分出居住，只取羊百余只，田宅财物尽给弟弟。卜式入山牧羊十余年，羊多达千余只，于是便购买田宅，而其弟则用尽家产。于是，卜式又多次把自己的财产给弟弟。这时，朝廷正在抵抗匈奴入侵，卜式赶赴长安，上书朝廷，愿意捐出一半的家财资助边事。皇上很感动，派使者问卜式：'想做官吗？'卜式答：'我从小牧羊，不懂怎样做官，不愿意做官。'使者又问：'家里有没有冤家仇人，能否讲出来？'卜式笑道：'我生来与人无争，对贫穷的乡人，我借钱给他们；为人不善的，我教他们做好事。到了哪里，人们都顺从我，有何冤事？'使者又问：'若是这样，你想要什么呢？'卜式答：'皇上讨伐匈奴，我认为贤能的人应该为大节而死，有钱的人应该捐出来，这样的话匈奴就可以灭掉了。'使者如实禀报朝廷后，丞相公孙弘则上奏皇上道：'这不是人之常情，望陛下不要听信他的话。'于是，皇上没有接受卜式的请求，没有接受他的捐助。卜式回到家，继续在田里牧羊。"

黄霸不解道："公孙弘身为丞相，怎能不相信有这样情怀的民人呢？我黄霸就是这样的人，愿为大汉江山和百姓献出自己的一切。"

汲偃道："位高未必不小人，位低未必不君子。小人常以己度人，总是怀疑他人的高尚。君子常以诚待人，位低并非就低贱。公孙弘这是以小人之心度君子之腹。家父任主爵都尉时，常常在朝堂之上指斥公孙弘'内怀奸诈而外逞智巧，以此阿谀主上取得欢心'，还指责御史大夫张汤'对上不能弘扬先帝的功业，对下不能遏止天下人的邪恶欲念'。就是因为家父指斥了他们的龌龊行为，公孙弘与张汤便以'诽谤圣制'的罪名，陷害家父，家父险被他们置于死地。是皇上圣明，家父仅被免官，后又起用为淮阳郡太守。"

黄霸听到这里，十分惊讶："朝廷大臣中还有这样的人？"

汲偃没有再说他父亲汲黯的功德，继续为黄霸介绍卜式道："就在卜式愿意捐出一半的家财资助边事的一年后，匈奴浑邪王等归降汉朝。朝廷因为开支过大，粮仓和钱库空虚，贫民多迁徙，都靠国家补给，朝廷无力满足，一时陷入困境。卜式看到这一情景，又拿二十万钱给河南郡太守，以救流民。河南郡向朝廷上报富人助贫的名单后，皇上一眼便看到了卜式的名字，深信当初卜式捐资是真诚的，并无他念，很为当初听信公孙弘的话没有重用卜式而懊悔，感慨地说：'卜式就是那位坚持要捐出一半家产助边的人。'于是，赐卜式四百人更赋钱。可是，卜式又全部还给官府。当时，富豪皆争相隐匿财产，只有卜式真心出资救助。于是，皇上把卜式尊为长者，召拜卜式为中郎，赐爵左庶长，田十顷，并布告天下，给他显官尊荣，以教化百姓。初时，卜式不愿意做官，皇上说：'朕有羊在上林苑，令你去牧它们。'这样，卜式才答应做中郎官。可是，他却穿着布衣草鞋，和平民一样去牧羊。一年多后，他喂养的羊都很肥美。皇上前去探访时，很满意，问他为何能把羊喂养得那么好。卜式说：'不仅是牧羊，治民也是这样。按时起居，把凶恶的人赶走，不要让整个群体败坏。'皇上对他的话深感新奇，想让他试着治理一个地方，就将他升为缑氏县令。卜式到缑氏县后，一心为民，缑氏人都安于他的治理，缑氏县很快风清气正。皇上看到这情景，又把他调到不太安定的成皋县任县令。他到了成皋县，很快解决了运粮难的事，受到朝廷的赞赏。皇上看到卜式为人朴实忠厚，不久就拜他为齐王太子太傅，很快又转任为齐国国相……"

黄霸感叹道："黄霸明白皇上为何拜卜式为御史大夫了。"

一百零六名刘姓宗亲因为造假被剥夺了爵位和封地，以及赵周自杀，使各诸侯国王看到刘彻重用的人都是为国为民之臣，再也不敢嚣张，那些享受爵位者也不敢再像往常那样骄横。

黄霸虽然为直言各诸侯国所献黄金重量和质地的事内心纠结了很久，但看到朝野一片太平，却又感到喜悦。

十一月辛巳朔日早晨，时交冬至。天刚刚拂晓，刘彻与丞相石庆、御史大夫卜式等满朝文武大臣身穿黄色的祭祀礼服，浩浩荡荡地乘车驶出未央宫，奔向长安城南的翠华山，祭祀太乙神。太乙神是北辰神名，是天神中的贵者。太乙，亦作"太一"。此次拜祭，刘彻特别让黄霸、汲偃、司马迁都随同前往。黄霸第一次见到皇上出行的场面，尤其是这样的祭祀场面，十分震惊。司马迁的父亲司马谈在随从的重臣之列。黄霸早对司马谈的名字如雷贯耳，今天才有幸相见，但限于这个场面，只是远远地投去仰慕的目光。

到了翠华山太乙神祠，按照规矩，早晨朝拜日神，傍晚祭祀月神，都是拱手肃拜即可。而祭拜太乙神则按照重大的郊祀礼仪进行。所以，刘彻与重臣到日神的神位祭拜后，这才缓缓地步向祭祀太乙神的神坛。

黄霸过去没有见识过这些礼仪，所以，处处十分谨慎，也跟随着行礼拜祭。

到了太乙神神坛下面，黄霸远远地看到神坛上布满火炬，坛旁摆着烹煮器具。不一会儿，司祭官捧着直径六寸左右的大璧瑄玉和毛纯膘肥的美牲，先摆放到太乙神神位前。

一切摆放整齐，刘彻走向神坛，致劝太乙神进食的祝词道："上天把宝鼎神策赐给大汉朝，让他的天下月复一月，年复一年，终而复始，永无止息。我刘彻今率众臣前来恭敬拜祭，仅备瑄玉、美牲等供品，恭请太乙神飨用。"

刘彻刚致辞毕，主管官员忽然对刘彻道："陛下，神坛上方有彩光出现。"

刘彻听了，朝神坛上面一看，果然看到有一道彩光，不由大喜。

这时，该官员又惊喜地指着天空对刘彻道："陛下，上空有黄色云气上升，与天相连。"

刘彻一看，果然如此，不由哈哈笑出声来。

见此情景，太史令司马谈与祠官忙向刘彻进言道："神灵降下美好景象，是保佑福禄的吉祥预兆，应该在这神光所照的地域建立泰畤坛，用来宣扬上天的神明瑞应。命掌祭祀的太祝令每年秋天和腊月间举行祭祀。天子每三年郊祀一次即可，不一定每年都来祭祀。"

刘彻听了，十分赞同。

祭祀礼毕，刘彻走下太乙神神坛，立即颁诏：修建祭祀天神的泰畤坛，以得神灵之休，祐福兆祥。

接着，刘彻又下令将翠华山命名为"太乙山"，以祈求太乙神保佑大汉江山天下太平。

一切完成后，刘彻这才率领重臣返回未央宫。

路上，刘彻无意中看到了紧随后面的黄霸。想到这次祭祀出现的吉祥天象，立即想到了黄霸在这次检验黄金中的所作所为，感到今天奇异天象的出现一定是与祭祀时黄金的成色好、斤两足、祭品纯正有关，是太乙神称意而显灵。于是，禁不住朝黄霸投以赞赏的目光。

第四章　祸起胞弟遭罢官

　　黄霸来到长安几个月，时光便进入到了元鼎六年（公元前111年）。这天，刘彻正让黄霸陪伴着在宫中散步，一宦官快步来到刘彻面前，喜不自禁道："启禀陛下，从岭南传来捷报：南越国被灭。"

　　刘彻一听，大喜，忍不住哈哈大笑。

　　那宦官接着又道："南越国的民人能歌善舞，从前线回来报告军情的官员特地为陛下带回那里的很多乐器。"

　　刘彻忙问："都是什么乐器？"

　　那宦官笑道："有钟、磬、铙、铜鼓，还有琴、瑟和笛。不仅如此，他们还带回很多越式舞和楚式舞等南越舞蹈的图绘。其中越式舞有翔鹭舞、羽舞、武舞、芦竹舞等多种。楚式舞虽然只有长袖舞一种，舞女体如游龙，舞姿千姿百态。"

　　刘彻一挥手道："快给朕呈上来，让朕先欣赏欣赏。"

　　那宦官退去，刘彻立即与黄霸朝宣室殿而去。

　　刘彻走进宣室殿，端坐到御座上，沉思片刻，蓦然挥笔书写道："把南越国所辖之地析置为九郡：以番禺为治所置南海郡、以广信县为治所置苍梧郡、以布山县为治所置郁林郡、以赢娄县为治所置交趾郡、以合浦县为治所置合浦郡、以胥浦县为治所置九真郡、以西卷县为治所置日南郡、以儋耳县为治所置儋耳郡、以瞫都县为治所置珠崖郡。"

刘彻写完,递给黄霸道:"你看看,把南越国这样设置如何?"

黄霸对南越国不太了解,但知道刘彻早已对这里胸有定见,还是接过来细细地看了一会儿。看完,喜悦道:"陛下威武。此九郡设置稳固后,西夷、南夷很快就会归属汉朝。"

正如黄霸所言,几个月后,从南方传来消息:与以上九郡相邻的西夷、南夷诸部皆震恐,纷纷请求臣服汉朝。

刘彻得知消息,更加喜悦,对黄霸道:"西夷、南夷诸部主要是夜郎、靡莫、滇、邛都等部族,汉兴之初,不属于我汉朝。朕即位的第五年曾经派番阳令唐蒙出使南越。唐蒙到南越后,他得知蜀地产的枸酱多出于夜郎国,遂上书建议开通夜郎道,以通夜郎国。朕甚是喜悦,立即拜他为中郎将,让他出使夜郎国。唐蒙由巴国边界,通过竹索编织而成的架空吊桥进入夜郎国,以厚礼招致夜郎侯多同归汉。接着,又以厚礼说服其他一些小国。这些小国因为得到汉朝的赏赐,也都臣属我朝。可是,几年后,又都反叛了。为了平叛,朝廷花费很大。当时,朕正全力对付北方的匈奴,只得将西夷、南夷诸部放弃。如今,我汉室未对其动用一兵一卒,却都请求臣服,乃大喜也!"

不几日,刘彻颁布诏令,以冉駹部落之地置汶山郡,辖绵虒县、广柔县、汶江县、蚕陵县、湔氐道五县。以邛都国为越嶲郡,领邛都县、遂久县、灵关道、台登县、定莋县、会无县、莋秦县、大莋县、姑复县、三绛县、苏示县、阑县、卑水县、潜街县、青蛉县十五县。以笮都为沈黎郡,领旄牛县、青衣县、徙县、严道县等县。以氐人之地置武都郡,领武都道、上禄县、故道、河池县、沮县、平乐道、嘉陵道、循成道、下辨道九县。

不料,在岭南、西南夷诸部设立郡县完成,刘彻正为这里归属汉朝而得意扬扬,又从北部传来坏消息:匈奴骑兵多次劫杀汉朝通往西域的使者,通往西域的道路受阻。刘彻得知消息,大怒,立即封大将公孙贺为浮沮将军,令其率军一万五千骑;封大将赵破奴为匈河将军,令其率军万余骑,分兵两路向北出击匈奴。

不久,公孙贺率部出九原郡两千多里,赵破奴出令居数千里至匈河水。匈奴闻之,皆拼命北逃。

为了震慑匈奴,稳固西北边境,刘彻又颁诏分武威、酒泉两地置张掖郡和敦煌郡。

黄霸入朝一年时间,亲眼目睹了北部匈奴进犯汉境,刘彻率军北上,匈奴闻风而逃;岭南作乱,很快被平息;西夷、南夷主动臣服汉朝;西部匈奴劫杀汉使,很快被汉朝驱之千里之外。南、西、北三面,都是大好消息。

元封元年(公元前110年)正月,即黄霸入朝为侍郎谒者的第三个年头,他领略到了刘彻的气概和雄才大略,十分敬佩。同时,也大长了见识,为人处世皆老成了很多。

刘彻见黄霸入朝不久就这么成熟,更加喜欢黄霸:不仅仪表堂堂,还聪明谦恭,崇尚有贤德之人。所以,每逢出行都带上他。每有大事,总是要言于黄霸,听听黄霸的见解。

正月二十六日,刘彻招呼黄霸陪侍在身边,在未央宫前殿和宣室殿之间散起步。正走着,刘彻不知想到了什么,停下脚步,看了黄霸片刻,问道:"你已入朝三个年头,想当初辩口利舌,而今为何话越来越少?"

黄霸听了这话不由一愣,忙回答道:"在下过去总以为读书不少,入朝后方知见浅识薄,所言多是一孔之见,且人微权轻,故讷言敏行也。"

刘彻朝天空扫了一眼,若有所思道:"如今,朕十分思念也曾经做过朕的谒者的汲黯。"

黄霸不解刘彻之意,不知如何回答。

刘彻没等黄霸回话,转脸看着他的眼睛,道:"朝野上下无不知晓汲黯是一位敢言直谏之臣,他曾经多次让朕在重臣前颜面尽失,然,朕却对他厚爱有加,知道为何否?"

黄霸想说而未敢张口。

刘彻提高声音道:"是他真心为大汉江山社稷、为百姓,而没有私心。"

黄霸忙道:"这个,臣下早已领教,故仰慕之。"

刘彻笑问道:"你崇尚汲黯,为何不能像汲黯那样敢言直谏?"

黄霸见刘彻这样待他,心中的疑虑顿消,道:"微臣有一句话,一直想说,不知陛下是否怪罪?"

刘彻欣喜道:"快给朕讲来,朕想听。"

黄霸面色凝重道:"陛下即位以来,威震四方,诸夷归服。微臣来自民间,深知百姓疾苦。微臣以为,如今四夷宾服,万国来朝,天下大治,陛下应为百姓之事深谋远虑,多费些心思。"

刘彻沉吟了一下,正色道:"之前曾有不少人抱怨朕连年征战,不顾百姓死活,其实不然。百姓之事当是地方官尽心竭力而为之,不然,朕要地方官何用?朕是皇帝,是天子,当以汉室天下安危为重,使汉朝称雄天下,不然,何以为皇帝、为天子?朕承继祖宗基业,只能使之光大,岂能让疆土愈来愈小?岂能容忍内忧外患?"

黄霸想了想,感到刘彻的话很有道理,但忍不住笑笑道:"陛下高瞻而远瞩,黄霸实在敬佩。想当年,高祖与项羽争霸天下时,高祖向谋士郦食其问计,郦食其道:'王者以民为天,而民以食为天。'"

刘彻的面色突然一沉,叹息一声道:"你说得有道理。没有百姓,何以为天下?这几十年,朕只倾注于南征北伐,开疆辟土,百姓的事是揣摩少了一些,从今以后,当以百姓为重。"

刘彻突然的转变让黄霸很为震惊,他没想到,气贯长虹的皇上会这么快就能听进他的话。

刘彻望了黄霸一眼,道:"再过几年,等你熟稔了为官之道后,朕就令你做地方官,让你多为百姓做事。"

黄霸恳切道:"黄霸若有此机会,定当不遗余力。"

正说着,只见太史令司马谈走进宣室殿。

刘彻站起身道:"朕正要有事请教太史令,太史令就来到了。"

司马谈笑道:"这叫心通神觉。"

黄霸仰慕司马谈已久,一直没得机会求教,此时忙深深施礼道:"晚辈黄霸能与太史令结缘,荣幸之至,企盼多多赐教。"

司马谈笑道:"子长已向我多次讲起你,改日一叙。"

刘彻朝司马谈笑笑道:"太史令一向无诏不登殿,今日不诏而至,必有要事相告焉。"

司马谈也笑笑道:"南越国被平定,西南诸夷归附,北部边境无战事,各诸侯国也出现少有的安宁,大汉天下呈现祥瑞之气,臣下实在高兴。"

刘彻得意地朝空中挥了挥拳头道:"这是皇天眷佑也。"

司马谈道:"陛下君临天下后,抑黜百家,表彰六经,以儒家之道治理天下,以武略征服四方,文韬武略,天下太平。五百多年前的管子曾经谈到过封禅,其《管子》一书中就有《封禅篇》。臣下曾经师从唐都学天文,师从杨何学《易经》,师从黄子习道家之学,近日阅览史书经典,对那位孜孜不倦地追周礼、毕生以'克己复礼'为己任的孔老夫子,也十分敬慕。孔子曾往来于泰山,寻觅封禅大礼的遗迹。秦始皇二十八年,也即秦统一六国后的第三年,秦始皇东巡郡县,召集齐、鲁两地的儒生博士七十余人到泰山下,商议封禅典礼,以表明他当上皇帝是受命于天。陛下即位已三十年,天下大治,何不择日去泰山封禅,以沟通天人之际?"

刘彻笑道:"太史令所言,正是朕之所思也。"

黄霸听了司马谈的这番话,不由为司马谈的博学而感慨万千,深感自己还读书太少。他很想立即求教一些问题,想到他正与刘彻谈论大事,只得放弃,心中却默默告诫自己:一定找机会多多向太史令求教。

刘彻接受司马谈的谏言,第二天便召集群臣,开始筹划泰山封禅事宜。

元封元年（公元前108年）三月初九，刘彻正一心思虑封禅之事，御史大夫卜式来到宣室殿。他早年在牧羊时，尤其是做缑氏县令、成皋县令时，看到许多管理盐铁的官员，以次充好，谋取私利，老百姓怨声载道，却又投诉无门。他就任御史大夫后就有奏请废除盐铁酒官营的法令之意，却迟迟没有找到合适的机会。今日见刘彻心情高兴，便趁机奉上早就准备好的奏书。其奏书开头就直言道："汉兴以来，实行盐铁酒官营官卖，强令民卖买之，民年十五岁以上到五十六岁，出赋钱，每人一百二十钱为一算，是为算赋，而且船也有算赋，于民不利。郡国不适宜继续实行盐铁专利，当废除。"

刘彻看了卜式的奏书，脸上立即现出不悦之色，心下道：朕正忙于泰山封禅事宜，你身为御史大夫，不替朕考虑有关事宜，反而添乱！盐铁酒官营官卖都是施行很久的法令，朕即位后又进一步完善之，怎么能说废止就废止？

没几日，刘彻感到卜式不习典章，不懂法，不懂治国大计，又在自己急于封禅之时上书让废除盐铁酒官营官卖，不识时务，遂罢去他的御史大夫之职，将他贬为太子太傅。

卜式做了一年的御史大夫就被罢职，黄霸很为之惋惜。

封禅在即，朝中不能没有御史大夫。于是，刘彻想到了不仅精通经学，还能引经据典，把《尚书》中的《尧典》《舜典》讲得非常精辟、透彻，又清廉为民的左内史倪宽，第二天便下诏擢升倪宽为御史大夫。

黄霸听到这一消息，因为卜式被贬而不快的心情才略有好转，并第一时间面见好友汲偃道："倪宽升任御史大夫，向他求教更加便利也。"

汲偃笑道："昔日向他求教需到左内史，今在皇宫即可，此乃天赐良机也。"

黄霸与汲偃相约，倪宽赴任这天，他们亲自到未央宫北门迎接。

倪宽十分爱惜人才，通过上次见面时观察黄霸的一言一行，就感到黄霸是一难得的才俊，上任没几日，通过与黄霸的再次交谈，对黄霸更加欣赏。

这天，刘彻召倪宽进殿，问倪宽道："爱卿善于识人，朝廷急需人才，是否有人才向朕举荐？"

倪宽立即道："黄霸虽然年轻，却志向高远，心怀天下，陛下当重用之。"

刘彻立即答应道："爱卿说得很好，等泰山封禅回来，朕即委之以重任。"

三月下旬，刘彻率群臣和十八万大军，浩浩荡荡，开始了他的泰山封禅之行。

此次行程的安排是经河南郡缑氏县先观仙人遗迹，再登中岳太室山祭祀，然后东去泰山。为了把封禅大典搞得既隆重热烈，又充满儒风雅乐，刘彻让倪宽跟从，由倪宽主司封禅大典仪式。因为此次大典要载入史册，所以，又特别令太史令司马谈相随。同时，也让黄霸跟从，以增长他的见识。

让人意想不到的是，当走到河南郡缑氏县境内时，司马谈不幸身染重病。刘彻倍感遗憾，但不得不派人把司马谈就近送往河南郡治所洛阳医治，并让黄霸留下来陪护。

尽管洛阳有多位名医为司马谈救治，可是，依然不见好转。黄霸见状，不得不一边悉心陪护、照料司马谈，一边让郡府派人火速送信给身在京城的司马迁。

司马迁接到父亲患病留在河南郡的消息后，立即从长安急匆匆赶往洛阳。

可是，当司马迁赶到洛阳时，司马谈已经奄奄一息。司马迁看到父亲这个样子，如雷轰顶，险些晕倒。

黄霸含泪搀扶着司马迁道："黄霸没能求到良医为太史令医治，倍感惭愧和不安。"

司马迁强忍着没有哭出声来，对黄霸道："多谢你对家父的悉心照料。"

司马谈听到司马迁和黄霸的对话声，慢慢睁开了眼睛。他伸出手拉住黄霸的衣袖对司马迁道："黄霸日夜陪在我身边，喂饭喂药，寸步不离，亲子也不过如此矣。"

司马迁含泪再次对黄霸答谢道："司马迁不胜感激。"

黄霸道："能服侍太史令，是我的荣幸。"

他们都盼望司马谈的病快快好转，可是，司马谈的病情却每况愈下，一日不如一日。

司马谈意识到他的病已无力回天，弥留之际，握住司马迁的手，声泪俱下，谆谆嘱咐道：'我祖上，周室之太史也，自上世尝显功名于虞、夏，典天官事，后世中衰，绝于予乎？汝复为太史，则续吾祖矣。今天子接千岁之统，封泰山，而余不得从行，是命也夫，命也夫！余死，汝必为太史。为太史，无忘吾所欲论著矣。且夫孝始于事亲，中于事君，终于立身，扬名于后世，以显父母，此孝之大者。夫天下称颂周公，言其能歌文、武之德，宣周、邵之风，达太王、王季之思虑，爰及公刘，以尊后稷也。幽厉之后，王道缺，礼乐衰，孔子修旧起废，论《诗》《书》，作《春秋》，则学者至今则之。自获麟以来，四百有余岁，而诸侯相兼，史记放绝。今汉兴，海内一统，明主贤君忠臣死义之士，余为太史而弗论载，废天下之史文，余甚惧焉，汝其念哉！"

司马迁听到这里，俯首流涕，对父亲发誓道：'孩儿我虽不聪敏，请容许我把您已记录编排过的有关过去的传闻，完整地书写出来，绝不敢有丝毫缺漏。"

司马迁刚说完，司马谈便含恨而去。

司马迁痛不欲生，捶胸顿足，号啕大哭。黄霸也如丧考妣，痛心入骨。

次日，河南郡太守备灵车，亲率郡府官吏，与司马迁、黄霸一起，将司马谈的遗体送往长安。

刘彻把司马谈送往洛阳后，东幸缑氏县，又礼登中岳太室山，然后才一路东去。他怎么也没想到就在他还在去泰山的路上时，司马谈就辞世了。

刘彻至泰山后，看到山上的草木尚未发芽，先派人在岱顶树立碑石，然后东巡至渤海。四月，刘彻由渤海返回至泰山，亲自定下封禅礼仪：先至梁父山礼祠"地主"神，其后举行封祀礼，在山下东方建高九尺的封坛，在坛下埋藏玉牒书。

这天，刘彻行封祀礼之后，独与侍中奉车子侯登泰山，行登封礼。第二天，自岱阴下，按祭后土的礼仪，禅泰山东北麓的肃然山。

封禅结束后，刘彻又在明堂接受群臣的朝贺，并下诏道："朕以眇身承至尊，兢兢焉惟德菲薄，不明于礼乐，故用事八神。遭天地况施，著见景象，僁然如有闻。震于怪物，欲止不敢，遂登封泰山，至于梁父，然后升禅肃然。自新，嘉与士大夫更始，其以十月为元封元年。行所巡至，博、奉高、蛇丘、历城、梁父，民田租逋赋贷，已除。加年七十以上孤寡帛，人二匹。四县无出今年算。赐天下民爵一级，女子百户牛酒。"

刘彻对这次泰山封禅十分满意，可是，他没想到，一回到长安就得到了司马谈不幸辞世的消息，不由悲痛万分，遂下令罢朝三日致哀。

让黄霸没想到的是，也就在司马谈安葬不到一个月的时间，一天，他正与汲偃、司马迁谈论天下大事和如何施展大志，忽然，刘彻的传令官来到他们面前，直接对黄霸宣读刘彻的诏令："古之立孝，乡里以齿，朝廷以爵，扶世导民，莫善于德。黄霸身为朝廷命官，对家人不依法严教，其弟黄强仗势凌人，横行乡里，以致撞死县令，犯下死罪。经众臣联名弹劾，罢官贬为庶人。"

汲偃、司马迁听了，都大惊失色。黄霸如雷轰顶，呆若木鸡，很久，才"呜呼"一声哀叹，泪流满面。

原来，黄霸的弟弟黄强自黄霸进入朝廷后，趾高气扬，不可一世，在乡邻中飞扬跋扈，招摇过市，摆阔逞强。一日，阳夏县令乘车下乡查看，与黄强相遇。黄强驾着车不仅不避让，还快马加鞭，与县令的车比排场。不料，黄强的马车因为速度过快，撞向县令的车，致县令从车上摔下，几日后死去。此事传到淮阳郡府，郡府因为黄霸是侍郎谒者，不敢擅自行事，就把此事上奏到朝廷。几位朝廷重臣听到这一消息，非常愤怒。立即联名上奏刘彻，弹劾黄霸。刘彻听到这一消息，大怒：刚刚入朝，家人就恣睢无忌，以后岂不更加横行不法？随即诏令罢免黄霸的官职。

黄霸虽然为失去官位而悲痛，但又不得不因为弟弟的横行霸道而羞愧。于是，立即收拾行囊，尽快启程回阳夏县老家，免得受人嘲笑。

汲偃、司马迁都为黄霸惋惜，但也爱莫能助。不得不依依不舍地帮他收拾行李，为他送行。

一向言辞凿凿的汲偃，此时却感到言穷词尽。想了好一会儿，也没找到能够安慰黄霸的言辞，最后借贾谊《鹏鸟赋》中的一段话，安慰他道："贾谊在《鹏鸟赋》中说：'万物变化兮，固无休息。斡流而迁兮，或推而还。形气转续兮，变化而嬗。沕穆无穷兮，胡可胜言！祸兮福所倚，福兮祸所伏；忧喜聚门兮，吉凶同域。'想当初，家父两次回归田园，皆很坦然，终获皇上屈身起用。望老弟不要自暴自弃，一蹶不振。"

司马迁深知黄霸是一个读书人，尤其是对律法之书读得更多，什么道理都懂，此时，说什么都苍白无力。但是，也不得不安慰他道："《易经·系辞》里有言：'事故吉凶者，失得之象也；悔吝者，忧虞之象也；变化者，进退之象也。'天地间没有所谓的吉凶，也没有绝对的是非，也没有绝对的好坏。此次被罢官，未必都是坏事，不知哪一天好运又会降临。"

黄霸苦苦地笑笑道："感谢二位的安慰和指点。我与二位相处岁月虽短，却受益匪浅，黄霸会一生永记。皇上诏令已下，黄霸已无颜再在京城停留，只想尽快离开。"

汲偃、司马迁深感若让他在京多留时日不仅没有什么益处，反而会更伤他的自尊，于是，异口同声道："明日我们为你送行。"

黄霸道："不再烦劳二位。明日一早，我悄无声息地离开未央宫为善。"

汲偃忽然问道："打算怎么走？"

黄霸长叹一口气，道："如今已是庶人，还能如何？先步行离开未央宫再说。"

黄霸说着，不由垂下头，又一次黯然神伤：来时与太守丞同车，十分风光，而今却惨恻郁闷襟怀不能舒展，惆怅失意心中悲戚满含……

司马迁吃惊道："路途如此遥远，且又山山水水，风风雨雨，何时才能到家？"

黄霸正不知如何回答是好，御史大夫倪宽健步走来。黄霸忙躬身施礼道："有缘相识倪大夫是黄霸一生之幸事，只是天不遂愿，从今日起要日东月西，不得相随。"

倪宽叹道："我本已建言皇上重用之，没想到……"

黄霸忍不住热泪盈眶道："命运使然，黄霸只有饱食终日之命，没有为官之运焉。"

倪宽安慰他道："塞翁失马，焉知非福。你还年轻，不必为一时之得失而熬煎，只要胸怀大志，总有崭露锋芒之时。"

黄霸再次躬身施礼道："倪大夫美意黄霸心领了。"

倪宽又劝导他一番，并嘱咐一番路途上多加小心的安慰之语，这才离开。

就在这时，东方朔走了过来。当得知黄霸要徒步回乡时，立即道："路途如此遥远，岂能徒步而归？"

汲偃望了一眼东方朔道："我出资为黄霸租一牛车。"

司马迁道:"我也有份。"

东方朔故作不悦道:"小瞧东方朔不成?我也有份。"

宫中官吏乘车等级十分严明,黄霸又是被弹劾罢官者,所有车辆皆不能再用,所以,汲偃、司马迁、东方朔商定:明日在未央宫外给黄霸租一辆百姓的牛车,直接把黄霸送到老家。

第二天天色刚蒙蒙亮,黄霸即匆匆起床,他要赶在朝臣上朝前离开京城,免得再遇见朋友和朝臣。汲偃、司马迁、东方朔知道黄霸此时的心情,所以,都早早地就来到了他的门口,替他提着行囊,为他送行。

出了未央宫不远即是街市,但见有一辆牛车已在一个街口等候。黄霸知道是汲偃、司马迁、东方朔为他租的车,回顾往日的交情,想到从今日起要与他们天各一方,不由泪如雨下。

东方朔不改性格诙谐、滑稽的习性,不仅不去劝慰黄霸,反而开玩笑道:"想当年我因为喝醉了酒在殿上撒尿,犯下大不敬之罪,被贬为庶人,如今不是依然在皇上身边?你是因为弟弟被贬为庶人,与我的罪行相差很远,说不定哪天皇上又把你召回了。"

黄霸尴尬地一笑道:"我是黄霸,不是东方朔,没有你的智慧。"

东方朔忽然正色问:"知道我们为何让你坐牛车否?"

黄霸知道东方朔在开玩笑,却笑不起来。

东方朔忽然又哈哈大笑道:"牛车是夏朝时商丘人王亥所创,王亥是商国的第七任君主,阏伯的六世孙,冥的长子。王亥不仅帮助父亲冥在治水中立了大功,而且还在商丘服牛驯马进行农耕,创制了牛车。他用牛车拉着货物,到其他部落去搞交易,使商部落得以强大。如今,你坐上王亥创制的牛车,谁敢说你以后不能像王亥一样富甲一方,也'牛'起来呢?"

汲偃、司马迁听到这里,都掩面而笑,黄霸也忍不住微微一笑。

东方朔看黄霸笑得还不够,又道:"汉兴之初,民穷财尽,天下尚且不够安宁,马还不能满足打仗之需,马车只有皇帝才能坐,除了出征打仗,将相一般只能坐牛车。而今你坐着将相才坐的牛车,谁敢说你以后不能成为将相呢?"

黄霸再也忍不住,终于笑出声来,但很快就自嘲道:"彼一时,此一时也。而今我家中就有牛车和马车,如此说来,早就享受将相的待遇也。"说罢,神色又一次暗淡下来。

汲偃、司马迁、东方朔知道再怎么劝慰也终有一别,遂让黄霸上车。

黄霸上了车,坐稳,车夫回望了一眼汲偃、司马迁和东方朔,立即扬起手中的皮鞭,往空中猛地一甩,鞭子发出"啪"的一声脆响。车辕中那健壮的黄色公牛听到响鞭声,摇了摇尾巴,脖子用力往前一伸,车轮"咯噔"一声发出回应,立即向东滚滚而去。

第五章　魂牵梦绕家国情

　　黄霸与汲偃、司马迁、东方朔分别后，身子虽然随着车子向东而去，双眼却一直朝西回望着长安城。直到长安城被天上的阴云团团围住，再也看不见，这才转身朝向东方。

　　驾车的公牛头上长有一对粗大的月牙形的角，体型虽不高大，却毛色光亮，四肢健壮。四蹄虽不快捷，却落地有声，格外有力。虽然牛很有力，车也不陈旧，但是，因为路面到处是车轮碾压而成的辙沟，那辙沟有深有浅，有弯有直，有高有低，所以，车轮不停地发出"吱吱咂咂"的叫声，车身也不停地左右摇晃。

　　黄霸没有心思顾及这些，身子被摇得一次次撞上车帮也不知疼痛，脑海里先是入朝三年来的一件件顺风顺水的往事：太守丞亲自把他送到朝廷，一路谈笑风生；皇帝刘彻一见他就关爱有加；汲偃、司马迁、东方朔、倪宽、卜式等都一见如故、情投意合……一番欣喜之后，却是无比的悲痛：在自己很快就能平步青云，一展鸿鹄之志之时，没想到弟弟竟做出害人害己且玷辱黄氏门庭之事，让他一下子从山顶跌入低谷，一腔热血成了冷冰，宏图大志成了泡影。因为悲愤，黄霸的双手忍不住不停地捶击车帮，以致车夫不停地回头看他。

　　车夫个头不高，一双大眼却炯炯有神。他不像一般的车夫，只管赶牛往前走，走得快就行，而是一边赶牛，一边眺望着远方的路，看到有弯曲或者深深的车辙，就及早避让，尽力减少颠簸。他从汲偃和司马迁的话语中，已经知道黄霸是被罢官之人，十分同情，时不时地转身瞅一眼黄霸，以防有什么不测。他看黄霸身材高大，仪表堂堂，且一身儒雅之气，是一个好官之相，就故意找话给他解愁，问道："先生是哪里人？"

车夫的话把黄霸从愁绪中拽了回来。他看到车夫对自己如此亲切，忙回答他道："淮阳郡阳夏人。"

车夫笑了笑，问："淮阳郡太守汲黯，先生一定知道吧？"

黄霸忍不住也笑了笑，道："何止知道！"

车夫正色道："汲黯可是个爱民的好官焉。"

黄霸不禁有些诧异："你是怎么知道的？"

车夫憨笑一声道："别以为我是一个平民百姓，就啥也不知道。我身在京城，家就在未央宫附近，常常能见到皇宫里的大官，能听到宫中的传闻，朝臣之间的很多事也略知一二。"

黄霸忙问："你是怎么知道汲黯的？"

车夫样子十分自豪，道："汲黯在皇宫几十年，初为太子洗马、谒者，后为中大夫、东海郡太守、主爵都尉、右内史，最后才到淮阳郡做太守。想当初，没有汲黯，就没有老夫我这条命也。"

黄霸很不解，忙问："你与汲黯有不解之缘？"

车夫滔滔不绝道："元狩二年（公元前121年），就是十一年前，匈奴西部的浑邪王率四万多部众投降汉朝。皇上欣喜异常，诏令要备两万辆车，将这些投降的匈奴人接到长安。一辆车需四匹马，两万辆车就需要八万匹，国家的马厩里没有那么多马，朝廷又拿不出钱来去临时购买，就发令向老百姓借马。老百姓闻讯，担心自家的马一去不回，大多都把马藏了起来，我也把家中的马藏了起来。官员们借不到马，皇帝雷霆震怒，以为是长安县令办事不力，欲杀掉长安县令。那时，汲黯任右内史，长安县令是他的属下。汲黯担心皇上杀县令，又株连百姓，就急匆匆奔向皇宫，正色庄容地对皇上道：'陛下，长安县令官太小，杀了也不管用，要杀就杀我这个右内史，杀了我，就能借到马了。'他的话一出口，整个朝堂的文武百官都惊得目瞪口呆，以为汲黯这次非大祸临头不可。不料，皇上却默不作声，最后不仅没有杀县令，也不再向百姓借马。"

黄霸听到这里，刚才的烦恼瞬间而去，眼前全是汲黯生前的音容笑貌。

车夫接着又道："匈奴浑邪王率四万多部众投降汉朝后，在长安城居住下来。他们随身带来了很多当地的物产，都乐意拿出来与长安人交换，长安人也很喜欢来自异域的稀罕物件，我也做过这事。按照当时的汉律，汉人与匈奴人私下交易是要判处死罪的。长安人以为这个法律条文只适宜于边疆，如今匈奴人已是长安人，应当不属此列。不料，执法官将与匈奴人进行过物品交换的五百长安商人拘捕，关进监狱，并判处死罪，我也在其中。汲黯听说后，立即奔向未央宫，上奏皇上道：'陛下，匈奴屡犯我大汉边境，为征讨匈奴，战死疆场和负伤的人不计其数，耗费了数以亿万计的资财。臣汲黯愚蠢，以为陛下抓获了匈奴人，应当把他们都赏给死难者家人去做奴隶，把掳获的匈奴人的财物分给他们。如今，陛下不但不这样，反而把投降的匈奴人当做宠儿，又要用严刑峻法来杀戮不懂法的五百多名百姓。臣私下以为，陛下这样做十分不妥。'皇上听罢，又一次沉默不语。最后，这五百多名百姓幸免于难。如若不是汲黯，我也早死于沟壑，今天就不会为先生驾车了。"

黄霸听到这里，忍不住道："我曾经是汲黯的属下，对汲黯十分崇敬。受汲黯的举荐，才得以入朝为官，没想到……"

车夫一听，才意识到黄霸与汲黯有着不解之缘，接着道："老百姓就记着两种官：一是贪官，世代唾骂；二是爱民的官，像汲黯，百姓会千秋铭记。"

黄霸见他这么一说，忍不住又陷入悲戚之中：本想矢志做一个像汲黯那样的百姓爱戴的好官，不料，却被弟弟葬送了前程。

车夫看黄霸一路长吁短叹，为了让他开心，忙笑着转换话题道："先生，前不久我听说一个有趣的故事，想趁机讲给你，如何？"

黄霸想到他家住在未央宫附近，一定又是有关朝廷或者朝臣的逸闻趣事，忙问："什么故事？"

车夫笑笑道："一个有关牛车的故事。"

黄霸一听，立即兴趣大减，面色又冷冷的。

车夫看到黄霸表情的变化，又适逢道路高地不平，就没有再讲。

黄霸见车夫忽然打住，又忍不住问："你为何对车那么有兴趣？"

车夫苦笑道："自从和匈奴人交换物产险被杀头，就购置了这辆车，以此挣钱养家。自从有了这辆车，就喜欢询问与车有关的故事。"

黄霸微微一笑道："看来你是个做事很用心的人。"

车夫见黄霸有了兴趣，等走上一段平坦的路面，侃侃而谈道："春秋时，齐国的国相晏子有一个车夫，这个车夫身材魁梧，相貌堂堂。晏子的个子矮矮的，相貌也不是那么出众，天天坐在后面的车棚里，谁也看不见。那车夫每天给晏子驾车，始终坐在前面，头角崭然，感到很风光，很了不起，所以非常傲慢。一次，晏子乘车外出，马车正好从车夫的家门前经过，车夫的妻子从门缝里偷偷往外看，见她的丈夫坐在大车盖下边，得意扬扬，神气活现，很为惊讶。当日车夫回家，妻子竟要离开他。车夫大惊，忙问是何缘故。妻子说：'晏子身长不满六尺，却做了齐国的国相，名声显扬于诸侯。今日我有幸见他出行，看到他神态自若，谦卑温和，可亲可敬。你身长八尺，却给人家当车夫，样子竟然傲气十足。你不觉得卑微，反而趾高气扬，我为你感到羞愧，故要离你而去。'这个车夫听了，从此以后变得谦卑自敛，沉默寡言。晏子感到奇怪，就问他何以如此，车夫如实作了回答。于是，晏子推荐车夫做了齐国的大夫。"

黄霸忍不住笑道："你也想做大夫不成？"

车夫见黄霸笑了，这才宽下心来。于是，笑出声道："等你做了丞相，也让我这个车夫做大夫。"

车夫意欲让黄霸高兴，不料，黄霸听了这话，刚刚挤出的一点笑颜又像霜打的树叶一样蔫了下去：我如今被罢官回家，成为一个庶民，一个小官也做不成了，哪里还能做大官，甚至做丞相？黄霸知道他本是好意，但对这个故事不再有兴趣，遂把目光转向田野，因为以后的岁月就要同过去一样，和田地打交道，还是多关心一下田地为好。

五月的天气，正是不冷不热的时候，路边的田野里，庄稼都在昂着头使劲地吐着翠绿，不分风雨阴晴，不分白天黑夜。黄霸看到庄稼的长势，心中叹息道：我若是那庄稼苗，不分白天黑夜地往上长，该多好啊！可是……我如今连庄稼苗都不如。

夜幕降临的时候，黄霸进入右内史东部的下邽县。来的时候，因为是和太守丞同行，都是住在驿站。这几年每次回家探望母亲，因为是朝廷命官，也住在驿站。现在是庶人一个，已不能住在官府的驿站，所以，只好在驿站附近找一家客栈住下。

这家客栈有十几间房，墙壁都是竹篾夹抹石灰。让黄霸不解的是，墙壁上居然有很多涂鸦，既有画，也有"诗"。黄霸住的这间房，墙壁上就有这样一首诗："跳蚤公，跳蚤母，对床请你去过午；人家宰的大肥猪，我家杀的抱鸡母。"黄霸一看就忍不住笑了：这岂不是说床上跳蚤很多，客人成了跳蚤的盛宴。

黄霸没有心思顾及这些，因为一路太累，躺下便睡。可是，一夜梦魇不断，一会儿是弟弟黄强把县令从车上撞下，一会儿是他做了一个地方官，到百姓家巡访，一会儿是汲黯、司马迁、东方朔为他送行。他一会儿悲，一会儿喜，几次从睡梦中哭醒，最后再也不能入睡。

第二天天一亮，黄霸又启程了。

几日后，黄霸进入河南郡西部的渑池县。该县本名黾池，以池内注水能生出一种叫"黾"的水虫而得名。这里属浅山丘陵，有山有水，景色宜人。黄霸经过此地去长安的时候，在此曾经有流连忘返之感。此时，他虽然没有心情下车去欣赏风景，却也忍不住左右远眺。

就在黄霸看着风景，心情慢慢好转的时候，忽然看到一辆两匹马驾驭的囚车载着一个囚犯，从右边一个村子的路口快速驶入大道，囚车的后面跟着一群呼天抢地的百姓。这时，黄霸的车正走到村路与大道的交叉口，两车险些相撞。囚车的两边跟着的几个持刀佩剑的狱卒，看到黄霸车速未减，对黄霸大喝道："对县署牢狱的车不知避让，找死不成？"

黄霸忍下一口恶气，让车夫停车避让。囚车呼啸前行。一群百姓追到路口，见再也追不上，一个个匍匐于地，对着远去的囚车，呼喊着"冤枉，实在是冤枉"，大哭不止。

黄霸下了车，走到喊冤的百姓跟前，将他们一一搀起，问道："诸位乡亲，这其中有何冤情啊？"

老百姓正无处诉说，见有人相问，其中一个人擦去泪水，哭诉道："前几日县令驱车路经俺村，我哥哥因为说了一句'官人和百姓一样，都是吃屎长大的'笑话，惹得县令大怒，没想到今日竟派人把哥哥抓走了。"

黄霸感到不解，忙细细询问。原来这个被抓者是一个爱开玩笑的滑稽之人。那天，他正跟几个同村人说笑话，恰好县令的车路过。县令见有人聚集，便留意倾听。不料，那个滑稽的人没顾这些，依然跟乡亲们继续他的话题："我说人是吃屎长大的，你们不信？想一想：粮食是不是田里的庄稼长出的？庄稼是吃了人粪、牛粪、狗粪长成的，粪变成粮食，人吃粮食，吃后又变成屎，又让庄稼吃，人不是吃屎长大的？"众人听了大笑。那滑稽之人见众人都笑了，十分得意，转脸看了看县令，又说："官人和百姓一样，都是人，故都是吃屎长大的。"县令听了，怒不可遏，斥责他对官府大不敬，犯下了大不敬之罪。今日即派狱卒把这滑稽之人给抓走了。

黄霸听到这里，不由一阵慨叹：大不敬罪指的是臣民对皇帝或皇室有不恭的言辞、行为，此罪是重罪，臣民一旦触犯，都会被判死刑。如今一个县令居然把百姓说句笑话给定为大不敬罪，可见为所欲为已到了极点。想当初，东方朔因为醉酒在殿上小便，被其他官员弹劾犯下大不敬之罪，皇上也仅仅把他贬为庶人。这样的地方官，心中没有百姓，不关心百姓疾苦，却为一己之私，骄横淫逸，这样的地方官怎么能治理好一方？没有好的地方官，朝廷的大计再好，百姓能会过上好日子？

黄霸想到自己现在的处境，无力为百姓鸣冤叫屈，一边无奈地上车，一边叹息道："如若不是被罢官，一定会上奏皇上，严惩这些官吏。"

二十多天后，黄霸回到了阳夏县。

一踏上故土，黄霸忍不住又一次思绪翻滚：没有这片土地，就没有我黄霸。可是，仅仅守住这个家，怎能帮助千万家？

黄霸到了村头，没有立即回家，而是让车夫将车停在自家的田地边，呆呆地望着田地里的庄稼，好似看着久违的亲人一般。

乡亲们在村头远远看到黄霸站在田边的身影，以为他是回来看望母亲，消息立即就在村里传开了。全村人得知消息，纷纷走出家门，站在村口等候，都想第一时间看到他。尽管这时刮起了大风，尘土飞扬得让人睁不开眼，全村人却没有一个离开。

黄霸的车到了村头，乡亲们立即围了上去。当看到黄霸的神情和过去大不一样时，联想到他弟弟的事，似乎明白了什么，一个个都呆呆地、怜惜地望着他，竟然都不知道说什么为好。

黄霸下了车，不知是因为看到这情景悲从中来，还是因为长途劳顿，有些站立不稳。当有人想上前搀扶他的时候，他忽然朝乡亲们跪了下去。乡亲们见状，犹如看见落入水中的孩子，喊着"黄霸、黄霸"，一起奔向他，有的急忙搀扶，有的把他团团抱住。

黄霸在乡亲们的劝说下，慢慢站起身，很久才歉疚不安地朝自己的庭院而去。

黄霸家的庭院为三进四合院，分正院和侧院。正院由前院、中庭、后院组成。前院，正面中间门厅为硬山式门楼，置门扉两扇，两侧墙壁上彩绘着壁画，右边的壁画为一主两仆三个女性，左边为一主两仆三个男性。门厅的两边为悬山式马厩，高度都低于门厅很多。马厩皆门口朝里，距门口不远各置一长方形马槽，以便喂养马牛。院内栽植很多花草。过前门不远即二门，此门为二层重檐门楼，下层为悬山顶，上层为四阿顶。门楼两侧是对称的四层四阿顶角楼，第二层分别与门楼和厢房相通，角楼四壁均设有瞭望孔，可以瞭望院外的一切。进了二门为中庭，是这个院的主庭。此庭建于高高的台基上，为两层重檐四阿顶楼阁。楼阁的前面有楼梯通道通入主楼一层。这一层为客厅，客厅的左侧有茅厕，右侧有偏门可通后院。此处置有楼梯通到主楼二层及厢房，是黄霸父母歇息的地方。这一层的前面还有回廊，廊内设有平座，周边设菱形镂空栏杆，可凭栏鸟瞰全院。厢房是仆人和黄霸兄弟姐妹住的地方。后院为仓楼、厨屋、猪圈和茅厕。

  黄霸家的庭院是方圆数十里最为阔气的庭院，虽然他家是"大家"，因为一家人和乡邻相处很好，全村人常常都像在自己家一样，随便出入，每天都热热闹闹。今天，他的庭院内却和往常相反，异常地平静。乡亲们进了院子，没有一个人说说笑笑。他们把黄霸迎进院子，也没有陪他去见他的母亲，而是静静地站在院子中间。

  黄霸的父亲曾经做过东郡的太守，在黄霸十岁的时候就因积劳成疾去世了，从此，他的这个世代为官的家与官场再无联系。如今是他的母亲柳氏支撑着这个家。黄霸回到村口时，早有人告诉了她，因为黄强的事，她很久没有下楼，这时她在中庭的客厅里呆呆地坐着，不仅不让儿女们靠近，也不让仆人服侍。

  黄霸看到院子里静悄悄的情景，想到昔日自己回来时母亲都笑脸相迎，而今却不见她的身影，立即奔向中庭二楼。

  肃立在二楼楼梯口的他的妹妹和仆人，一直在不远不近地陪侍着母亲，看到黄霸上了楼，这才动身迎接，随他走进客厅。母亲柳氏一听那脚步声就知道是黄霸上楼了，却依然一动不动。她知道，这个时候不是黄霸的休沐期，黄霸不该回来，此时回来一定凶多吉少。

黄霸到了母亲跟前，扑通一跪，泪如雨下道："母亲，霸儿回来了。"

母亲呆呆地坐着，没有看到他似的，任他哭。等他哭了一阵，这才声音低低地，伸手拉住他的胳膊道："起身吧。"

黄霸慢慢起身，惴惴不安道："孩儿让母亲挂心了。"

母亲忽然怒道："是强儿害了你，也害了全家！"

黄霸劝慰母亲道："霸儿能在母亲面前尽孝也是好事。"

母亲不悦道："母亲不喜欢儿女在跟前唯唯诺诺，那样，只是小孝，能为民做好事，那是大孝，才值得称赞。"

黄霸不由低下头，心中哀叹道：母亲啊，儿子何尝不想那样，可是，儿子已经别无他途。

母亲看着黄霸憔悴的面容，叹息道："一母所生，为何他不像你孜孜以求，心系天下，而是饱食终日，无所用心，尽干些鸡鸣狗盗之事？"

黄霸听了母亲的话，不由怨恨弟弟道："人穷志不短，必有所为，人富即淫逸，必有不测。做子女的，承祖上的基业，自身无尺寸之功，不仅不进取，反而放荡不羁，桀骜不驯，不知为耻，反以为荣，岂不悲哉？"

母亲再次叹息道："《周易》里有言：'天行健，君子以自强不息；地势坤，君子以厚德载物。'历来骄奢者多自亡，我数次告诫他，他皆不醒悟，只得随他去。"

黄霸不愿让母亲太伤心，忙转换话题道："霸儿自幼习读律法，知道弟弟将会受到如何惩治。俗话有言：覆水难收。再为他忧虑也无法挽回。母亲为我兄弟姐妹终日操劳，不快的事就别再那么多虑。以后，田园之事就交给霸儿料理，再也不用您来操心。霸儿很久不见母亲了，就让霸儿陪您到院外走走吧。"

黄霸与母亲走到院外，母亲忽然停下，眼泪汪汪道："改日你到县狱去看看他吧，毕竟他是你弟弟。"

黄霸立即答应道："明日即去。"

这天夜里，黄霸和母亲几乎没有入眠。

第二天一大早，黄霸按照母亲的安排，徒步去了位于阳夏县县城的牢狱。

黄霸虽然是被罢官之人，毕竟在淮阳郡府跟着汲黯做过官，又做过皇帝的侍郎谒者，县里无人不知，所以得以及时见到了弟弟黄强。只是，这时关于判定黄强死罪的奏书早已上报朝廷。

黄强看到黄霸，以为黄霸是专程从京城赶回来救他，忍不住悲喜交加，放声大哭道："哥哥救我，哥哥一定救我……"

黄霸愤愤地问："哥哥怎么救你？"

黄强擦去泪水，哽咽道："你是皇帝身边的人，还能救不了弟弟？"

黄霸强忍怒火道："我在家时常常劝诫你：人有志方成才，水有河方成流，不然，自取其辱，一切皆空。你还记得吗？"

黄强哭得更痛，道："弟弟知错了，以后再也不会这样了。"

黄霸好像没有听到他的话，问他道："我曾经给你说过：狗以吃屎为乐，人当以做好事为乐。你还记得否？"

黄强忙点头回答："记得记得，以后要好好做人。"

黄霸继续自己的话题，又问："你曾经问我为何喜欢做官，我说：别人当官以拥权霸世、富贵荣华为乐，我当官以为民除害、造福万家为乐。你还记得否？"

黄强羞愧地垂下头，无言以对。

黄霸恨恨地含泪道："你只知享乐，如今毁了自身，毁了家，也毁了我的家国情怀。"

黄霸禁不住痛哭流涕道："弟弟后悔了，哥哥一定设法相救……"

黄霸直言道："世上没有后悔药，你明白了，可为时已晚。"

黄强以为因为过去不听黄霸的话，怀恨在心，今日不准备救他，不由瞪大了惊恐的眼睛。

黄霸强忍泪水道:"我因你犯罪被罢官,如今已是一庶民……"

黄强目瞪口呆,一下子瘫软于地。

黄霸忍不住再次恨恨地指责他道:"你我同为黄氏后裔,我尊祖敬宗,求其清流,你则浊黄家清泉,毁黄家英名,岂不罪哉?你之罪岂仅仅触犯汉律?"

黄强无言以对,面若死灰。

黄霸仰面慨叹道:"你以为承继着祖上的基业,穿着和别人不一样的衣裳,驾着豪车招摇过市,就是风光,能与县令比高低就是显贵,其实是寡廉鲜耻,俗不长厚呀。"

黄强无地自容,痛哭不止。

黄霸越说越气愤,道:"汲太守的祖上数代为官,皆忠国为民,如今他的弟弟汲仁官至九卿,其子汲偃深得皇上重用。汲氏世代皆以向善为荣,故天下称颂。我刚刚入朝你就仗势欺人,为非作歹,即使朝廷免你死罪,我们黄家岂能逃掉万世骂名?"

黄强听了黄霸这番话,更是羞愧难当。他深知哥哥已无力救他,自己虽然不懂律法,却常常听黄霸讲起桩桩案件和种种刑罚,如:夷三族的族诛,斧钺斩其腰的腰斩,碎裂肢体而致死的磔刑,死后为众人摒弃的弃市……如今哥哥被罢官,他自身难保,何以能救自己?与其受酷刑而死,不如自杀身亡,于是,猛地站起身,伸着头,飞也似的向墙上撞去。

事发突然,等黄霸意识到黄强要自杀而起身相救时,黄强已倒在血泊中。

第六章　乡间路上结奇缘

　　黄霸本来就心情郁闷，弟弟黄强的死，更增加了他的苦痛。埋葬了弟弟后，他每日只有拼命地在田园里耕作，甚至干起仆人干的活——喂猪，以排遣心中的愤懑和不安。

　　他家喂养了几头猪，因为黄霸喂的次数多了，对黄霸都有了依赖之情，一到饿的时候，就跟在黄霸身后哼哼唧唧地叫。黄霸每次看到这情景，就端起猪食，放进食槽里喂猪。那些猪吃饱喝足后，就摇着尾巴到一边高兴地相互拱拱嘴，拱拱屁股，或者相互追逐一番。等嬉戏了一阵，就开始去睡觉。它们睡觉的时候，往往是小猪跟着大猪，都躺在一块儿，眼皮虽然都合着，却你蹬我一下，我也蹬你一下，样子十分惬意。黄霸每次看到这里时，脸上会忍不住现出一点笑色。

　　开始的时候，黄霸母亲并没有阻止他，时间一长，忍不住劝说他，让他多读书。在母亲的劝说下，黄霸也拿起书来读，却再也不像过去那样废寝忘食，总是读不几行便兴趣索然。

　　黄霸为了不让母亲为他忧心，喂了猪后就扛起农具到田里去耕田，或者去除草。毕竟几年不在田里耕耘，每次干不了一会儿，便累得腰酸腿痛。每次累了，就走到地头的树荫下，头枕锄把或者鞋子，躺在地上歇息。

这天中午，黄霸正在树荫下睡得香甜，忽然被人摇醒了。他睁眼一看，是附近村子里的一位相士，名叫杨不凡。杨不凡年少时因为家里贫穷，曾经受过黄家的接济，对黄家十分感激，自听说黄霸被罢官后，曾经几次到黄霸家，想宽慰黄霸一番，因为得知黄霸正心烦意乱，不想见人，都是到了门口又返了回去。今天是要再次去他家，没想到走到这里时，却看到黄霸正躺在地上睡觉，忍不住把黄霸给摇醒了。

黄霸一向对相面不感兴趣，认为观相算命都是曲意逢迎，讨人欢心，不可信，所以，对杨不凡颇不以为然。这时见是他把自己摇醒，显得有些不高兴。

杨不凡并不介意，道："你是富贵之命，岂能如此安于耕田？"

黄霸嘲笑他道："你早就这样说我，如今却被罢官归田，恰与你说的相反！"

杨不凡道："难道因为一噎之故，绝谷不食；一蹶之故，却足不行？"

黄霸叹道："命该如此，还有何求？"

杨不凡笑道："月有圆缺，时有寒来暑往，怎么能说没有出头之日了呢？"

黄霸自嘲道："我的头每日都从家中出来。"

杨不凡正色道："你家耕田都有佣耕者，用不着你每日耕田，你这样做，原来读那么多书岂不白读？"

黄霸苦笑道："在家耕田，那些律法还有何用？总不能对不该生长的野草依律问罪吧？"

杨不凡听了这话，忽然来了兴致："想当年，张汤的父亲任长安丞时，张汤作为儿子守护家舍。一日，张汤的父亲回到家中，看到家中的肉被老鼠偷吃了，大怒，鞭笞张汤。张汤很是恼恨那老鼠，就掘开老鼠洞，抓住了偷肉的老鼠，并找到了吃剩下的肉。然后，像审判犯人一样，立案拷掠审讯这只老鼠，还传布文书再审，彻底追查，并把老鼠和吃剩下的肉都取来，确定罪名，将老鼠在堂下处以磔刑。他的父亲看见后，把他审问老鼠的文辞取来看过，如同办案多年的老狱吏，非常惊奇，于是，便经常让他书写治狱的文书。后来，张汤官至御史大夫。"

黄霸听了忍不住笑起来，对杨不凡多了几分亲切："改日我就对那些不该生长的野草进行立案拷掠审讯，问它为何要与我辛勤种下的庄稼争水争肥。"

杨不凡止住笑，正色道："除草也只能在庄稼是幼苗时才除，庄稼长高了，就无须再除。你是个读书之人，总不能把学到的东西给荒废了，不然，岂不可惜？"

黄霸叹气道："如今，能拿学到的东西干什么用呢？"

杨不凡道："跟我学相面吧，这样既能展示你的才学，也能助人。"

黄霸虽然对谈命论相不感兴趣，想想杨不凡的话，觉得每日这样无所事事，不禁有些心动，问他道："人真的能从相貌上观出命运来？"

杨不凡立即来了精气神，道："如果不能，为何从古至今有那么多人相信？又有那么多相士？"

黄霸表情淡然道："有人相信，是想像相士说的那样做，从而改变命运。"

杨不凡不顾黄霸相信不相信，继续道："如若不信命，为何有的人早上还趾高气扬地发号施令，晚上就成了刀下鬼？有的人昨天还很富有，到了第二天竟成了流落街头的亡命徒？有的人昨天还平平常常，为何在一夜之间会青云直上，封侯拜相？"

黄霸笑笑道："因为有如此变故，每个人总希图早点知道自身的命运，以防不测，故不惜花费重金去雇请有名气的相士，为自己和自己的妻、妾、子女看相。"

杨不凡不顾黄霸说什么，继续道："相术绝非平常人说的是凭空想象，而是依照前人亲见、亲为或遭受过的事，从医理、亲代传递、行为等由表及里地识人、察人，从而断定他的个性、胆略、心志以及他因某种缘由引起的命运的起伏和变化。"

黄霸想到自己的经历，不由生出几分认同。

杨不凡为让黄霸跟他学相术，举例道："春秋时越国的范蠡，对越王勾践的谋臣文种十分敬慕，对他的命运也很是关注。范蠡见越王勾践一幅'鸟喙、鹿颈'之相，认为勾践是个只可共患难，不可同富贵的人，便劝文种离勾践而去。文种不相信会发生这样的事，结果，很快被越王所逼杀。姑布子卿是春秋时郑国人，是众多相士中如北斗明星一般的人物。晋国的赵简子将军很想知道自己的几个儿子中，哪一个可以继承自己的封位和事业，然，他自己又判断不了，就派人到郑国请来了姑布子卿，为其决断。姑布子卿在赵简子厅堂里看过他的几个夫人为他生的几个儿子之后，没有出声，却对厅堂外站着的那个衣着平常、名叫毋恤的少年有了兴趣，问过赵简子之后，方知那是赵简子与婢妾所生的孩子。姑布子卿很坦诚地对赵简子道：'你的儿子毋恤是一个将种。'后来，毋恤果然做了晋国的将军。"

黄霸第一次听说这样的故事，不觉来了兴趣。

杨不凡见黄霸来了兴趣，又给他讲了一个姑布子卿与孔子的故事："一次，孔子出卫国东门，远远望见姑布子卿，随即下车步行。姑布子卿跟着孔子走了五十步，仔细看了看孔子后背，又在孔子面前走了五十步，而后对孔子的弟子子贡道：'孔子额头像尧，眼睛像舜，脖子像大禹，嘴巴像皋陶，从前面看，相貌过人，有王者气象。从身后看，却肩高耸、背瘦弱。此相，一生郁郁不得志。'后来，孔子的命运也证实了姑布子卿的话，孔子本人也折服不已。"

黄霸听到这里，不由自问：杨不凡读的书不及自己的一半，如今在方圆百余里声名显赫，自己读了那么多书，如果不找一个施展才能的地方，实在太可惜。于是，禁不住问杨不凡道："相术易学乎？"

杨不凡道："以你的才智，学相术如汤沃雪、发蒙振落也。"

黄霸立即来了兴趣，道："等你外出给人相面时，我跟随而去。"

杨不凡笑道："巧了，村东十里远的马家村有一大户人家，请我明日去给他的几个儿子相面，你不妨一同前往。"

黄霸十分欣喜，道："然，我出车，一同乘我家的马车而去。"

杨不凡听了，欣然答应。

第二天，黄霸按照约定，亲自驾着家中的马车，载上杨不凡，向马家村驶去。

黄霸说是跟杨不凡学相术，其实是想趁机出去散心。他意识到，如果天天这样在家待着，纠结、抑郁、苦闷，用不了多久必会疾病缠身，那样的话，所有的抱负都将成为泡影。

路上，杨不凡又向黄霸炫耀相术的神秘道："春秋时期郑国还有一个相士，名叫季咸，年轻时曾经做过巫师，学过医术。他善于观察人的身体强弱、病状及判断人的生死之日，更善于从医术眼光看人。他经常看得很准，预测某人某年某月会病故，常常是准确无误。不少人有病恙在身，都请他去看，以断吉凶。他对当时的'扁鹊之术'亦有相当的领悟。"

黄霸笑问道："难道相士相面没有不准的时候？"

杨不凡也笑笑道："有。一次，季咸为列子的老师壶子预测，被壶子耍弄，就没有奏效，因为壶子不是一个平常人，而是一个功夫超人的修炼家，他可以闭气凝神制造假象，骗过季咸的眼睛，使季咸失手。"

他们正边走边笑谈相术，忽然看到迎面走来一位漂亮的年轻女子。当他们的车与那女子相遇时，杨不凡朝她只扫了一眼，便回头对黄霸道："这女子将来肯定是富贵之人，若不是这样，所有的相书都可以烧掉。"

黄霸忙问："杨先生何出此言？"

杨不凡道："一个人，形格决定他的一生。该女子鼻直而挺，山根丰隆，鼻翼饱满，乃贵气之相。眼睛细长，眼珠黑白分明，乃旺夫相子之相。此女两者兼备，一定是富贵之人。"

黄霸不解道："何谓形格？"

杨不凡笑道："形格乃人的体形骨骼形态及格局也。"

黄霸听到这里，立即下车赶上那女子，问道："请问佼人是哪里人？"

女子停下步，微微一笑道："先生错了，我是巫家村一贫家女子，哪里能称得上佼人？"

黄霸见此女口称贫家女，却不卑不亢，彬彬有礼，暗自吃惊。

女子接着又道："你是富贵人家，我是贫家之女，你怎能认识我？你在车上，我在步行，怎能高攀你，和你搭话？"

黄霸从她的话中已听出话外之音：我贫你贵，但也不攀附。黄霸忙道："我也不是什么富贵之人，和你一样，都是庶民。"

女子笑道："先生不认识我，我却认识先生。"

黄霸吃惊道："你认识我？"

女子再次笑道："方圆几十里，谁人不知黄家？先生可是黄岗村的黄霸？"

黄霸听了此话，不知再说什么为好。女子看出了黄霸的尴尬，反问黄霸道："先生有何事相问？"

黄霸无法直言，忙找借口道："我和一朋友要去马家村，不知如何走，故叨扰相问。"

女子听了此话，忙细细地给黄霸指点了一番。

黄霸连声道谢，而后快步回到车前。

黄霸上了车，杨不凡禁不住笑问道："此女如何？"

黄霸笑笑道："确有不凡之处。"

黄霸随杨不凡到了马家村，马家村的那大户人家对杨不凡相敬如宾，十分很客气。杨不凡在黄霸面前显得很随和，在马家却很有架子。杨不凡给那户人家相面，家人都说看得很准，而且给了杨不凡很重的礼金。如果不是亲眼所见，黄霸不会相信。于是，黄霸便对杨不凡的相面之术深信不疑。

　　黄霸的祖上数代为官，且清廉爱民，他家的富庶也是靠一家的辛劳所得，所以，远近闻名。早在黄霸没有捐纳进京的时候就有很多人为黄霸提亲，且都是富贵人家的美艳之女。黄霸胸怀大志，不想早早地成婚，也看不上那些富贵人家女子的好逸恶劳、目空一切，觉得都不是良配，所以至今没有婚配。自听了相士杨不凡的那番话，不由对那天遇到的巫家村的那女子产生了兴趣。

　　第二天，黄霸没有再去田园里耕耘，而是独自去了巫家村。因为该村多数人都姓巫，又不知道那女子的姓名，只有装作路过，以期能遇上她，问个究竟。可是，他在村里转悠了一天也未能遇上那女子。直至天色将晚时，他遇到一位老人，把那女子的相貌描述一番，才从那老人的口中得知那女子姓巫，家里非常贫穷，父亲已经不在人世，田里的事多由两个弟弟打理。因为家中老母多病，平时多在母亲面前陪伴，只有为母亲买药时才走出家门，所以，至今未曾婚嫁。

　　当天晚上，黄霸向母亲说了要娶巫氏为妻的意愿。母亲听了，不仅没有因该女子家贫而嫌弃她，反而一改往日的闷闷不乐，欣喜地对黄霸道："你迟迟不娶，一直是母亲的心病。你若喜欢她，就托人为媒。母亲早已盼着抱孙子了。"

　　听了母亲的话，黄霸第二天便找到杨不凡，让他做媒。杨不凡听了，心下道：黄家曾经有恩于我，能与黄家结缘，也是一生中的幸事，何乐而不为之？于是，欣然前往巫家村。

　　杨不凡到了巫家村，凭他那一张口角生风的嘴巴，很快打听到了巫氏的家。

　　杨不凡走进巫氏的院子，恰遇那女子走出屋门。未等她开口相问，杨不凡已眉开眼笑道："佼人可曾认得我？"

　　巫氏女子愣愣地望了他一阵，摇摇头道："不曾认得。"

　　杨不凡又问道："还记得几日前黄岗村的黄霸问路的事？"

　　巫氏女子忽然想到了那天的事，笑道："记得记得。"

071

杨不凡道:"我乃车上坐着的那个人。"

巫氏女子听到这里,忍不住恍然大悟地"哦"了一声。

杨不凡忙问:"你母亲可曾在家?"

巫氏女子不解地反问道:"请问先生有何事?"

杨不凡笑了笑,道:"喜事,但要与你母亲面谈。"

巫氏女子的母亲在屋子里听到外面的话,步履蹒跚地从里面走了出来,边走边问:"请问先生从哪里来?欲见老妇有何事?"

杨不凡笑道:"是喜事。"

老母叹口气道:"我家厄运连连,会有何喜事?"

杨不凡自我介绍道:"我是马家村的相士杨不凡,今日登门,是想为你爱女提亲。"

老母喜悦道:"你就是杨先生呀?早就知道你的大名,只是没有见过面。屋里请,屋里请。"

老母进屋后拉出一条席子,让杨不凡坐下,道:"请问杨先生为家女提亲到哪个村?"

杨不凡道:"黄岗村的老黄家知道否?"

老母笑道:"老黄家谁不知呀?"

杨不凡道:"把你的女儿嫁给老黄家的黄霸如何?"

老母苦笑道:"先生,不可给老妇开这样的玩笑啊。人家是富贵之家,我家是贫苦人家,人家怎么能看上我这贫家之女?我夫走了几年了,我又多病,女儿大了,能找到一个婆家就行,哪敢高攀黄家?"

杨不凡道:"不是我要把你的女儿嫁给黄霸,是黄霸要娶你女儿。"

老妇听到这里,愣住了。她的女儿呆在一边,傻了似的。

杨不凡见她们母女这样,就把前后经过讲了一遍。

杨不凡讲完,老母忍不住流下喜悦的眼泪。巫氏女子回忆着那天与黄霸相见的情景,脸上不禁泛起既羞涩又欣喜的红晕。

杨不凡忙问老妇道:"家女叫何名字?"

老妇道:"叫巫云。"

巫云没等杨不凡问她话，忙道谢道："有劳杨先生费心，民女有礼了。"巫云说罢，向杨不凡深深鞠了一躬。

杨不凡回到黄霸家，没几日便把黄霸与巫云的婚事定了下来。

黄霸母亲不仅没嫌弃巫云是平民百姓家的女子，还按最高的礼节，纳采、问名、纳吉、纳征、请期，一步不少地进行。还根据巫云的生辰八字，让相士杨不凡给黄霸与巫云择定婚期。

黄霸与巫云成婚这天，黄霸的亲朋好友和黄岗村的乡亲们都前来祝贺，院里院外热闹非凡。

黄霸按相士杨不凡择定的出迎的时辰，坐上车，亲自到巫家迎亲。

巫云被迎到黄霸家后，按礼仪，首先行"沃盥礼"，即奉匜沃盥。侍者以铜匜盛满水，器口向下浇水沃手，以铜盘承接沃手的弃水，净手洁面，以示洁净庄重。

巫云行"沃盥礼"之时，侍者齐诵《关雎》："关关雎鸠，在河之洲。窈窕淑女，君子好逑。参差荇菜，左右流之。窈窕淑女，寤寐求之。求之不得，寤寐思服。悠哉悠哉，辗转反侧。参差荇菜，左右采之。窈窕淑女，琴瑟友之。参差荇菜，左右芼之。窈窕淑女，钟鼓乐之。"

侍者齐诵结束，接着是举行"同牢合卺"礼，即共食一鼎所盛之肉，将一瓠瓜剖分为二，倒上酒，夫妻交杯相对饮酒。

饮酒礼毕，行"解缨结发"礼：黄霸亲手解下巫云头上的许婚之缨，然后与巫云各剪取自己头上的一束头发，以红缨梳结在一起，高举在空中向众位来宾展示，象征着从此结发为夫妻，而后装入锦盒。

接着，行"执手"礼，即握手相视。这时，侍者齐诵："执子之手，与子共箸。执子之手，与子共食。执子之手，与子同归。执子之手，与子同眠。执子之手，与子相悦。执子之手，与子偕老。执子之手，夫复何求！"

行"执手"礼的时候，众人又齐诵起《诗经·周南·桃夭》："桃之夭夭,灼灼其华。之子于归,宜其室家。桃之夭夭,有蕡其实。之子于归,宜其家室。桃之夭夭,其叶蓁蓁。之子于归,宜其家人。"

婚典结束,是盛大的宴席。

宾客们看到黄霸对巫云如此深爱,被罢官后第一次这么开心,无不开怀畅饮,笑声盈耳。

黄霸与巫云结为伉俪,一时间在阳夏县,乃至淮阳郡,传为佳话。

第七章　捐纳求官再进京

巫云既聪慧又贤良，嫁到黄霸的家门后，比在娘家时更勤劳，对黄霸的关心也无微不至，黄霸很是开心。

可是，过了不久，巫云便感受到，黄霸虽然表面上很开心，却难以掩饰内心的不安和焦虑。

过去，黄霸是独自在田园里耕作，如今则是巫云与他一道日出而作，日落而息。除了耕作，黄霸会时不时地跟着杨不凡学些观相之术。但是，每当拿起那些相书，黄霸就会情不自禁地想起自幼读书立下的做官为民的大志，心中总是不免一阵凄苦：难道一生就这样如死水一潭？就这样画地为牢，踌躇不前？他自己也说不清为什么，每隔一段时日就要驱车到阳夏县城和淮阳郡治所淮阳城去，打听淮阳郡发生了什么事，朝廷发生了什么事。朝廷或者淮阳郡有了喜事，他跟着欢喜，有了不测之事，他则捶胸顿足。

元封二年（公元前109年），即刘彻做皇帝的第三十一年，也即黄霸被罢官的第二年，一天，黄霸又一次到了淮阳城。他刚到，便听到了一个令人振奋的消息：西域的楼兰国攻劫汉朝使节，梗阻丝路，刘彻接到奏报，大怒，立即派将领赵破奴等率部西征，攻破楼兰、姑师等西域重镇，俘虏楼兰王，西域丝路畅通无阻。黄霸听到这一消息，高兴得一夜未睡。

不久，黄霸又从淮阳城得到一消息：刘彻派兵五万，由蓬莱出发，发动了对卫氏朝鲜的大规模进攻，不仅从陆路进攻，还开辟了海上用兵的先河，攻入朝鲜首府王俭城。他回到家，高兴得拉着巫云一块儿饮酒，直至喝得酩酊大醉。

到了夏天的一天，他听说黄河瓠子堤决口，淹没大片良田，淹死百姓无数，忍不住痛哭了几天。于是，他每天都要去阳夏县城，打听灾情。

这天，他刚到阳夏县城便听到一个激动人心的消息：刘彻下令征发数万人，修筑瓠子堤，还率百官亲临现场视察，并与群臣负薪堵塞黄河决口，很快把决口堵住，河水复归故道北行。

他听到此消息，激动得一路往家狂奔。回到家中，对正在做饭的巫云大声道："堵住了，终于堵住了……"

巫云不明白他在说什么，忙问："什么堵住了？"

黄霸眼神里充满亮光，道："自元光二年（公元前133年）黄河决口瓠子堤，二十余年一直没有堵塞，如今决口被堵住了，使黄河回归原有的河道，河水再不侵害百姓了。"

巫云听到这里，也十分高兴。

黄霸接着又道："令人感叹的是，这次是皇上亲临堵决现场，令群臣自将军以下皆负薪堵决。皇上亲自指挥，在历代帝王中，这是第一次啊。"

巫云听了，忍不住惊讶地"啊"了一声。

黄霸道："你知道这次堵塞决口的总领是谁吗？"

巫云为了让黄霸高兴，忙认真地问："是谁？"

黄霸得意地笑笑道："是汲仁。"

巫云忍不住笑问道："汲仁是谁？"

黄霸不悦道："你不知道汲仁是谁？是前淮阳郡太守汲黯的弟弟也。"沉吟一会儿，忽然感叹道："元光二年，黄河在瓠子堤决口，因为这里距离汲黯老家濮阳很近，皇上就派时任主爵都尉的汲黯率十万人去堵塞决口。当时的丞相田蚡害怕淹没了黄河北面他的封地，向皇帝进言说：黄河决口是天意，不可违。皇帝听信了他的话，放弃堵塞，致黄河水南下，淮阳郡等多个郡国百姓大受其害，我们阳夏县也有很多房屋倒塌，无数乡亲被淹死。这二十多年里，黄河泛滥之地日益扩大，百姓流离失所。这中间，皇上赴泰山祭天，一路目睹了灾区的苦难状况，就下决心要堵塞瓠子决口。这次，皇帝发卒数万人堵塞瓠子决口，命汲黯的弟弟汲仁主持。汲仁采用全面打桩填堵之法，就是把大竹子密插于决口外，再用柴草、土石填塞。堵决口需要大批木桩、柴草，当地的木桩、柴草不够用，汲仁就派人到百里以外砍取大竹子，把大竹子密插决口外，再用柴草、土石填塞，终于堵住了决口。这种堵塞决口之法，之前不曾有过。汲氏兄弟总是心系百姓，为百姓做好事啊。"

巫云忍不住问："汲黯和他的弟弟汲仁都在朝廷做官？"

黄霸知道巫云不了解汲黯家族的事，就给她介绍道："他们弟兄不同其他官，皆以民为本，没有私欲。他们的祖上几代都做官，都是爱民之官。汲黯、汲仁都是孝景帝时颁布《任子令》入朝做的官。汲黯被当今皇上赞为'社稷之臣'，后为淮阳郡太守，卒于任。汲仁现在做了少府，掌管皇室需用的山海池泽之税，官至九卿。汲黯的儿子汲偃如今做了中大夫。他们都是心系天下的好官。能为百姓做好事，是多么荣耀啊。"

巫云怕说话不当又让黄霸不快，许久没有接话。黄霸兴致不减，又道："皇上看到黄河决口给百姓带来的灾难，十分悲伤，忍不住作诗《瓠子歌》一首。当看到决口堵塞后，激动不已，即兴又作诗《瓠子歌》第二首。"

巫云不懂诗，为了让黄霸高兴，笑笑道："你能吟咏下来吗？"

黄霸立即吟咏道："瓠子决兮将奈何，浩浩洋洋兮虑殚为河。殚为河兮地不得宁，功无已时兮吾山平。吾山平兮钜野溢，鱼弗郁兮柏冬日。正道弛兮离常流，蛟龙骋兮放远游。归旧川兮神哉沛，不封禅兮安知外。为我谓河伯兮何不仁，泛滥不止兮愁吾人。啮桑浮兮淮泗满，久不返兮水维缓。"

黄霸吟咏完第一首，眼里不觉泪光闪闪。巫云欲制止他，黄霸却笑起来，又吟咏起第二首："河汤汤兮激潺湲，北渡回兮迅流难。搴长茭兮湛美玉，河公许兮薪不属。薪不属兮卫人罪，烧萧条兮噫乎何以御水。隤林竹兮楗石菑，宣防塞兮万福来。"

巫云明白，黄霸虽然每天强颜欢笑，内心却是十分痛苦。她无力帮他，只有尽力附和他，以减少他的苦痛。

元封三年（公元前108年），黄霸又从淮阳郡府得到一个好消息：司马迁升为太史令，记载史事，编写史书，兼管国家典籍、天文历法、祭祀等，为朝廷大臣。

不久，黄霸又从淮阳郡府得到消息：朝鲜被汉朝灭掉，朝廷将其置为乐浪郡、玄菟郡、临屯郡、真番郡四郡，属于幽州。黄霸回到家，给巫云讲述完，感叹道："汉朝疆土日益广大，四方宾服，当今皇上功莫大焉。"

也就在这个时候，巫云为他生下一个白白胖胖的儿子，黄霸为其取名黄赏。

黄霸感到国事、家事、朋友的事，喜事连连，忘却了身居田园的苦痛，高兴得几乎每天都喝酒吟诗。

元封四年（公元前107年），黄霸罢官回家的第四年，又从淮阳郡府得到一个不安的消息：自皇帝刘彻亲率五万骑兵北上，匈奴远徙北方后，曾数次要求与汉朝和亲。朝廷为稳定北疆，派北地人王乌出塞北上，与匈奴单于磋商，相约彼此谅解，兄弟共处。不料，匈奴派使者入汉后暴病身亡。尽管汉朝将其重金厚葬，终因疑隙无法弥合，汉、匈再度拉开战幕。

黄霸回到家，又每日忧心忡忡，愁眉不展。

自这天起，黄霸每隔一段时间就到淮阳郡府打探消息。直到到了年底，得知匈奴战败，不敢南侵，这才心情舒畅起来。

元封五年（公元前106年），黄霸被罢官回家已五年。这年春天的一天，黄霸一到淮阳郡府便得到一个重大消息：刘彻下诏颁布监察、考核官员的"六条问事"法则，并将天下郡县分为十三州，分别是冀州、青州、兖州、徐州、扬州、荆州、豫州、益州、凉州、幽州、并州、交趾、朔方。这十三个州又称部或州部，淮阳郡隶属豫州刺史部。每州部都管辖多个郡国，置刺史一人。刺史根据"六条问事"法则，督察郡国守、相等二千石的大官乃至诸侯王，矛头同时也指向不法豪强地主。黄霸心下道：汉室天下若按"六条问事"监察地方官吏，不仅能打击地方官的不法行为，也对打击地方豪强侵渔百姓大有好处。

黄霸激动地离开淮阳城后，又返回郡府，特地向郡守索要了"六条问事"的书卷一册。几年来，郡府官吏都知道他虽然归隐田园，依然心怀天下，且温良有让，疾恶如仇，推贤乐善，又习文法，所以都很尊重他，他每次到郡府询问、查找什么，大小官吏对他总是有求必应。

黄霸回到家中，每日读"六条问事"，手不释卷。这天，他正读得津津有味，长吁短叹，妻子巫云在一旁忍不住问道："读的是什么书，这样骨腾肉飞？"

黄霸深知巫云不懂律法，就先给巫云讲了一番地方官为所欲为的例子，尤其讲了讲他回家的路上见到一个百姓因为一句笑话被抓捕的事。接着带有几分得意地笑笑道："想当年我赴京被皇上召问时，曾经向皇上指出地方官的不轨行为，如今皇上设置刺史，让刺史到所属郡国监察官吏有无六条中列举的行为者，不能不说我的话被皇上深思并采信也。"

巫云听了，为了让他高兴，忙附和他道："一定是这样。"

黄霸不顾巫云是否听得懂，好像他就是刺史，巫云就是被他监察的对象一样，义正词严地对巫云宣读道："刺史要监察的六条是：一、强宗豪右，田宅逾制，以强凌弱，以众暴寡。这一条是节制地方大族兼并土地，打压其横行乡里的行为。二、二千石不奉诏，遵承典制，背公问私，旁诏守利，侵渔百姓，聚敛为奸。这一条是严惩地方高官以权谋私的不法行为。三、二千石不恤疑狱，风厉杀人，怒则任刑，喜则淫赏，烦扰苛暴，剥截黎元，为百姓所疾，山崩石裂，妖祥讹言。这一条是严惩地方高官执法不公平的行为。四、二千石选署不平，苟阿所爱，敝贤宠顽。这一条是严惩地方高官在察举士人时偏向亲己之行为。五、二千石子弟恃怙荣势，请托所监。这一条是严惩地方高官子弟不法。六、二千石违公下比，阿附豪强，通行货赂，割损政令。这一条旨在治理土地兼并的乱象。"

巫云一边听，一边笑。

黄霸自幼熟读律法，读着这"六条问事"，联想到一些地方官的那些骄横行为，很明白刘彻置十三州部、设刺史的良苦用心，不由感叹道："秦朝时，每郡设御史，任监察之职，称监察御史。由于秦朝的残暴统治，和长期的战争，民不聊生，加上汉兴之前，诸侯并起，民失作业，而大饥馑，人相食，死者过半，所以，汉朝建立后，高祖刘邦的车找不到毛色一样的四匹马驾车，将相只能乘牛车。后来，由于和匈奴作战，所任命的诸侯国君和郡守都是刘氏宗族和同甘共苦创业的功臣，为休养生息，朝廷就没有再设置监御史。随着国力的恢复和时间日久，一些郡国便放纵起来。惠帝时不得不重新设置监御史。孝文帝时，因为御史多失职，便命丞相另派人员出刺各地。几十年来，皇上倾心于开疆拓土，疏于治理地方，今设置刺史，各郡国一定会大治。"

巫云见黄霸心情愉悦，忙附和道："现在有的地方官称霸一方，危害百姓，百姓早已怨声载道，是到了该治理的时候了。"

黄霸叹息道："做官者若都以民为天，没有上面六条所列举之行为，天下将是何等太平，百姓将是何等欢心啊！"

黄霸说着，脸色忽然又沉了下去，叹息道："汉朝昌盛，天下无敌，我黄霸国而忘家，公而忘私，利不苟就，很想为国为民，尽心竭力，做个好官，也有了做官的机遇，可是，天不相助，时运不济也。"

元封六年（公元前105年），黄霸被罢官的第六个年头，他又从淮阳郡府听到一个让他心神不宁的消息：近年来，朝廷因为开拓西南夷几个郡，没少花费钱财，也死了很多人。尤其是沈黎郡，去年遭受地震，今年发生水灾，很多人因为缺粮而饿死。

黄霸悲痛的同时，想到了数次为朝廷捐家产，资助边事和助贫的卜式，心下道：卜式多次捐资，且不求回报，也不求做官，后虽因直言遭贬，然，其德其贤，世人无不称赞。我黄霸自恃才高，且宏愿诺诺，也仅仅捐了一次，就患得患失，耿耿于怀，与卜式相比，岂不惭愧？自己曾经发誓要以卜式为模范，为何不像他那样，向朝廷再捐家产？皇上若赐予官位，就兢兢业业，如霆如雷，干一番事业。即使不赐予官位，为国为民尽心尽力了，此生亦无憾也。于是，他决定像卜式那样，以家财之半捐公资助沈黎郡。

黄霸把自己的想法告诉母亲和妻子后，母亲和妻子都欣然赞同。

第二天，黄霸便到淮阳郡府，向郡守表达了愿意为朝廷捐资的心愿。郡守听了，十分欣喜，立即派几辆车，来到他家，直接把他所捐谷物和几十万钱运往京城长安。

黄霸捐出谷物和几十万钱后，连续数日心情不能平静：如今虽然不能与皇上刘彻直接对话，但是，刘彻是一个求贤若渴之人，自即位后曾经多次颁诏让各郡国举荐才俊，征四方士人，也可自荐，公孙弘、东方朔等都是很好的例子，我为何不趁再次捐纳的同时，再次向皇上自荐？想到这里，又忽然想到了战国时口才出众、头脑机敏的魏国人狐卷子与魏文侯的故事，心下道：皇上虽然常常有刚愎自用、一意孤行之举，但更多的时候却是心胸豁达、大肚能容，我何不以狐卷子与魏文侯的故事，向他陈述自己不该因为弟弟犯罪而遭歧视和罢官？于是，奋笔疾书，在倾诉了一番忧国忧民的心声后，接着写道：

战国时，一代明君魏文侯有很多舍人，这些人在魏文侯

需要时，皆为魏文侯出谋划策，甚至不惜性命，为何会如此？从魏文侯问狐卷子的故事可一叶知秋。一次，魏文侯问狐卷子："父亲贤明，子女足以依赖乎？"狐卷子答："不足。"魏文侯问："儿子贤明，父母足以依赖乎？"狐卷子答："不足。"魏文侯问："兄长贤明，弟妹足以依赖乎？"狐卷子答："不足。"魏文侯问："弟弟贤明，兄长足以依赖乎？"狐卷子答："不足。"魏文侯问："臣子贤明，君主足以依赖乎？"狐卷子答："不足。"魏文侯勃然作色而怒道："寡人问此五种人于你以求教，你皆一一以为不足，何也？"狐卷子答："父亲贤明，没有能超过尧的，而他的儿子丹朱傲慢荒淫，后被流放；儿子贤明，没有超过舜的，而舜的瞎眼父亲与小儿子象合谋杀害舜，后被拘禁；兄长贤明，没有能超过舜的，而他的弟弟象被放逐；弟弟贤明，没有能超过周公旦的，而他的兄长管叔因叛乱而被杀；臣子贤明，没有能超过商汤和周武王的，而其主夏桀和商纣因荒淫残暴，遭到讨伐。总期望别人相助之人，往往难达愿望。总依赖于别人的人，往往不能长久。君欲治天下，只能从自身做起。"魏文侯感到狐卷子说得很对，从其言。由此可见：儿子不贤，父亲不一定不贤；弟弟不贤，哥哥不一定不贤。皇上一向求贤若渴，唯才是举，数次颁求贤诏，天下才士无不雀跃，而今怎能因为弟弟犯罪而弃哥哥于荒野？黄霸今已归田六载，虽无卜式之大举，无倪宽之博学，无汲黯之情怀，却与他们一样有着忧国忧民之志，今斗胆自荐，以求大展宏愿。

黄霸写好自荐书，第二天便收拾行囊，带足路上食宿费用，告别老母、妻子和幼子，亲自驾车，离开家门。

两匹驾车的马似乎很懂黄霸的心情，黄霸没有朝它们甩响鞭，仅一声"驾"和抻了一下缰绳，便扬起四蹄，快步如飞。

黄霸驾车走到村口时，不知为何，忽然又"吁"的一声，叫停了马车。两匹马停下四蹄，车还未停稳，黄霸便跳下车。他回望着家园，口中念念有词好一阵，这才重新上车。

时太初元年（公元前104年），黄霸年二十六岁。

一路上，黄霸时而回望家乡，时而眺望长安，时而为能否捐纳出仕而忐忑，时而又为抛下老母、妻子和幼子而愧疚。

二十多天后，历经艰辛的黄霸终于再次来到长安城。

黄霸对出入未央宫的礼数禁忌熟稔于心，进城后就直奔位于南阙门的公车署。他的车刚停下，公车令便迎了出来。让黄霸没有想到的是，公车令还是以前的公车令。这公车令一向对黄霸关照有加，对黄霸因弟弟犯罪被罢官甚为惋惜，今见黄霸突然出现在眼前，感慨道："人生天地之间，若白驹之过隙，忽然而已。掐指一算，已数年不见，黄霸君一切安好？"

黄霸倍感亲切，一边向公车令恭敬地拱手施礼，一边问候道："寒来暑往，而岁成焉。多年不见，黄霸无时不思之念之，公车令也一切安好吧？"

二人寒暄了一番，黄霸便向公车令言明来意。

公车令听了，不由对黄霸投以敬慕的目光。他把黄霸安置在馆舍歇息，而后带上黄霸的自荐书，奔向宣室殿。

公车令走到宣室殿前，正欲拾阶而上，恰好汲黯、司马迁、东方朔走出宣室殿，正有说有笑地沿阶而下。公车令知道黄霸与他们的交情，没等他们站稳，就大声向他们三人通报道："告诉三位一个好消息：黄霸来到了京城。"

三人一听，禁不住都愣住了。进而，喜出望外，异口同声道："此话当真？"

公车令道："我已把他安置在公车署馆舍，这正是要向皇上禀报。"

汲黯、司马迁、东方朔一边示意公车令尽快上殿奏报，一边快步而下，直奔公车署馆舍。

黄霸因为二十多天的颠簸,十分疲惫。他正两眼酸涩地半躺在床榻上,忽然听到门外传来一阵急促的脚步声。他刚下床,却见汲偃、司马迁、东方朔已推门而入。几个人再次重逢,不由都感慨万千。

他们相互询问了近况,忍不住又把话题转到了国事上。

司马迁道:"黄霸弟离开京城的这几年,朝廷也是大事喜事连连也。皇上除西破楼兰、东征朝鲜、堵塞瓠子堤决口外,还分天下郡国为十三州,每州设置刺史一人……"

没等司马迁说完,黄霸忍不住道:"黄霸虽然居于乡野,也时常探问国事,对此已有所知。"

司马迁接着又道:"如今左、右内史也已更名。左内史更名为左冯翊,右内史更名为京兆尹,因地属畿辅,故都不称郡。长官虽然相当于郡太守,但可参与朝议。原来掌管诸侯国各王及其子孙封爵夺爵等事宜的主爵都尉,如今更名为右扶风。把京师附近之地分为京兆尹、左冯翊、右扶风,意在把这里作为治理长安京畿之地的三辅,由三个地方官分别管理,治所均在长安。"

汲偃朝司马迁笑笑道:"司马兄被升为太史令,掌天文、历法、撰史,也是大事也。"

司马迁笑道:"此事称不得大事,不足挂齿。"

东方朔朝黄霸笑笑,打趣司马迁道:"如今能挂在司马君齿上的只有两件事:一是修史,二是修改历法。"

汲偃、司马迁听了他的话,忍不住笑出了声。

东方朔接着道:"司马君一上任就与属下道:汉室建立之初,诸事草创,大多都沿袭秦朝的制作,历法亦如此。汉朝建立已经一百多年,虽然采用的历法较为贴近颛顼历,然,颛顼历对朔、晦的计算亦与实际相异。不久,司马君就联名大中大夫公孙卿、壶遂等人向皇上上书进谏:颛顼历已经不适宜大汉天下之情,当重新定制历法。皇上当即纳谏,令精通经学的御史大夫倪宽与众博士商议修改历法之事。不久即令司马迁、邓平、唐都、落下闳、公孙卿、壶遂、侍郎尊等人议造汉历，不仅把原来的十月为岁首改正月为岁首，还第一次把二十四节气编入历法，以没有中气的月份为闰月。这岂不是大事？"

黄霸禁不住笑着赞叹道："此乃'改天换地'之大事也。"

东方朔又钦佩地望了一眼司马迁，道："以往众臣皆以为司马君善史学，而不知他对天文星象也有精到的造诣，也是一位星象家。"

黄霸敬佩地凝望着司马迁，求知若渴地问道："汉历与过去的历法有何不同？"

司马迁道："以往的历法，有黄帝历、颛顼历、殷历、周历、秦历，以哪个月作为一年之始，各代皆不尽相同。汉兴一百多年来，皆沿用秦历，以十月为岁首，今新修的汉历则以正月为岁首。早在殷商时，便已将春分、夏至、秋分、冬至这二分二至订入历法，春秋战国到秦朝已经增加了'四立'，达到八节气：立春、春分、立夏、夏至、立秋、秋分、立冬、冬至。这时，二十四节气虽已经出现，却没有写入历法。如今汉历则把二十四节气正式完整地写入历法。"

黄霸听着，倍感新鲜："没想到离开朝廷这些年，朝中发生了如此多的变化。"

汲偃笑了笑，又对黄霸道："不仅如此，很多官职及其职责，也都变化很大，也都要熟稔于心，这样才能应对自如。今年大农令改为大司农，也是一件大事，也当知之。"

黄霸忙问："大司农职责如何？"

汲偃道："汉初，置治粟内史，孝景帝后元元年更名为大农令。如今改为大司农，为九卿之一，职责是领天下钱谷，以供国之常用。"

停了一会儿，汲偃又道："还有一件大事，黄霸君可能不知。"

黄霸忙问："是何大事？"

东方朔接话道："朝廷与西域的乌孙国通婚了。"

黄霸惊讶道："我听说建元二年，皇上派张骞出使西域的大月氏国，打算与大月氏人结盟夹击匈奴，不幸碰上匈奴的骑兵队，张骞一行一百多人全部被抓获，被困十年之久。后来，皇上下令反击匈奴，汉军节节胜利。元狩四年，张骞认为联合乌孙国能切断匈奴右臂，向皇上谏言：'今乌孙虽强大，可厚赂招，令东居故地，妻以公主，与为昆弟，以制匈奴……'"

汲黯打断他道："皇上早有此意，只是迟迟没有这样做。去年，皇上为抗击匈奴，派使者出使西部的乌孙国。乌孙国曾经备受匈奴欺辱，因此，乌孙王猎骄靡很高兴，愿与大汉通婚。于是，皇上钦命江都王刘建之女，即他的侄子之女刘细君为公主，和亲乌孙，为猎骄靡的右夫人，并令人为她做一乐器'阮'，亦称'秦琵琶'，以解遥途思乡之情。"

司马迁见黄霸神情有些茫然，叹息着解释道："刘建是第二代江都王刘非之子，从小在王宫长大，跅弛不羁，无恶不作。荒淫无耻到让人与禽兽交配来生孩子，强迫宫女脱光衣服，伏在地上与公羊或狗交配。后又企图谋反，事情暴露后畏罪自杀。刘细君的母亲也被斩首弃市。当时，刘细君因年幼而幸免于难。刘细君不仅长得漂亮，还知识渊博，多才多艺。她生在一个显贵之家，可惜遇上一个昏庸的父亲，她既幸也不幸也。"

东方朔看到司马迁、黄霸、汲黯都神情黯淡，则滑稽地一笑道："刘细君没想到，猎骄靡已年老，又不通乌孙语言，且那里以肉为主食，以酪为浆，生活难以习惯，因此，特别思念故乡，不由悲伤而作《悲愁歌》：'吾家嫁我兮天一方，远托异国兮乌孙王。穹庐为室兮旃为墙，以肉为食兮酪为浆。居常土思兮心内伤，愿为黄鹄兮归故乡。'"

汲黯没有笑，惋惜道："皇上读到她的《悲愁歌》后，很怜悯她，时隔不久就派使者送去帷帐、锦绣等物，以示爱怜。"

黄霸听到这里，从刘细君的悲戚人生，再次联想到了自己，忍不住眼含泪光：刘建养尊处优，放荡不羁，到最后谋反，给全家人带来灾难，也给刘细君带来了厄运。弟弟黄强因为玩世不恭，不仅给他自己带来不测，也让我黄霸命途多舛。想到此，忍不住叹息道："真是一人邪淫，祸害全家。人不为己，天诛地灭。"

就在此时，公车令回到公车署，来到他们面前。东方朔、汲黯、司马迁一见，忍不住都把目光投向公车令，急切地想从他的神情里率先得知刘彻的态度。黄霸更是如此，不仅急切，还显得非常不安。

公车令看到他们的神情，笑着对黄霸道："恭喜黄霸君，皇上看了你的自荐书，大为欣喜，连连称赞道：'狐卷子与魏文侯的故事实在感人，朕过去居然不知。这个黄霸，朕一定再度起用。'"

汲黯、东方朔、司马迁几乎是同时问道："皇上欲任黄霸何职？"

公车令道："皇上没有立即言明，而是先让微臣退下，容他思之。"

汲黯、东方朔、司马迁听了，不由都面面相觑，黄霸也顿时脸色阴郁。

汲黯、东方朔、司马迁见黄霸神情不安，忙争相安慰，劝他耐心等待。

就在他们又攀谈一阵准备离开馆舍的时候，刘彻的传令官来到门前，当即宣读刘彻的诏令道："黄霸胸怀大志，捐纳为社稷，朝廷重新起用，授补沈黎郡书佐。"

汲黯、司马迁、东方朔听了，不禁都为之一愣，黄霸更是吃惊。他们都知道：沈黎郡不仅位于长安西南，且远在巴郡、蜀郡和黔中郡以西，是大汉的边远之地，属西南夷。西南夷曾经有很多国，如夜郎国、滇国、邛都国、昆明国、徙国、筰都国、冉駹羌国、白马国等。其中，夜郎国、滇国、邛都国等皆盘发于顶，耕田，有邑聚。雟国、昆明国等皆编发为辫，随畜迁移。仅徙国、筰都国、冉駹羌国等则兼营农牧。这些地方都是荒凉难治之地。

早在战国时，楚国顷襄王派将军庄蹻率领军队沿着长江而上，攻取了巴郡、蜀郡和黔中郡以西的地方，被称为西南夷。庄蹻是春秋时期的霸主楚庄王的后代子孙，他到达滇池后，见这里方圆三百里，周边都是平地，肥沃富饶的地方有几千里，便依靠他军队的威势平定了这个地方。庄蹻正要归报楚王，恰在这时，楚国的巫郡、黔中郡再度被秦国攻占，归路断绝，遂留在滇池成为滇王，并改换服式，顺从当地习俗，自号"庄王"，做了滇人的统治者。秦始皇统一六国的当年，派兵攻克西南夷，派将领在此修筑五尺道，任命官吏管辖该地。汉朝建立后，因为这些国家相距遥远，且道路险峻，都丢弃了，原来的蜀郡成了边界关塞。

建元六年（公元前135年），刘彻遣唐蒙出使夜郎国，招抚夜郎侯多同，在其地设置了犍为郡。接着又命司马相如招抚邛国、筰国，在其地置一都尉、十余县，属蜀郡。后来因为全力对付北方的匈奴，一度又放弃了对西南夷的管制。元狩元年（公元前122年），张骞自大夏归国，谏言重开西南夷路，以通身毒国。不料，刘彻派出的使者虽然得到滇王的相助，但均被昆明夷阻留，未能成功。元鼎六年（公元前111年），即黄霸任侍郎谒者的第二年，刘彻下令出兵平定南越国，置九郡。相邻的夜郎国见势不可挡，归降汉朝，刘彻封夜郎侯多同为夜郎王。接着，西南诸夷皆争求归属汉朝。于是，刘彻以邛都国为越嶲郡，以筰都国为沈黎郡，以冉駹羌国为汶山郡，以白马国为武都郡。

司马迁沉思了一会儿，叹道："沈黎郡位于大西南，山路险峻，且又刚刚置郡七年，风俗也不同于中原……"

司马迁没有再说下去。汲黯、东方朔都明白司马迁的意思，但也都一时无语。

黄霸心中念念有词道：想当初任侍郎谒者时，皇上亲自召见，成为皇上的近侍，而今捐纳数额很大，仅仅给了个书佐，且面也不见，足以证明皇上依然对他抱有成见！书佐，虽然是负责起草、记录、缮写文书的官吏，是郡守亲近的属吏，被称为门下书佐，但秩仅一百石，等级仅比做一些差役的小吏高一点儿，并且一般都是由郡守官自行辟除。我黄霸曾经是侍郎谒者，秩六百石，虽然因为弟弟犯罪被弹劾罢官，毕竟这次又捐纳，且数额巨大，皇上怎么仅仅给了这么小的一个官吏？而且是去遥远的沈黎郡？

随即，黄霸心中又自我安慰：官职虽小，毕竟已被皇上接纳，重新做了官。来之前曾经发誓要像卜式那样无偿捐助，今日皇上给了官职，怎么能又嫌弃官职小呢？于是，忙施礼答谢道："谢陛下恩赐。"

司马迁鼓励黄霸道："黄霸弟自幼攻读法律之学，文笔犀利，任此职，定能运斤成风，游刃有余。"

东方朔则故意笑笑道："黄霸君，你和我东方朔多么相似呀？我因一泡尿被罢官，你因弟弟犯罪被罢官。我被罢官前是秩比一千石的太中大夫，你被罢官前是秩比六百石的侍郎谒者。我复官后是秩比六百石的中郎，你复官后是秩比一百石的书佐，神似貌同，相差无几也。"

汲偃、司马迁明白东方朔意在宽慰黄霸，随之报以微笑。

黄霸更理解东方朔的美意，故意笑得很灿烂。

东方朔接着又笑笑道："孟子曰：'舜发于畎亩之中，傅说举于版筑之间，胶鬲举于鱼盐之中，管夷吾举于士，孙叔敖举于海，百里奚举于市。故天将降大任于斯人也，必先苦其心志，劳其筋骨，饿其体肤，空乏其身，行拂乱其所为，所以动心忍性，增益其所不能。人恒过，然后能改。困于心，衡于虑，而后作。征于色，发于声，而后喻。'卜式数次向朝廷捐出家财，起初没被重用，后被皇上拜为御史大夫，没准哪一天黄霸君也能像卜式一样位列三公也。"

汲偃、司马迁听了，不由都笑出声来。

黄霸也不得不报以响亮的笑声。笑罢，正色道："我黄霸乐意捐纳出仕，没有奢求，只想能为百姓做事，不在乎官职高低。"

司马迁赞黄霸道："黄霸君胸宽襟广，终有荣显之福，成不朽之名。"

第八章　喜忧参半蜀道行

　　黄霸虽然欣然接受了皇帝刘彻的诏令，在汲黯、司马迁、东方朔面前也表现得非常坦然，但内心忍不住感到有几丝悲凉：去往沈黎郡的路大多是山路，且道路千回百转，连当地人走路都很难，我一个出生于平原，习惯于平坦土路的人，怎么去沈黎郡？那里多是蛮荒之地，又归属大汉不久，我又是这么一个小小的书佐之官，到了那里能有什么作为？

　　黄霸一夜未眠，直到第二天天将亮时，才迷迷糊糊地打了个盹。

　　第二天起床后，黄霸没有吃早饭，他不是不饿，而是吃不下。他思量很久，决定放弃去沈黎郡，准备回乡继续耕田。

　　就在他刚刚收拾好行囊，准备离开的时候，刘彻的一位侍者来到他的住处，道："皇上召见。"

　　黄霸听了，不由大惊，以为自己是在做梦。他用左手掐了一下右手，确信不是梦，这才急忙随侍者奔向宣室殿。

　　黄霸进了宣室殿，见刘彻正面无表情地坐在御座上发呆。黄霸虽然过去曾经服侍过刘彻几年，常常会见到这种情景，此时则大气不敢出，忙诚惶诚恐地施跪拜之礼，道："黄霸叩见陛下。"

　　刘彻听到黄霸的声音，似乎才看到他，正了一下身子道："平身吧。"

黄霸起身后，刘彻长出一口气道："朕没想到你会再次捐纳，还大胆上书自荐。"

黄霸一时不知如何应答，笑笑道："所言有不当之处，还请陛下宽恕。"

刘彻没有笑，一字一顿道："西南诸夷才归属汉室不几年，且多为蛮荒之地，貌似日月昭昭，实乃树欲静而风不止，何以治之，朕每日都寝不安席，食不甘味。没想到的是，前不久，沈黎郡又发生水灾，朕甚忧之……"

黄霸以为刘彻召见他是要改变诏令，听到这里，不由面色沉郁。

刘彻似乎没有意识到这些，接着道："从长安去往沈黎郡道路险恶，朕此次命你远去西南，望你记录下沿途真情实况，所见所闻。到沈黎郡后，要走遍各县，把详情奏报朝廷，以便朕定夺西南夷的应对之策。"

黄霸听到这里，忽然意识到：皇上尽管对他仍有怨气，今把他远放到边郡，内心里对他还是有着很多的期待。于是，心中生出几多自信，脸色放晴，答道："谢陛下，黄霸定不辱使命。"

黄霸回到住处，心回意转，放弃了返乡归田的打算，重新收拾行囊，并特别整理了几支毛笔和刮削竹简的刀子，且立即挂在了腰间。

一切收拾停当，想到此行路途不熟，司马迁曾经周游四方，对各地风俗、地理都颇有探究，于是，便欲到司马迁宅第向司马迁求教。就在这时，汲偃、司马迁、东方朔一同来了。

三人看到黄霸已在腰间佩戴上了刀笔，都忍不住笑了。

东方朔调侃他道："黄霸君还没正式上任就把刀笔佩戴于身上，真不愧为刀笔吏也。"

汲偃也笑着对黄霸道："还未成行就已配好刀笔，真乃'迨天之未阴雨，彻彼桑土，绸缪牖户'也。以你的文笔和严谨，岂能写错字？"

司马迁则正色道："汲偃君此言差矣。每片竹简都要经过裁、切、烘几道程序，十分不易。上面每写一字虽然都是经过深思熟虑，也难免出错。出错后如若不及时刮掉修改，墨汁就会渗入竹简中，再修改就很难矣。如有错讹，故当即以刀刮削之。书写好以后，每片竹简还要钻孔，最后再编成册，十分不易。"说着，对黄霸笑道，"还没赴任就已刀笔在身，必将出于其类，拔乎其萃，卓尔不群也。"

汲偃道："战国时，秦国在西南诸夷置巴、蜀、汉中三郡，秦始皇统一天下后，那里也是风云变幻难测。汉兴以来，一直不曾平静。如今南越国虽然已于元鼎六年被平定，西南诸夷归附后设为沈黎郡、汶山郡、武都郡三郡，毕竟才几年光景。既然任书佐一职，起草、记录、缮写文书时，定要细致、周全、严谨。"

黄霸道："就是担心那里是蛮荒之地，没有好的刀、笔，故防患于未然也。"说着，又取下刀笔炫耀道："毛笔，在秦朝之前，笔头的兔毫都是被缠绕在竹管外面，秦朝初年，是蒙恬将军将兔毫改制在竹管里面，现在西南夷有这种笔没有，尚未可知，故多带几支笔。我们用的刀，是青铜刀，弯若月牙，刀把有一圆环，便于用丝绳佩戴，沈黎郡是否有这样的刀，也尚未可知，故要准备停当。"

东方朔笑道："可别小看刀笔吏，官职虽小，却能杀人不见血。"

汲偃、司马迁对东方朔突然冒出这样一句话，不由一愣。

东方朔看到他们的神情，笑得更响了："二位不信？高官贵族犯法之后交由刀笔吏处置的时候，往往选择自我了断，而不愿意面对刀笔吏。孝景帝时，曾贵为太尉、丞相的周亚夫入狱后，不愿面对刀笔吏，五天不吃东西，最后呕血而死。孝文帝时，孝文帝异母弟、淮南厉王刘长击杀审食其后，听说平原君朱建与审食其交往深厚，曾经为审食其出谋划策，便指使属下抓捕朱建。朱建不愿面对刀笔吏，遂自绝而亡，孝文帝深为惋惜。飞将军李广征讨匈奴失道迷路，耻于面对兴师问罪的刀笔吏，刎颈自杀……由此可见，刀笔吏不是杀人不见血吗？"

汲偃、司马迁、黄霸听了，都忍不住大笑起来。

汲偃笑罢，问东方朔道："东方先生是想让黄霸做刀笔吏还是不想让他做刀笔吏呢?"

东方朔笑道:"当然要做。我是说:书佐的官职说小亦小,说大亦大。"

汲偃附和道:"此言有理。想当年张汤也是刀笔吏,一步步升为太中大夫、廷尉、御史大夫。"

黄霸接过汲偃的话茬道:"我黄霸当学张汤为官清廉俭朴,绝对不学张汤好兴事、舞文法,内怀诈以御主心,外挟贼吏以为威重。"

几个人听了,都向黄霸投以赞许的目光。

接着,黄霸向司马迁求教道:"太史令读万卷书,游历天下,做皇上的侍从官时,还奉命到巴、蜀、昆明一带视察,对西南夷甚为熟悉,请问从长安去沈黎郡当如何走?"

司马迁道:"从长安去沈黎郡必经成都,成都在长安西南,沈黎郡又在成都西南。沈黎郡郡治在旄牛县,距离长安三千多里……"

黄霸吃惊道:"沈黎郡距长安那么遥远?"

司马迁笑笑道:"去那里的道路怎么能按你家乡平原的路途计算?因为去往西南夷多是山路,弯弯曲曲,上上下下,盘旋环绕……"

没等司马迁说完,黄霸忍不住问:"如此难行,有几条道能通往此沈黎郡?"

司马迁道:"仅有三条道可行。"

黄霸吃惊道:"西南夷那么广阔,只有三条道?"

汲偃插话道:"去往西南多是大山,不像淮阳郡那样平若田园,道路四通八达,必须绕山依水而行。"

司马迁接着道:"第一条道是陆路:从长安出发,经汉中、秦岭、广元、绵竹、成都、邛都、青衣、严道,而后到沈黎郡郡治旄牛县。第二条是陆路加水路:从长安出发,经咸阳、宝鸡、凤翔、勉县、宁强、广元,再在广元坐船沿嘉陵江东南而下至阆中,然后从阆中对岸的南津关,翻山骑马,再经盐亭、三台、中江、广汉、新都到成都,再从成都到邛都、芦山、严道,而后到旄牛县。第三条也是陆路:从长安出发去勉县，从勉县经汉中，翻米仓山经南江、巴中至阆中，然后从阆中过嘉陵江，经江对岸的南津关，再翻山骑马，经盐亭、三台、中江、广汉、新都到成都，再从成都、邛都、芦山、严道，而后到沈黎郡郡治旄牛县。"

汲偃在一边笑道："我已听迷糊了，何况黄霸！蜀道崎岖，岂可一蹴而至沈黎郡！每条道都有驿站，只能边走边问，由当地驿站长官指引。"

黄霸忍不住问："此行需要多少时日？"

司马迁笑道："若天公相助，少风少雨，一切顺利，两个多月可至。否则，难定日期。"

黄霸听了，头上不觉间冒出热汗。

司马迁见黄霸这样，建议道："皇上命你记下沿途所见所闻，即是想让你多看多思。你不妨陆路和水路兼顾。"

黄霸觉得司马迁说得很有道理，决定走水陆两路，要多体验一下蜀地山水和民情，把所见所闻都记录下来，等到了沈黎郡，写成奏章，上奏朝廷。

黄霸来时驾着自家的车，这次赴任，他拒绝朝廷派车，依然驾着自家的车，就像卜式穿着布衣草鞋到上林苑去牧羊那样，以示自己做官没有私欲。

在他坐上车准备出发之时，司马迁忽然想起什么，对黄霸道："你若走水陆两路，必经阆中。到了阆中，如若方便请帮我打听一个人。"

黄霸忙应道："太史令尽管吩咐。"

司马迁道："此人姓落下，名闳，字长公。"

黄霸不解地问："落下闳是何许人？"

司马迁道："是那个制定汉历者。"

前日东方朔虽然讲了司马迁上奏皇上修改历法的事，但没有讲清楚修改的详细内情，黄霸当时也心不在焉，没有深究，此时却来了兴趣，禁不住向司马迁询问起修改历法的详情来。

原来，司马迁任太史令后，联名公孙卿、壶遂等人上奏朝廷修改历法，刘彻看到奏章十分高兴，特别颁诏在全国征聘天文学家。身为太常令的阆中人谯隆，立即举荐了同乡人落下闳。落下闳虽然是乡间之人，但少时就醉心于观察天象，在蟠龙山建了一个观星台，提出浑天学说，并创制出观测星象的浑天仪，因此在阆中很有名气。刘彻得知落下闳成就斐然，立即征召落下闳为待诏太史。落下闳到了长安，和邓平、唐都等合作创制新的历法，以正月为岁首，把正月初一定为"新年"。落下闳、邓平、唐都等二十多人，以及官方的公孙卿、壶遂和司马迁，各有方案，相持不下，曾发生激烈争论。最后形成了十八家不同的历法。经过仔细比较，刘彻认为落下闳与邓平的历法优于其他十七家，遂予以采用，定为汉历。为表彰落下闳的功绩，刘彻特授他可入禁中受事、等级超过侍郎的侍中之职。不料，落下闳却辞而不受，又回到了阆中。

司马迁把详情讲完，又对黄霸道："我与落下闳虽然在修订历法上有不同见解，但十分敬佩他的学识。有传言他如今隐居于阆中的落亭，不知真假。你经过阆中，若能见到他，务必转达我的思念之情。"

黄霸应道："请太史令放心，我一定设法找到他。"

黄霸了解到落下闳的故事后，更坚定了走水陆两路的决心，一定要到阆中去拜见一下落下闳。

黄霸辞别汲偃、司马迁、东方朔，驾车驶出未央宫西门，往西而去。

黄霸出了长安城，一路向西直奔咸阳、陈仓方向。走了不知多少日，又向南转向勉县、眉县方向。又走了不知多少日，经斜谷、褒谷栈道、石牛道进入汉中。再走了不知多少日，到了北依秦岭、南枕巴山的宁强县，然后从宁强走向广元。

黄霸过去只是听说山路、栈道行走之难，但不知其中的滋味。通过这一路的行走，虽然每到一个驿站都能得到很好的关照，都能更换驾车的马匹，驿站还派人引领，还是遇到不少想象不到的艰难险阻，真切感受到了"蜀道难"的滋味。

　　到了广元附近的富村驿，他不得不把自己的马车交给驿站，在嘉陵江码头，乘船沿江而下。

　　嘉陵江时而穿行于宽谷、坝子，时而穿行于石灰岩、片岩、页岩、砂岩、砾岩及火成岩相间的峡谷中，迂回曲折，险象丛生。黄霸坐在船上，望着两岸起伏的高山，和前后湍急的江水，时常感叹不已。船夫告诉他说，嘉陵江是河流中最为曲折的河流。

　　黄霸记不清乘船行走了多少日，终于到了阆中。

　　阆中是久负盛名之地。早在东周时的周慎靓王六年（公元前315年），秦国惠文王嬴驷派张仪、张若、司马错率队走石牛道灭蜀国，吞苴国。接着，秦又灭巴国，将巴国君臣掳往咸阳，在江州筑城，设置巴郡，把巴地纳入秦国的郡县体制，把原属于巴国国都的阆中设置为阆中县，使之隶属于巴郡。汉朝建立后，沿袭秦制，仍为县。

　　黄霸时刻牢记司马迁的嘱托，下了船，立即进入阆中县城。到了这里才知道，阆中县城居然是一座三面被嘉陵江环绕的城，水外是山，三面水好似一个"门"字，而中间的土地却非常平坦，风景如画，地形好像"良"字，又在"门"中间，故其城取名"阆中"。

　　黄霸一进县城就四处打听落下闳的踪迹，遗憾的是，在这里停留了两天，居然没有打探到一点消息。都说他自京城返回后就隐居了，没人再见到过他。无奈之下，黄霸只好乘驿站提供的马匹，乘船过嘉陵江至南岸的南津关，然后骑马向西，翻过锦屏山，奔充国县方向而去。

　　充国县在夏代为"有果氏"之国，商周时属梁州，春秋时期为充国。战国后期，巴国被楚国连续打败并占领后，以巴国为大本营，接着把目标盯向了西邻的蜀国，不断入侵。于是，充国便与蜀国结为同盟，共同抵御属于楚国的巴国。后来，巴国居然毁弃盟约，灭掉充国，占领其地后，将国都迁往阆中。秦惠文王更元九年（公元前316年），秦国灭巴国，并于更元十一年（公元前314年）将其地归属阆中县。汉朝建立后,又将其从阆中县析出,置为充国县。充国县是去往成都的必经之地,到了成都才有通向沈黎郡的路径。

  阆中到成都共有十二个驿站。在中原,一般相隔三十里就设一个驿站,这里通常是四五十里才有一个驿站,甚至更远,很多地方又荒无人烟。

  黄霸一踏上这条道不多久,就被那时而向左、时而向右的山路给搞迷糊了,找不到东西南北。经过几个驿站,他都要询问管理驿站的长官置啬夫,置啬夫也摇摇头,也不知东西南北,说巴蜀之地只说前后左右。黄霸想了想才明白,这里的路全是上上下下、弯弯曲曲、左右不停地转来转去,哪有东西南北方向。

  过去,黄霸只知道专管某项事务的小官吏叫啬夫,如乡啬夫、仓啬夫、库啬夫、苑啬夫,没想到这里驿站的长官叫置啬夫。原来,这里的"置"与中原的"驿站"是一个意思。

  黄霸记不清走了多少日子,终于到了蜀郡治所成都。这里虽然不像中原那样一马平川,比起一路所经之地,已经是很平坦了。因为心理放松,加上一路劳顿,黄霸忽然感到非常疲惫。太阳还有树梢那么高的时候,黄霸走到了一家名叫琴台驿站的大门前,他担心再往前走,天黑之前赶不上下一个驿站,于是,便下马走进这家驿站。

  过去,黄霸不知成都名字的来历,到了这里,经过询问才知道:五百年前的周朝末年,蜀王开明九世将都城从广都樊乡迁到这里,因为一年所居成聚,二年成邑,三年成都,故名成都。四百年前,巴国和蜀国互相攻打,都向秦国告急求救。秦惠文王嬴驷想出兵攻打蜀国,但顾虑道路险峻难行,又恐东部的韩国乘机侵犯秦国,有些犹豫不决。这时,国相张仪主张应先攻打韩国。大将司马错认为攻打韩国将导致诸侯联合对抗秦国,如果攻打蜀国,则既可得其人力、物力以充实军备,还可占据有利地势,顺水而下还可向东攻打楚国。秦惠文王嬴驷采纳司马错的建议,派张仪、司马错领兵从子午栈道攻打蜀国。张仪、司马错攻下蜀国不久,又趁机攻占了巴国。秦国将巴蜀两地置为蜀郡，设成都为县，郡、县治所都设于成都。接着，张仪、司马错在此筑太城。次年，张仪又在太城以西筑少城，使成都城周回十二里，高七丈，从此初具规模。不仅如此，成都织锦繁盛，工艺精湛，在周围的各郡中享有盛名。

黄霸在成都这一夜睡得很香，而且还做了一个美梦：妻子巫云踏着一片五色彩云，从空中像仙女般飘飘然、笑微微落在他的身边，先甜甜地叫了一声"夫君"，然后紧紧地抱住了他……一阵亲昵之后，巫云拉起他，一起飞向天空。天空的云时而洁白如絮，时而五颜六色，令人眼花缭乱。他们牵着手，时上时下，时紧时慢，不觉间回到了黄岗村老家。他们慢慢落下，款步走到家门口，只见母亲正扯着黄赏从庭院里往外走。黄赏看到他们，又蹦又跳，激动得两眼盈满泪花，大声叫道："父亲回来了，父亲回来了……"黄霸挣脱巫云的手，急忙去拥抱黄赏。可是，就在他刚要抱住黄赏的时候，感到身子一阵疼痛，黄赏也不见了。他忽然醒了，原来是从床榻上掉了下来，胳膊上还被摔破了一块皮。

为了赶路，第二天一大早黄霸就起了床。就在他换好驿马，准备启程时，抬头看到大门上方的门额写着"琴台驿站"，突然对这个名字产生了兴趣，遂叫来置啬夫询问。置啬夫见黄霸很好奇，就饶有兴趣地给他讲述起琴台驿站与司马相如的故事来：

司马相如是成都人，少年时喜欢读书练剑，二十多岁时靠捐纳做了孝景皇帝的武骑常侍，但孝景皇帝不喜欢辞赋，司马相如并没有被重用，因此，他常常有不遇知音之叹。后来，梁孝王刘武到了长安，刘武因为久闻司马相如的大名，便慕名请司马相如为他作赋，相如很快写了一篇《如玉赋》相赠。此赋辞藻瑰丽，气韵非凡。梁王刘武极为高兴，就以自己收藏的"绿绮"琴回赠。"绿绮"是一张传世名琴，琴内有铭文曰："桐梓合精"。司马相如遂托病退职，与刘武前往梁地，从此与刘武的门客邹阳、枚乘、庄忌等辞赋家同舍而居，与这些志趣相投的文士共事，成为挚友，并为刘武写了《子虚赋》。刘武去世后，司马相如因不得志，便称病辞职回到成都。因为家贫，司马相如无以为业。时任临邛县令的王吉与司马相如曾经是挚友，王吉得知消息，甚为司马相如惋惜，特地去看望他，并邀请他说："你长期离乡在外，求官任职，不太顺心，不如到我临邛县住些日子，散散心。"司马相如见王吉真诚相邀，就随王吉到了临邛县，被王吉安排在官府设置的一个都亭住下。临邛县有一冶铁巨商，名叫卓王孙，拥有良田千顷，华堂绮院，高车驷马，他得知县令有贵客，便在家中设宴相请，一为讨好县令，二是想与司马相如结交。司马相如明白卓王孙的意图，则称病不去赴宴。王吉为了给卓王孙面子，亲自到都亭相请，司马相如这才前往。卓王孙有个刚离婚守寡不久的女儿叫卓文君，姿色娇美，精通音律，善弹琴，久仰司马相如的文采，得知司马相如来到她家，便站在屏风外向里窥视。司马相如也早已闻知卓文君的芳名和才华，却佯作不知，看到卓文君后也佯装没有看见。宴席结束，卓王孙邀司马相如吟诗抚琴，司马相如便趁机自弹自唱了一曲《凤求凰》：

> 有一美人兮，见之不忘。
> 一日不见兮，思之如狂。
> 凤飞翱翔兮，四海求凰。
> 无奈佳人兮，不在东墙。
> 将琴代语兮，聊写衷肠。
> 何日见许兮，慰我彷徨。
> 愿言配德兮，携手相将。
> 不得于飞兮，使我沦亡。
> 凤兮凤兮归故乡，遨游四海求其凰。
> 时未遇兮无所将，何悟今兮升斯堂！
> 有艳淑女在闺房，室迩人遐毒我肠。
> 何缘交颈为鸳鸯，胡颉颃兮共翱翔！

凰兮凰兮从我栖，得托孳尾永为妃。
　　交情通意心和谐，中夜相从知者谁？
　　双翼俱起翻高飞，无感我思使余悲。

　　卓文君听到司马相如的琴声和歌声，偷偷地从门缝中认真地看他，不由得为他的气派、风度和才情所吸引，并产生了敬慕之情。司马相如见卓文君如此风姿绰约，并对自己含情脉脉，也产生了爱慕之情。吟诗抚琴完毕，司马相如通过卓文君的侍婢向卓文君转达爱慕之意。于是，卓文君深夜与司马相如私奔到了成都。卓王孙得知消息，大怒，大骂卓文君违反礼教，因此，连一个铜板也没给卓文君。

　　司马相如虽然在外做官几年，但家徒四壁。在成都住了一些时候，卓文君对司马相如道："你跟我到临邛去，我向同族的兄弟们借些钱，开个酒肆，就可以维持生计了。"司马相如听了她的话，便跟她一起回到了临邛。他们把车马卖掉做本钱，开了一家酒肆。卓文君当垆卖酒，掌管店务。司马相如腰间系着围裙，夹杂在伙计们中间洗涤杯盘瓦器。

　　卓王孙闻讯后，深以为耻，觉得没脸见人，就整天大门不出。他的弟兄和长辈都劝他道："你只有一子二女，又不缺少钱财。如今文君已经委身于司马相如，司马相如也深爱文君，虽然家境贫寒，但毕竟是个人才，他虽然暂时不愿到外面去求官，但还是县令的贵客，你怎么可以叫他如此难堪呢？"卓王孙无可奈何，只得分给文君奴仆百人，铜钱百万。卓文君和司马相如回到成都，购买田地住宅，开设酒肆，并筑一台，常常一起在台上吟诗作赋，过上了富足美满的生活。

　　刘彻即位后，得知司马相如的才华，立即召他进京，封为郎官。刘彻对司马相如甚爱，常与他一起吟诗作赋。司马相如先后写出《子虚赋》的姊妹篇《上林赋》，及《司马相如上书谏猎》《长门赋》《梨赋》《鱼葅赋》《梓山赋》等名篇。司马相如深得刘彻器重，且日日周旋在脂粉堆里，赏尽风尘美女，卓文君又远在成都，五六年后便生出抛弃卓文君，纳茂陵女子为妾的想法，于是，就给卓文君写了一封十三字的信："一二三四五六七八九十百千万。"聪明的卓文君接到信后，看到这一行数字中唯独少了"亿"字，不禁心凉如水，泪流满面：司马相如岂不是在表示已对自己"无意"？她怀着十分悲痛的心情，立即写了一首《怨郎诗》，寄给了司马相如：

　　一朝别后，二地相悬。
　　只说是三四月，又谁知五六年。
　　七弦琴无心弹，八行书无可传。
　　九连环从中折断，十里长亭望眼欲穿。
　　百思想，千系念，万般无奈把郎怨。
　　万语千言说不完，百无聊赖，十依栏杆。
　　重九登高看孤雁，八月仲秋月圆人不圆。
　　七月半，秉烛烧香问苍天。
　　六月三伏天，人人摇扇我心寒。
　　五月石榴红似火，偏遇阵阵冷雨浇花端。
　　四月枇杷未黄，我欲对镜心意乱。
　　忽匆匆，三月桃花随水转。
　　飘零零，二月风筝线儿断。
　　噫，郎呀郎，巴不得下一世，你为女来我做男。

　　司马相如接信后打开一看，面红心跳，羞愧不已，从此断了抛弃卓文君的念头，并把卓文君接到京城，恩爱有加。
　　元狩二年（公元前121年），卓文君病逝，年五十四岁。卓文君死后，司马相如因为思念过度，大病缠身，于元狩五年（公元前118年）病逝，年六十一岁。这个驿站，就是昔日卓文君与司马相如曾经开设的一家酒肆，他们曾经在这里一边卖酒，一边弹琴赋诗。司马相如第二次进京做官后，酒肆一直闲着。十五年前司马相如死后，改为驿站。成都人为了纪念司马相如与卓文君的爱情故事，命名为"琴台驿站"，站前的路叫琴台路。

黄霸回味着司马相如与卓文君的爱情故事，不由想起远在老家的妻子巫云和年幼的儿子黄赏：司马相如靠捐纳做官，由西往东，两次进京，我黄霸也是靠捐纳做官，则由东往西，也有两次离京的经历。最后，司马相如成为天下名士，我黄霸会怎么样？自己与巫云的故事虽然没有司马相如与卓文君那么浪漫传奇，巫云也没有卓文君那么善琴能诗，对自己却像卓文君对待司马相如一样一往情深，而今自己远离故土数千里，遥遥不知归期，她在家岂不也像卓文君思念司马相如一样，对自己"百思想，千系念"！自己何时能回到京城，也把巫云接到身边，与她朝夕相处，耳鬓厮磨，白头偕老？想到这里，黄霸不由为这次远赴沈黎郡，遥遥不知归期而伤感，瞬间，一行热泪滚出眼眶。

停了一会儿，他擦干泪水，正欲西行，却又想到与自己有着同样经历的几个人：卜式捐纳，官至御史大夫，声名显赫。东方朔上书自荐，虽因"大不敬罪"被贬官，最后依然得到皇上的器重，且著述甚丰，朝野赞美之声不绝于耳。司马相如也是靠捐纳出仕，也是两次进京，却官至中郎将，秩比二千石，其赋辞藻富丽，结构宏大，被誉为"赋圣"。他们几个都是从家乡走向京城，我黄霸两次捐纳，今却奔赴边陲，命运若何？想到这里，忽然又埋怨起刘彻来：皇上啊皇上，你雄才大略，气贯长虹，心胸豁达，大肚能容，不拘一格起用人才，群臣莫不畏服，朝野无不敬仰，对我黄霸怎么就斤斤计较、鸡肠鼠肚起来？怎么仅因弟弟犯罪，而小视我黄霸呢？

黄霸叹息一阵，不得不挺起胸膛，自语道：事已至此，别无选择，只能一步步前行。于是，跨上驿马，走出成都城，沿灵关道往西南而下。

灵关道是通往沈黎郡治所最近的一条道，经蜀郡的临邛县继续西南而下，出临邛县才能进入沈黎郡辖地。途中还要经过徙县、青衣县、严道县，再跨过青衣江，再往西北行走三百余里，才能到沈黎郡治所旄牛县。

灵关道多是山路，且山高谷深，道路崎岖，一会儿呈"几"字形，一会儿呈"S"形，一会儿是上上下下翻山越岭，常常不得不下马步行。黄霸出发前虽然对这些情况作了了解，知道道路险峻，因为没有经历过，想象不出是怎么一种情景，亲临其境后，身上常常被惊出冷汗。他胯下的驿马对那些弯弯曲曲、高低不平，时而依山，时而傍水的路，常常望而生畏，摇头停步不前。还有几次，因为山上落下石块和野兽突然出现，受惊而狂奔，他险些摔下来。更有甚者，还几次遇到他不曾听说和见过的怪物，它们体型肥硕，圆头短尾，身躯奇白，眼、耳和四肢漆黑。这些怪物时不时成群地出现在路上，驿马看到它们，常常恐惧不敢前行，他也惊吓得冷汗不止。等到了一个驿站，经过询问才知道那些怪物体型虽然怪异，却很温顺，不会伤人，有的地方叫它花熊，有的地方叫它荡，有的地方叫它杜洞尕或峨曲。

此道虽然通行困难，毕竟是通往沈黎郡治所最近的路，他只能选择这条道。

到了下一个驿站，为了掌握这里的风土人情，黄霸便和在其他驿站一样，向驿站长官询问这一带近年来的情况。驿站长官向他讲了一番这里的风俗、物产后，又特别给他详细讲了一番唐蒙和司马相如与这灵关道的故事：

建元六年（公元前135年），皇帝刘彻派番阳县令唐蒙执节出使安抚南越国。唐蒙完成使命赴京复命途中经过滇国时，滇国国王问唐蒙："汉朝和我滇国相比，哪个大？"唐蒙感到可笑，没有作答。在往东经过夜郎国时，夜郎侯多同也问唐蒙："汉朝和我夜郎国相比，哪个大？"唐蒙对滇国、夜郎国两国国君的妄自尊大感到很可笑，同时，也悟出这里因为道路闭塞，故囿于一州，不知汉朝疆域的广大。通过此行，唐蒙了解到：以后再从长安去南越，经蜀地，再从夜郎国可以直达，不需从长沙郡、豫章郡绕道。唐蒙到了京城后，立即向刘彻上书说："南越王乘坐黄屋之车，车上插着左纛之旗，他的土地东西一万多里，名义上是外臣，实际上是一州之主。如今从长沙郡和豫章郡前去，水路多半被阻绝，难以前行。我听说夜郎国拥有精兵十多万，若乘船沿牂柯江而下，乘其不防而加以攻击，是制服南越的一条奇计。如若再利用汉朝的强大，打通巴蜀前往夜郎之路，不仅对巴蜀有利，也便于对南越国的治理。"

刘彻十分欣赏唐蒙的主张，于是，任命他为中郎将，率领一千大军，以及负责粮食、辎重的人员一万多人，从巴符关进入夜郎，会见了夜郎侯多同。唐蒙给了多同很多赏赐，又用汉王朝的武威和恩德开导他，约定给他官职，让他的儿子做相当于县令的官长。夜郎附近一些小城的人都贪图汉朝的丝绸布帛，认为汉朝到夜郎的道路险阻，汉朝不可能把夜郎国占为己有，就暂且接受了唐蒙的盟约。唐蒙回到京城向刘彻奏报后，刘彻立即下令把夜郎国改为犍为郡。不久，刘彻下令征发巴、蜀、广汉的士卒，开通巴蜀通往夜郎的通道。参加筑路的有数万人，可是，修了两年，耗费钱财无数，路不仅没有修好，还死了很多士卒。唐蒙大怒，用战时法规杀了大帅，巴、蜀百姓大为恐惧，一片混乱。刘彻了解到这一情况后，知道西南夷是司马相如的老家，且司马相如在西南夷威望很高，就命司马相如为中郎将，令他持节出使西南夷，安抚百姓。司马相如回到家乡，发布《谕巴蜀檄》公告，并采取恩威并施的手段，平定了局势。司马相如回京后上书刘彻：开通西南夷，百姓虽劳，但这是开边之大业，不能停止。刘彻见了他的奏书，十分高兴。于是，再次让他持节出使西南夷。司马相如到达蜀郡时，蜀人都以迎接他为荣。司马相如下令拆除旧有的关隘，使边关扩大，开通灵关道，在孙水上建桥，直通邛都县、徙县、青衣县、严道县、旄牛县等地。

黄霸听到这里，才进一步了解了西南夷归属汉朝的前前后后，忍不住叹息道：如果不是唐蒙、司马相如先后出使西南夷，在此开路架桥，去往沈黎郡岂不更难行走？叹息罢，不由想起十八年前司马相如

写的《难蜀父老》,于是,情不自禁地吟咏起来:

  汉兴七十有八载,德茂存乎六世,威武纷纭,湛恩汪濊,群生澍濡,洋溢乎方外。于是乃命使西征,随流而攘,风之所被,罔不披靡。因朝冄从駹,定筰存邛,略斯榆,举苞满,结轨还辕,东乡将报,至于成都……

  盖世必有非常之人,然后有非常之事;有非常之事,然后有非常之功。非常者,固常人之所异也。故曰非常之原,黎民惧焉;及臻厥成,天下晏如也。昔者洪水沸出,泛滥衍溢,人民登降移徙,崎岖而不安。夏后氏戚之,及堙洪水,决江疏河,洒沉赡菑,东归之于海,而天下永宁。当斯之勤,岂唯民哉?心烦于虑而身亲其劳,躬胝无胈,肤不生毛,故休烈显乎无穷,声称浃乎于兹……

让黄霸没有想到的是,自从进入沈黎郡的青衣县、严道县后,只见到处山清水秀,峰峦叠嶂,鸟语花香,不复之前的险山恶水。但这里人烟稀少,土地多荒芜,且几乎每日都细雨绵绵,往往一日内也晴雨多变,虽有如入仙境之感,又难免有几分不知所措之忧,可谓喜忧繁芜。

黄霸前后经过两个多月的劳顿,终于到了沈黎郡治所旄牛县城。

第九章　职微位卑亦忧国

黄霸因为一路查问和记录，比预计的到旄牛县城的时间晚了很多，但驿站长官早已派人报告给了沈黎郡郡府。黄霸到了旄牛县城附近，郡守陈迁亲自带领郡府官吏出城迎接。百姓虽然不知黄霸官职的大小，但听说是朝廷派来的新官，且曾经是皇帝身边的侍郎谒者，并向沈黎郡捐资纳粟，无不充满感激之情，也像当年迎接司马相如一样，把迎接他当作是一件很光荣的事情。

黄霸看到这情景，不禁有些受宠若惊，急忙下马，连连向郡府官吏和百姓施礼答谢，一路的艰辛和苦闷也顿时消散。

沈黎郡治所的城邑不像中原那样城墙高大，方方正正，殿堂的墙壁也不像中原那样都是砖墙，屋顶覆琉璃瓦，且以等级分庑殿式、歇山式、攒尖式、悬山式、硬山式，这里的官衙府邸都是木骨泥墙，等级仅以高低宽窄相区别。

郡守陈迁令侍者把黄霸的行囊送至早已给黄霸准备好的官舍，直接领黄霸去了郡府的府堂。进了府堂，陈迁一边让座，一边寒暄道："黄霸君这一路行走，体味到蜀道之难乎？"

黄霸一边向陈迁呈上朝廷的遣书，一边笑道："很有一会儿上天，一会儿入海之感。"

陈迁展开遣书看了一眼，放到几案上，又问道："黄先生是何地人？"

黄霸道："淮阳郡阳夏人。"

陈迁笑道："淮阳郡我知道，那是一块宝地，伏羲、女娲、神农三皇都曾在那里建都，西周时为陈国，国君是陈胡公，是我陈姓始祖，那里是我陈姓起源地也。后来陈国被楚国所灭，置为县，楚顷襄王的时候迁都到那里，成为楚都。秦始皇统一六国后，初为淮阳郡，后降为陈县。秦末，陈地人陈胜、吴广揭竿而起，六国复国，楚人刘邦、项羽灭秦，才有大汉朝的建立。如若没有陈胜、吴广的反秦，有没有今日之汉朝，不可知也。因此说，汉朝的兴立，也有我们陈姓人的功绩也。"

黄霸不由惊愕道："太守怎么对淮阳郡如此了解？"

陈迁道："那里是我陈姓起源地，能不关注？陈潜公二十三年，陈国被楚国灭，置为县。战国末年，秦始皇灭韩国时占领了陈县县城，将陈县划入颍川郡，陈氏后裔陈珍携全家迁于颍川郡治所阳翟城，颍川从此有陈姓，被称为颍川陈。秦始皇统一天下后，迁六国贵族和富豪于咸阳。我陈姓的一支从颍川郡被迁到咸阳。秦王政二十九年，秦始皇令五十万大军，兵分五路，征服岭南越族。我祖上被征于军中，战后留在了南越国。南越国是在秦朝灭亡时，由秦朝原南海郡尉赵佗起兵兼并桂林郡和象郡后建立的。汉朝建立后，南越国臣属于汉朝，成为汉朝的外藩。元鼎五年，南越国反叛汉朝。次年，皇上下令派十万大军灭掉南越。西南夷诸部见此情景，不得不请求臣服。笮都是这一带的部族名，又称笮都夷，为了强化对这一带的掌制，加上此地与牦牛种羌族部落相连接，朝廷特地在此设牦牛县，置沈黎郡，并以牦牛县为郡治。同时，以邛都县为治所置越嶲郡，以冉駹部落之地置汶山郡，治所在汶江县，以氐人之地置武都郡，治所在武都道。我因抵制反叛有功，被命为沈黎郡太守。"

黄霸笑道："楚国迁都到今淮阳后，我七世祖春申君黄歇为了楚国免受秦国攻打，与太子熊完作为人质去到秦国，被秦昭王扣留了十年。

后官至令尹，在淮阳三十余载，辅佐楚王治理天下。淮阳郡是你陈姓的祖根地，也是我黄姓的辉煌之地。没想到，我们今日在此相遇了。"

陈迁大笑道："世事虽然不断更迭，中华实乃一脉也。"

黄霸问道："郡守何出此言？"

陈迁正色道："三皇之首太昊伏羲氏生于成纪，后率领其部落东迁至宛丘，即今日淮阳郡。太昊伏羲氏一统天下后，其后裔朝四外播迁。到了炎黄时代，黄帝以姬水成，炎帝以姜水成。故黄帝为姬姓，炎帝为姜姓。黄帝部族起初生活在西北黄土高原，炎帝东向进入中原后，黄帝筑城邑于涿鹿之阿，迁徙往来无常处，以师兵为营卫。其中的一支在西方以牧羊为生，以羊为图腾。羊字通羌，羌人后被称为西羌。羌，是对居住在西部游牧部落的一个泛称。羌人中的一支约在春秋战国时迁居于巴蜀一带，生息繁衍，成为这里今日的羌人。羌人以穿青衣著名，因此又有青羌之称。青羌人于七百年前在此建青衣羌国。元鼎六年，汉室废青衣羌国，置为青衣县，归属沈黎郡。"

黄霸想尽快了解沈黎郡各县的基本情况，问道："我来的路上，听说青衣县羌人多信奉青衣神，青衣神是什么神？"

陈迁道："青衣神即蚕丛氏。据传，黄帝的妻子嫘祖首创种桑养蚕之法和抽丝编绢之术。嫘祖生玄嚣、昌意二子。玄嚣之子叫蟜极，蟜极之子为五帝之一的帝喾。昌意娶蜀山氏女子为妻，生高阳，即五帝之一的颛顼帝。蚕丛氏的祖先是颛顼。蚕丛氏是蜀国首位称王的人，是蜀人的祖先，他劝农桑，教民养蚕，巡行郊野时常着青衣，故被人们呼为青衣神。后来，这里的羌人都穿青衣，这是青衣羌国的来历，也是青衣县的来由。"

黄霸听了，笑道："青衣水之名莫非也是自此而来？"

陈迁赔笑道："然也。"

黄霸听到这里，想到沈黎郡几个县名都很怪异，忍不住逐一询问起来："旄牛县县名又是从何而来？"

陈迁道："《诗经·殷武》是《诗经》三百零五篇的最后一篇，

诗曰：'昔有成汤：自彼氐羌，莫敢不来享，莫敢不来王……'是说自从成汤建立殷商，那些远方民族氐羌，没人胆敢不来献享，没人胆敢不来朝王。殷王实为天下之长。早在战国初年，秦国的秦献公嬴师隰派兵攻掠羌地，羌地酋长卬为避秦兵，率部众向南方迁徙。后来卬的子孙繁衍，自立部落，散居各地，其中有以畜养良种牦牛而著称，故称牦牛羌。牦牛县即因此而得名。"

黄霸忍不住又问："严道县有何来历？"

陈迁乐此不疲地又详细介绍道："七百年前，这里是蜀国开明王朝的冶铜铸币之地，也是开明蜀国的铜器、牦牛、筰马买卖中心。后来，楚国楚庄王之后裔在此建立了附庸于楚国的岷山王国，并以庄为氏。四百年前，即秦惠文王二十六年，秦灭蜀。不久，秦国遣纵横家张仪自秦赴楚，用反间计，诱使楚国冒险出兵攻秦。秦惠文王趁机命他的异母弟弟樗里疾为将军攻打楚国，在丹阳打败楚将屈匄，楚军八万甲士被秦军斩尽杀绝。秦军乘胜夺取楚国汉中之地六百里，设立汉中郡，楚后裔岷山庄王族被迫南迁滇池。秦灭蜀败楚后，从上郡迁来大批獂狁羌人，也称严允羌人，即北狄。不久便用严允羌人和本地的羌人，修筑了从临邛县至严道县的道路。在秦国，'严'与'迎'同音，故所修之路称为'严道'，并设严道县，隶于蜀国。樗里疾因战功显赫，被封爵于严道，号为'严君'，为严道县首任县令。秦昭襄王二十二年，秦国废掉蜀国，设蜀郡，严道县隶之。三百年前，秦灭楚，迁楚庄王之后于此，因而严道又名'庄道'。汉朝建立后，依然为严道县。"

黄霸感叹道："如此说来，西南夷各族和我们都是一脉相承也。"

陈迁点头道："毫无疑问。"接着又道，"严道县最初的居民是由黄帝时的徙、筰、青衣等族人及后来的楚人构成。"

黄霸又感叹道："同是一脉，岂可远之？汉室当重力相扶也。"

陈迁沉思了一会儿，道："西南夷诸部因为道路不通，不知外面天地之宽广，故有滇国、夜郎国国王自高自大的笑话。沈黎郡虽然开通灵关道近三十年，比起过去便利很多，因山水纵横，依然是与世隔绝，需要强力开拓之。"

黄霸正色道："黄霸不才，但愿为西南夷，尤其是沈黎郡百姓，恪尽职守。凡黄霸能为者，郡守尽管吩咐。"

陈迁笑笑道："我听说黄先生自幼习读法律，胸怀大志，之所以要捐纳出仕，就是要为民做事，甚感钦佩。"

黄霸道："我生在中原，又初来乍到，对这里一无所知，一切要从头做起，还望郡守不吝赐教。"

陈迁道："我近期正要到各县巡行，等你歇息几日，可一同前往。"

黄霸听了十分高兴，道："今日稍事歇息，明日即可成行。"

陈迁满口答应道："可。"

第二天，黄霸早早起床，匆匆用餐之后，便按照郡守陈迁的安排，驱车一路向东北，首选距离郡治最远的严道县。

严道县的地形为西南高、东北低，地势高低悬殊，西部为高山区，西北部和南部为中山区，中部和东北部为低山丘陵区。从郡治旄牛县至严道县，因为都是崎岖的山路，有数百里远，所以，几日后他们才到达。

严道县令得知郡守下县巡视，并首站选择严道，且有新上任的书佐黄霸陪同，十分喜悦。黄霸随郡守陈迁进了县令的厅堂刚刚坐下，一侍者立即双手捧着一个托盘走了进来。托盘上有三个冒着热气的碗，飘着一种他不曾闻过的香味，黄霸一闻到那香味，倍觉气爽。侍者到了他们跟前，跽跪于地，把几个冒着热气的碗分别放在了陈迁、黄霸和县令的面前。

县令笑着对黄霸道："黄先生可否闻到一股香味？"

黄霸点头称是。

县令道："黄先生可能有所不知，碗里不是开水，而是茶水。香味就是从茶水里飘出的。"

黄霸依然不明白"茶水"的意思，忍不住朝茶碗里端详起来。只见碗里的水色黄而碧，水下面有很多细细的树叶状的东西，更感奇怪。

县令见黄霸一脸的迷茫，笑笑道："相传神农尝百草，日遇七十二毒，得茶而解。过去只是传说，很多人都不曾喝过。黄先生喝过否？"

黄霸摇摇头道："不曾喝过。"

县令得意地笑道："而今严道县人都在喝茶。"

黄霸浅浅一笑道："我看里面是树叶。树叶哪里没有？热水中放些树叶，有何稀罕的？"

县令神情端庄道："黄先生所言不无道理。然，树有千万种，不是所有的树叶都可以做茶。严道县蒙顶山有一种独特的树，仅这种树的叶子可以汲水而饮之。这是我县一个叫吴理真的发现的。"

黄霸听到这里，不由来了兴趣，问："吴理真是何人？"

县令道："吴理真，是严道县人，号甘露道人，家住蒙顶山之麓，是一位道家学派人物，为蒙顶山一庙宇的住持。"

黄霸忙问："吴理真是如何发现树叶可以做茶的？"

县令见黄霸如此感兴趣，津津有味地详述道："吴理真早年丧父，因家境贫寒，他的母亲积劳成疾。吴理真是个孝子，每当雄鸡报晓，便带上镰刀，登上蒙顶山，割草拾柴，换米糊口，为母亲治病。一日，吴理真拾好柴，口干舌燥，顺手揪了一把树叶，放在口里慢慢咀嚼。不一会儿，他口渴渐止，困乏渐消，颇感奇异。于是，他就摘了一些树叶带回家中，用开水冲泡，让老母喝下。很快，其母神情大变。其母连饮数日，病情好转。续饮月余，身体即病愈。这种特别的树，被吴理真称为茶树。乡亲们病了，吴理真就用这种树的叶子泡水给他们饮用，疗效皆很好。可惜这种树不多，叶子远远不能满足治病救人之需。于是，他专心培育茶树。为了采摘茶树种子，他跑遍了蒙顶山三十八座山峰。他把茶籽捡回家，用沙土拌和后放入篾筐中，上面盖以谷草，使茶籽不会霉变和冻坏。吴理真为了种茶，在荒山野岭搭棚造屋，掘井取水，开垦荒地，播种茶籽，投入了全部身心。如今，他依然在山上种茶。百姓称他为种茶第一人。"

黄霸笑道:"你刚刚还说神农尝百草,日遇七十二毒,得茶而解。茶祖当是神农,怎么能说是吴理真?"

县令笑道:"神农是得茶第一人,吴理真为种茶第一人,为蒙顶山茶祖也。"

黄霸听完,忙取出笔,把吴理真种茶一事记录下来。接着,又问了一番严道县的其他特产和生产情况,并一一记录下来。

黄霸随同郡守陈迁巡视了严道县几个地方,掌握了一些民情,又往西北奔向徙县。徙县盛产香谷米,又名老红谷,因味道清香鲜美而闻名沈黎郡。同时,也盛产药材,其牛膝有祛风除湿、通经活血、破血行瘀、补肝补肾、强筋健骨等功效。有一种刺龙苞,大如核桃,有补气安神、强精滋肾之效。还有一种叫鹿耳韭的药材,也叫天韭、玉簪叶韭、天蒜,能散瘀镇痛,祛风止血。只是该县周围多山,交通不畅,仅有飞仙关与外界相通,药材都卖不出去,白白浪费。百姓每日身在山中,很少有人读书,有的甚至不知如今是何朝何代。黄霸看到这里,十分惋惜。

巡视了徙县,黄霸又随同郡守陈迁到了相邻的青衣县。黄霸一到该县,很快就了解到:青衣县夏朝时为梁州之域,商朝时为氐羌之地,周朝时属雍州,后为青衣羌国属地。到了秦朝,被置为青衣道。境内有一河流,发源于县北断头岩,被称为青衣水。该县的金丝猴、羚羊、苏门羚、贝母鸡、水獭以及兰花等,都是珍稀动植物,因为交通不畅,都不为外界所知。

黄霸与郡守陈迁巡行各县时,一边看一边询问,所见所闻,都详细记录。同时,对如何富民,大胆提出自己的见解。尤其是看到这里交通闭塞,民人粗鄙,就以蜀郡太守文翁为例,建言郡守陈迁道:"孝景帝末年,文翁任蜀郡太守,他性仁爱并喜欢教导感化。他任太守后,见蜀地的民风野蛮落后,就在成都城中修建学宫,兴教育、举贤能,使蜀地学于京师者比于齐鲁,文风也比于齐鲁。至今巴蜀好文雅,文翁之化也。沈黎郡与京师相距更远,更为落后,当效仿蜀郡的做法，教化与民。"

郡守陈迁对黄霸如此恪尽职守，又大胆直陈己见，十分欣赏，遇事都与他商议，并着手兴办学宫，凡重要文书都交给黄霸缮写。

黄霸任沈黎郡书佐一年多时间，阅尽了郡内的所有史籍，走遍了所有的县、乡。把沈黎郡的前世今生，各民族的融合，沈黎郡的山水、物产以及风土人情，都调查掌握得清清楚楚。

在走访、了解、记录这里的真实情况的同时，黄霸每天都反复思考了怎么样才能发展沈黎郡，为百姓造福，甚至西南诸郡当如何富庶，也日思夜想。心里说：我黄霸两次捐纳就是为了当官，当官的目的就是想为百姓造福，岂能因为官职小而不为？我要像唐蒙和司马相如一样，上书朝廷，大胆直谏，为汉室天下献计献策。

黄霸经过一番深思熟虑，大胆向郡守陈迁建议道："沈黎郡多蛮荒之地，仅靠本郡之力，难以很快走向兴盛。当以沈黎郡的名义，向朝廷上书兴郡富民的奏章，让朝廷发令，调多方之力助之。"

郡守陈迁曾经这样想过，只是没敢大胆直谏。听了黄霸的话，喜不自胜，立即答应下来，并让黄霸亲自起草撰写奏章。

黄霸说到做到，当夜即秉笔直书。不几日，就把奏章写好，并呈给了郡守陈迁。其文道：

> 早在几千年前的炎黄时代，黄帝后裔即迁居于西南诸夷，虽因地理、物产、气象诸因形成多个民族，实乃华夏一族也。这里山水纵横，路险人稀，洪水沸出，泛滥衍溢，民人登降移徙，崎岖而不安，与中原隔离。西南夷虽然设置多个郡，归服汉朝已有数载，也曾开路架桥，然，还不及为用。
>
> 巴蜀是一片沃野，盛产栀子、生姜、朱砂、石材、铜、铁和竹木之类的器具。南边邻滇、僰，僰地多出僮仆。西边邻邛、笮，笮地多产马和旄牛。然，巴蜀之地四周闭塞，虽

然有千里栈道，与关中相通，因为有褒斜通道控扼其口，仅有此地勾连四方道路，所以，百姓若想用自己的物产换得短缺之物，只得不辞辛劳地到这里交换。实乃物不能尽其用，人不能尽其才，汉室不能受其益也。

想当年，朝廷为开通西南夷的道路，动用数万人，从千里之外肩扛担挑运送粮食，大约每十余钟运到的只有一石，将钱币散于邛、僰之地以招徕那里的民人。因为道路不通，那里的蛮夷人常常乘机进攻运送粮食的人，官吏不得不发兵诛杀他们。因为以巴蜀之地的全部租税不足以维持相关费用，官府只得招募豪民到南夷地区种田。沈黎诸郡物产颇丰，牛羊成群，因交通不畅，地广人稀，中原不能分享，中原之珍馐美羹也不能惠及沈黎郡等地百姓，实在可惜。从沈黎郡长治久安计，特奏请朝廷：再开山辟路，造船架桥，以便沈黎之民。

孝景帝后期，蜀郡太守文翁，见蜀地民风野蛮落后，就选出张叔等十多个聪敏有才华的郡县小官吏，遣送他们到京城，就学于太学中的博士。几年后，这些蜀地青年都学成归来，文翁考察拔用，让他们都担任了要职。后又在成都市中修建学宫。不久，又奏请朝廷，在招募豪民于此种田的同时，迁太学中部分博士于此，兴学堂，置明师，以文兴邦。而今，西南夷很少有学宫，沈黎郡更甚。沈黎郡设郡已七年，尚不见一处学宫，文风民风远远不及孝景帝时期的蜀郡，实乃遗憾也，朝廷当在西南诸夷多建学宫，迁太学中部分博士于此，以强后人。

《论语·雍也》称："质胜文则野，文胜质则史，文质彬彬，然后君子。"《孟子》云："圣人治天下，使有菽粟如水火。"沈黎等郡物产丰饶，再四通而八达，民有君子之风，才是真正的"天府"也。

郡守陈迁看完黄霸撰写的奏章，大加赞赏道："引经据典，切中时弊，立意高远，沈黎郡当以此而治之也。"

黄霸没有因为得到郡守的赞誉而沾沾自喜，谦虚道："刍荛之见，还需郡守教正。"

郡守陈迁道："本郡守逐字阅览，未见瑕疵。"

当天，郡守陈迁即派人把黄霸撰写的奏章交给邮传，火速送往京城长安。

时，太初二年（公元前103年）五月，即黄霸到沈黎郡的第二年五月。

京城长安，刘彻为了大汉江山也是每日殚精竭虑，苦心孤诣。黄霸去沈黎郡的这一年多时间里，朝廷也发生了几件大事：一是刘彻听说大宛国出产好马，命使臣携带金帛去换取，由于双方意见冲突，不仅换马不成，使臣也被杀害。刘彻得知后大怒，命大将军李广利率兵征讨。二是开始征收马口钱，即朝廷向养马民户征收马税。因为早在元鼎五年（公元前112年），刘彻既诏令边境百姓养马，由官府借给母马，满三年后，十匹母马还官方一驹，即十分之一的税。开征马口钱的原因，一方面是当时民间饲养马匹的数量增加，另一方面则是征伐四方，军费开支浩繁，马匹伤亡很重，急需补充。第三件大事是丞相石庆病逝，刘彻拜公孙贺为丞相。到此，刘彻做皇帝的三十九年里，已经任用了卫绾、窦婴、许昌、田蚡、薛泽、公孙弘、李蔡、庄青翟、赵周、石庆、公孙贺十一任丞相。

公孙贺先后以太仆之职出任轻车将军、骑将军、左将军，七次出击匈奴，凭军功封为南奅侯。刘彻虽然为石庆的死而悲伤，也因有公孙贺而欣慰。这一年，虽然也有几件不愉快的事，总的来看，喜大于忧。

太初二年六月初七，距离刘彻五十四岁生日还有两天。刘彻即皇帝位几十年来，虽然开疆拓土，四海宾服，但仍不满足，很想长寿，多干些大事。尽管一个叫栾大的方士曾经欺骗过他，他仍然希望能找到长生不老的秘方，仍然相信鬼神和崇尚相术。这天，刘彻特别邀请东方朔等几位大臣在一起聊天，希望大臣们能献出长寿秘方来。大臣们不知其意，半天也没有人谈到长寿一事。

刘彻见几位大臣没能领会他的意思，暗示说："相书上讲，上唇上方正中的人中，像沟渠，宜宽深通达，主长寿有子息。若浅狭壅滞，则非佳相。如果人中长，他的寿命就长。若人中长一寸，就可以活到一百岁。"

东方朔一听，立即明白刘彻召见他们一起聊天的意思，于是，未等其他大臣开口，就哈哈大笑起来。

众大臣莫名其妙，都投以不悦的目光。

刘彻问道："东方朔，为何如此大笑？"

东方朔眯缝着眼道："臣下不是笑陛下，而是笑彭祖。我听说彭祖活了八百岁，依陛下所言，彭祖的人中要长八寸，那样的话，他的脸该有多长呢？"

众臣听了，都忍不住大笑起来。

刘彻也忍不住哈哈大笑了几声。

这时，东方朔则表情神秘地笑笑道："陛下，若想长寿，臣下有一个妙方。"

刘彻十分惊喜，忙问："是何妙方？"

东方朔眉飞色舞道："既然彭祖脸长，不如在脸上做文章：脸即面，脸长即面长，陛下不如让御厨做出面条，以此来替代人中的长度。等您生日那天，让御厨给陛下做长长的面条吃，如何？"

几位大臣忙附和道："此面可叫做长寿面。"

刘彻听了，十分高兴，立即让传令官告知御厨，在他生日那天做长寿面。

就在这时，一侍者匆匆走向刘彻，呈上一份奏章。刘彻正高兴之时，毫不犹豫地接在手中。一看是沈黎郡的奏章，立即展卷阅读。

刘彻看完奏章，面色却慢慢阴郁起来：以往西南夷各郡的奏章，都夸赞那里自归属汉朝后，天下太平，河清海晏，这份奏章却不是这样，指出了诸多治理不当之处，与过去的奏章里写的差距很大，哪个说得更真实？孰是孰非？他琢磨了好一会儿，意识到此文一定是黄霸执笔撰写。心下道：这个黄霸是否因为被远放沈黎郡心存芥蒂，故借此表达心中的怨怼？如果黄霸写的是真实的，西南诸夷已归属汉朝很久，如此富饶之地，汉室怎么能只满足于让他们臣服而不去大加治理？于是，刘彻屏退众臣，不再议论生日的事。

刘彻经过一番思考，第二天便派使者前往沈黎等郡进行察视，并特别强调要如实奏报。

不久，使者回到朝廷，报告了到沈黎等郡的察视情况，特别强调奏章为黄霸执笔缮写，所言切中时弊，是西南夷诸郡百年大计，并赞美黄霸对上笃厚恭谨，对下体察民情，虽为书佐，却心忧天下，着眼长远，政绩尤显。

刘彻听了使者的奏报，不由想起黄霸第一次进京和为侍郎谒者的一幕幕：那犀利的言辞，智慧的双眼，儒雅的神情……沉吟良久，感到让黄霸远在沈黎郡，实在有些可惜。但是，心里又嘀咕说：我汉朝虽然从祖父时听从晁错之言，令民纳粟边陲，可得到上造、五大夫等爵位，那是为了国家大计。我刘彻即位后，虽然下令"吏得入谷补官""民得入粟补吏"，也都是因为军兴、河工或灾荒之需，而非歌舞升平时也都这样做，不是什么时候、什么人想做官了，随便捐纳就可以给官的，即使给官，也要看他的才智和胸襟，才给以他适当的官位。这个黄霸虽然熟读律法，也胸怀大志，可是，刚入朝不久，其弟就无视汉律，如果这次很快就给高位，岂不是让以后的捐纳者和其家族都无所顾忌？已经身为官吏者及其家族岂不更是胆大妄为？

刘彻沉思了一会儿，想到去年刚把左内史更名为左冯翊，把主爵都尉更名右扶风，把右内史更名为京兆尹，这"三辅"所辖皆京畿之地,治所都在长安,当下正是需要人才的时候,黄霸若在这里任职,一定大有裨益。于是,便下了一道诏令:"召黄霸回京,任左冯翊卒史。"

时,太初二年十二月。

第十章　察廉授任均输长

左冯翊、右扶风、京兆尹三辅和其他郡国一样，均设卒史十人。三辅之外的郡国，其卒史的秩俸一般为一百石，唯有三辅卒史的秩俸为二百石。郡府卒史主要由太守辟除，有时可以作为太守的代表行使职权，在一定程度上有决定权。而三辅的卒史则通过察廉、功次、征召、举荐等形式，由朝廷任命。这次，刘彻亲命黄霸为左冯翊卒史，足见对黄霸器重有加。

这天，黄霸正要陪郡守下县巡视，朝廷使者到了郡府。黄霸听使者宣读完诏令，不禁目瞪口呆：既惋惜又激动。惋惜的是自己刚刚熟悉沈黎郡，还未能在沈黎郡展示自己的才智，为沈黎郡百姓做出实事。激动的是自己的官职升了，距离京城近了，会有更多机会更好地展示自己的抱负。

黄霸虽然高兴大于惋惜，但是，直到两日后才动身驱车回京。郡守陈迁在对他表示祝贺的同时，也流露出几多难舍难分之情。

回京城的路上，黄霸一边浏览着巴蜀之地秀美的山山水水，一边暗暗地告诫自己：年富力强之时，若不为百姓做些有益之事，每天浑浑噩噩，饱食终日，与猪马牛羊何异？回到京城后，定要向汲偃、司马迁、东方朔求教，在做官为民之道上，尤其是要向御史大夫倪宽求教。

黄霸记不清在路上走了多少天，在一个晴暖的日子，终于回到了京城长安。

黄霸没有想到的是，他一到京城，听到的却是一连串让他痛心的消息：汲黯被调出京城，拜为济北国相。司马迁为了完成父亲的遗愿，绝宾客之知，忘室家之业，专心著史书，极少与外界往来。御史大夫倪宽因病离开人世。黄霸要见的人只剩东方朔。

因为第二天就要赴任，黄霸没顾上歇息，便前往东方朔宅邸拜访，一是想请他指教，二是想通过他多了解一些朝廷之事。

东方朔比黄霸年长二十四岁，黄霸自第一次进京时就一直尊他为长者。东方朔虽然年长，却不以长者自居，而是把黄霸当做朋友对待。刘彻身边的郎官不少人都笑称东方朔是疯子，刘彻则认为：东方朔若是不行荒唐之事，身边的郎官没有人能比得上他的。东方朔常常自嘲说：古时的人皆隐居深山之中，像我这样的人就是所谓隐居在朝廷中的人。

东方朔见黄霸一到京就来看他，立即置酒与黄霸把酒言欢，饮到高兴之时，扬扬自得地唱起他创作的《据地歌》："陆沉于俗，避世金马门。宫殿中可以避世全身，何必深山之中，蒿庐之下！"

唱罢，又对黄霸笑笑道："如今你也等于大隐于朝，你我有很多相似之处也。"

东方朔每与朋友相见总是先开玩笑。黄霸知道他在为自己高兴，故也随着他唱，随着他笑。

笑了一阵后，东方朔这才向他讲起近两年来朝廷发生的几件大事：除了汲黯离京，司马迁全心著史书，倪宽、石庆病逝，还特别告诉他说：石庆在职九年间，虽秉承其家严谨之风，处处小心，事事谨慎，亦数次受到刘彻谴责，没有能够发表什么匡正时弊的言论。有一次，他打算请求惩办刘彻亲近的几个不法的大臣，但是，不仅没能让他们服罪，自己反而因此获罪，后来只能出钱赎罪。丞相石庆死后，刘彻封太仆公孙贺为葛绎侯，让他做丞相。公孙贺见这时的朝廷风起云涌,且前面的丞相多数都被杀和被贬,不愿接受丞相印绶,顿首涕泣不起,说:"臣生长在边远的地方,出身低微,又因长期在军队中任职,才能低下,实在不敢担任丞相之职。"刘彻见状,十分恼怒,起身离去。公孙贺见状,才不得已而接受印绶,却哀叹说:"这下我完了。"刘彻为让他尽力辅佐朝廷,让其子公孙敬声代公孙贺为太仆,父子并居公卿位,在朝廷不多见。

东方朔又告诉他说:柏梁台被焚毁,自他去沈黎郡后,刘彻下令在长安城西上林苑中营造建章宫。宫的正门在南面,高二十五丈,雄伟高大,故名"阊阖",意即"天门"。又因其以玉石修饰,也称"璧门"。进入璧门,是金碧辉煌的玉堂殿。殿内十二门,阶陛皆用玉石作成。又铸五尺高的铜凤凰,饰以黄金,竖立在屋顶上,下有转机,向风若翔。前殿东北有北阙,高二十丈,上有铜凤凰,故曰凤阙。前殿西北还建有神明台,是武帝祭祀仙人的场所。建章宫中还有奇华殿,专门用以陈列外国奇物及外国使者献给汉天子的礼品。建章宫前殿北边还修了一个范围宽广的太液池。

东方朔又讲起一些战事:去年,匈奴左大都尉阴谋杀儿单于,投奔汉朝,并派使者请求汉朝发兵迎接。皇上乃派公孙敖在塞外筑受降城以迎之。因受降城离漠北太远,皇上又于今年派赵破奴率两万骑兵出朔方西北,深入匈奴境内两千余里。不料,左大都尉阴谋事发,被单于处死,又发左方兵攻击汉军。赵破奴率兵反击,俘获匈奴数千人而还。当汉军回到离受降城四百里之地时,遭遇匈奴八万骑兵的包围。赵破奴在夜晚亲自出营取水时被匈奴所俘。匈奴骑兵随即向汉军发起猛攻。汉军害怕主将被俘回去受诛罚,就相约投降匈奴,结果,赵破奴全军覆没。赵破奴被俘,至今生死不明。

黄霸正为之哀叹,东方朔接着又说:皇上遣使去西域大宛国求购汗血马,遭到拒绝,且使者被杀,财物被抢,刘彻大怒,命贰师将军李广利率军进击大宛。由于路远饥疲,进至大宛东边的郁成城时,只剩下数千人。李广利率军向郁成城发起进攻,反被郁成王所败,伤亡惨重。李广利与部将计议说：郁成城尚不能攻克，又如何攻大宛国？于是就引兵撤退。当汉军退回敦煌时，只剩下十分之一二。李广利派使者上奏皇上说：道远乏食，士卒不惧于战而苦于饥饿。如今所剩士兵少，不足以攻克大宛，请允许罢兵，待增兵粮之后，再返回攻伐。皇上阅后大怒，立刻派使者持符节拦于玉门关称：汉军敢有回撤入关者，一律处斩。李广利不敢违令，只好留在敦煌，如今尚不知战况如何。

  黄霸听到这些，对公孙贺为什么不愿做丞相有所理解，同时，对皇上刘彻能在动荡不安之际想到自己，感恩不已。

  黄霸想到朝廷正是用人之际，第二天一大早，不顾从沈黎郡回到京城一路的劳顿，立即整理行装，前往左冯翊治所赴任。

  左冯翊治所在长安城西，辖粟邑县、祋祤县、衙县、沈阳县、武城县、怀德县、频阳县、宜君县、淳化县、翟道县、夏阳县、池阳县、云阳县、阳陵县等二十四县，有十三城，三万七千零九十户，十四万五千多人。

  赴任的路上，黄霸想到自己是皇上亲命的卒史，心中不由暗自欣慰道：凭借自己在沈黎郡做书佐的经历和文笔，以及皇帝对自己的赏识，长官一定会凭借他的专长，给他一个卒史中最高的职位——执掌文书、统领书佐的文学卒史，这样就一定能很好地发挥自己在文书方面的专长。

  黄霸怎么也没有想到，左冯翊长官也是刚刚上任不久，认为黄霸靠捐纳才得到沈黎郡任书佐这么一个小官，对黄霸并不赏识，没有给黄霸重要的职位，而是只让他做了一个掌管辖域内钱粮出入事宜的普通卒史。

  钱粮出入事宜非常烦琐，且难度很大，常有上级官吏虚报冒领，出了差错，又都把罪责推到卒史身上，所以，卒史们大多不喜欢掌管钱粮出入事宜。黄霸虽然知道长官有些小瞧他，不仅不为此感到沮丧，反而欣然接受，心下道：真心为百姓做事的人，不论什么职位都会有所作为；不是真心为百姓做事的人，权力越大危害越深。

因为一心要为汉室做事，为百姓做事，所以，黄霸到任没多久，便把左冯翊的辖县、户数、人口、各县的地理特点，以及交通情况、灾异情况、庄稼长势、历年来贡纳的钱粮之数、各县贫困人口的数量，等等，都掌握得清清楚楚，并一一记录下来。除此之外，还把左冯翊内享受俸禄的人，上至二千石的最高长官，下至一百石的卒吏，都建立了名籍，而且都登记得非常详细。过去，卒吏的名籍，除卒吏本人的名籍外，还有卒吏廪名籍、卒家属名籍、吏奉赋名籍等各种名籍。戍边吏卒及随军家属支领口粮的流水账簿，过去是最混乱不堪的，黄霸也都把他们的账簿建立起来，登记得清清楚楚。同时，对戍卒家属的廪名籍，除了要求写清姓名，还必须分别写明其家属妻、母、弟、子、女等的名号、年龄、各用谷多少及总用谷多少等。总之，仓廪中进出一粒粮食，都会记录得丝毫不差。这样，每个享受俸禄的人想从中取巧，都难以得逞。

管理仓库的官吏有仓长、仓宰、仓丞、仓掾、仓啬夫、仓令史、仓佐、仓监，过去，他们是没有名籍的，需要用粮的时候，随便取之，取了多少，不需记录，现在，黄霸也都给他们建立名籍，并给下属各粮仓下达命令，发放口粮时，数字要同牒书数字相对应，不能有一丝差错。

这些管理仓库的官吏以为黄霸也只是像前任一样，说说而已，不少人都不想修改原来虚报的人数，以图多领钱粮，有的给黄霸送钱，有的则给黄霸送家乡特产，没想到黄霸都给以拒绝了。

有几个人借助钱粮出入数字烦琐这一特点，相互串通，按照以往的习惯，依然在出入的数字上做文章，以从中谋利。可是，自黄霸掌管以来，再没有一人能够得逞。

黄霸虽然已经不是负责起草、记录、缮写文书的书佐，因为掌管钱粮出入之数，要跟数字打交道，所以，依然把刀笔佩戴于腰间。当他发现有人故意添加名籍或者篡改数字时，他没有立即处罚，而是提起刀笔进行修改。然后立下"下不为例"的规矩：若有再犯，立即上报罢官。并规定：每有钱粮出入，必须由掾、守属、书佐三人签字。属下见他如此一丝不苟，对犯错的人又给予改正的机会，无不敬畏，没有人再敢犯规和草率行事。

黄霸任掌管辖区内钱粮出入事宜的卒史不久，左冯翊所辖仓廪，所有簿册一改过去名籍混乱、钱粮出入不清的局面，做到了既完备又清楚。

黄霸不媚上，不欺下，不做假，不受贿，上至最高长官，下至卒吏，无不对黄霸交口称赞。

一年后，朝廷派监察官依照惯例到左冯翊察廉，上下官吏无不称赞黄霸公正无私，清正廉洁。监察官回到京城，在向朝廷荐举廉洁之士时，黄霸名列第一。

太初四年（公元前101年）初，黄霸任左冯翊卒史一年多，因为他清正无私，被擢升为河东郡均输长，直属专掌租税钱谷盐铁和国家财政收支的大司农，负责征收、买卖和运输河东郡的货物上缴朝廷，秩俸从二百石升为六百石。

河东郡指的是黄河之东的大拐弯地区，因在黄河以东，故称河东郡，辖安邑、闻喜、猗氏、大阳、河北、蒲坂、汾阴、皮氏、绛邑、临汾、襄陵、杨县、平阳、永安、北屈、蒲子、端氏、濩泽、东垣、解县二十个县，治所在安邑县。太行山东南与黄河以北的十八县为河内郡。黄河南部洛水、伊水下游的二十二个县为河南郡。河东、河内、河南合称"三河"。历史上，唐尧定都河东晋阳，殷人定都河内殷墟，东周定都河南洛阳。"三河"在天下之中，好似三足鼎立，是王者所更居之地。同时，也是各国诸侯集中聚会之处，人口众多，物产丰饶，买卖和运输都比其他地方复杂得多。因此说，河东郡是朝廷非常重视的一个郡。

黄霸接到皇帝刘彻的诏令，十分高兴，心中久久不能平静。但是，很快又有些忐忑不安：《均输法》是十年前由桑弘羊创立的，因为是新法，在部分郡县试行五年后才在全国推广，可是，一直都不是十分顺利。真正在全国实施时，恰好是我被罢官在家。均输长是因为《均输法》才设立的新官职，怎么才能做好，没有可效仿者。我虽然熟读律法，但都是过去的律法，这几年虽然又做了官，却是书佐、卒史这样的小官，都是干些烦琐之事，对《均输法》基本没有接触过，不懂《均输法》，不得其要领，怎么能做好均输长？

黄霸思前想后，没有立即前往河东郡赴任，而是决定先去大司农桑弘羊府邸，拜访桑弘羊，向他求教。

桑弘羊是河南郡洛阳人，出身于商人之家。孝景帝后元二年（公元前142年），桑弘羊年仅十三岁，那时他就以"精于心算"闻名洛阳。孝景帝听说后，不顾桑弘羊年少，特别下诏，召桑弘羊入宫，并授予他侍中的官职，让他入侍宫禁，侍奉太子刘彻兼陪读。当时的太子刘彻年十四岁，桑弘羊年纪还小刘彻一岁。因为年少时就入宫为官，桑弘羊没有再像他的父辈那样走商贾之路，而是踏上了仕途。因为长期在刘彻身边伴读，桑弘羊与刘彻形成了亲密的君臣关系，并逐渐成为刘彻的得力助手。刘彻即位后，凭借汉朝建立后七十多年的积蓄，先是北击匈奴，接着攘夷拓土，征伐四方，兼之大兴土木、功业和救灾，加之朝廷上下奢靡成风，仅仅二十多年，国库就频频出现亏空。自元狩三年（公元前120年）起，受祖上善于理财之道的桑弘羊趁机大显身手，在刘彻的大力支持下，先后推行算缗、告缗、盐铁官营、均输、平准、币制改革、酒榷等理财措施，同时组织六十万人屯田戍边，防御匈奴。这些措施都取得了成功，大幅度增加了朝廷的财政收入，为刘彻继续推行文治武功大业奠定了雄厚的物质基础。七年前，由于桑弘羊在理财方面所表现出的卓越才能，被刘彻任命为治粟都尉，并代理大农令，位列九卿。太初元年（公元前104年），即黄霸第二次进京的那一年，大农令改称大司农时，桑弘羊被任为大司农。

黄霸很崇拜桑弘羊，但是，到了桑弘羊的官邸门外时，却又犹豫了：大司农下面还有属官，皆有均输令、均输丞，均输长属于郡国属吏，我一个年轻的河东郡均输长，有什么资格越级去见皇上宠信、位列九卿的大司农？

就在黄霸徘徊不前的时候，桑弘羊府邸的大门"吱"的一声打开了。接着，桑弘羊一身朝服出现在门口。两人目光相对，桑弘羊不由一愣，黄霸也一脸的尴尬。桑弘羊的发愣只是一瞬间，立即就悟出了黄霸的来意。他故意略带责怪的意味，笑问道："黄霸，为何踌躇不前？"

黄霸红着脸道："在下冒昧前来求教，见大司农有事要出行，故趑趄不前……"

桑弘羊因为是刘彻身边的重臣，早在黄霸第一次入朝为侍郎谒者的时候，就对黄霸的胸怀和才华有所了解，很喜欢黄霸，于是，放弃出门的打算，微笑道："既来之，就不需客气。"说着，把黄霸迎进院内。

桑弘羊把黄霸迎进厅堂，刚一坐下，桑弘羊便明知故问地笑问道："你被授任均输长，不去河东郡赴任，却先来我门下，意欲何为？"

黄霸面带羞涩地笑道："在下来此的目的，我想大司农已经洞若观火。在下虽然喜读律法之书，但都是一些往昔之法。均输法正式实施时，在下正在家中耕田，对朝廷的新法知之甚少。到沈黎郡任书佐和到左冯翊任卒史时，仅是刀笔小吏，每日赘于一些文书和数字，对《均输法》也不甚明晰。今已为均输长，岂能以其昏昏使人昭昭？故不知天高地厚，贸然前来求教。"

桑弘羊道："久闻你做事严谨，奉公守法，朝廷派监察官到左冯翊察廉，果然名不虚言。"

黄霸拱手施礼道："谢大司农美誉，黄霸当俯拾仰取。"

桑弘羊沉思片刻，意味深长道："我十三岁起陪侍在皇上身边，至今已四十一载，亲历大汉朝攘九夷、平百越、击匈奴、通西域，四方归附，深感此乃大国之举也。试想，若不如此，汉朝怎能强大？如此开疆拓土，必耗资巨大，国库粮银难免吃紧。作为朝臣，岂有不献计献策之理?"

黄霸听了,神情肃穆,挺胸道:"家国共存,每个人都应尽心尽力。"

桑弘羊知道黄霸是要了解有关《均输法》的律条,于是,忙向他讲解道:"何谓均输法?'均'即调节之意,输为输送、运输之意,均输法即关于调节运输的法令。"

黄霸拱手施礼道:"黄霸洗耳恭听。"

接着,桑弘羊细细地介绍道:"《均输法》是我创立,今做了为国家理财的大司农,更应对朝廷忠心耿耿,聚资敛财以增强国力。大司农下设太仓、均输、平准、都内、籍田五令丞,分别掌理粮食库藏,财物供应,物价调节,国库出纳,等等。六十五个郡国都设仓长、农监长、都水长。其中仓长掌收藏官府米粟,或将米粟送达朝廷。农监长监督官田耕作,都水长掌管所在郡国河渠的修治,修护水利设施,收取渔业税。均输官又称均输长或均长,就是在郡国中收购物资,易地出售,辗转交换,最后把朝廷所需货物运到长安。同时,各郡国均输长下面还设有均输监,是均输长的属官,职掌监督均输事宜。产盐地又设置盐官,称盐官长,管理盐政。同时,为了推行《均输法》,朝廷还下令修改币制,废三铢钱,改铸五铢钱。把各地私铸的钱币运到京师销毁,把造币权由各郡国造币收归朝廷统一铸造,以使国库充盈。"

黄霸听到这里,不仅对均输长一职的职责有了清晰的认识,还掌握了一些过去不了解的知识,明白了朝廷为何设均输长这一官职。接着又问道:"在下对朝廷近年推行的算缗、告缗、盐铁官营、均输、平准等均一知半解。大司农能否予以指教?"

桑弘羊解释道:"算缗,也叫算缗钱,即向商人征收的一种财产税,也就是把富商大贾从百姓身上侵吞而来的财物收归国有。缗是穿铜钱用的绳子,一缗为一贯,一贯为一千钱,一算为一百二十钱。商人财产每二千钱须缴纳一百二十钱作为财产税,如果是经营自身的手工制品，则每四千钱缴纳一百二十钱。平常人一部车缴纳一百二十钱，商人缴纳二百四十钱。"

黄霸听到这里，不由笑起来："那些富商大贾一定不会高兴。"

桑弘羊道："你说得很对。一些富商大贾拥有大量资财，过着奢侈无度的生活。他们不但不佐国家之急，而且还在遇到灾荒之年，趁火打劫，大发国难财。这些人不仅不遵守算缗令，还常常隐瞒不报，或者呈报不实。告缗令即鼓励知情者揭发检举，规定凡揭发者，奖给所没收财产的一半。"

黄霸又问："为何要盐铁官营？"

桑弘羊道："因为没有人不吃盐，没有人家不用铁器，官营后，国家能获取很高的赋税。均输即统一征收、买卖和运输货物。这样，国家也能从中获得赋税。"

黄霸又问："何谓平准？"

桑弘羊道："平准，即抑天下物，价格不得腾踊。换言之，笼天下之货物，贵即卖之，贱则买之，即平抑物价，故名'平准'。"

黄霸忍不住又问："平抑物价有何益处？"

桑弘羊耐心地进一步给他解释道："朝廷开疆拓土，耗资巨大。因此，不得不下令各郡国把本地特产作为贡品送往京城。因为长途运输，这些贡品难免受损变质，而且运费常常超过原价很多。同时，各地贡品在本地属珍品，但运抵京城后，与其他地区同类贡品相比，可能属下品，这样就造成贡品的积压浪费，使朝廷得不偿失。这样一来，大批民户收入会降低，苦不堪言。所以，均输法规定：凡郡国应向朝廷贡纳的物品，均按照当地市价，折合成当地土特产品，上交给均输官，由均输官运往其他地方高价出售。这样，既可以避免商贾从中间盘剥，大大降低收购成本，又可避免郡国向朝廷输送贡物时浪费人力和物力。同时，还可以流通物资，并随时调剂国家所需物品。朝廷不费分文即得到了各地的特产，并通过这些物品的转运贩卖，获得巨额的红利，百姓也少受损失。"

黄霸听到这里，明白了朝廷为何颁布《均输法》，设均输官。接着，又向桑弘羊详细询问了很多其他问题。直到困惑的问题问了一遍，做到了心中有数，这才起身告辞。

就在黄霸将要走出桑弘羊府邸时，桑弘羊意味深长地对他道："长安与河东郡只有一河之隔，孝文帝曾经称河东是汉室'股肱之郡'。之所以称为'股肱'，因为河东郡自古就物产丰富，又多盐铁，河东的兴盛与安宁，乃国之大计。如今，正是朝廷推行均输、平准的紧要时刻，皇上命你去河东郡做均输长，足见对你的器重，定要不负其职。"

黄霸听了桑弘羊这番话，情不自禁地挺起了胸膛。

因为得到了桑弘羊的指点，第二天，黄霸信心满满地离开京城，奔向位于长安东部的河东郡。

河东郡郡治在安邑县，距离长安六百余里，虽然隔着黄河，不久，黄霸便到了安邑县城。

河东郡太守在黄霸做左冯翊卒史的时候就对黄霸的公正无私、清正廉洁有所耳闻，因此对黄霸十分钦佩，不仅与属下设宴欢迎，还特别安排黄霸入住郡府中最为漂亮的官舍。

黄霸和到沈黎郡、左冯翊一样，当晚美美地睡一觉，第二天即履行职责。

黄霸每到一地，总是先了解当地的风土人情、士风民习、地理特点、人文典故、物产。因为这次的官职是均输长，所以，特别关注这里的物产和价格，第二天吃过早饭，便去城内市井，了解当地的物产和物价。

黄霸知道各郡国最热闹的地方首先是祠堂、宗庙附近，其次是市井，因为各种物品的交易都是在那里进行。黄霸小时候曾经问母亲：为何交易的地方叫市井？母亲告诉他："因为人们每天都要吃水和用水洗衣、洗菜，所以，有水井的地方就成了人们聚会、娱乐的地方，久而久之，因为那里人气旺，也就成了商肆集中的地方。"

黄霸刚到市井附近，远远地就看到那里热闹非凡。还有不少小商小贩，也挑着他们地方的特产，正一边吆喝，一边朝市井而去。

市井里有很多黄霸不曾见过的物产，最让他吃惊的是，居然有很多买卖蚕茧和丝绸的。心说：我在沈黎郡的时候，看到西南诸夷丝绸很多，那是因为黄帝的妻子嫘祖首创种桑养蚕之法，嫘祖的后裔蚕丛氏是蜀国首位称王的人，是蜀人的祖先，他劝农桑，教民养蚕，而这里的丝绸怎么比西南诸夷还多？

黄霸正疑惑着，恰好一老妇人担着丝绸从他面前经过，于是，便问那老妇人道："老人家，你的丝绸是买人家的，还是自己织的？"

老妇人回答道："自己织的。"

黄霸好奇道："这里也养蚕缫丝？"

老妇人看看他，笑起来，道："黄帝元妃嫘祖植桑养蚕就始于河东郡安邑的西阴，河东人祖祖辈辈都会养蚕和缫丝织绸，俺怎会再买外地的丝绸？"

黄霸听了，依然有些迷惑。

老妇人看到黄霸仍然一脸的不解，忙问他道："你是哪里人？第一次到俺安邑县来吧？"

黄霸笑笑道："我是从长安来的，今天是来安邑县的第二天。"

老妇人自豪道："嫘祖是俺这里人，其他地方植桑养蚕、缫丝，都是从这里传出去的。不仅嫘祖是俺这里人，大禹治水时也曾住在这儿，要不，安邑县城怎么又叫禹王城？"

他们的话吸引了很多人，都纷纷来到他们的面前听他们议论。其中有一个中年人，一身儒雅之气，一看就知道是一个读书人。他走到黄霸跟前，对黄霸道："战国七雄之一的魏国，其前期的领地主要在河东，都城就在安邑。后来，魏国不断向东方开疆拓土，河南的大块土地才成为魏国的主要疆域，再加上安邑地处河东一隅，不利于控制东方诸侯，稳固霸业，到了魏惠王六年，魏国才迁都至大梁。"

黄霸听到这里，更感惊奇：原来这里的文化这么厚重！过去只知道魏国都城大梁在自己家乡阳夏县的北面，相距不到二百里，以为魏国自建都就以大梁为都，没想到原来魏国最早定都在这里。

黄霸在市井观察走访了一上午，接着又走街串巷，向居民了解当地物产及价格。黄霸没有想到，这里不仅物产丰富，居然还保留着很多秦朝时的建筑，不少建筑的砖墙上还保留着秦朝时期雕刻的篆文："海内皆臣，岁登成熟，道毋饥人，践此万岁。"

看到这些文字，黄霸不由自语道："这些虽然是对秦朝歌功颂德之词，也说明这里在秦朝时就是风调雨顺、粮食丰收的富庶之地，黎民百姓不受饥饿之苦。"

黄霸的举动引起了人们的注意，大家知道他是新来的均输长，纷纷传扬开来。

黄霸兴致勃勃地到处走访，不仅了解到了物价行情，还了解到了让他瞠目结舌的河东郡与朝廷非同一般的关系：河东郡不仅是很多皇亲国戚的老家，也是很多皇帝重臣的老家。刘彻的现任皇后卫子夫，卫子夫的弟弟卫青，卫青的外甥、著名将领霍去病，霍去病的异母弟、现任光禄大夫的霍光，刘彻的同胞长姐与平阳侯曹时之子曹襄，都是河东郡平阳县人。跟随大将军卫青抗击匈奴立下战功，被封为岸头侯的张次公，以及御史中丞李文、在禁卫军中担任代理守军正丞的胡建，都是河东郡平阳县人。孝文帝、孝景帝的大臣郅都，官至左内史的义纵，官至右扶风的咸宣，都是河东郡杨县人。其他在朝廷和在外地做官的还很多。他们虽然都离开了河东郡，但他们的族人、奴客的后人，生活在老家的依然很多，他们大多倚仗是皇亲国戚和祖上的显贵，任意妄为，很多富商大贾为了自己的私利，都与他们攀亲挂戚，结朋交友，关系盘根错节。就是说，在郡治安邑县城的角角落落，都有他们的势力。富商大贾因为有了这些关系，很多人都不把地方官放在眼里，甚至有法不遵，因此造成河东郡豪强违法、盗贼横行的局面。《均输法》颁布后，富商大贾们多隐瞒或者虚报资产，朝廷虽有告缗令，鼓励告发，百姓大多不敢轻举妄动。

黄霸还了解到，早在战国时，秦国派大将司马错进攻魏河西地，魏献出安邑。秦国攻占这里后，两次将秦人迁往河东，还迁入了很多赦罪之人。尤其是秦国经过商鞅变法后，民风大变，不善儒术，人皆好斗。汉朝建立后，虽然曾多次移关东六国遗民于关中，是各国诸侯集中聚会之处，因为地狭人稠，当地民俗都习惯于为人小气俭省。河东郡有的地方，民人强悍而不务耕耘，如杨县、平阳县，这两县位于河东郡东北部，民人向西可到秦国和戎狄地区经商，向北可到常山郡北部的恒山一带经商。恒山一带地临匈奴，屡次遭受匈奴的掠夺，在与匈奴的斗争中，民人养成了崇尚强直、好胜的习性。不少人除有逞凶斗狠、喜欢征战的尚武风习外，还性情急躁，稍有不顺，就大动干戈。同时，因为邻近北方夷狄，军队经常往来，中原运输来的物资，时有剩余，军队撤离时，便把剩余的物资都留给了他们，不少人便因此养成仰仗投机取巧度日谋生的坏习惯。男人们常相聚游戏玩耍，慷慨悲声歌唱，白天纠合一起杀人抢劫，晚上挖坟盗墓、制作赝品、私铸钱币。有不少美色男子，喜欢去当歌舞艺人。女子们常常弹奏琴瑟，拖着鞋子，到处游走，向权贵富豪献媚讨好。这样的女人遍及诸侯之家，有的还被纳入后宫。

黄霸了解到这些情况后，内心很久不能平静：我黄霸长于律法，不善交易，更不善钩心斗角，尔虞我诈，却偏偏被授以均输之官，被派到这个是非之地。我黄霸靠捐纳出仕，因弟弟犯法被贬，且遭人蔑视，再次捐纳出仕后，又不被朝廷重用，这次若不能胜任，岂不声名扫地，成人笑柄？

经过一段内心的熬煎和深思熟虑，黄霸挺胸击案道："天有四季，人有百色，世有多变，唯有志不能移，怎么能处处以自身的喜好而强求他人？万事都在变，不能在变中求胜，何时能成大业？"

黄霸想，《均输法》试行的五年里，一些地方官府为了私利，自行买卖，互相竞争，从而导致物价上涨，而今在全国推广，由朝廷统一调配，地方官必定会从中做手脚。而真正敢与朝廷对抗者，必定是一些有势力的人。于是，黄霸说服郡守，下令让郡、县工官都打造一定数量的车辆，以加强河东郡的运输力量，摆脱那些豪强和商贾在运输车辆上的牵制。

接着，黄霸带领均输监等属吏，到各县巡察，以掌握真实情况。并对均输监等属吏道："为了震慑那些豪强和不法商贾，必须挽弓当挽强，擒贼先擒王，杀鸡骇猴，杀一儆百。"

他带领均输监等属吏首先奔赴二十个县中最为棘手的平阳县和杨县，心下道：这两个县是皇亲国戚和朝廷重臣的老家，能先把这两地摆平，其他县就能如臂使指，就会像庖丁解牛，游刃有余。

第十一章　奉公迁授太守丞

平阳县位于汾河西岸，吕梁山东侧。

按各地官府的礼节，郡府官员到县巡视，县令都要到边界迎接。可是，黄霸一行到了平阳县，县令霍强不仅没有出面，也没有派属下到边界迎接，直到黄霸到了县署大门外，他才带领属下走出府堂，象征性地履行一下欢迎之礼。

县令霍强把黄霸迎进府堂后，没有向黄霸禀报均输事宜，而是先问黄霸道："均输长一定知道霍光吧？"

黄霸面色冷冷地一笑道："他是光禄大夫，朝廷上下哪个不知？"

霍强不顾黄霸的脸色，接着赞美霍光道："霍光身高七尺三寸，皮肤白皙，眉目疏朗，胡须也很美，是有名的美男子。"

黄霸不理解他此时为什么这样赞美霍强，很想阻止他，因为初到此地，碍于面子，笑笑道："这个大家都知道。"

霍强继续夸赞霍光道："光禄大夫可不是一般的小官，秩比二千石，掌顾问应对，前后出入宫禁，侍奉皇帝左右，是皇帝的重要谋臣也。"

黄霸收住笑，刚要问他均输事宜，霍强又滔滔不绝地讲起霍氏家族的历史来，并且还提高了声音：

霍光的父亲名叫霍仲孺，孝景帝时，霍仲孺以县中小吏身份被派到平阳侯曹寿府中服役，也就是在当今皇上大姐平阳公主府中服役。霍仲孺长得十分帅气，很受平阳公主侍女卫少儿喜欢，不久，卫少儿与霍仲孺私通，并怀了身孕。霍仲孺不愿做卫少儿腹中孩子的父亲，在平阳侯家服役完毕，立即返回家中，另娶了妻子，和卫少儿不再来往。不久，卫少儿生下一子，取名叫霍去病。不久，霍仲孺也得一子，叫霍光。卫少儿的母亲也是平阳侯府的仆人，因为丈夫患病而逝，改嫁一卫姓男子，因为年纪已高，被称为卫媪。卫媪与前夫共生了一子三女，儿子叫卫长君，长女叫卫君孺，次女叫卫少儿，三女叫卫子夫。后来，卫媪与在平阳侯家中做事的县吏郑季私通，生下一子，名叫卫青。卫媪因为与卫姓男子的生活艰苦，便把卫青送到亲生父亲郑季的家里。郑季却让卫青放羊，郑家的儿子也没把卫青当兄弟，甚至当成奴仆一样虐待。卫青稍大一点后，不愿再受郑家的奴役，便回到母亲身边，因为其母亲曾经是平阳公主仆人的缘故，做了平阳公主的骑奴。

建元二年（公元前139年）春三月，刚即位不久、年十八岁的少年天子刘彻，于上巳日去长安东南三十里的霸陵祭祀先祖，祈福除灾，回宫时顺路去看望平阳侯府中的大姐平阳公主。平阳侯曹寿是汉初第二位丞相曹参的曾孙，曹氏家族在朝廷地位非常显赫。平阳公主对刘彻非常疼爱，她得知刘彻与陈皇后结婚已有数年，一直没有子嗣，很是焦虑，便效仿姑姑馆陶公主的做法，欲择良家女子进献刘彻。平阳公主将先前物色好并留在家中的十几个女孩精心装扮，令她们拜见刘彻。可是，刘彻都不满意。于是，平阳公主命这十几个女孩退下，摆上酒菜开筵。这时，歌女上堂献唱，卫子夫亦在其中。刘彻朝歌女们一望，一眼便看中了卫子夫。于是，平阳公主奏请刘彻，欲将卫子夫送入宫中，刘彻欣然答应。

卫子夫入宫后，让弟弟卫青到建章当差，不让他再做平阳公主的骑奴。卫子夫先后为刘彻生下儿子刘据和三个女儿，因此，引起了陈皇后的嫉妒。陈皇后的母亲馆陶公主派人捉了正在建章当差的卫青，意图杀害。卫青的同僚公孙敖听到消息后，率人赶去救下卫青。刘彻得知此事，大为愤怒，立刻任命卫青为建章监、侍中，先是封卫子夫为夫人，接着又废掉陈皇后，立卫子夫为皇后。不几日，又封卫子夫的哥哥卫长君为侍中。数日间，又连续赏赐卫青，多达千金。并让卫子夫的长姐卫君孺嫁给太仆公孙贺为妻，公孙贺亦因此更受刘彻的宠信。随后，刘彻召见陈掌，让陈掌担任掌管皇后、太子家中之事的詹事，并把卫少儿嫁给了他。霍去病小小年纪就精通骑马、射箭、击刺等各种武艺，且勤奋好学，这时，也随着母亲卫少儿进入皇宫。因为卫子夫的缘故，她的家族都得到极度的显贵。公孙敖因为救了卫青一命，因此也显贵起来。

元朔六年（公元前123年），十七岁的霍去病被刘彻任命为剽姚校尉，随舅舅卫青北击匈奴。他初次征战即率领八百骁骑深入敌境数百里，把匈奴兵杀得四散逃窜。在两次河西之战中，霍去病大破匈奴，俘获匈奴祭天金人，直取祁连山。

元狩二年（公元前121年），霍去病被刘彻拜为骠骑将军，在出击匈奴的途中，河东太守迎其至平阳侯国的传舍，并派人请来霍仲孺让他们父子相见。霍去病知道霍仲孺是他的亲生父亲，就替霍仲孺购买了大量田地、房屋和奴婢。霍去病此次出征凯旋时，再次拜访霍仲孺，并将异母弟弟霍光带到长安照顾。霍光当时年仅十多岁，在霍去病的帮助下，先任郎官，随后迁任各部属官、侍中等职。

元狩六年（公元前117年），霍去病去世，霍光先任奉车都尉，后任光禄大夫，十几年来，霍光一直侍奉在刘彻的左右，是刘彻的重要谋臣。

霍强如此讲了一大通，最后趾高气扬道："我的祖父与霍仲孺是堂兄弟，在河东郡，上至郡守，下至平民百姓，无不对霍氏敬畏三分。"

黄霸耐心地听完，明褒暗讥道："县令与皇室沾亲带故，确实值得夸耀。我想，霍氏家族定会为汉室效力，并做出卓尔不群的贡献。不然，怎么能彰显出霍氏的尊贵？我是均输长，关心的是统一征收、买卖和运输河东郡的货物，以使万物不得腾踊，百姓少受疾苦。我想，平阳县有你这个霍氏做县令，统一征收、买卖和运输货物时，定会比其他县做得更好。"

霍强没想到，黄霸不仅没有因为他与皇室有关系而对他礼让三分，反而用这样的话来怼他，一时手足无措，敢怒不敢言。最后不得不红着脸道："均输长所言极是。"

黄霸没有在乎他说了什么，直接切入正题道："请问县令，平阳县都有哪些需要官府统一征收和买卖的物产？"

霍强一时语塞，忽然又笑道："这里的锣鼓始于尧、舜时代，击奏多姿，威武雄壮，堪称天下第一鼓……"

黄霸正色道："我问的是物产，而非锣鼓。"

霍强支支吾吾，半天回答不上来。

黄霸冷笑道："身为县令，县内都有哪些值得朝廷征收和买卖的物产都不知道，《均输法》怎么在此施行？"

霍强看到黄霸正色庄容，义正词严，不觉间已怯惧几分，忙道："近日即派人查清并呈报均输长。"

黄霸依然面色不改，道："作为县令，域内物产当熟记于胸，还需派人去查？《均输法》《平准令》是朝廷颁布，且已施行多年，难道平阳县不属汉朝所治？"

霍强听了这话，额头瞬间冒出汗来。

黄霸没有再说话，愤而起身。

县令又说了什么，黄霸视而不见，听而不闻，登上车，直接朝杨县方向而去。

一向盛气凌人的平阳县令霍强，看着黄霸的背影，顿时呆若木鸡。

杨县在平阳县的东北，西周时期为杨侯国，春秋时为晋国杨氏县，汉朝建立后，置杨县。

黄霸到了杨县，县令薄英和平阳县令霍强一样，没有先介绍杨县的物产和有关均输事宜，而是先介绍杨县薄姓与汉室的前世今生：秦朝末年，陈胜、吴广起义后，齐、楚、燕、韩、赵、魏纷纷复国，各地纷纷起兵反秦，魏豹跟从其兄魏咎投奔陈胜。陈胜派魏氏兄弟偕同原魏将领周市率兵三千，拔魏旧地二十余城，因此，封魏咎为魏王。陈胜被秦将章邯打败后，魏咎纵火自杀。魏豹毫不气馁，跟随刘邦、项羽斩将夺旗，大破秦军，因功被封为西魏王，都平阳。早些年，魏国的宗室之女魏媪生有一女，叫薄姬，这时，魏媪就将薄姬送进魏王宫中。魏媪到一个叫许负的女相士那里给薄姬看相，卜算薄姬的命运。许负说薄姬将生下天子。当时，西楚霸王项羽正与刘邦在荥阳相抗衡，天下大势尚未分明。魏豹开始时跟随刘邦一起攻打项羽，当听到许负的话后，心中暗自高兴，因而背叛刘邦，持中立态度，接着与项羽联手，向刘邦讲和。刘邦打败魏豹，将魏豹王宫里的宫人全掳到了荥阳，将薄姬送进宫中织布的工房去织布。魏豹死后，刘邦有一次到织布工房查看，见薄姬很有姿色，便诏令纳入后宫。薄姬入宫一年多，也没有得到刘邦的御幸。薄姬年少时，与她同伴中的管夫人、赵子儿相亲近，曾经约定说："先显贵者不要忘记同伴好友。"后来，管夫人、赵子儿先后都受到了刘邦的宠幸，在宫中很为荣耀，而薄姬却无人知晓。一天，刘邦闲来无事，在花园中与管夫人、赵子儿赏花取乐，二位美人不禁想到了曾经与薄姬的盟约，便将此事当做笑话讲给刘邦听。刘邦听后，不由对入宫一年多不曾被召幸的薄姬产生怜悯之情。于是，当夜便临幸了薄姬。就此一幸，薄姬于第二年生下一子，名叫刘恒。

薄姬自生下儿子刘恒以后，就很少有机会再见到刘邦。汉高祖十一年，刘恒年八岁，被立为代王。十二年，汉高祖刘邦去世后，皇后吕雉独掌大权，对那些受到汉高祖刘邦御幸的爱姬，如戚夫人、管夫人、赵子儿等都非常恼恨，便把她们都幽禁起来，不允许出宫。薄姬因为极少被刘邦宠幸的缘故，得以出宫跟随儿子刘恒前往封地——代地，做代王刘恒的太后。薄姬的弟弟薄昭也跟随她到了代地。刘恒被封为代王的第十七年,吕后去世。大臣们商议拥立继位皇帝时,因为仇恨外戚吕氏势力强盛,都称赞刘恒仁慈善良。于是,从代地迎回代王刘恒,立为皇帝,薄姬也由王太后改称为皇太后,她的弟弟薄昭被封为轵侯。刘恒去世后,谥号孝文皇帝,薄姬的孙子、孝文帝之子刘启即位为皇帝,尊薄姬为太皇太后。刘启去世后,谥号孝景皇帝,他的第十子刘彻即位,就是今天的皇上。

县令薄英讲完薄氏与皇室的姻亲关系后,志得意满地对黄霸道:"在杨县,我们薄氏与薄太皇太后同根共祖,薪火相传,世代相承,河东郡人无不对薄氏崇敬有加,郡府官吏也无不对薄氏礼让三分。"

黄霸听了,不由感叹:原以为杨县仅是郅都、义纵、咸宣等大臣的故乡,没想到还是孝文帝的母亲、孝景帝祖母和当今皇上刘彻太祖母的故乡。且杨县与卫皇后及卫青、霍去病的故乡平阳县是邻县,两个县令因为与皇亲的关系,来往一定非常密切!皇上啊皇上,河东郡是皇亲国戚的故乡,皇亲国戚的族人们都因为你而荣耀,河东郡人无不对他们敬畏有加,杨县县令和平阳县令一样,都与皇室是亲戚,富商大贾都与他们攀亲拉故,且不乏仗势妄为之人,你让我黄霸到这里任均输长,是想让我对他们宽,还是想让我对他们严?这儿的事,哪怕是一件小事,都会传到京城,会牵一发而动全身,我将如何是好?

黄霸没有再问县令薄英均输方面的事,因为从他的言谈举止已经看出,他与平阳县令仅仅是席上席下之分,不需再问。于是,返回郡治。

黄霸回到郡治安邑县城,见太守正一个人在府堂上苦思冥想,上前问道:"请问太守,杨县县令薄英,是薄氏的什么人?"

郡守笑笑道:"薄英本姓侯,并不姓薄,他的祖父曾经在薄氏家中佣耕,后来薄氏成为皇亲,他的祖父为与薄氏攀亲,就改为薄姓。"

黄霸听了,忍不住笑了:"不用说,他这个县令也得益于姓薄……"

没等黄霸说完,太守就摆手岔开话题道:"因为薄姓是皇亲,杨县的豪强和商贾也都与薄姓攀亲。在河东做官,稍有不慎……"

郡守没有再说下去，但言外之意，黄霸已心领神会。黄霸也没有再问什么，但心情久久不能平静，深深感受到了肩上担子的沉重。

为了掌握河东郡各县的情况，第二天，黄霸又开始了对其他县的调查。

不久，黄霸便了解到一些让他吃惊的问题：不少县负责均输的官吏和县令，为了获取私利，借助手中的权力，打着均输、平准的幌子，向百姓勒买并非当地出产的物品，使百姓不得不贱卖自己的物品，到外地去购买这些官吏索要的，以满足均输官的要求。让百姓们更想不到的是，他们在向官府出售物品时，这些均输官又对百姓从外地购买的物品挑肥拣瘦，故意降低物价，危害百姓。在向郡府缴纳物品，让郡府收买时，却把物品说得尽善尽美，让郡府高价收买。他们通过欺下瞒上，从中渔利。

这些官吏都是朝廷的命官，最低也是郡守辟除的官吏，他黄霸无权罢免。并且，他们的所作所为很难掌握确凿的证据，很难用律条去处理。河东郡二十多个县，有的是山区，有的是平原，有的是半山半平原，每一样物产，不同的地方价格也不一样，他势单力薄，很难用平准令去规范物价。

黄霸经过深思熟虑，痛下决心：既然做了这个均输长，就要既不负朝廷，也要让百姓得利。他想到自己这个均输长刚上任不久，形单影只，权力有限，与那些无良官吏和不法商贾直接对抗，一定寡不敌众，于是，就采取了一项釜底抽薪的措施：依法办事。他要求各县均输官，选定官府购买的一些物品后，将本地的市价先报到郡府，然后，公布于众，告知百姓。没有他均输长签字批准，没有郡府的公文，任何人不得降低物价，不能损害百姓利益，凡是不遵守《均输法》者，依法论处。

消息传出，河东郡一片哗然：过去，虽然郡府按照均输法购买百姓物品，表面是按市价，其实都是一些豪强和商贾借助与皇亲国戚和朝臣的关系，与郡县均输官和县令相互勾结，假借官府的名义，暗箱操作，把百姓的物价压得很低，他们收购后再以高价卖给郡府。郡府的均输官心知肚明，因拿了这些人的好处，就瞒天过海，百姓敢怒不敢言。黄霸采取这种措施后，豪强和商贾就失去了弄虚作假、强买强卖百姓物品的机会，就等于断了他们的财路。

让黄霸想不到的是，杨县和平阳县等几个县虽然也按照规定把所要购买的物品的价格公布于众，却迟迟不去购买，还到处阻止百姓间进行交易，致使很多时令性强的物品都腐烂在百姓家中。一些紧缺的物品购买了以后，则借口车辆不足，不运往郡府，以拖延郡府到外地进行交易的时间，致使很多很好的物品都被废弃。一时间，百姓从高兴变成怨声载道，郡府无红利可图，朝廷也对河东郡很是不满。

黄霸意识到这是杨县和平阳县的县令在从中作梗，于是，改变策略，把造好的车辆都集中到这几个县，每个县又设几个购买点。凡是郡府收购的物品，除京师和朝廷急需的先运往京师外，其他的则由郡府派车运送到周边郡县进行交易。

这样一来，不仅减少了百姓肩挑、车载、牛驮等运送之苦，还降低了物品成本，不法官吏也没有了刁难百姓、从中渔利的机会，百姓大受其益，郡府也从中得利。

杨县和平阳县等县令看到他们的诡计被识破，担心黄霸举报到朝廷，不得不表面上装出配合的样子。

不到半年时间，《均输法》在河东郡得到百姓的赞赏，黄霸的名字家喻户晓。

半年后的一天，黄霸正忙于均输事宜，忽然，朝廷来了几个监察官，其中为首的是担任刺史的丞相长史。

黄霸看到监察官来到河东郡，立即想到了六年前的事：刘彻为了加强朝廷对地方的控制，除京师附近七郡外，把全国分为十三个监察区域，即十三个刺史部，每部监察多个郡国，由朝廷派遣丞相长史一人为刺史。郡一级设督邮，代表太守督察县乡，专门负责巡察该区境内的吏政，检举不法的郡国官吏和强宗豪右。河东郡因为是拱卫京城的一个郡,则由朝廷直辖,属司隶校尉,也称司隶刺史部。

黄霸以为刺史来到河东郡,是代表朝廷来例行巡察,不料,刺史一到,直接把他单独约到府堂,直言道:"近来,朝廷连连接到杨县、平阳县的多份举报信,举报你依仗手中的权力,与不法商贾勾结,掌控河东郡物价,假借推行《均输法》,背公向私……"

黄霸听了,不由面露怒色,但忽然又转怒为笑道:"黄霸所作所为,愿意接受刺史的检核……"

刺史向他出示被弹劾罢官的诏令,道:"你已被罢官,立即把你任均输长以来所有簿册交出,以便检核。"

黄霸听到又被罢官,不由天旋地转:我黄霸胸怀大志,清正无私,先受弟弟牵连被罢官,如今又遭受诬陷被罢官,命运为何如此多舛?自己很想做个勤政爱民的好官,没想到好官好难做!他很想当着刺史的面发泄一通,想了想,心下道:事已至此,再说何用?于是,依照刺史的盼咐,把他来到河东郡后所有购进卖出,及送到京师的贡品簿册,以及河东郡府从中所得红利的簿册,全部拿了过来。

几天时间,刺史检查了黄霸所有簿册,没有发现丁点差错。查黄霸居住的官舍,除了衣被和盥洗用具外,不见一枚钱币,不见一件赃物。

接着,刺史又到杨县、平阳县等多个县进行调查检核,以查到黄霸的不法事实。不料,百姓皆一片赞美之词,对杨县和平阳县县令则是一片骂声。

这天,就在黄霸准备再次回家耕田时,刺史回到郡治,对黄霸大加赞赏,说:"我一定要把你的治绩奏报皇上,请暂时不要离开河东郡,等待朝廷的消息。"

刺史说完,立即启程回京。

黄霸怎么也没想到,不到十天,朝廷的使者就来到了河东郡,不仅宣读黄霸官复原职的诏令,还传达皇上的口谕,对黄霸大加赞赏。

黄霸没有因此而沾沾自喜,而是更加谨慎。

在以后的购进售出中更加关爱百姓，童叟无欺。对老弱者的物品还适当提高价格，对那些仗势欺人、倚强凌弱的不法商贾反而更加严格。

天汉元年（公元前100年）三月，黄霸到河东郡的第二年，河东郡的均输、平准得到了朝廷的赞赏，大司农桑弘羊亲自到河东郡巡视，把河东郡树为全国的典范。黄霸的名字不仅在河东郡家喻户晓，也在朝廷和各郡国大名远扬。

桑弘羊刚刚离开河东郡，又从朝廷传来重大消息：近日，皇帝刘彻要到河东郡汾阴县后土祠，再次祭祀华夏始祖女娲氏，并诏令河东郡县令以上官吏皆前往共祭。

消息传开，河东郡府一片沸腾。百姓纷纷传说：这是河东郡《均输法》实施得好，朝廷满意，皇上才特意到后土祠祭祀，祈祷华夏始祖女娲氏保佑汉室江山。

汾阴后土祠位于汾阴脽之上。脽，就是土丘。该祠最初建于孝文帝时期，名为"汾阴庙"。传说轩辕黄帝曾经来到这个黄河与汾河交汇处的脽上，清除荒草，堆起土坛，祭拜大地之神——后土，即女娲，此为祭后土之始。尧、舜二帝时，择定八个家族负责祭祀后土之事。夏、商、周三朝时，帝王每年都要在这块天然的方泽坛上举行隆重的祭祀活动。刘彻认为，他能做天子和有大的作为，都是上苍保佑的结果，所以，每年在南郊祭天，在北郊祭地，并立乐府，把民间歌乐也纳入郊祀活动中。元狩二年（公元前121年），刘彻在雍州祭天后，对随行的大臣们说："如今我已亲自祭祀皇天了，而后土还没有祭祀，这不太符合礼制吧。"于是，在他即位的第二十五年，即元鼎元年（公元前116年）六月，东行至汾阴县。恰在这时，看到汾水旁有绛红色的祥光，于是，下令在汾阴脽上修建了后土祠，像祭祀皇天一样祭祀后土。因为在后土祠旁得到两尊宝鼎，即兴作《宝鼎之歌》，并把年号定为元鼎。元鼎四年（公元前113年），又下令扩建汾阴后土祠，定为国家祠庙，作为他的巡行之地。后土祠扩建好以后，刘彻又立即率领群臣到此祭祀。当时，正值秋风萧瑟，鸿雁南归。祭祀礼毕，他乘坐楼船泛舟汾河，饮宴中流，触景生情，感慨万千，即兴写下《秋风辞》。从元鼎元年（公元前116年）至今，刘彻已八次巡幸汾阴，祭祀后土。

黄霸刚来到河东郡就了解到这些，也早已用文字记录了下来，但并未目睹过刘彻的祭祀典礼。今天得知刘彻再来后土祠祭祀，自己也要参加祭祀典礼，情不自禁地想到了第一次与淮阳郡太守丞去长安时，太守丞吟咏刘彻《秋风辞》的情景。由刘彻对人生的感慨，想到了这些年他自己的曲折经历，忍不住感慨万千，不由自主地再次吟咏起刘彻的《秋风辞》来："秋风起兮白云飞，草木黄落兮雁南归。兰有秀兮菊有芳，怀佳人兮不能忘……"

黄霸本打算吟咏完，可是，当吟咏到"怀佳人兮不能忘"时便再也吟咏不下去，眼前不觉间浮现出他离开家时妻子巫云那难舍难分的神情，耳边响起幼子黄赏哇哇的哭声，顿时，潸然泪下：这些年只身一人先到沈黎郡、左冯翊，又到河东郡，东西南北地奔波，远离家乡，而爱妻巫云独守家园，一个人在家照看儿子，那是何等的辛劳啊！黄赏年少，正是需要父亲陪伴和教导的时光，却长年见不到他的父亲，那是何等的悲凉？作为人夫、人父，我黄霸实在愧对他们……

正在他长吁短叹的时候，郡守出现在他的面前，让他和其他官吏一起，提前乘车去汾阴后土祠，要把那里的道路加以修整，把后土祠全部打扫干净。黄霸知道这事关重大，立即坐上车，和郡守等郡府官吏奔向汾阴县。

这天，黄霸和郡府官吏，以及陆续赶来的各县官吏刚把后土祠整饰一新，远远地就看到一个车队出现在视野中：那车队千乘万骑，刘彻的御驾由赞襄礼仪的大仆手持马缰驾驭，大将军陪乘，浩浩荡荡，朝后土祠而来。郡县官吏个个整衣肃冠，分列道路两旁，恭敬而立。刹那间，后土祠四周一片静谧。

黄霸很久没有见到过刘彻了，自刘彻的御驾出现在眼前时，便目不转睛，只见那是六匹马驾驭、翠羽装饰的凤形彩车。车的左右两边插着牛尾和雉尾装饰的旗帜,旗帜随风荡起,旌旗下边绣着云纹的飘带也随风飞舞。车两边的旗帜,既有绘着流星的曲柄旗,也有绘着天狼星、弧星的直柄旗。随同的丞相公孙贺、御史大夫王卿等众臣,都统一穿戴礼法规定的最尊贵的祭祀礼服——冕冠服,一个个神情严肃恭敬。刘彻端坐于车上,威风凛凛。

刘彻的御驾到了后土祠前,在众臣的簇拥下,神情庄严地下了车,由朝廷执掌宗庙礼仪的太常卿引导,缓缓走向祭坛。

这时,庄严、高妙的祭祀乐响起,十六个男童跳起祭祀舞——灵星舞。随着乐舞,刘彻款款走上祭坛。

刘彻走上祭坛后,正衣肃立,跟祭祀皇天一样,行三拜九叩大礼。

黄霸望着刘彻,心里五味杂陈:第一次捐纳进京,很快受到召见,官拜侍郎谒者,服侍在他的身边。几年后再次捐纳,却远放沈黎郡,后来虽然迁回左冯翊,时至今日,却再也不能亲近,只能远远地望着他。当官,顺境时是那么容易,逆境时竟是那么难。黄霸想到自己的不得志时间也很短暂,不禁又有些沾沾自喜:自己虽然遇到坎坷,不是一步步在往上升吗?一个靠捐纳出仕的布衣之人在皇上的眼里算得了什么!他刘彻自登基到现在的四十年里,第一任丞相卫绾被免,第二任丞相窦婴惨遭斩首于市,第三任丞相许昌被免,第四任丞相田蚡被惊吓致死,第五任丞相薛泽遭免,第七任丞相李蔡自杀,第八任丞相庄青翟被下狱自杀,第九任丞相赵周被下狱自杀。仅第六任丞相公孙弘善终。建元二年(公元前139年),御史大夫赵绾被下狱自杀,元鼎二年(公元前115年),御史大夫张汤自杀……他们都是皇亲或者功臣尚且这样,自己一个靠捐纳出仕,因弟弟犯罪被罢过官的人,受了点委屈,升职慢了点,又算得了什么呢?做任何事情都不可能一帆风顺,随心所欲,何况做官呢?既然真心为大汉江山社稷和百姓做事,岂能蝇营狗苟,锱铢必较,患得患失?

黄霸从郁闷纠结中释怀后,一抬头看到刘彻祭祀礼毕正缓步走下祭坛，众臣都把目光投向他，四周静得连每个人的出气声都能听到。刘彻往下面走着，眼神朝着左右环顾了一下。不知是因为黄霸的身高，还是刘彻一直惦记他，一下子把目光停留在黄霸身上。黄霸与刘彻目光相对，不由既惊喜又不安：皇上为何有意看我？是依然对我怀有成见，还是心中一直惦记着我？

就在黄霸百感交集、惶惑不安的时候，只见刘彻朝他走了过来。大臣们的目光也都随着刘彻转向他。黄霸见此情景，顿时紧张起来。

刘彻走到黄霸跟前，微微一笑道："朕已得到大司农桑弘羊的奏报，河东郡之均输、平准堪称典范，你功垂竹帛，朕已记在心里。"

黄霸忙施礼道："谢陛下赏识。"

黄霸抬起头时，只见群臣都向他投来赞美的目光，他目光中也情不自禁地闪现出几分自豪。

刘彻赞过黄霸，遂向前而行。刚走了两步，又回头朝黄霸望了一眼。所有陪侍在刘彻身边的重臣，也随着把目光转向黄霸。黄霸以为刘彻又有话要对他说，立即正色俯首，等着刘彻开口。可是，刘彻欲言又止，接着转身而去。

刘彻离开后土祠后，立即离开河东郡，返回京城。

黄霸因为受到刘彻的青睐，再一次在河东郡名声大振：为政清廉，关爱百姓，皇上十分赏识。那些想再对黄霸下手的官吏和豪强商贾，从此偃旗息鼓，再不敢肆意妄为。

天汉二年（公元前99年）年底，即刘彻祀后土祠的第二年年底，黄霸在均输长位置上正干得得心应手，风生水起。一天上午，忽然听到了一个令他悲恸不已的消息：司马迁因为替李陵辩护遭受了宫刑。

原来，天汉二年五月，刘彻下令北击匈奴，遣贰师将军李广利率领骑兵三万出酒泉，攻击右贤王于天山。为保证李广利能打胜仗，刘彻在未央宫武台殿召见李陵，想让他领兵为李广利大军运送粮草。李陵一向都是领兵主帅，这次他羞于做李广利的后备，感到很不悦，叩头自请说："臣所率领的屯边士兵，都是荆楚的奇才剑客，力大可扼虎，射箭能中的，盼独立带领一军，到兰干山南去吸引单于之兵，不让匈奴集中兵力攻击贰师将军。"刘彻叹息说："朕已派出很多兵马，从哪里能调拨人马给你呀？已没有骑兵可派给你了。"李陵回答说："无须派骑兵，臣愿以少击众，步兵五千人就可以开进单于王庭。"刘彻认为他勇壮，便答应了，并令镇守在北方的强弩都尉路博德率兵在途中迎接李陵。路博德曾经于元狩四年（公元前119年）跟随霍去病北征匈奴，立下战功，官拜邳离侯。元鼎六年（公元前111年），被刘彻拜为伏波将军，率军讨伐南越国，平定了南越。第二年，又挥戈南下，先到雷州半岛，再从徐闻、合浦乘船南下，进发琼岛，扫荡叛军。太初三年（公元前102年），又北上在居延泽修筑居延塞，北击匈奴。路博德心想：我北上南下，战功赫赫，今怎么能为李陵做后卫？便上奏刘彻说："如今正当秋天，匈奴马肥，不可与之交战，臣愿留李陵到春天，同时率酒泉、张掖骑兵各五千人，一起出击东西浚稽，一定可以擒获单于。"刘彻看了路博德的奏书后，大怒，怀疑李陵后悔，不想出兵，而让路博德上书。于是，便下诏对路博德说："我想派李陵骑兵，他说'欲以少击众'。如今匈奴进入西河，你应率兵奔向西河，守住钩营之道，阻挡敌军。"又给李陵下诏说："从九月出发，出兵遮虏鄣，到东浚稽山南龙勒水边，来回寻找匈奴，若没有发现敌军，便从浞野侯赵破奴的旧路抵受降城休整兵士，按骑兵驿站安排休整。与路博德讲了些什么话，全都写出来上报。"李陵领命后，即率军出发。

这期间，李广利领军北上，被匈奴大军围困，险些无法逃脱，虽然取匈奴首级万余而还，但汉军伤亡也很大，死亡人数高达十之六七。

李陵率五千兵行至浚稽山时，正是李广利被匈奴大军围困、伤亡惨重之时，匈奴单于趁士气高昂，又把李陵所率的五千兵围困，而路博德的援兵迟迟不到，且匈奴之兵却越聚越多，多达八万以上。李陵虽然杀敌数万，因为援军不到，粮尽矢绝，无力再战，最终不得不选择表面降敌，以伺机破敌。

147

李广利等不知真相，都说李陵投降了匈奴。消息传到朝廷，群臣皆声讨李陵，唯有司马迁沉默不语。刘彻很奇怪，问司马迁对李陵怎么看。司马迁毫不隐瞒自己的看法，为李陵辩护说："我和李陵一向没什么交情，但我见他平时孝顺母亲，对朋友讲信义，对人谦虚礼让，一向怀着报国之心，长期以来，养成了国士之风。今天他一次战败，那些为保全身家性命的臣下便攻其一点，而不计其余，实在令人痛心！况且李陵提兵不满五千，深入匈奴腹地，搏杀数万之师，敌人被打死打伤无数而自救不暇。李陵转战千里，矢尽道穷，将士们赤手空拳，顶着敌人的箭雨仍殊死搏斗，奋勇杀敌，就是古代名将也不过如此。他虽身陷重围而战败，但他杀死杀伤敌人的战绩也足以传扬天下。他之所以不死，我想，这是为了伺机立功赎罪，以报效朝廷。"

然而，让人意想不到的是，李广利等人坚持说李陵是投降匈奴。刘彻认为司马迁是想诋毁贰师将军李广利而为李陵说情，于是给司马迁定了一个"诬罔罪"。诬罔罪为大不敬之罪，按律当处以腰斩。面对大辟之刑，司马迁仰天长叹道："慕义而死，虽名节可保，然史书未成，名未立，这一死，如九牛亡一毛，与蝼蚁之死无异。想当年，文王拘于囚室而推演《周易》，仲尼困厄之时著《春秋》，屈原被放逐才赋有《离骚》，左丘失明乃有《国语》，孙膑遭膑刑后修兵法，吕不韦被贬蜀地才有《吕氏春秋》传世，韩非被囚秦国，才作《说难》《孤愤》，《诗》三百篇，都是贤士圣人发泄愤懑而作。"司马迁为了完成父亲遗愿，毅然选择了腐刑赎身死，以保住性命，完成未完成的《太史公书》。

黄霸担心司马迁再有不测，不顾杀头之险，斗胆上书，为司马迁、李陵鸣不平道：

> 汉朝兴立之初，北面的匈奴东败东胡，西驱大月氏，北降丁零族，又南侵汉境。汉室为安天下，自高祖时即进行反击，怎奈国力不济，高祖曾遭受白登之围，惠帝、高后时，

汉朝蒙受匈奴书信之辱，群臣无不愤怒，然不得不采取和亲之策。元光二年，开始愤而反击。几十年来，匈奴虽然大败，却依然不断犯边。李陵的祖上都是抗击匈奴之名将，李陵善骑射，爱士卒，颇得美名。他请缨出战，率五千士卒与八万匈奴交战，足见其骁勇，也可以想象那交战场面之惨烈。以其对朝廷的忠诚，岂会真心投降匈奴？太史令说他之所以不死，是想伺机立功赎罪以报效朝廷，绝对无疑也。然，李陵不被营救，司马迁遭受宫刑，岂不悲哉？忠诚者不一定逢迎主上，虽然有失，亦当给予赎罪之机，岂能听信一些局外人的猜测和想象之言？想当年陛下为迎接匈奴降兵向百姓借马，百姓不借，陛下欲杀县令，右内史汲黯以死相谏，陛下终于收回成命，避免了过失，成为美谈。微臣虽然身居河东，但对大汉社稷忠诚之心不变。今斗胆上书，企望陛下思之，勿让忠诚者悲，阿谀者欢。

黄霸的上书很快被传到京城。刘彻看了，倍感惊讶：一个曾经被罢官，眼下又仅为均输长的黄霸，居然敢如此大胆直言！他联想到李陵出兵的前前后后，悟到李陵之所以降敌，是无救援所致！于是，长叹道："李陵出塞之时，本来诏令强弩都尉接应，只因受了那些奸诈老将奏书的浸染，我刘彻改变了诏令，才使得李陵全军覆没。"于是，派使者慰问赏赐李陵的残部，以表达悔意。同时，对司马迁也给予了宽待。

黄霸得知刘彻表达愧悔之意和对司马迁的宽待后，内心稍感慰藉。但是，自此后的整整一年多时间，一直闷闷不乐。

一年后，黄霸又得到一个令他肝肠寸断的消息：刘彻明白李陵假投降匈奴后，便派因杅将军公孙敖，带兵深入匈奴境内去接李陵。公孙敖因为没有见到李陵，回京后反而对刘彻说："听俘虏讲，李陵在帮匈奴单于练兵以对付汉军，所以没有见到他。"刘彻信以为真，一怒之下将李陵全家处以族刑：李陵的母亲、兄弟和妻子都被诛杀。陇西一带士人听说后，也都以李陵不能死节而累及家室为耻。此后，汉室又派使者到了匈奴。李陵一见使者，忍不住问："我为汉朝领步卒五千横扫匈奴，因无救援而败，有什么对不起汉朝的？皇上为何又杀我全家？"使者说："陛下听公孙敖说你为匈奴练兵，以对付汉军，故怒而杀之。"李陵大怒道："那是李绪，怎么说是我李陵？"李绪是塞外的一个都尉，驻守奚侯城，早在匈奴进攻奚侯城时就投降了匈奴。李陵得知自己的家人因为他而被杀，不久，伺机刺杀了李绪。使者回到长安把这些情况奏报给刘彻后，刘彻捶胸顿足，更是后悔不已。

黄霸自得到这一消息后，一连数日，以泪洗面，并一遍遍长叹："天下奇冤，再不过李陵和司马迁也！"

天汉四年（公元前97年）正月，刘彻为了悔过和报复匈奴，征发二十余万军队分三路进击匈奴。令贰师将军李广利率骑兵六万、步兵七万出朔方，强弩都尉路博德将万余人跟在后面接应；游击将军韩说将步兵三万出五原；因杅将军公孙敖将一万骑兵、三万步兵出雁门。不料，韩说所部未遇匈奴，一无所得而归。李广利与匈奴单于在余吾水滨交战数日，节节败退。公孙敖与匈奴左贤王交战失利，损失惨重。于是，都收兵回朝。刘彻看到汉军损失如此惨重，想到公孙敖曾经让他痛失大将，大怒，判处公孙敖死罪。公孙敖诈称死，于夜间逃出京城，流亡于民间。

刘彻从李广利率骑兵六万、步兵七万和公孙敖带一万骑兵、三万步兵与匈奴交战的遭遇，联想到李陵领五千步兵与八万匈奴交战后因诈降而全家被杀，司马迁因为替李陵辩护险被杀头，后遭受宫刑，不禁五内如焚，大病一场。

刘彻病愈后，想到黄霸冒死上书为司马迁、李陵鸣不平，以及他在河东郡的清正无私，看到了他为人的正直，对汉室的忠诚，于是，擢升他为河南郡太守丞，职位仅次于太守。

时，天汉四年年底，刘彻六十岁，黄霸三十三岁。

第十二章　惜权爱民顺人心

黄霸从均输长一跃而为太守丞，在河东郡中成为美谈。

然而，黄霸不仅没有因此而高视阔步，反而感到了从来没有过的压力：汉朝建立以来，实行郡县与封国并行，郡直属于朝廷，封国诸王皆为刘姓，由被分封的诸王自治。后来，由于封国势力逐渐坐大，朝廷难以驾驭，故孝文帝、孝景帝时多次削减诸王封地，诸王为求保障自身利益，曾经发生七国之乱。刘彻即位以来，开疆拓土，又新增了不少的郡，截至目前，共有一百零九个郡国，其中除三辅外，有郡九十一个，王国十八个，大郡领县几十个，大国领县最多十余个，小国仅领县三四个。九十一个郡中，人口最多的是南阳郡，辖三十六县，三十五万九千三百一十六户，一百九十四万人。其次就是河南郡，领洛阳、荥阳、偃师、京县、平阴、中牟、平县、阳武、河南、缑氏、原武、巩县、谷城、故市、密县、新城、开封、成皋、苑陵、梁县、新郑二十二县，一百七十四万人。就是说，河南郡的辖县和人口相当于几个诸侯国。如此大的郡，尽管自己上面还有郡守，他作为郡守的佐官，权力还是相当之大，担子还是非常之重。河南郡又是京畿范围内的大郡，人口众多，多灾多难，几任郡守和太守丞都不能让朝廷满意，自己到了那里，能胜任吗？会不会重蹈前任的覆辙，弄得声名狼藉？黄霸辗转反侧，内心难以平静。

为了庆贺黄霸升迁，河东郡守特别召集郡府官吏为黄霸饯行。黄霸前往河南郡赴任这天，河东郡守亲自送行几十里，并嘱咐太守丞带领几十名郡府官吏送黄霸至河东郡边界。

黄霸一路向东，随着车轮的"碌碌"声，时而极目远眺前面的山水和旷野，时而收目环顾两边的花草和树木，思绪也随着他的目光，时而河东，时而河南；时而朝廷，时而乡野；时而神采奕奕、眉飞色舞，时而思绪万千、浮想联翩。一时间，脑海中走马灯似的闪现出一个个朝臣的身影：丞相卫绾、窦婴、许昌、田蚡、薛泽、李蔡、庄青翟、赵周，御史大夫赵绾、张汤、卜式，太史令司马迁，名将李陵……忍不住叹息道：没有做官的时候想做官，做了小官想做大官，官越大权力越大，风险也越大！从这些人的结局可以看出，想做好一个官，并非常人想象的那么容易！

黄霸到了河东郡与河南郡交界的一个驿站，河南郡都尉田广明亲率多名郡府官吏已在那里迎接。他们一看到黄霸的车，纷纷上前施礼。

黄霸见状，未等车停稳就急忙下车，也一一回礼。

田广明是掌管军事的都尉，说话很风趣，尽管很早的时候就与黄霸一同在朝廷共事，此时却佯装不相识的样子，跟黄霸开玩笑道："我乃都尉田广明，字子公，京兆尹郑县人。最初在皇帝身边担任侍从官，后来升任天水郡司马，掌管军赋。几个月前因功升任河南郡都尉，掌一郡军事。"

黄霸也跟他开玩笑道："这还需你介绍？想当初你为皇帝身边的侍从官，我是侍郎谒者。后来你升任天水郡司马，掌管一郡军赋，我则回家喂马，掌管家中耕田之事。同是一匹'马'，此马非彼马也。"

田广明为阻止黄霸重提旧事，笑道："孟子云：'彼一时，此一时也。五百年必有王者兴，其间必有名世者。'"

黄霸拉着田广明的手欲让他上车，却又故意走向两车的中间，笑着吟咏乐府诗《相逢行》道："相逢狭路间，道隘不容车。不知何年少？夹毂问君家……"

田广明知道黄霸是要借《相逢行》以喜掩悲,一边推黄霸先上车,一边也吟咏道:"君家诚易知,易知复难忘。黄金为君门,白玉为君堂。堂上置樽酒,作使邯郸倡……"

黄霸笑道:"子公君的意思是已在郡府置了美酒?"

田广明笑而不答,把黄霸推上车,令车夫快马加鞭,朝着洛阳方向而去。

两日后的中午,他们到达郡治洛阳城外。不料,这时忽然大风骤起,接着淅淅沥沥地下起雨来。让黄霸感动的是,郡守胡襄早已把各县县令召到了洛阳城,且不顾风雨,亲自与县令们到城门外迎接。

当天晚上,郡守胡襄与都尉田广明等郡府官吏及各县县令,为黄霸接风洗尘,场面十分热闹。

一阵觥筹交错之后,黄霸想到各县距离洛阳城都很远,大家相聚一次不易,以后到每个县走一遍也要费很长时间,有今天这样的机会,何不畅谈一次?于是,起身施礼道:"今有缘与诸位共理河南郡,不胜荣幸。黄霸不才,以后还要请诸位鼎力相助。"

众人齐声道:"太守丞清正无私,声满朝野,我等瞠乎其后也。"

黄霸道:"孔子曰:'富与贵,是人之所欲也,不以其道得之,不处也;贫与贱,是人之所恶也,不以其道得之,不去也。君子去仁,恶乎成名?君子无终食之间违仁,造次必于是,颠沛必于是。'我出身乡间,但自幼就有做官之志。适逢盛世,有机会走上仕途。然,我做官不是为了荣华富贵,而是想为百姓做事。若能如此,并留下美名,不枉来到世上走此一遭。"

郡守胡襄道:"黄霸君从第一次入朝,再从沈黎郡、左冯翊、河东郡,一路走来,朝野无人不知君之美名也。"

县令们几乎异口同声道:"太守丞乃我等模范也。"

田广明带着一身豪气,举杯向黄霸敬酒道:"请太守丞接受我的敬意。"

黄霸干了田广明的酒，借助几分酒劲，对县令们道："人海茫茫，今能一起为官于河南郡，也是前世有缘。黄霸很重友情，但在为官上却立志以德立身，以廉为金，以民为本，不徇私情。这是我的为官之道。"

众县令纷纷应和道："太守丞所言极是。"

黄霸接着道："我等都是朝廷命官，朝廷给了俸禄，已高人一等，贵于百姓，若再有非分之想，非法之为，即犯罪也。人的高与贵，高在做人有德，贵在百姓尊爱，否则，高与贵不存焉。若有人不珍惜自己的高贵，黄霸当遵照《论语》里的话而做：道不同不相为谋。"

众县令听到这里，不由都面面相觑。这里讲"道不同不相为谋"，岂不是在暗示：不遵守他的"高贵"之道，就不得一起共事，要么离开河南郡，要么被革职罢官？

黄霸看到众县令们的神情，没有就此打住，接着又讲起几个故事来："春秋时，宋国的司城子罕为何特别受人爱戴？因为他清正廉洁。一次，有人得到一块宝玉，请人鉴定后拿去献给子罕，子罕拒不接受，说：'你以宝玉为宝，而我以不贪为宝。如果我接受了你的宝玉，那我们俩就都失去了自己的宝物。倒不如我们各有其宝。'春秋时期，鲁国的相国公仪休，非常喜欢吃鲤鱼，有人就送鲤鱼给他，他拒而不收。其子问他为何这样，公仪休说：'正因为我喜欢吃鱼，故不能收人家的鱼。我现在做相国，有俸禄，买得起鱼，自己可以买鱼来吃。如果我收了人家的鱼，而被免相，那我还能再吃得到鱼吗？'数百年前的子罕、公仪休能以廉为金，我等岂能不如古人！"

不知是因为多喝了几杯酒，还是因为埋藏心中的很多话一直找不到倾泻的地方，黄霸竟然一发不可收，继续滔滔不绝道："春秋五霸之一的晋文公，手下有一名法官叫李离，是一位敢说敢当、视责为天的官员。一次，他听察案情有误而枉杀了人命，发觉后愧悔万分，先是把自己关押起来，而后又带上官印面见晋文公，恳请晋文公对自己处以死刑。晋文公知道李离是一位严于律己的官员，于是赦其罪，并劝解说：'官有贵贱，罚有轻重，下吏有过，非汝之罪也。'在晋文公看来，官有贵贱等级之分，像李离这样的高官，即使有过，也可以从轻发落，何况这案子主要错在下面办案的小吏？怎么能说是你李离犯下的罪过呢？然而，李离却说：'臣居官为长，不与吏让位；受禄为多，不与下分利。今过听杀人，傅其罪下吏，非所闻也。'他认为自己居于法官之首，平常不曾把这个权位让给下属；拿的俸禄又是最优厚的，也不曾与下属分享过。如今错杀了人，却把自己的罪过推到属下身上，这是没有道理的。因此，李离谢绝了晋文公的好意，拒不不接受赦免令。晋文公见李离如此执拗，只得将他一军：'你若自认为有罪，那么作为你的君王，寡人岂不是也有罪？'李离则说：'法官断案有法规，错判刑就要亲自受刑，错杀人就要以死偿命。公如此信任我，以为我能决断疑案，才命我为理官。而今我错杀了人，罪当死，跟国君无关。'说罢，忽然从卫士手里夺过宝剑，自刎而死。"

黄霸讲完李离执法严格、伏剑自杀的故事，在场的郡县官吏很久都沉默无声。

黄霸接着又道："数百年前的李离能如此清廉守法，且能因为错杀而自刎，时至今日，每个人的学识应该远远高于古人，而在为官上不能像古人那样奉公守法、清正廉洁，岂不感到羞耻？有何颜在百姓面前仰首伸眉，夸夸其谈？若不能，无论官位多高，多有财富，多有学识，都称不上高贵，而是卑贱。"

黄霸说到这里，众人纷纷低下头，没人敢回应，端在手中的酒杯也纷纷放下。

黄霸接着又道："我等虽然仅是郡县长官，手中却有着生杀大权，且不说错杀，即使是错判，也不能原谅自身。若遇有疑案不能决者，当遵守'奏谳制'，由县报到郡。郡不能决者，再由郡报到廷尉。若廷尉仍难决断，就附上可以比照的律法条文，报请皇上裁决。我黄霸今日来到河南郡，掌一郡刑律，若有错杀之事，当效仿李离，伏剑而死。若有错判，当论罪伏法。众位能做到否？"

忽然之间，全场变得鸦雀无声。

黄霸记不得这场洗尘的酒宴是怎么结束的，但他一夜之间威名大震，郡县所有官吏都因他那一身正气，对他敬畏三分。

第二天，黄霸正准备下县巡查，以了解各县民情，荥阳县令向他报告道："启禀太守丞，荥阳县有一个疑难案件，不得不报。"

黄霸忙问："是何疑案？"

荥阳县令道："一位叫赵廷的冶铁匠，因为私自冶铁打制农具给乡邻，被判'钛左趾'刑罚，并没收其器物。荥阳百姓连续数月集结在县署门前，为之跪求赦免……"

黄霸大惊道："冶铁匠因为给百姓打制农具，就被判'钛左趾'？就在他左脚上钳以六斤重的镣铐？是你判的刑？法理何在？"

县令道："此案是我的前任所判，说是依照《平准令》：'敢私铸铁器、煮盐者，钛左趾，没入其器物。'"

黄霸何尝不知道《平准令》？他虽然在任均输长的时候也按这些法规行事，但从不死扣律条，能改过者，从不处以刑罚。自从朝廷颁布盐铁官营的法令近二十年来，全国关于盐铁官营的矛盾就没有停息过。卜式就是因为劝谏刘彻废除盐铁官营，被贬去御史大夫。如何处置此案，确实是一个难题。

黄霸沉默了一会儿，心下道：荥阳北依邙山，黄河为险固，南以嵩岳作屏障，西据虎牢伊阙之关隘，往东通过黄河、淮河达齐鲁，历来为兵家必争之枢纽。著名的楚河汉界——鸿沟，就起于荥阳的荥泽湖，向东经过淮阳郡西四十里的固陵。荥阳境内煤、铁等矿藏十分丰富，很早的时候私人冶铁作坊就很多，加上水土自然条件优越，水陆交通便利，农、商、手工业都很发达。除这里有着丰富矿藏资源外，冶铁原料还可以从登封少室山、新郑役山和新密大隗山，通过水运到达，这里的冶铁早已闻名。汉朝建立后，尤其是自北击匈奴后，这里一直是重要的兵器铸造之地。河南郡治在洛阳，但河南郡的工官、铁官、敖仓都在荥阳。朝廷在二十七个郡国中设立了三十六处盐官，置盐官令和盐官丞，荥阳是其中之一。在四十个郡国中设立了四十九处铁官令、铁官长、铁官丞，荥阳是其中之一。全国共设九处工官，管理铁器、铜器、铸钱、染织、衣服、陶器、玉器、兵器、漆器、木器、砖瓦木石以及建筑材料、建筑工程、船只、彩绘、雕刻等等的生产，荥阳县也位列其中。所以，荥阳被桑弘羊誉为"天下名都"之一，汉朝的很多兵器都在这里打造。因为过去都是私营，如今强制收归官营，必有很多矛盾，很多事情不像想象的那么简单，这个案子如若处理不当，必有后患。

于是，黄霸当天便与荥阳县令去往荥阳。

黄霸到了荥阳县城，县令在前面引路，首先让黄霸查看冶铁作坊，因为其中的一个冶铁作坊，就是那个被判"釱左趾"的铁匠赵廷改造的。

黄霸到了这个冶铁作坊，漫步其中，只见该作坊有两个炼铁高炉，周围有水池、水井、船形坑、烘范窑、铁矿石料场以及陶范、铁器、陶器等器具。

县令见黄霸久久无语，指着前面的椭圆形高炉道："原来的冶铁高炉有棱有角，冶炼时存有热度不均匀的死角。而这椭圆形高炉，两侧各置两个鼓风口，攻下了风力吹不到中心的困局。这椭圆高炉就是那个叫赵廷的铁匠创制的。"

黄霸看到摆放在一边的犁、犁铧、铲、锛、镢、臿等农具，以及圆铁夯、釜、灯盘、钉、钩等生活用器和铁矛等兵器，上面都铸有"河一"铭文，表明这是河南郡第一作坊。于是，忍不住道："这样的工匠当重用才是，怎么能不仅不被重用，反而遭受刑罚？"

县令苦笑道："自盐铁官营后，盐、农具价格上涨不说，工匠的热切之情锐减，导致农具质地也差，百姓不愿意买，不少地方还回到了过去的木耕淡食之景象。卜式是河南郡人，熟知这一情形，故做了御史大夫不久即向皇上谏言废除盐铁官营，不料……"

黄霸听到这里，陷入沉思之中：是啊，卜式谏言废除盐铁官营，尚且被贬，何况一个铁匠？

县令望了一眼黄霸，接着又道："铁匠赵廷是看附近百姓无钱购买农具，就依仗他的手艺，在家中偷偷为百姓做起农具来，而且价格便宜。不料被人告发，县令就判了他'钛左趾'的刑罚。我虽然同情他，因为按盐铁官营法，他的做法的确是违法了，如今我不知该怎么处置。"

黄霸听到这里，忍不住怒道："这工匠只不过是同情乡邻买不起铁农具才这样做，而非对抗朝廷，没想到在河南郡也有像张汤一样喜欢深究条文、苛求细节、草菅人命的官吏。熟稔冶铁之术的才俊被罪之，不懂冶铁的人去掌管冶铁，铁制农具、兵器的质地岂能会好？这不仅是危害百姓的做法，也是危害国之大事的行为！"

黄霸无心再看冶铁作坊，立即命县令道："先赦免赵廷的钛左趾之罪，还他一个清白。我这就返回洛阳，报请郡守重用，让他做铁官，管理荥阳的冶炼、铸造和交易。"

县令听了，先是一愣，接着满脸喜色，对黄霸敢于如此果断处置此事，甚感钦佩。

黄霸接着道："我很早就知道，是椭圆高炉开创后，汉代才得以大量铸造锋利的铁制兵器，没想到椭圆高炉的创制者就是荥阳人，就是这个叫赵廷的。一个有功之人，却因一点小事被判处如此严酷的刑罚，岂不是一噎之故，绝谷不食？这些铁制兵器熟铁锻打，质地坚硬，刃部锋利，汉军才铁骨汉风天下雄。你也说过，正是有了这个铁匠，才使得荥阳的冶铁之术领先于其他郡国。荥阳本是铁器、兵器的产地，而今铁器价格上涨，质地差，有人才不用，反处以刑罚，让外行人主持，岂不悲哉？"

县令道："太守丞，赵廷赦罪可以，若让他做铁官，恐怕欠妥。"

黄霸冷冷一笑道："秦朝末年的苛政和四年的楚汉战争，人口大减，国力衰微。汉朝建立之初，高祖想坐四匹马拉的车出行，居然找不到四匹同一样颜色的马。高祖不得不实行解甲归田、劝民还乡、释奴为民、十五税一的与民休息之策。孝文帝、孝景帝时推崇黄老'无为而治'，轻徭薄赋，继续与民休息，甚至忍辱与匈奴和亲，从此才国力空前强大。当今皇上即位后，不甘再忍受匈奴的欺辱，愤而反击，难道不该吗？在国库因此而空虚时，那些富商大贾，冶铸鬻盐，财累万金，而不佐公家之急和黎民重困，对此，皇上大为不满，才对商人进行严厉打击：一面向商人征收重重的税赋，另一方面则断他们财路，笼天下盐铁，把盐铁由原来的私营改为官营。高祖在位时是搞过贱商令：商人的子孙不准做官。而当今皇上雄才大略，深知经营盐铁要有懂行的人才，故大胆接受时任大农令的郑当时的建议，改变高祖的禁令，起用南阳盐铁商孔仅和齐国大盐商东郭咸阳同为大农丞，领盐铁之事。同时，被起用的还有出身商人之家、善于心算的桑弘羊，并拜为大农令。正是因为皇上大胆起用才俊，才有今日国库之充盈。而今，为了荥阳和河南郡的盐铁业，我等为何不能起用这个工匠为铁官？"

黄霸的一席话说得县令哑口无言。

当天，黄霸就下令赦免了对那工匠的刑罚。

黄霸回到洛阳，立即向郡守胡襄陈述了他的做法和想法。胡襄深感黄霸处事议政合乎法度，顺应人心，对他大加赞赏。当即奏报朝廷，请委任铁匠赵廷为铁官令。

不久，刘彻任赵廷为铁官令的诏令即送达到河南郡，黄霸亲自到荥阳召见赵廷，宣读诏令。

荥阳百姓得知黄霸如此宽厚待人，关爱百姓，纷纷聚集到荥阳县署前，欢呼雀跃，一场僵持了很久的案件立即平息。不少人迟迟不肯离去，希望能见黄霸一面，有的甚至拿出家藏的宝物，要献给黄霸。

黄霸看到这里，十分激动，拒绝了大家贡献宝物的好意后，借机对前来的富豪商贾和手工匠人道："春秋时，郑国商人弦高，经常来往于各国之间做生意。一次，弦高正赶着牛去洛阳卖牛皮，恰好碰上了秦军。弦高知道郑、秦之间有嫌隙，意识到秦国要偷袭郑国，郑国面临危机。怎么办？他急中生智，一边派人回国报信，一边带着十二张牛皮，去求见秦国将领百里视。百里视见是一位商人求见，很不解。正疑惑间，弦高笑笑道：'我们国君听说贵军要路过这里，特派我来迎接，并让我代他犒赏您。贵军若愿意在郑国停留，郑国愿意提供一天的口粮，若只停留一晚上，我们愿意为贵军担任警备。'百里视听了此言，十分惊诧，立即与部下商议对策说：'郑国已有防备，偷袭不成。如果强攻，我军孤军深入，十分危险。'于是，率军返回。郑国国君得知弦高挺身而出救国后，要重重地赏赐弦高，弦高却拒绝了。弦高不图名不图利，爱国之心日月可鉴，值得我们每个人效仿。"

富豪商贾和手工匠人听到这里，都唏嘘不已。

黄霸接着道："在河南郡，有个名人叫卜式，他尚义轻财、赈济贫民、为国捐资的故事，诸位都了如指掌，无须赘言。"

富豪商贾和手工匠人不由齐声道："河南郡无人不知。"

黄霸提高嗓门道："荥阳是铁器、兵器的产地，冶铁之术领先于其他郡国，而今，朝廷遇到困难，荥阳人岂不更应像弦高爱他的郑国一样，爱大汉江山？富商大贾们岂不更应左公家之急、黎民重困？"

黄霸的一番话说得富商大贾和手工匠人惭愧不已，当即有不少人纷纷表示，愿意像弦高、卜式那样为国尽心尽力。

不久，荥阳县域一些未能前来与黄霸见面的富豪商贾，被黄霸的爱民之心感动，也纷纷向朝廷捐钱、捐物。一些工匠也不再隐瞒自己的技艺，主动到冶铁作坊里献技献艺。

黄霸处理赵廷事件仅几个月后，荥阳县的冶铁量大增。不仅如此，兵器、农具的产量也大大提升，质地也比过去更好。消息传到朝廷，刘彻对黄霸特别给予了褒奖。

黄霸虽然得到了皇帝的褒奖，却没有因此而自我陶醉。这天早上，他正准备起身，不知怎么摸到了枕边的"河南郡守丞"方形铜印。他仔细瞅了瞅上面的鼻钮，又翻过来一字一字地品味两竖行排列的篆字体印文，对着"丞"字末笔那一横，自言自语道："篆字'丞'末笔那一横，在其他地方书写，两端往往上翘，而在这印文里，两端却是平的，是否在警示我这个太守丞不要翘尾巴？处事要公平？"

当他把铜印放回原处，正要起身下床时，心中却又念念有词道："虽然身为太守丞，当对全郡上下了如指掌，对百姓之事洞若观火，不然，何以辅佐郡守治理河南郡？河南郡是大郡，若每日坐在府堂观看各县文书，岂能了解各县、乡、亭、里的真实情况？"

黄霸起身，简单洗漱了一下，拿起一块炉饼，匆匆吃完，又喝了一碗米粥，算是吃过了早餐。当他整了一下衣冠将要出门时，无意中转身看到盘中剩下的一个炉饼，心中忍不住又念叨起来：汉兴以来，杵臼、碓、磨等加工粮食的器物相继出现和使用，不少地方已将谷物制成粉面，用水和面后，放入滚水中煮，称为汤饼，用笼蒸称为蒸饼，用火烤的称为炉饼。其中，汤饼有豚皮饼、细环饼、截饼、鸡鸭子饼、煮饼等。蒸饼有白饼、蝎饼等。炉饼有烧饼、胡饼、髓饼等，很多地方已经不像以前那样仅仅是吃干饭和喝粥。河东郡百姓已都是这样，河南郡的百姓是否都这样了？过去，无论贵贱都是早晚各一餐，如今显达尊贵者已一日三餐，我虽不尊贵，也是一日三餐，河南郡的百姓是否依然早晚各一餐？百姓每日在田间劳作，而这一日两餐是否都吃得饱？大汉朝已经建立一百多年，这种连吃饭都分等级的状况若不改变，哪里还能显现出大汉朝的昌盛？等把全郡巡查一遍，一定要让河南郡百姓也一日三餐。

黄霸开始到各县巡查，以了解各地民情。

这天，黄霸到了洛阳东部的巩县。该县商朝时称阙巩，周朝时为巩伯国，秦朝时置为巩县，属三川郡，汉朝建立后依然为巩县，改属河南郡。该县北临黄河，南依中岳嵩山，东有青龙山，境内邙山逶迤，河洛交汇，是一个富庶之地。

黄霸刚进入该县境内，只见一片田地里有不少人在扶犁耕田，拉犁的都是牛。黄霸注意到，这些扶犁耕田的都是老人，左手扬鞭，右手扶犁。那些耕牛，两个鼻孔间都横向被穿透成孔，孔里穿上一个大铜环，铜环上系着缰绳。那缰绳穿过牛肩上那弯曲的牛轭，攥在扶犁者的右手中，用来指挥牛的转弯。扶犁的老人们都嫌耕牛走得慢，嘴里吆喝着，左手甩着鞭，右手还不停地用力推犁，都累得大口喘气，满头汗水。

黄霸见此情景，痛惜之余又心生疑窦：村里没有年轻人了？为什么都是老人耕田？朝廷征召劳役和兵役是有年龄限制的：男子二十岁傅籍，此后每年服劳役一月，称"更卒"。二十三岁以后开始服兵役，役期一般为两年，一年在本郡、县服役，称为"正卒"，另一年到边疆戍守，称为"戍卒"，若到京师守卫，则称"卫士"。遇到战争，虽然要随时应征入伍，到了五十六岁也就免征了。近年来战事很少，乡间的年轻人应该很多，这里怎么不见年轻人？

黄霸正思前想后，不觉间，车子已经进了村。这时，他倒看到不少年轻人，年龄在十四五岁至二十五六岁之间，只是都在相互嬉戏打斗，或者聊天说笑。

黄霸令车夫停车，走向这群年轻人。

年轻人看到黄霸的车和他的打扮，知道他是官府的人，忽然都不再嬉戏和打斗。黄霸笑着问他们："我看尔等玩得很开心，怎么都忽然无声了？"

众年轻人都不说话，或者是不敢说话了。

黄霸故作轻描淡写地问："为何既不去耕田也不读书，而在这里玩耍？"

一个十四五岁的男孩回答道："家里没钱，读不起书。"

黄霸忙问："为何不去帮父母耕田呢？"

男孩笑笑道："太累。"

黄霸转身问一个二十多岁的年轻人道："你也喜欢嬉戏打斗？"

年轻人不好意思地回答道："我刚服劳役回来。"

黄霸又问其他几个人，都说是耕田太累。黄霸没有立即劝说他们去帮助父母耕田，而是扫了他们一眼，对那个说没钱上学读书的孩子道："你家没钱让你读书，我现在教你识字怎么样？"

那孩子不知是不敢，还是不知黄霸的话是真是假，半天没有回答。

黄霸笑笑，扫了一眼几个怕累的年轻人，对他们道："今日我先教你们几个识字，也不要你们的钱，可否？"

几个人怯怯地点点头，算是回答。

黄霸虽然已经是太守丞，因为从做书佐和卒史时养成了腰间佩戴刀笔的习惯，所以至今刀笔仍然不离身。于是，顺手从腰间取下刀和笔，从车上取出一片木牍，在上面写了一个字，然后逐个问他们是否认识。有的回答说认识，有的回答说不认识。黄霸大声对他们道："我写的这个字念'孝'，是小篆体。小篆是由战国时秦国文字逐渐演变而成的，小篆的鼻祖是秦国的丞相李斯。小篆是秦朝的官书字体，适合于重要的场合，如记功刻石、兵虎符之类。它字形修长，行笔圆转，线条匀净而长。"

这几个男孩正听得津津有味，从外边又跑过来几个男孩，也都好奇地围了过来。黄霸见状，又写了一个隶书"孝"字。写完，给他们解说道："这种写法叫隶书。隶书也起源于战国，只是和如今的写法不太一样。这种写法源于秦朝的程邈。程邈曾当过县狱吏，因性情耿直，得罪了秦始皇，被关进了云阳狱中。他在狱中无事可做，便把流传在民间的各种书体搜集在一起，进行整理改进。十年后，形成了书写便利、又易于辨认的三千个新的字体来。他把这些字呈献给秦始皇，秦始皇看了非常高兴，不仅免了他的罪，还让他做了御史。因为程邈当初的官职很小，属于'隶'，所以，人们就把他整理的文字叫隶书。隶书字形多呈宽扁，横画长而竖画短。长画起笔时，回锋隆起，形如蚕头，横波收笔时，顿笔斜起，形如燕尾。"

黄霸讲得形象生动，一群年轻人都兴趣盎然。黄霸见状，指着篆书"孝"字道:"这个字先写'耂'字头,'耂'字头像老人佝背、拄杖之形。'子'在'耂'字头下面,双手举起,并向下动作,做磕头的样子,其意是给老人请安,以示孝敬。因此,'孝'字本义是指尽心奉养父母之意。"

黄霸说到这里,看到有几个人脸红起来。黄霸装作没有看见,继续道:"天下人论尊贵没有比得上皇帝的。然而,孝文帝不仅宽俭待民,还是一个孝子。他身为皇帝,在母亲患病后,亲自为母亲煎药汤,并且日夜守护在母亲的床前。看到母亲睡了,才趴在母亲床边睡一会儿。他母亲卧床三年,他从不让仆人煎药,都是他亲力亲为。每次煎完,他总是先尝一尝,试试汤药苦不苦,烫不烫,他觉得适宜了,才给母亲喝。"

一群年轻人听完,都瞪大了眼睛。

黄霸叹口气,道:"我走到村头田地边时,看到尔等的父母在扶犁耕田,有的还拉犁,个个都累得满头大汗,尔等不去帮父母,却在这里玩耍,情何以堪?一个人,连孝敬父母之心都没有,交朋友会有真情吗?能干成大事吗?如果做官,能做一个关爱百姓的好官吗?"

一群人听完,终于明白黄霸教他们识字的意图,无不羞愧难当,未等黄霸上车,便纷纷离去,走向田地。

黄霸巡查了巩县,接着又去了缑氏县。该县因是春秋时代周灵王缑姓王后的诞生地而得名。黄霸对缑氏县有一种特别的感情,因为元鼎六年(公元前111年)三月刘彻封禅泰山时,曾经经过缑氏县,并从缑氏县礼登中岳太室山,当时刘彻曾经让他陪侍去泰山,如若不是因为司马迁的父亲司马谈生病,他早到了缑氏县。同时,他敬佩的卜式曾经在这里做过县令,把这里治理得很好。这次来到这里,不仅要了解民情,相信还能从百姓口中学到一些卜式治理缑氏县的良方。

果然,百姓讲起卜式都赞不绝口,而问起对当下县令的评价时,都闭口不谈。黄霸意识到,现任县令一定是在此作威作福,甚至是那种酷吏,所以百姓敢怒而不敢言。

回到洛阳，黄霸向郡守胡襄报告了一路的见闻后，立即向他建议道："元光元年，皇上就颁布诏令，让各郡国每年都要向朝廷举荐孝、廉各一人。孝廉，即孝子廉吏。孝廉一科，属清流之目，为官吏晋升的正途。各县县令被百姓称为父母官，当为孝廉之典范，不孝者，何以带动该县兴孝悌忠信之风？河南郡乃礼仪之邦，礼仪不兴，则郡县不宁。本丞认为，当把各县县令召到郡府，先从县令开始，兴孝廉之风。"

郡守胡襄听了黄霸这番言论，竖起大拇指道："有你太守丞在，河南郡将会出现《礼记》里所言的'苟日新，日日新，又日新'之景象。"

第二天，郡守胡襄按照黄霸的建议，命传令官急速向各县传送命令，在郡府举行论议，要在河南郡大兴孝廉之风。

不几日，各县县令聚集到郡府。

黄霸面对各县县令，没有先讲为官者如何清正爱民，而是先借在巩县看到的年轻人怕苦、不帮父母耕田的现象，给县令们讲了一通关于孝廉的故事，而后，才讲了不少地方百姓对官吏敢怒不敢言的所见所闻。讲完，蓦然间脸色冷峻起来，并且多次把目光盯向缑氏县令等几个百姓痛恨的县令身上，很久一言不发。

县令们正诧异间，黄霸忽然高声以问代答道："人为何都想做官？因为做官可以使人显贵，都想成为高贵之人。然，何为高贵之人？高要高在能造福一方，而不是高高在上，趾高气扬；贵要贵在关爱百姓，而不是作威作福，一人得道鸡犬升天。如若不能这样，官位再高，也会为人所不齿，更不配为高贵。纵观历朝历代，贪官能逞强一时，但无不日夜如履薄冰，最终身败名裂，并殃及子孙。廉官虽然淡泊名利，甚至清贫一生，但必千古传颂，福荫子孙。故，《论语》中有言：'君子坦荡荡，小人长戚戚。躬自厚而薄责于人，则远怨矣。'"

缑氏县令听了黄霸这番话，面若死灰，低下头去。接着，不少县令也羞愧地低下了头。

黄霸毫不掩饰并详细地讲述了到各县巡视的情况，不仅讲了各县的弊端，还特别讲述了一路上看到的百姓之苦。他时而言辞严峻，铿锵有声，时而循循善诱，态度宽和，县令们胆战心惊，又无不心服口服。

最后，黄霸又讲起了目前吃饭分等级的不良现状，提出从当下开始，河南郡的百姓也要改为一日三餐，以利百姓强身健体，发展农耕。县令们听了，都被黄霸的爱民之心所感动，表示回到县里后，一定要深入到乡、里、亭，给百姓宣讲，改变过去只吃早晚两餐的习惯。

黄霸没有想到，不到半年时间，河南郡各级官吏风气大变，孝廉之风蒸蒸日上。各地百姓也由一日两餐改为一日三餐，"耕田更有力"的赞言每天都能传到黄霸的耳畔。河南郡出现了从来没有过的祥和之气，全郡上下都对黄霸一片赞美之声。

第十三章　风云变幻志不移

征和元年（公元前92年），黄霸任河南郡太守丞已六年。这年十一月的一天，黄霸下县巡查回到洛阳，看到郡守胡襄坐在府堂上独自一人发呆，不由小心翼翼地问："郡守，为何如此闷闷不乐？"

胡襄叹口气，半天才说话："今日从京城传来消息，宫里发生了大事……"

没等胡襄说完，黄霸便意识到此事一定非同一般，忍不住急切地问道："是何大事？"

胡襄神色不安道："京城传来消息：皇上大病在身……"

黄霸忍不住打断他，问道："皇上一向得众动天，美意延年，为何突然……"

胡襄叹息一声道："从京城传来的消息说：前不久，皇上住在上林苑建章宫，看到一个男子带剑进入中龙华门，怀疑是一个形迹可疑之人，便命人捕捉。该男子弃剑逃跑，侍卫们追赶，未能擒获。皇上大怒，将掌管宫门出入的门候处死。接着，征调三辅之地的骑兵对上林苑进行大搜查，并下令关闭长安城门进行搜索，依然没抓住，直至十一天后才解除戒严。如今朝廷和整个京城人心惶惶。皇上怀疑有人要害他，因此心神不宁，梦魇不断，大病缠身。"

黄霸听了，也心神不宁起来：今年刘彻才六十五岁，岁数不是很大，可是，前不久曾听朝廷的人说，他变得焦虑多疑，且喜怒无常，没想到如今会为一件小事而疑神疑鬼，并置人于死地。如若再就此事追究下去，朝廷将会再发生什么事，确实令人难以想象。

从这天起，黄霸在兢兢业业地辅佐郡守治理河南郡的同时，每日都为朝廷的暗流涌动而寝食难安：朝廷不稳，何以稳天下？天下不稳，百姓岂不遭殃？

两个月后，京城又接连不断地传来令人震惊的消息：阳陵县有一个叫朱安世的大侠，常常以暴力欺人，多次触犯律例。刘彻得知后，下诏通缉，却迟迟不能抓捕，刘彻非常恼火。就在这个时候，身为太仆的公孙敬声，自恃父亲是丞相，母亲卫君孺是皇后卫子夫的姐姐，他与太子刘据是表兄弟，为人骄奢不奉法，擅自动用军费一万九千万钱。刘彻得知后，怒发冲冠，气得病情加重，下令将公孙敬声抓捕下狱。公孙贺为给儿子赎罪，自请去追捕朱安世。刘彻想到他身为丞相，就允诺了他。公孙贺费尽艰辛，终于将朱安世抓捕入狱。朱安世知道自己性命难保，对公孙贺恨之入骨，于是，在狱中上书，诬告公孙敬声与皇上的女儿阳石公主私通，且在皇上专用的驰道上埋藏木偶人以"巫蛊之术"诅咒皇上，等等。

刘彻看到了朱安世的上书，想到公孙敬声为人骄奢不奉法，信以为真，怒骂道："畜生，居然敢欺负到朕的头上，妄图以巫蛊之术置我于死地，罪不可赦！"于是，下令将公孙贺、公孙敬声父子均下狱处死。公孙贺做丞相十一年，在丞相中是任职最久的。公孙贺被处死前，大哭说："冤枉啊，早知会有这一天，故当初不愿做这个丞相……"

公孙贺被处死后，刘彻将侄子刘屈氂由涿郡太守封为澎侯，升任丞相。

朝廷风云骤起，各郡国也变得动荡不安。淮阳郡是大郡，自汉朝建立以来，由于刘氏宗族内部的争权夺利，这里时而废国为郡，时而废郡为国，雾霭重重，近年来，因为朝廷的原因，盗贼四起，命案迭生。刘彻接到奏报，得知河南郡都尉田广明善以杀戮为治，便擢升田广明为淮阳郡太守，以尽快安定淮阳郡。

刘彻看到上下如此局面，且自己的病一直不见好转，愈加相信巫蛊之事，又命宠臣江充追查巫蛊案，并派遣按道侯韩说、御史章赣、宦官苏文等人协助江充。

江充，字次倩，赵国邯郸人，本名江齐，因其妹善操琴歌舞，嫁与赵王刘彭祖太子刘丹，所以他便成为赵王刘彭祖的座上客。后来太子刘丹怀疑江齐将自己的隐私告诉了赵王，二人交恶。太子刘丹派人抓捕他，他竟然逃脱。江齐仓皇逃入长安，更名江充，向朝廷告发刘丹与同胞姐姐及父王嫔妃有奸乱。刘彻览奏后大怒，下令抓捕刘丹，并判其死罪。刘彻见江充身材魁梧，容貌英俊，穿的服饰轻细靡丽，谈吐也很出色，不久，就任命他为直指绣衣使者，负责监督贵戚和近臣的言行，奉行"捕盗""治狱"等特殊使命，从此脱颖而出，一跃成为汉武帝身边的近臣。

江充因为曾经当着太子刘据的面处置刘据的家臣，刘据对其不满，两人从此便产生了仇隙。江充看到刘彻年事已高，害怕刘彻去世之后刘据即位，到时候自己会被刘据诛杀，在得到刘彻的诏令后，立即指挥巫师四处掘地寻找木偶人，只要是挖到的地方，就逮捕周围的人，并以炮烙之酷刑逼供认罪。百姓惶恐之间相互诬告，以此罪冤死者前后共计数万人。接着，江充趁机与按道侯韩说、御史章赣、宦官苏文等，诬陷太子刘据参与了巫蛊之事，并从后宫中不受宠幸的夫人开始查办，依次延及皇后卫子夫，并在太子东宫挖到了桐木人偶。

太子刘据不知道桐木人偶是江充派巫师故意放在那里的，对此不能自明，十分恐惧，于是，欲往甘泉行宫面见在那里养病的父皇，进行辩解，不料，被江充等人阻拦。为势所逼，太子刘据不得不听从少傅石德之计，于七月壬午日斩杀韩说，并起兵对抗缉拿江充。太子刘据起兵后，连夜派人入长秋门报母后卫子夫，动用了所属皇后的中厩车架，取武库兵器，调长乐宫卫队，与江充等人在长安城中展开激战，最终杀死江充，并在上林苑把所有巫师烧死。这时，协助江充办理巫蛊案的御史章赣逃往刘彻的甘泉行宫，诬陷太子刘据谋反。刘彻大怒，立刻派丞相刘屈氂发兵讨伐。并征发三辅附近郡县之兵，两千石以下官吏皆归刘屈氂统领。刘据的母亲卫子夫也因此受到株连，在刘彻派人收缴她的绶印时自杀。

八月，太子刘据被迫向东逃到距长安三百里、隶属京兆尹的湖县，隐藏在泉鸠里村的一户人家。追兵赶到后，太子刘据不愿被构陷他的佞臣捉拿受辱，自缢身亡。跟随他出逃的两个皇孙先后被杀。接着，其妻史良娣、长子刘进、子妇王翁须皆在长安被杀。唯有尚在襁褓中的刘病已逃过一死，却和其他被抓捕的人一样，被收系于长安城中的郡邸狱里。

黄霸听到这些消息，联想到远在老家的儿子黄赏，回味着父子间的骨肉深情，不由肝肠寸断。忍不住对郡守胡襄道："皇宫倾覆，乾坤岂能安定？天下是否因此再生祸端，实不可预测。"

黄霸无处排解心中的苦痛，多次踌躇于府堂前，不顾属下在其左右，一遍遍吟咏乐府诗中的《悲歌》，借以倾诉心中的哀痛："悲歌可以当泣，远望可以当归。思念故乡，郁郁累累。欲归家无人，欲渡河无船。心思不能言，肠中车轮转。"

黄霸因为心忧天下，夜不能寐，不久，大病一场。

巫蛊案过去几个月后，刘彻担心因为朝廷的变故，天下不宁，遂下令各郡国向朝廷奏报各地局势。此时，黄霸已病愈。郡守胡襄年事已高，他十分信赖黄霸，就让黄霸代他赴京向朝廷奏报河南郡近几月的有关事宜。黄霸心系朝廷，不顾身体虚弱，欣然同意。

黄霸到了长安，刚进未央宫，恰遇担任护卫汉高祖陵寝的高寝郎田千秋，也到朝廷奏报有关事宜。田千秋是战国时齐国宗室后裔，其先祖于汉初徙居长陵。田千秋为人敦厚有智，在朝臣中有着很好的口碑，黄霸很尊重他。两人一见面，话没聊上几句，便不约而同地谈到了匪夷所思的巫蛊案。

黄霸叹道："巫蛊案太让人不可思议，朝野多认为太子刘据冤枉。"

田千秋忍不住道："我这次除上奏高祖陵寝的事宜外，还写了一份为太子刘据诉冤的奏书。"

黄霸听了，很为惊喜，道："我们想到了一起。此行我也有此意。"

两人呈上奏报地方事宜的奏书后，便住进官舍等待刘彻召见。可是，等了两天也没有被召见。黄霸以为刘彻近来心情不好，不一定会召见他们，便收拾行囊，准备离开京城。田千秋心里则另有不安：为太子刘据鸣冤书言辞很犀利，会不会惹怒了皇上，若如此，不仅不会被召见，甚至会招致不测。于是，也跟黄霸一样，收拾行囊，准备返回。

就在两人正准备返回时，刘彻的传令官到了他们跟前："陛下召见。"

二人一听，相互对视一眼，一同随传令官前往宣室殿。

原来，刘彻因为身体不适，刚刚才看完他们的奏书。知道河南郡一片安定，高祖陵寝也平安无事，脸上禁不住露出很久没有过的笑意。于是，召见黄霸和田千秋。

黄霸和田千秋到了宣室殿外，田千秋则礼让黄霸，让黄霸先入殿觐见。

黄霸到了刘彻面前，手藏在袖子里，左手压住右手，举手加额，鞠躬九十度，起身时，双手随着再次齐眉，然后手放下。

黄霸揖礼毕，刘彻便情之切切地对他道："朕知道你在河南郡议处合法，仁厚爱民，深受百姓爱戴，久有擢升你之意，只因近来心烦意乱，没能尽意。"

黄霸心忧汉室，没有因为刘彻对他的夸赞表达谢意，先讲了一通近年河南郡的情况，然后意味深长地说："陛下一向豁达大度，近年来，是否过于听信一些谄媚之人的谗言，疑心过重？太子乃陛下骨肉，怎么会起兵反叛？如今各地官吏和百姓无不为太子自杀身死而痛心。"

刘彻听了，忽然泪水盈眶。

黄霸看到刘彻这样，感到不必再多说，便告辞退出宣室殿。

黄霸退下，田千秋上殿。田千秋和黄霸一样，先立容行揖礼。礼毕，田千秋抬头看到刘彻正目光异样地盯着他，不由有些紧张，但很快就镇定下来。

田千秋见刘彻一直不说话，复述了一遍高祖陵寝的有关事宜后，忙把话题转到为太子刘据的鸣冤书上，重复书中的话道："儿子擅自动用父亲的军队，按罪当打板子。天子的儿子因过错杀人，算什么罪呢？臣曾经做了一个梦，梦中见到一位白头老翁，是他教臣这样说的。田千秋并没什么奇异超凡的才能，也没有什么战功，而且资历浅薄，还望陛下见谅。"

刘彻自看了他为太子刘据的鸣冤书和听了黄霸的话，就已意识到刘据发兵是出于对江充的不满和惶恐，并没有反叛的意图。听了田千秋的这番话，更是愧悔莫及，忍不住又一阵热泪盈眶，许久没说一句话。

停了一会儿，刘彻擦去眼泪，静静地看了田千秋一会儿，见田千秋身高八尺多，体貌俊美，对他道："父子之间的事，外人很难言说，唯独你能向我阐明太子的心迹，这一定是高祖皇帝的神灵让你来教导我，你应当做我的辅政大臣。"

出乎田千秋预料，刘彻当天就下诏擢用他为大鸿胪，掌管诸侯及藩属国事务，官居九卿之位。

黄霸得知田千秋官职被升的原因是为太子刘据鸣冤，心中不由后悔和纠结了很久：田千秋直言不讳，大胆直陈，而自己仅仅微言提到，太过瞻前顾后，谨言慎行。

黄霸回到河南郡没几个月，时光进入了征和三年（公元前90年），此时，他已任太守丞八年。这天，又有重大消息传到洛阳：匈奴趁汉朝宫廷生乱，大举入侵，攻入五原郡、酒泉郡，并杀死两个都尉。刘彻大怒，令李广利率兵七万出兵五原，商丘成领兵两万出西河，马通领四万骑出酒泉，兵分三路，出击匈奴。匈奴单于闻汉军压境，将辎重、老弱民众撤至后方，亲率精兵迎战。

黄霸听到这一消息，想到几十年来汉朝与匈奴的一次次征战，很为边疆战事揪心。

就在黄霸为朝廷内事不断、外部匈奴入侵而寝食难安之际，又从京城传来让他失色的消息：做丞相仅一年的刘屈氂被腰斩，大将李广利的妻儿也遭逮捕囚禁。正在北部抗击匈奴的李广利得知这一消息，投降匈奴。

黄霸得知这一消息，忍不住捶胸顿足，再次为汉室天下彻夜难眠。

原来，刘彻的一位近臣密告丞相刘屈氂的妻子因为刘屈氂多次遭受刘彻的责备，对刘彻产生不满，因而请巫师祈祷神灵，诅咒刘彻早死。刘屈氂曾经也与李广利共同向神祝祷刘彻尽快死去，希望刘彻的第五子昌邑哀王刘髆将来能继承皇位。刘彻听到这一传言，大怒，认为刘屈氂大逆不道，令主管司法的廷尉查办，将其捆绑在运送食物的厨车上，在街上游行示众，然后在东市处以腰斩。接着，又将刘屈氂的妻子在长安华阳街斩首。李广利的妻儿也同时被逮捕入狱。李广利得知消息，投降匈奴。刘彻得知消息，将其妻儿家人全部杀掉。

刘屈氂被斩后，刘彻认为田千秋谨厚又有重德，于是，册封他为"富民侯"，拜为丞相。田千秋任大鸿胪才几个月就被封侯拜相，在朝廷引起很大震动。

田千秋任丞相没几天，再次大胆上书刘彻，让刘彻为巫蛊之祸中被陷害致死的太子刘据平反。此时，刘彻已完全明白是江充从中巧施诈术，才导致太子刘据奋起反抗。于是，下令灭江充三族，将宦官苏文烧死在横桥之上，所有曾在泉鸠里村对太子兵刃相加的人，也都满门抄斩。接着，在刘据丧生的湖县建"思子宫""归来望思之台"，以寄托哀思。

黄霸在洛阳得知这一消息，既为刘彻捶胸顿足，又为太子刘据仰天长叹。

不久，黄霸又得知消息说：近年来因为宫廷大事频发，尤其是连年追究太子刘据冤死一案，被杀和受罚的人非常多，群臣和京城百姓都提心吊胆，刘彻也被折腾得身心憔悴，一天只吃一顿饭，身体每况愈下。丞相田千秋为了稳定宫廷和安慰京城广大吏民，煞费苦心。他想到刘彻曾经在一次过生日时召集东方朔等大臣议论长生之术，东方朔还出主意为他做长寿面，为了宽解刘彻，在刘彻六十七岁生日来到的时候，就召集御史和中二千石以上的大臣，齐聚麒麟殿，给刘彻祝寿。

刘彻不想让众臣扫兴，只好按时走到麒麟殿。等刘彻坐下，田千秋道："陛下执掌乾坤五十年来，开创察举制，选拔人才。采用董仲舒谏言，抑黜百家，表彰六经，结束先秦以来'师异道，人异论，百家殊方'之局面。采纳主父偃谏言，颁行推恩令，抑制王国势力，并将盐铁和铸币权收归中央。对外攘夷拓土，国威远扬，东并朝鲜，南吞百越，西征大宛，北破匈奴，奠定今日大汉朝广袤疆域，开创汉兴以来之盛世。而今，陛下已近七十岁，当广施恩惠，减缓刑罚，欣赏音乐，怡养精神，为了天下百姓，要自寻娱乐欢快。"

刘彻十分理解田千秋的良苦用心，苦笑一下，对田千秋和大臣们道："我不施恩德，开始于丞相刘屈氂和贰师将军李广利暗中谋逆作乱，致巫蛊之祸殃及士大夫。为此，我一天只吃一顿饭已经好几个月矣，还听什么音乐？我经常在心里哀痛太子和与太子战死的士大夫，那已经是过去的事情，也不便再追究了。巫蛊之祸刚发生时，虽然诏令丞相、御史督责郡守，寻找收捕，廷尉审理，却也没听到查问出来什么。从前，江充审讯甘泉宫的人，后又转到未央宫皇后住的椒房殿，以及后来公孙敬声之辈、李禹之流阴谋勾结匈奴的事，有关官员也没有发现什么罪证。丞相亲自挖掘兰台，查验巫蛊，清楚地知道有巫蛊存在，直到现在还有巫师施行巫蛊妖术不止，邪贼侵身，远远都有巫师暗施巫蛊，我感到很惭愧，还有什么值得祝寿的呢？我敬谢你们的好意，但喝不下你们献的祝寿酒，请各回各的官舍吧。《尚书》

上说：'不要偏执，不要袒护，圣王的道坦荡无阻。'不要因为这件事再上奏了。"

大司农桑弘羊等人知道刘彻最不能容忍匈奴，为了能让刘彻高兴，几日后，就与几十位朝臣联名上书，建议在轮台戍兵，以防备匈奴。

刘彻则驳回他们的上书，并颁布罪己诏道："朕自即位以来，所为狂悖，使天下愁苦，不可追悔。至今，事有伤害百姓、靡费天下者，悉罢之。当今务在禁苛暴，止擅赋，力本农。修马政复令以补缺，毋乏武备而已。"

黄霸得到这一消息，欣喜万分。他把郡府重要官吏召集到一起，感慨万千道："皇上一向气吞山河，傲睨万物，如今能自我反省，并下诏承认自己的罪过，天下有几许人能做到？实乃千古一帝也！吾辈若有过错，有何颜掩罪藏恶，甚至傅粉施朱？"

众官吏听了，也不无感慨，纷纷道："吾等若不能把河南郡治理好，愧对百姓，定负荆请罪！"

黄霸任河南郡太守丞后，每年仅回家探亲一次，也多是赶在儿子黄赏生日的时候回去。妻子巫云虽然因为一年只能见上他一次而常常泪流不止，每当看到黄霸回家时，却是一脸的微笑。得知黄霸在河南郡深受百姓爱戴，更是心花怒放。儿子黄赏非常懂事，黄霸每次回到家，他总是笑声盈耳，还亲自下厨房为黄霸做饭。尽管他做得不好吃，黄霸却吃得津津有味。

征和四年（公元前89年），黄霸任河南郡太守丞已八年，儿子黄赏已经十九岁。九月十日，是黄赏的生日，黄霸特地选择这个期间回家探亲。

黄霸回到家几日后，想到了当下的淮阳郡守田广明，对巫云道："我与田广明共事多年，如今他为淮阳郡守，我回到了淮阳郡，当前往郡府看望他一下。"

第二天，黄霸正要启程去淮阳，不料，这时却发生了一件惊险的事件：阳夏县东部有一城父县，县令公孙勇因为渎职已经被罢官。公孙勇因为不满朝廷，与其宾客胡倩密谋反汉，让胡倩假称光禄大夫，随从车骑数十，前呼后拥，往西先行，说是为朝廷捉拿盗贼。到了阳夏县北部的陈留县后，留宿在供行人休息住宿的传舍，等待与即将赶来的公孙勇相会。田广明得知消息，信以为真，立即率领属下前往陈留拜见胡倩，意在请他到淮阳郡治住上几日，好好款待一番。胡倩看到田广明突然出现，十分惊慌。胡倩害怕田广明识破了他们的阴谋，欲将田广明擒拿。田广明发现胡倩的行迹诡异，言谈举止不像光禄大夫，且表情惊慌失措，意识到有诈，就先发制人，将胡倩捕杀。接着，在城父至陈留一线设下伏兵。公孙勇率兵马到达陈留附近的圉地时，田广明的伏兵突然而上，将公孙勇的人马团团包围，很快将其反兵击杀，并将公孙勇捉拿。随后，派人把公孙勇押送长安。

　　田广明在河南郡做都尉时，善于用杀伐的严厉手段治理地方，做淮阳郡守后，也抓捕很多人，甚至有不少女性，其中也不乏冤枉者。为了防止被抓捕的家人在淮阳再生事端，他把很多人都押送到京城牢狱。淮阳郡虽然因为他的严刑安定了不少，百姓却怨声载道。黄霸对他的做法也不赞成，此次想见他，就是要劝说他关爱淮阳百姓，多施仁政。黄霸虽然不赞成他治理淮阳郡的做法，但在处理公孙勇密谋反汉事件上，看到他能洞察秋毫，果断处置，不由对他生出几分敬佩。于是，在田广明回到淮阳郡府时，立即赶往淮阳城。

　　田广明对黄霸来看望他很感意外和惊喜，当晚，两人叙旧聊新，推杯换盏，十分开心。黄霸也借机开诚布公地谈了自己的建议。田广明一向对黄霸十分尊重，听后，虚心接受。

　　黄霸回到河南郡不久，很快得知一个喜讯：田广明因为擒拿反贼，被刘彻拜为大鸿胪，掌管诸王入朝、郡国上计、封拜诸侯及少数民族首领等，位列九卿。同时，又拜田广明的哥哥田云中接任淮阳郡太守。

　　黄霸在为田广明高兴的同时，又为自己未得大用而郁闷：皇上啊皇上，你即位之初，诏举贤良方正直言极谏之士，郡国没有举荐者，自认有才者也可以自荐，凡贤良才俊，不分高低贵贱，一律重用。后来怎么偏重于严刑峻法者？像田广明这样的人才当重用之，我黄霸视百姓为父母，为大汉江山废寝忘食，殚智竭力，你也多次对臣下进行褒奖，为何总是得不到更好的机会？

过了不久，黄霸就把这些不快给甩在了脑后，又为汉室天下惴惴不安起来：近年来，朝廷为什么会发生如此多的变故？朝廷风波刚刚止息，一个被免的县令公孙勇居然敢与他的门客谋反，岂非偶然？别的地方是否也将有此类事发生？河南郡是否会因为此事而风吹草动？是否会一犬吠影，百犬吠声？

黄霸有了这种疑虑和不安后，立即把自己的想法告诉郡守胡襄，建议郡府重要官吏都下县督查，一有异象，立即报告。郡守听了，十分赞同。

黄霸又对胡襄道："皇上颁布罪己诏，并表明不再兴兵征伐，而且还封丞相田千秋为富民侯，以明休息，思富养民。并下诏：'当今之务，在于力农。'接着，任命赵过为搜粟都尉，推广《代田法》。河南郡因为连年受征召兵役之苦，田地多荒芜，今河南郡当依照皇帝诏令，劝民安心务农。"

没等胡襄说话，黄霸又特地介绍赵过和《代田法》道："赵过是京兆人，是一农学家，为了让田地增加粮食产量，他先在皇帝行宫、离宫的空闲地上作生产试验，证实代田法每亩可增收一斛，所以，被皇上推崇。代田法即在田地里开沟作垄，沟垄相间，将作物种在沟里，中耕除草时，将垄上的土逐次推到沟里，培育作物。第二年，沟垄互换位置，以保持地力，抗御大风和干旱。"

胡襄听完，感叹道："太守丞到河南郡以来，时时处处都想着百姓，为给河南郡百姓谋福祉，每日无不煞费心机也。"

第二天，胡襄便与黄霸等郡府官吏分头下到各县督查，一是了解各县情况，二是令各县县令都要编写劝农歌、劝农诗或者劝农文，让百姓安心耕田。

由于他们的做法深得民心，河南郡很快出现了一派生机勃勃的景象。

后元二年（公元前87年）初，这天，黄霸正在与郡守兴致勃勃地商议编写劝农文，京城又传来一个让人痛心的消息：司马迁卒，享年仅五十八岁。其《太史公书》不知去向。

黄霸听到消息，悲恸道："司马迁阅尽古今经典，遍历名山大川，饱览山河壮美，也尝尽人间酸甜苦辣。其文或狂澜惊涛，奔放浩荡；或洞庭之波，深沉含蓄；或春妆如浓，靡蔓绰约；或龙腾虎跃，千军万马。其文直、其事核，不虚美、不隐恶。生前遭奇冤，死后书不见，千古之绝人，唯有司马迁！"

就在黄霸为司马迁悲痛不已时，又从京城传来一个重大消息：刘彻因为痛失太子刘据，几年来一直大病不断，常常卧床不起，到了二月十二日，再也不能起身。刘彻意识到自己已时日不多，册立他与钩弋夫人所生、年仅八岁的少子刘弗陵为太子。

钩弋夫人是河间郡东武垣人，赵氏。一次，刘彻东巡过河间，望气者向他报告说：此处有一奇女。刘彻听后十分欣喜，立即召见。刘彻见此女虽然容貌美丽，两手却紧握似拳。刘彻轻轻一掰，手即展开，并见掌中握有一玉钩。自此，她的手也伸缩自如。于是，被召入宫，不久被封为"婕妤"。因其手中曾经握有一玉钩，因此被称为钩弋夫人。太始三年（公元前94年），钩弋夫人生下刘弗陵。刘弗陵体格健壮，聪明伶俐。刘彻认为刘弗陵很像他少年之时的样子，所以，特别宠爱他，还曾经叫画工画了一张"周公背成王朝诸侯图"，送给时任奉车都尉的霍光，意思是让霍光将来辅佐刘弗陵做皇帝。也就在这段时间里，刘彻为了防止自己死后主少母壮，重演吕后称制的局面，找借口处死了钩弋夫人，以绝后宫专权之患。

刘彻册立刘弗陵为太子后，想到很多年前就削弱了丞相的权力，田千秋又刚任丞相不久，在朝廷根基不深，也没有近亲，担心他难以辅助刘弗陵支撑朝政，而奉车都尉霍光是大司马霍去病异母弟，霍光长女是太仆上官桀的儿媳，霍光的次女是光禄大夫金日磾的儿媳，他们有着联姻关系，在朝廷风生水起，于是，于二月十三日诏近臣托孤，任命奉车都尉霍光为大司马大将军，接受遗诏辅政。大司马是中央军事最高长官，大将军是领兵统帅，本是两个官职，刘彻这样加封霍光，意在让他兼军队最高将领和文职宰辅于一身，和丞相一样，总理朝政。接着，刘彻又加封光禄大夫金日磾为车骑将军，太仆上官桀为左将军，大农令桑弘羊为御史大夫，让他们为霍光副手，共同辅佐少主。

二月十四日，刘彻驾崩于五柞宫，享年七十岁。梓宫内，刘彻口含蝉玉，身着金缕玉匣，匣上皆镂刻蛟龙鸾凤龟麟之象。

二月十五日，霍光与光禄大夫金日磾、左将军上官桀、御史大夫桑弘羊四大臣，在刘彻灵柩前拥立年仅八岁的刘弗陵为皇帝，共同辅佐朝政。封其姊鄂邑公主为长公主，入住皇宫。刘弗陵为汉朝第八位皇帝。

刘弗陵在几位辅臣的安排下，先把刘彻入殡未央宫前殿。不久，将刘彻葬于茂陵，谥号"孝武皇帝"。

刘弗陵即位没几个月，定年号为始元。

至此，黄霸在河南郡太守丞位置已达十年之久。黄霸在任上始终兢兢业业，尽职尽责，全心辅佐郡守治理河南郡，一日不曾懈怠。

刘彻驾崩的悲痛尚未平复，又有一连串不祥的消息从京城相继传来：刘弗陵因为年幼无母，只得由他唯一活着的异母姐姐住在宫里，服侍在他的左右。他的这个异母姐姐因封地在鄂邑，故称为鄂邑公主。因她的母亲曾嫁盖侯为妻，故又常常被人称为鄂邑盖长公主。鄂邑盖长公主住到宫里后，传说她与一个叫丁外人的美男子私通。丁外人与左将军上官桀的长子上官安素来交好，很快，这件事在朝廷被传得沸沸扬扬。刘弗陵和霍光听说后，不愿断绝鄂邑盖长公主的私情，就下诏让丁外人侍奉鄂邑盖长公主。鄂邑盖长公主很喜欢刘弗陵，费

179

尽心思为刘弗陵挑选"皇后"。不久就把周阳氏的女子挑选入宫，把她许配给刘弗陵。左将军上官桀看到这个情况，想到长子上官安也有个女儿，既是他的孙女，也是霍光的外孙女，就劝说霍光，让霍光出面说情，想把他这个孙女也送进宫去。霍光认为孩子只有六岁，还太小，就没有答应。上官安见霍光不答应，就借助与丁外人的交情，去劝说丁外人道："听说长公主要挑选美女进宫，我的女儿容貌端正，如果你能趁此良机让我的女儿进宫，等她做了皇后，有我们父子在朝廷，你还担心不能封侯吗？"丁外人听了此话，十分高兴，立即把这件事告诉了鄂邑盖长公主。鄂邑盖长公主认为上官安说得很有道理，就让刘弗陵下诏，让上官安的女儿上官氏进宫做了婕妤，上官安被封为骑都尉。后宫名号分昭仪、婕妤、娙娥、容华、美人、八子、充衣、七子、良人、长使、少使、五官、顺常、舞涓十四个等级，上官氏排在前二位。仅过了一个多月，鄂邑盖长公主就册立上官氏为皇后。此事很快在京城传得沸沸扬扬：一个才六岁的女孩子就做皇后，太让人匪夷所思，宫廷必将生乱。

刘弗陵即位一年后的一天，黄霸从县里回到郡府，又有一个让他吃惊的消息从京城传来：孝武皇帝特别宠信的辅臣金日磾病逝。

黄霸忍不住又忧心忡忡。他在朝廷任侍郎谒者时虽然与金日磾交往不深，但对金日磾非常敬佩：金日磾本是匈奴人，是驻牧武威的匈奴休屠王的太子。元狩二年（公元前121年）春天，刘彻派遣骠骑将军霍去病率领骑兵一万，自陇西出发北击匈奴，越过焉支山一千余里，切断匈奴右臂，杀折兰王，斩卢侯王，执浑邪王子及相国、都尉，获首虏八千九百余级，收休屠王祭天金人。同年夏天，骠骑将军霍去病经居延及小月氏，攻祁连山浑邪、休屠二王，使他们遭到惨重打击。同年秋，因浑邪王屡为汉军所破，伤亡数万，匈奴单于怒不可遏，欲召诛浑邪王。浑邪王得知消息，便说服休屠王共同降汉。休屠王因其部伤亡不大，估计单于不会杀他，中途又反悔。浑邪王十分恼怒，便杀了休屠王，其众四万余人皆降汉。浑邪王降汉后，被孝武皇帝封为列侯。金日䃅因父亲被杀,无所依归,便和母亲阏氏、弟弟金伦随浑邪王降汉,被安置在黄门署饲养马匹,时年仅十四岁。金日䃅的母亲经常教诲金日䃅和他的弟弟恪守汉朝规矩,亲近朝廷。孝武皇帝得知后,对她十分赞许。金日䃅的母亲病死后,孝武皇帝下诏在甘泉宫为她画像,题名"休屠王阏氏"。金日䃅每次看见画像都下拜,对着画像涕泣。孝武皇帝感到他很懂孝道,因此很喜欢他。因为霍去病曾经获得休屠王用来祭天的核心道具"祭天金人",故赐其为金姓,并让他服侍在身边。金日䃅亲近孝武皇帝以后,不曾有过过失,孝武皇帝因此很信任宠爱他,赏赐累积千金,每逢外出,就让他随侍车驾。金日䃅在孝武皇帝身边几十年,从不用目光直视孝武皇帝。孝武皇帝赏赐给他宫女,他不亲近。孝武皇帝要把他的女儿纳入后宫,他不接受。孝武皇帝认为他的行为特别奇异少见,因此对他的两个儿子也很宠爱,常把他的两个儿子当做逗乐子的孩童。有一次,金日䃅的两个儿子从后面抱住孝武皇帝的脖颈,金日䃅看见了,就向他们瞪眼。儿子跑开并哭着说:"老先生发怒了。"孝武皇帝不高兴地对金日䃅道:"你为何对我的孩童发怒呢?"后来,这两个儿子都长大了,其中长子在殿下同宫人游戏,正好被金日䃅看见。金日䃅认为他行为不谨,淫乱,就把他杀了。孝武皇帝得知后大怒,金日䃅叩头告罪,把为什么杀儿子的原因一一说出。孝武皇帝很哀伤,忍不住落泪,从此更敬重金日䃅。孝武皇帝病重时,嘱托霍光辅佐太子刘弗陵,霍光曾经要让给金日䃅。金日䃅说:"臣是外国人,那样将让匈奴轻视汉朝。"于是,金日䃅就成为霍光的助手。

  黄霸没有想到刘弗陵即位不久,金日䃅就离开了人世。更让他想不到也是他最担心的事不久又发生了:金日䃅在世时,霍光从不敢擅自行事,遇事总要与金日䃅及桑弘羊、上官桀和丞相田千秋相商。金日䃅死后,因为霍光与上官桀是儿女亲家,朝中大事均由他们掌控,桑弘羊因为与他们都没有姻亲关系,基本被架空。丞相田千秋更是成为摆设。霍光掌握了汉室的最高权力后,常以年老体弱自居,乘小车入宫，朝臣们都把他当做丞相，称其为"车丞相"。霍光每当外出或休沐时，则由上官桀代替他处理国事。而上官桀的儿子上官安因为是皇后的父亲，被封为桑乐侯，封邑一千五百户，升为车骑将军，变得目空一切，骄横淫逸。一次，他在殿上领受赏赐，出来后对宾客们说："和我的女婿一起喝酒，真快活！"上官安喝醉了酒，常常光着身子在内宅行走，并和他的继母以及父亲的姬妾侍婢淫乱。他的儿子病死了，就仰面怒骂上天。他屡次向霍光请求给丁外人加官晋爵，以巴结鄂邑盖长公主和刘弗陵，提升他父子在朝中的地位。霍光看出了他们父子的意图，都没有同意。不久，上官桀妻子的父亲所宠爱的一名太医监，擅自跑到殿上，霍光下令将其捉拿下狱，按律应当处以死罪，是鄂邑盖长公主替太医监交纳二十匹马，才免去他的死罪。上官桀、上官安父子从此怨恨霍光，两家结怨，而感激鄂邑盖长公主的恩德。

刘弗陵即位之初本来与霍光关系很好，随后因为这一桩桩事件，渐渐变得与霍光方枘圆凿，整个朝廷从此暗流汹涌，诡异莫测，朝臣人人自危。

刘弗陵尽管年少，却已悟出：父皇驾崩时有遗诏，朝廷大事一切皆决断于霍光等大臣，丞相田千秋形同摆设，自己虽然身居天子之位，却难行天子之力，长此下去，岂不危矣？为改变这一局面，遇事就主动与田千秋相商。为了增强自己的势力，他效仿父皇登基不久就诏举贤良方正直言极谏之士的做法，颁诏在各郡国察举贤良、选拔才俊。并沿用其父皇后期的严刑峻法制度，重视吏治，以增强自己的威慑力。同时，派使者到各郡国调查民间疾苦及冤案、官吏失职等事宜，以取得民心。

刘弗陵诏令察举贤良不久，济阴郡一个叫魏相的卒史，不仅学识广博，早年还研习《易经》，精通经术。因他为人严毅，刚正不阿，被推举为贤良。在未央宫对策中，魏相获得高第。不多久，刘弗陵便让魏相到孝武皇帝陵寝所在地的茂陵县，做了县令。

魏相字弱翁，是济阴郡定陶县人。他刚到茂陵出任县令不几日，御史大夫桑弘羊的一个宾客来到茂陵，诈称御史大夫桑弘羊要来客舍了，让县丞前去谒见他，县丞因为没有按时去谒见，这宾客居然发怒，把县丞绑了起来。魏相感到桑弘羊不会有这样的宾客，且桑弘羊来茂陵不会不提前通报，怀疑这个宾客有诈，就把他抓了起来。拷问了解他的罪行后，立即判决，将这个宾客在集市处死。于是，魏相在茂陵威名大振。很快，茂陵县一片安定。

刘弗陵得知此事，对魏相大加赞赏，很为自己察举贤良的做法而欣慰。

黄霸在辅佐郡守治理河南郡的同时，始终都在关注着朝廷的动向，看到少年皇帝刘弗陵能在这样的情景下做出非凡的举措，很是高兴，感叹说："朝廷稳，则万事兴、百姓安也。"

始元六年（公元前81年）春，河南郡守胡襄因为年事高，病卒于任。

黄霸在太守丞位置上已经十几年，为治理河南郡仰而思之，夜以继日，且口碑载道，本以为应该顺理成章升任郡守。没想到，就在他翘首以待之时，朝廷一使者来到洛阳，传谕旨道：魏相升任河南郡守，不日即到，让黄霸做好迎接。黄霸听了，惊愕不已。

原来，刘弗陵看到魏相到茂陵县后，茂陵大治，又对孝武皇帝陵寝护卫有功，并且是他即位后察举贤良选拔的才俊，于是，破格擢升魏相为河南郡太守。

黄霸虽然颇感意外，但多年的官场起伏，让他也体味到了世态的炎凉和变幻莫测，并自我安慰说：怀才不遇者，古皆有之，远的不说，就在孝武皇帝时，冯唐被举为贤良，但年已九十，未能为官。李广一生屡经磨难，命运多舛，战功卓越，却未得封爵。所谓命运，即命与运也，有其命而无其运，也难心想事成。生不逢时，时不与我，当无怨无悔。黄霸想到这里，很快释然。

魏相初为济阴郡卒史，后到茂陵，与黄霸没有直接的交往，但久闻黄霸的大名，对黄霸的治郡之策和为人处世之道十分赞赏。黄霸虽然因为没有被升为郡守而心有几分落寞，但对魏相的才智十分钦佩，所以，亲自驱车到河南郡边界迎接。

二人相见时，一见如故。黄霸笑着对魏相道："我听说魏君不仅施政有方，而且对《周易》见解独到……"

魏相大笑道："我听说黄君不仅心系天下，勤政爱民，早年也曾经跟随一易经高手研学《周易》，深谙相术？"

黄霸开玩笑道："你姓魏名相，是否也善于观相？"

魏相不示弱，也开玩笑道："你姓黄名霸，难道善于称霸？"

众随从听着他们的对话，不由都笑不绝口。

魏相别有一番意味地对黄霸道："大凡做官的，如果太刚强，就难免遭受挫折；如果太柔弱，就会被罢免或不被重用，所以，必须恩威并举，然后才能建立自己的功绩。"

黄霸此时很理解魏相的意思，会心地一笑，示意魏相上车。等魏相上了车，黄霸才随后上车，而后朝洛阳驶去。

魏相到了河南郡以后，处处虚心向黄霸询问、求教治理地方良策。黄霸见魏相对他如此礼贤下士，不由对魏相更高看一眼。

魏相为了不负朝廷，首先整顿吏治，抑制豪强，重大事宜都交给黄霸处理。

黄霸在河南郡驾轻就熟，两人配合默契，仅两年光景，河南郡就出现了道不拾遗、夜不闭户、豪强畏惧、百姓称快的良好局面。

元凤元年（公元前80年），刘弗陵即皇帝位的第七年，黄霸任河南郡守丞第十九年。这年九月，京城又接连不断地传来一个又一个让黄霸震惊的消息：上官桀父子联合鄂邑盖长公主、燕王刘旦，以及辅政大臣桑弘羊等，共同结成反对霍光的同盟，假托燕王刘旦的名义，趁霍光休沐的时候向刘弗陵上书，说霍光有不臣之心，并准备内外接应，一举擒杀霍光。

黄霸听说后，念及与桑弘羊的交情，不由五内俱焚：桑弘羊深得孝武皇帝赏识，历任大农丞、大农令、搜粟都尉兼大司农等要职，统管汉室财政已近四十年之久，其理财之功，司马迁也曾击节赞扬，称"民不益赋而天下用饶"。一个大汉朝的功臣，与霍光同为辅政大臣，何以倒戈相向？大汉王朝如今为何会这样？

原来，刘弗陵即位后，霍光与桑弘羊虽然同为辅政大臣，桑弘羊认为，在孝武皇帝时期，是他制定了盐铁专营之策，才使国家富强起来，功劳无人可比，而霍光不懂理财，却总是凌驾于他之上，因政见常常不和，两人便产生嫌隙。霍光不满桑弘羊的"居功自傲"，召集全国各地的贤良和文学之士集于京师，对于桑弘羊的盐铁专营之策加以批判。桑弘羊与他们展开激辩，并由桓宽加以记载，写成《盐铁论》。从此，两人矛盾激化。

刘旦是孝武皇帝的第三子，与广陵厉王刘胥是同母兄弟。征和二年（公元前91年）巫蛊之祸爆发后，刘旦得知长兄刘据的死讯，以为自己年岁居长，便有觊觎太子位的想法。孝武皇帝病重后，刘旦便上书要求进京在宫禁中值宿，担任警卫。孝武皇帝很明白他的意图，下诏申斥，并削去了他三个县的封地。刘弗陵即位后，刘旦心中不服，便暗中联系宗室中的中山哀王之子刘长、齐孝王之孙刘泽等人密谋造反，散布刘弗陵非皇上亲生的谣言。始元元年（公元前86年）八月，即刘弗陵即位的第一年八月，刘泽准备暗杀深得刘弗陵信任的青州刺史隽不疑，而后起兵与刘旦响应，结果，还未起事便被全部抓获。刘弗陵下诏调查，得知此事与刘旦有关，顾念亲情并未声张。刘旦知道刘弗陵被霍光等朝中大臣操纵，上书请于各郡国设立孝武皇帝宗庙。此时各郡国的上书要由霍光先审阅，霍光看了刘旦的上书，没同意刘旦的请求，却赐钱三千万，增加封邑一万三千户。这个结果让刘旦大怒，道："我本当称帝赏赐别人，怎么还让别人给我赏赐！"此时，上官桀主动找到他，要发动政变杀掉霍光，废黜刘弗陵，立他为帝。刘旦以为是天赐良机，十分欣喜，立即答应。

此时，刘弗陵虽然年仅十四岁，却识破了他们的阴谋，不予理睬。刘弗陵心中对霍光独揽朝政如鲠在喉，但眼下又离不开他，于是，一边安抚霍光，一边下令追查上书人的来历。

黄霸对霍光与桑弘羊之间的矛盾，及刘弗陵与刘旦的冲突，早有所闻，可是，当得知如今宫廷风起云涌后，心中不由得五味杂陈：人啊，不经事不足以见人心。不少人从外貌看都堂皇冠冕，从口头听都谦谦君子，遇到名利，则如狼似虎，不择手段，真相毕露，甚至父子相残，同室操戈，兄弟反目，何况素不相识者？天下之大，有多少穷则独善其身，达则兼善天下者也！

黄霸虽然不愿看到不测的局面，但这种局面还是发生了，不久他就得到消息：

上官桀等人见无法从刘弗陵处下手，便决定发动政变杀掉霍光，而后废黜刘弗陵，立燕王刘旦为帝。但是，他们的计划被鄂邑长公主门下管理稻田租税的稻田使者燕仓知道了，燕仓随即报告给了此时任大司农的杨敞。杨敞的先祖杨喜，最初为汉高祖刘邦军中的一名小官，后来在追杀项羽的过程中，逼得项羽自刎，立了大功，汉朝建立后被刘邦封为赤泉侯。自此，杨喜的后代在朝廷中一直为高官。杨敞家的宅邸与太史令司马迁的宅邸相邻，杨敞与司马迁的女儿司马英青梅竹马。当司马迁替投降匈奴的李陵辩护受审入狱之时，司马英深感大祸临头，便劝母亲和两个哥哥逃离京城，以防不测，她则按父亲司马迁的吩咐，把《太史公书》的史书初稿带到杨敞家，并与杨敞完婚。太始元年（公元前96年），孝武皇帝因为改元而大赦天下，司马迁得以出狱，并让司马迁做了中书令。司马迁十分珍惜这次机会，于是，心无旁骛，专心修《太史公书》。巫蛊案发生时，《太史公书》完稿。大搜查时，司马迁担心发生意外，又一次让司马英把《太史公书》带到了杨敞家。杨敞天生胆子小，就把《太史公书》送往老家华阴县珍藏。司马迁看到太子刘据被杀害，想到《太史公书》中直言了很多霍氏家族的事，担心被搜出后成为灰烬，不久惊恐抑郁而死。为官一向谨小慎微的杨敞听了燕仓的报告，想到岳父司马迁的死，十分惶惧，称病卧床在家，不敢上奏检举。燕仓见状，又把此事报告给了谏大夫杜延年。杜延年曾经是霍光的属吏，始元四年（公元前83年），益州蛮夷造反，杜延年以校尉的身份率领南阳士卒进击益州叛军。回军后，因功被升为谏大夫。杜延年知道事情重大，立即报告给了刘弗陵。刘弗陵得知消息，大怒，立即令霍光把上官桀父子和桑弘羊抓捕入狱，并族灭。

刘弗陵了解到刘旦也是谋反者主犯，且已经是第二次，于是，便给刘旦写了一封信。此信书于两片竹简上，为防止长途递送时被破损，将两片合一，缚以绳，并在绳结上用泥封固，钤之以玺，派专使赐送给刘旦。刘弗陵在信中申斥刘旦道："燕王是朕的骨肉至亲，竟然与他姓异族谋害社稷，亲其所疏，疏其所亲，有逆悖之心，无忠爱之义。如果先人有知，你又有何脸面再奉醇酒祭祀高祖的神庙呢？"

刘旦接到玺书，立即会意，遂把符节、玺印托付给主管医药的医工长，而后向燕相及二千石官员告辞说："谋事不谨慎，我只有一死。"说罢，用绶带自缢而死。

接着，跟随刘旦自杀的燕后、夫人等有二十多人。上官皇后虽然是上官桀的孙女，因为才九岁，年纪幼小，又是霍光的外孙女，所以未被废黜。

元凤四年（公元前77年）正月，刘弗陵十八岁，即皇帝位已第十年。生日这天，由霍光主持，在宗庙中为他举行加冠礼，表示成年。礼毕，刘弗陵为表达爱民之心，特别下诏："免民四年、五年口赋。三年前所欠更赋未交纳者，皆勿收。"

让刘弗陵没有想到的是，就在他行加冠礼不久，做了十二年丞相的田千秋突然病薨。田千秋因为谨厚有重德，为人宽和，识大体、顾大局，刘弗陵即位后对他恭敬有加，看他年老，则让他乘小车入宫殿中，因此被称为"车丞相"。

田千秋薨后，刘弗陵对其予以厚葬，谥号"定侯"。其子孙以他为荣耀，便以车为姓。

黄霸与田千秋可谓志同道合，对他十分钦敬，自得知他辞世的消息后，多日茶饭不思。

由于朝中已无其他旧臣，御史大夫王䜣虽然年事已高，刘弗陵只得让他接替田千秋为丞相，命司马迁女婿杨敞为御史大夫。

王䜣是济南郡人，孝武皇帝时由郡县小吏累计功劳升为被阳县令。孝武皇帝末年，郡国盗贼蜂起，十分猖獗，时任直指使者的暴胜之，因为能像伯乐识别千里马一样识别人才，深得孝武皇帝宠爱，让他负责监督考核郡国官吏。一次，暴胜之到济南郡巡察，发现了时任被阳县令的王䜣，认为他是一个难得的人才，回京后立即向孝武皇帝推荐了王䜣，王䜣因此入朝并被擢升官职。刘弗陵即位后，命他为御史大夫。王䜣、杨敞虽然一个为丞相，一个为御史大夫，因为霍光及其家族的权势强大，他们又都谨小慎微，虽有官位，却不能大显身手。

同时，霍光为了巩固自己的权势，又奏请刘弗陵，任命与自己交往深厚的原御史大夫张汤之子张安世为右将军、光禄勋，以辅助他。霍光从此不但权倾朝野，威震海内，他的儿子霍禹、侄孙霍云还做了统率宫卫郎官的中郎将。霍云的弟弟霍山也被任为奉车都尉侍中。霍光的两个女婿，一个担任东宫卫尉，一个担任西宫卫尉，掌管整个皇宫的警卫。同时，还让他的堂兄弟、亲戚也都担任了朝廷的重要职位。霍光为强化手中的权力，一改过去宽柔的做法，以严厉的刑罚约束臣民，导致各地官吏都以执法严酷为能。

黄霸看到刘弗陵即位后朝廷一波未平一波又起，尤其是看到霍光施行严刑峻法的做法，不得不放弃了再度升职的想法，自我警示道："官不在大小，能为民尽心竭力，仰无愧于天，俯无愧于地，行无愧于人，止无愧于心，足矣。"因此，无论朝廷如何风云变幻，他始终恪守自己的为政之道，宽和以待，爱民如子，全心辅佐魏相治理河南郡。

黄霸没有想到，这天他正与魏相商讨河南郡相关事宜，忽然，朝廷廷尉府中的都司空狱司空令，带着几位部下官员来到了河南郡府。都司空狱是负责囚禁郡国二千石级官吏犯罪的地方，分为左右两狱。司空令亲自带人来，到了郡府，直接进入府堂，不容分说，就把魏相抓起来，送上了囚车。

黄霸大惊，急忙拦住司空令，质问何因。司空令好半天才直言相告。原来，田千秋死后，他的一个在洛阳兵器库任长官的儿子，看到各地官吏都以执法严酷为能，魏相也一向执法严格，担心时间长了会获罪，就辞去官职，离开了洛阳。魏相得知后，立即派手下的使掾追赶，想让他回来，可是，使掾无论如何劝说，田千秋的儿子却不肯返回。魏相曾经遗憾地对黄霸道："大将军听到田千秋的儿子辞职，一定会认为我不能礼遇他的儿子，也会让那些当世的权贵们责备我，危险矣！"黄霸劝慰魏相道："是他多疑而辞官，而非你对他非礼，有何危险？"魏相叹息不语。田千秋的儿子到了长安，霍光果然同着几位大臣责备魏相说："皇帝刚继位时，因为年少，认为函谷关是保卫京师的坚固之地，兵器库是精兵聚集的地方，故任命丞相的弟弟做函谷关的都尉，任命他的儿子做洛阳兵器库的长官。河南太守不深切考虑国之大计，看到丞相死了就斥逐他的儿子，这是多么浅薄的举动啊！"消息传出，不久就有人告魏相滥杀无罪之人。于是，霍光就下令把此事交给廷尉府处置。廷尉府不敢不听，就派司空令带人来了洛阳。

黄霸驾车跟随在囚车的后面，要亲自到京城为魏相洗冤。此事立即传遍洛阳城，河南的卒戍中任都官的有两三千人，他们看到一向敬仰的黄霸这样做，也都集结一起，阻拦囚车，并纷纷表白说：愿意多在军队服役一年来赎太守的罪。结果，未能阻拦住。囚车到了函谷关，附近的老弱者有万余人守着函谷关，拦住囚车，不让通行，并说要联名向给皇帝上书。函谷关的官吏见此情景，立即派人急速报告朝廷。

霍光得知后，大怒，坚持把魏相交给廷尉治罪。并派使者对黄霸大加斥责说："魏相无视已故丞相，斥逐他的儿子，且滥杀无辜，理当依法治罪。念及你在河南郡二十年，励精图治，本欲让你为郡守，没想你竟然为魏相辩护，且聚众阻拦朝廷车辆，实乃无视朝廷。"

黄霸见霍光不顾河南郡吏民诉求，执意抓捕魏相，已无力阻拦，只得说服吏民返回洛阳。

不出黄霸所料，他升任郡守再次无望。很快，主管皇帝车辆、马匹的太仆杜延年的二哥杜延松来到河南郡任太守。

杜延松的父亲杜周，在孝武皇帝时为御史中丞，与当时的廷尉赵禹、御史王温舒、左内史义纵、减宣等以执法严苛著称，是有名的酷吏，天汉三年（公元前98年）升任御史大夫。他的哥哥杜延年在上官桀等被诛杀后，得到霍光的赏识，被封为建平侯，并任太仆加右曹、给事中，常侍皇帝左右。霍光每次处理奏章，凡有疑惑，必咨询于杜延年。杜延年认为不行，则压下不报。每有异议，则由杜延年与丞相、御史大夫共议处理。杜延年为政讲究俭约宽和、顺天心、悦民意，而杜延松却像他的父亲，喜欢以严厉的刑罚约束臣民，不知他这是在效仿父亲，还是为了讨好霍光，让他任河南郡太守，黄霸不免感到有些尴尬。

黄霸没有因为杜延松是郡守，他的弟弟杜延年是太仆，就改变自己宽和以待的做法，一次次对杜延松直言相劝，让他以弟弟杜延年为榜样，并举出一个个严刑酷法伤害无辜的例子给他。杜延松虽然与黄霸的做法不同，但与黄霸相处不久，就深深喜爱上了黄霸，大事都让黄霸决断。

自魏相被捕后，黄霸一直为魏相担忧，每天都不忘打探魏相的消息。半年后，从京城传来喜讯：魏相在监狱关了几个月，过了冬天，正巧赶上大赦，刘弗陵念及他在茂陵的治绩，又让魏相做了茂陵县令。光禄大夫邴吉与魏相素来交好，邴吉担心他再出事，就给魏相去信说："朝廷非常了解你的治绩与行为，将要起用你。愿你检点过去的行为，谨慎行事，自我尊重，修养自身的才能。"魏相认为邴吉的话很对，因而把自己的威严收敛起来。不久，魏相又被迁升为扬州刺史。

一年后的元凤五年（公元前76年）正月，刘弗陵即位的第十一年，一个震动朝野的消息又传到了河南郡：任丞相仅一年的王䜣病逝。黄霸担心朝廷不稳，一直关注着谁任丞相的事。可是，不知是没有合适的人选，还是霍光摄政，不愿有丞相，朝廷一直没有选定丞相。直到王䜣病逝一年后，刘弗陵才任命御史大夫杨敞为丞相。

黄霸听到消息，心情这才稍微平静下来。可是，三个月后，却从京城传来噩耗：刘弗陵因病驾崩，年仅二十一岁，谥号孝昭皇帝，葬于平陵。

黄霸自得知刘弗陵驾崩的消息后，又一次陷入焦虑之中：刘弗陵没有儿子，皇位将由谁来继承？朝廷是否又将陷于混乱不堪的局面？

就在他寝不安席的时候，从京城传来消息：霍光等权臣拥立昌邑哀王刘髆之子、年十八岁的昌邑王刘贺为帝。

黄霸听到这一消息，十分感慨，自语道：孝武皇帝子嗣众多，巫蛊之祸后太子刘据自杀，因为悲痛，他很久未立太子，直到临终才立刘弗陵为太子，没想到刘弗陵二十一岁而驾崩。刘髆是孝武皇帝第一位皇后李夫人唯一的儿子，李夫人又是协律都尉李延年、贰师将军李广利的妹妹，刘贺是孝武皇帝之孙，今有霍光等权臣拥立，愿他能把汉室天下治理好。

没有多久，又从京城传来令黄霸伤心的消息：刘贺做了皇帝后，每日宴饮歌舞，寻欢作乐，荒淫无度，丧失帝王礼仪，搅乱朝廷制度。不仅如此，还把刘据的孙子，也是他的侄子刘病已逐出皇宫，安置在长安城南位于未央宫与长乐宫之间的尚冠里，引起很多朝臣的不满。

黄霸听到这些情况，不禁心如刀割：刘贺啊刘贺，作为一国之君，你怎么如此昏聩？刘病已是孝武皇帝的曾孙，刘据的孙子，也是你的侄子，他命运多么不幸，你不知道吗？你怎么能忍心这样对待他？

191

原来，刘病已被收系于长安城郡邸狱时，孝武皇帝刘彻并不知情。为了彻底追查巫蛊事件，刘彻征召研究律令者到长安大肆追查巫蛊事件。这时，一个叫邴吉的被征召到长安，任廷尉右监，刘彻让他追查巫蛊案件，并看管郡邸狱。

邴吉，字少卿，鲁国北海人，因少时就研习律令，先被召为鲁国狱史，后因功逐渐升迁为廷尉右监。不久，因牵连一桩罪案被免职，回到鲁国做了从事。因为精通汉律，所以这次又被征召到京城任廷尉右监。

邴吉询问一番前后情况，就清楚刘据的罪过并非事实，更为还在襁褓中的刘病已无辜被收监而难过。于是，便在京城女监狱中挑选忠厚谨慎、尚在哺乳期的胡组、郭征卿两个女囚，让她们住在宽敞干净的房间里，做哺育刘病已的奶妈，并私下给她们衣食。

后元二年（公元前87年）春二月，刘病已收监在郡邸狱的第五年，刘彻因为巫蛊事件被折磨得病魔缠身，常常往来于长杨宫、五柞宫之间，散心排解胸中的郁闷。一天，刘彻刚走近五柞宫，一个被他召至宫中、善望气之术者对他说：长安城官狱中有天子气。刘彻听了，立即警觉起来，以为是有犯人要夺他的皇位。于是，立即派遣内谒者令郭穰把长安城二十六个官狱中的犯人名录抄录清楚，并下令：不分罪过轻重，一律杀掉。郭穰夜晚来到关押刘病已的牢狱，邴吉却紧闭大门，拒绝郭穰进入，并义正词严地对郭穰道："皇帝曾孙在此，不得妄为。普通人尚不能无辜被杀，何况皇上的亲曾孙呢？"因为邴吉的坚持，郭穰一直等到天亮也没能进入，只好回去报告刘彻，并趁机弹劾邴吉。刘彻一听有曾孙在世，并被关在官狱里，猛然醒悟过来：这天子气，不就是自己的曾孙吗？禁不住含泪叹道："如若一律杀掉，曾孙不是也没命了吗？这是上天在保佑他啊！"于是，收回成命，并下诏大赦天下。因为邴吉，在郡邸狱关押的人都得以生还。

其他被关押的人都回了家，因为奶妈胡组、郭征卿也要回家，刘病已便没有了去处。邴吉可怜刘病已，自己出钱雇佣胡组、郭征卿，让她们再照顾刘病已一段时间，并对一位名叫"谁如"的监狱守丞道："皇孙不应当再在官狱里了。"可是，把刘病已送到哪里呢？邴吉想了很久，感到把刘病已安排在京兆尹比较适宜，因为京兆尹治所就在长安城，他想去看望刘病已时也比较便利。邴吉让谁如以官府文书的形式写信给京兆尹，同时把刘病已和奶妈胡组、郭征卿一起送到京兆尹治所。京兆尹得知刘病已是皇上的曾孙，虽然想接受，但联想到巫蛊之祸案，此时没有见到皇上的诏令，不敢接受，又把刘病已和奶妈胡组、郭征卿给邴吉送了回来。

没承想，刘彻下诏大赦天下仅几日后便驾崩。这个时候朝廷正是忙乱之时，邴吉作为一个看管监狱的小官，既没权，也没钱，一时陷入困顿之中。恰在这时，刘病已的奶妈胡组雇期已满，也要回家。没有母亲的刘病已看到这位奶妈要离开，恋恋不舍，哽咽不止。邴吉看到此情此景，潸然泪下。于是，又用自己的钱雇佣胡组，让她留下来和郭征卿一起又抚养了刘病已几个月，才让她回家。这期间，刘病已几次重病，几乎死去，邴吉多次嘱咐护养他的乳母好好用药治疗，刘病已才得以活命。为了刘病已的衣食待遇，邴吉找到掌管掖庭府藏的官吏少内啬夫，少内啬夫对邴吉说："我也想给皇孙上等供给，但没有诏令，无法办理。"邴吉便每月拿自己的俸禄供给刘病已。因为自己的俸禄有限，不久，邴吉只得将刘病已送到他的外祖母史良娣家里。巫蛊祸起时，史良娣、史皇孙刘进皆遇害，邴吉只得把刘病已又交给史良娣的兄长史恭抚养。史恭的母亲年岁已高，但看到刘病已孤苦伶仃，无家可归，非常难过，就亲自照看刘病已。

刘彻临终前留下两道遗诏，一道是为霍光、上官桀、金日䃅封侯，让他们辅佐刘弗陵，另一道就是将刘病已收养于掖庭，并令掌管皇帝亲族及外戚勋贵有关事务的宗正，将刘病已录入皇家宗谱。始元二年（公元前85年），刘弗陵即位第三年，霍光等受封为侯，刘病已才从史家搬出，被养育于掖庭。

未央宫宫城营建时，以一条南北向的中心线为主，再向东西两侧延伸是其余宫区。同时，在中央的子午线上，除建有君王上朝议政的朝堂外，还有帝后的寝宫，而在帝后寝宫的东西两侧，所营建的宫区和帝后寝宫相辅相成，又像两腋般护卫着帝后的寝宫，因此，这两片宫区被统称为掖庭，通常作为嫔妃所居。刘病已能住在这里，标志着他的宗室地位得到承认。

与刘病已同室而居的是昌邑人许广汉。许广汉曾经担任昌邑哀王刘髆的侍从官，后来做了刘彻的侍从。一次，刘彻从长安到甘泉宫出游，许广汉是随驾人员之一，因为误取别人的马鞍放到自己的马背上，执法者将其定为盗窃，当处以死刑。因为刘彻曾经颁布有诏令：死刑犯可以选择宫刑免死，于是许广汉便做了宦者丞。上官桀谋反时，在宫中的公馆内有绳索，长有数尺，可用以捆绑人的有数千根，用箱柜封存着，许广汉搜索时没有得到，而其他官吏却搜索到了，许广汉因搜捕不力而获刑，被送到掖庭听差，恰与刘病已同室而居。许广汉见刘病已年纪幼小，对刘病已关爱有加。此时的掖廷令是张贺，即著名酷吏张汤之子。张贺曾是刘据的家吏，因为受巫蛊之祸的牵连，被处以腐刑，做了掖庭令。张贺怀念刘据的旧恩，因此十分同情刘病已的遭遇，对刘病已体贴入微，用自己的钱供给刘病已读书。

元凤六年（公元前75年），刘弗陵即位的第十二年，张贺听说许广汉有一女儿叫许平君，节俭贤惠，就设宴相邀，酒兴浓时，对许广汉说："皇曾孙刘病已是皇帝的近亲，即使地位卑贱，也可能做关内侯，可以择其为婿。"许广汉见张贺这么说，就同意下来，愿把女儿嫁给刘病已，不久即请人做媒说合。张贺听闻，便以自己的家财为聘礼，为刘病已操办婚礼。时年，刘病已十七岁，许平君十四岁。刘贺即位后，许平君刚刚生下儿子刘奭，他竟然不顾亲情，把刘病已和许平君、刘奭一并逐出皇宫，安置在长安城南的尚冠里。尽管京兆尹治所在尚冠里，这里也是贵族聚居区之一，毕竟与皇宫地位不一样，这预示着刘贺不承认刘病已是刘姓宗室的人。

黄霸在对刘贺的无情痛恨不已时，忽然从京城传来一个让他激动的消息：因为刘贺荒淫无度，丞相杨敞写下《奏废皇曾孙》等奏折，联名大司马大将军霍光、车骑将军张安世等近四十位朝臣，上奏年仅十五岁的皇太后上官氏，废除刘贺。皇太后上官氏准奏，下诏将在位仅二十七天的刘贺废为庶人，让他返回昌邑国。

刘贺被废后，霍光与大臣商议立国君的事迟迟未定。太仆杜延年的第二子杜佗早在刘病已抚养在掖庭时，就与刘病已交往甚密，所以，杜延年很早就从儿子杜佗口中知道刘病已的美德，于是，就劝霍光立刘病已为帝。因为京兆尹和左冯翊治所都在长安城，此时，任京兆尹的赵广汉和任左冯翊的田广明，因为早对刘病已的美德有了解，得知消息后，也赶到未央宫，上奏推立刘病已。

此时的邴吉虽然仅是大将军长史，不顾自己职微，直接向霍光进言道："大将军侍奉孝武皇帝，受襁褓嘱托，任天下重任，孝昭皇帝早崩无后人，海内忧惧，想快点知道继承的国君。发丧之日，按天意应拥立新君，但所立的不是理想之人，又以大义废除了他，天下没有人不心服的。当今国家宗庙、群生之命在大将军一举。我在众庶中四处打听，刘姓同宗诸侯在位者，没有谁在民间有声誉的。而孝武皇帝遗诏中所养的曾孙刘病已，如今在尚冠里百姓家。我以前让他寄居在郡邸狱时，他年幼，现在十七八岁了，又精通经术，有才能，办事稳重又有礼节。望大将军仔细考察并用占卜参证，先让他入宫侍奉太后，令天下人知道，然后再定大策。"

霍光因为拥立刘贺为帝受到不少朝臣的嘲笑，十分后悔，于是，听从大将军长史邴吉、太仆杜延年和京兆尹赵广汉、左冯翊田广明的建议，再次与丞相杨敞等朝臣联名上书皇太后上官氏，拥立刘病已。皇太后上官氏看到上书，立即下诏曰："可。"

七月庚申日，霍光等大臣把流落在民间的刘病已迎入宫中。但，刘病已的妻子许平君和儿子刘奭依然还留住在尚冠里。

刘病已入宫后，依汉室规矩先见皇太后，被封为阳武侯。接着，群臣奉上玺、绶，在朝臣的簇拥下，拜谒高祖庙，在高祖庙举行登基典礼，向高祖禀告，正式即皇帝位，为汉朝第十位皇帝。接着，尊时年仅十五岁的上官氏为太皇太后。上官氏成为历史上最年轻的太皇太后。

九月，刘病已下诏大赦天下。

黄霸听到这些消息，欣喜若狂，多次向郡府官吏赞美刘病已说：今皇上成长于民间，知百姓疾苦，明吏治得失，将来必成为一代贤君。

可是，就在刘病已即位的一个多月后，黄霸又听到一个痛心不已的消息：任丞相仅八个月的杨敞去世了。刘病已非常悲痛，这不仅因为杨敞拥立他有功，还因为他是太史令司马迁之婿，且为人品德高尚。刘病已为了表示对他的追念，一个月后才任御史大夫蔡义为丞相。

蔡义是河内郡温县人。少年时家贫，但精于四书五经，后来被召到霍光府上。孝昭皇帝即位后，诏求能为诗者，得知蔡义擅长写诗，就召见蔡义谈经论诗。孝昭皇帝对他的才华十分欣赏，常让他讲授如何写诗。不久，擢升他为光禄大夫给事中。后来累迁光禄大夫、少府、御史大夫。

此时，朝中的旧臣除霍光外，几乎都没有了。

刘病已做了皇帝，邴吉身为大将军长史，如果向刘病已讲述他的抚养之功，刘病已必定会给他高官，可是，他却绝口不谈以前对刘病已的恩德，从不夸耀自己。霍光等朝臣也都不知道邴吉抚养刘病已的功劳。刘病已那时年幼，没有记忆，所以，也一直不知邴吉对他有大恩。但是，刘病已看到邴吉为人厚道，就让他做了光禄大夫，掌管顾问应对，秩比二千石，又赐给他关内侯的爵位。

这时，霍光之女霍成君还未许人，众臣为了讨好霍光和太皇太后上官氏，联名向刘病已上奏折，推荐霍光之女霍成君为皇后。刘病已看到奏折，面色凝重，只说了一句话："求微时故剑。"大臣们领会刘病已的意思，即只求结发妻子，遂把还住在尚冠里的许平君和儿子刘奭迎接到宫中。

元平元年（公元前74年）十月，许平君入朝，刘病已立即封她为婕妤。十一月十九日，刘病已册立许平君为皇后，并赐吏民金钱。

此时，黄霸已在太守丞位置上二十三年。黄霸了解到刘病已即位的前前后后，又忍不住忧心如焚：孝武皇帝驾崩后，刘弗陵八岁即位，由霍光等主政，刘弗陵二十一岁驾崩，刘贺即位仅二十七天被废，刘病已今年才十八岁，又命运多舛，刚即位又丞相更迭，除霍光外，朝中已无旧臣，宫廷如此风云诡谲，他能驾驭得了吗？众臣为了讨好霍光和太后上官氏，上奏折想让他立霍光之女为后，他却拒绝了，霍光会高兴吗？霍光是孝武皇帝顾命大臣，已秉政二十多年，其家族势力又非常强大，朝廷是否能风平浪静？

黄霸因为心忧天下，很久没有回老家看望妻儿。妻子巫云放心不下他，便偕儿子黄赏来洛阳看他。巫云见他不仅面色憔悴，而且每日愁眉不展，便问他何因。黄霸禁不住把朝廷多年来的大事一一都讲给她。

巫云听后，故意开玩笑道："你一个太守丞，能管得了朝廷的事？再说，那也不是你所管之事，你这样是不是杞人忧天？传出去岂不让人笑话？"

黄霸知道妻子是好意，但忍不住道："《孟子》有言：穷则独善其身，达则兼济天下。我黄霸之所以捐纳出仕，就是想为百姓做事，让百姓衣食无忧，朝廷不稳，天下何以安宁？天下不宁，百姓何以安身？别人不解，你还能不晓？"

巫云笑笑道："河南郡是汉室天下的一个大郡，你已官至太守丞，能协助郡守治理好河南郡，岂不是在匡扶汉室、兼济天下？你每到一地，都竭尽心智，全力为民，岂不已做到你常说的'仰不愧于天，俯不愧于人'？为何还总是争斤论两，耿耿不寐，如有隐忧？"

经过妻子的耐心劝慰，黄霸郁闷的心情才渐渐好转起来。

第十四章　秉公行事誉满朝

刘病已即位之初，沿袭孝昭皇帝刘弗陵的第三个年号"元平"，即位五个月后，时光进入了新的一年正月，刘病已改年号为"本始"。

本始元年（公元前73年）五月，传有凤凰聚集于胶东郡、千乘郡，刘病已感到这是吉祥的象征，为彰显仁政，遂下令大赦天下。六月，为其曾祖母卫子夫、祖父刘据、祖母史良娣、父亲刘进、母亲王翁须议谥号，并设置墓地园邑。

河南郡是京畿范围内的大郡，朝廷每有大事发生，消息很快就能传到这里。忽一日，从京城来了一位使者。黄霸与郡守杜延松刚把使者迎进郡府，未等落座，使者便面色肃穆地向黄霸道："太守丞黄霸听命。"

黄霸见使者面色严峻，不由神情大变，郡守杜延松也惊愕不已，以为发生了什么不测之事。黄霸正不知所措，使者宣读诏令道："皇上诏令：朕闻黄霸在河南郡太守丞之位二十三年，执法公平，顺应人心，吏民爱敬，特命为廷尉正。"

这突然而至的诏令，让黄霸如入云雾。他以为是在做梦，半天才醒悟过来，郡守杜延松再三暗示，才想起叩首受诏。

时年，本始元年七月，黄霸五十六岁。

黄霸怎么也没有想到，刘病已一直流落在民间，刚刚即位就能知道他这个太守丞，并擢升他的官职。

原来，刘病已少时向东海人濊中翁学习《诗经》，濊中翁除了教他认真读书，还教导他要"细辨民间"。刘病已虽然高才好学，但也喜欢游侠，广为结交，屡次在长安诸陵、三辅之间游历，常流连于莲勺县的盐池一带，尤其喜欢跑到其祖父刘据博望苑以南的杜县、鄠县一带，去光顾杜、鄠两县之间的下杜城。他从这些市井的游嬉当中深切体会了民间疾苦，也因此学会辨别闾里奸邪，探查吏治得失。他七月登基，九月即大赦天下。他隐忍蓄势，一边对群臣论功行赏，稳定朝廷，一边让各郡国举荐人才，选贤任能。当得知河南太守丞黄霸在天下吏治严酷盛行之时，仍然执法宽厚平和，并享有盛名，立即召黄霸入朝。

汉室掌管司法的最高官是廷尉，为九卿之一。廷尉根据诏令，可以逮捕、囚禁和审判有罪的王或大臣，并主管修订律令的有关事宜。廷尉的属官有廷尉正和左、右监各一人，俸禄皆一千石，即黄霸仅在廷尉之下。

黄霸被擢升为廷尉正的消息很快不胫而走，一时间，洛阳城吏民纷纷云集在郡府大门外，希望能在他进京之前见上一面，以示仰慕之情。

黄霸赴京这天，沿路百姓攀辕卧辙，哭送数十里，车马不能行。黄霸看到百姓对自己如此情深，也依依不舍，多次下车含泪惜别。

黄霸怀着留恋，带着向往，驶出洛阳城后，一路向西。他时而眺望京城长安，时而环顾河南郡的山山水水，回味着朝廷的风风雨雨，抚今追昔，感慨万千。

原来，孝昭皇帝即位后，大将军霍光秉政，虽然对孝武皇帝时期的严苛执法现象有所修正，在平定上官桀、桑弘羊与燕王刘旦的叛乱后，霍光又重新采用严苛的法令来驾驭群臣，所以，一时之间，许多官吏又都把执法严苛视为能事。刘病已早在民间时，对霍光的权势和他家族的威风就有风闻。尤其在他一夜之间由一个平民变成了至高无上的皇帝之后，就明显感觉到了霍光及其家族的咄咄逼人之势。刘病已心里明白，自己刚刚即位，无亲无故，力单势薄，仅凭一个皇帝的称号，是不能和霍光及其家族相抗衡的。但是，刘病已由于幼年就遭遇不测，又长期生活在民间，深知百姓的疾苦和吏治的得失，即位后便要首先改变官场中执法严苛的现状，为百姓谋一片平安。他听说黄霸既对汉室忠诚，又爱民如子，执法宽和，便任命黄霸为廷尉正。这既是对黄霸的重用，也是在向朝臣昭示他要改变吏治严酷之风。

黄霸一到京城，曾经做过河南郡都尉、淮阳郡太守的御史大夫田广明，因与黄霸交往甚厚，特地到未央宫东门外迎接。田广明从淮阳郡守升为大鸿胪三年后，孝武皇帝驾崩，孝昭皇帝即位之初，归附汉朝不久的益州部族起兵反叛汉朝，田广明奉命出征平乱，因平定益州叛乱有功，受封关内侯，并调任卫尉。后来出任京辅重地左冯翊。刘贺被废后，因拥立刘病已有功，前不久从左冯翊之位升任为三公之一的御史大夫，并封为昌水侯，代表皇帝接受百官奏事，管理国家重要图册、典籍，代朝廷起草诏命文书等。田广明一见黄霸，便笑道："早该共谋于朝廷，为何姗姗来迟？"

黄霸自我解嘲道："历来都是才疏智浅者蜗行牛步，才气过人者高才疾足焉。"

田广明笑道："想当年姜子牙七十二岁时垂钓渭水之滨磻溪，才遇到求贤若渴的西伯侯姬昌，姬昌认为姜太公是个奇才，请他坐车同归，并拜他为师，从此开始了他兴周灭商的人生之路。相信黄霸君不鸣则已，一鸣惊人。"

黄霸与田广明笑了一阵，一边往未央宫走着，一边感慨道："我们淮阳相聚时的一幕幕还如在眼前，掐指一算，已相别十四年。此时才真正感悟到'人生天地之间，若白驹之过隙，忽然而已'的个中滋味。"

田广明笑道："今日当高兴才是，不言不愉快的话题。"于是，故意岔开话题道，"黄霸君喜爱读书，曾经研习《易经》，学过相术，你一提升，立即就有奇迹出现，是不是上天眷佑？"

黄霸忍不住激动地问："是何奇迹？"

田广明道："前不久，河内郡一女子在她祖上居住的老屋夹壁中，发现古文《周易》《礼记》《尚书》各一篇，皆不见于当下的写定本，她随即奏献朝廷。皇上命博士考究，认定确为先秦遗籍。这样，《周易》增加了《说卦》篇，《尚书》增加了《泰誓》篇。"

黄霸喜悦道："太好不过，择日定要认真拜读，一饱眼福。"

正说着，魏相也来到跟前。田广明朝魏相笑笑道："大司农怎么姗姗来迟？难道不欢迎黄霸君入朝？"

黄霸听田广明称魏相为"大司农"，不由一愣：魏相出狱后重新做了茂陵县令，不久被迁为扬州刺史，两年后，孝昭皇帝驾崩前征召为谏大夫，他才任谏大夫不久，怎么说是大司农？田广明看到黄霸不解的神情，笑道："黄霸君有所不知，今皇上即位后，得知魏相君任刺史时就秉公执法，选贤任能，几天前被命为大司农，掌管朝中财政。"

黄霸听到这里，十分高兴，笑道："昔日我们共同躬身于河南郡，今日又同朝于朝廷，实有不解之缘也。"

说话间，他们进了未央宫。在他们即将走近廷尉官署的时候，只见迎面走来两个人，一个慈眉善目，一个神情刚毅。田广明先向黄霸介绍慈眉善目者道："这位是光禄大夫邴吉。"接着，又介绍神情刚毅者道："这位是长信少府夏侯胜。"

黄霸对他们的名字早就如雷贯耳，只是不曾相见，忙向他们拱手施礼道："久闻二位大名，仰慕至极。在下姓黄名霸，字次公。黄霸不才，请多多关照。"

田广明接着向他们二位介绍黄霸道："新任廷尉正黄霸，淮阳郡阳夏人……"

光禄大夫邴吉和长信少府夏侯胜也都久闻黄霸大名，见黄霸仪表堂堂，两眼都放出光彩，没等田广明往下介绍，就同时回礼，并异口同声道："久闻盛名，果然不凡。"

邴吉望着黄霸道："黄霸君在河南郡的治绩，誉满朝野，今日才相聚，实乃相见恨晚也。"

夏侯胜也望着黄霸道："黄霸君身为太守丞，上顺公法，下顺民意，出于其类，拔乎其萃。今日被擢升，民情天意也。"

夏侯胜，字长公，是宁阳侯国人。他从小就师从鸿儒和经学家夏侯始昌学习《尚书》及四书五经，也涉学洪范阴阳五行之说，通灾异之学，以阴阳灾异推论时政之得失。后又师从《尚书》欧阳学说的开创者欧阳生，学问日渐精深。他结合时事，聚生讲学，建学馆，广延学子，百里之遥慕名而至络绎不绝，为一代名师。因此，孝昭皇帝在位时被拜为博士、光禄大夫。刘贺即位后因为极度荒淫，引起朝野不满，夏侯胜从儒家礼法出发，向刘贺进谏，以尽臣职。一天，刘贺外出游乐，夏侯胜挡在刘贺的车前冒死进谏说："天久旱不雨，臣下有图谋陛下者，陛下还要出门到哪儿去呢？"刘贺大怒，说他是妖言惑众，下令将夏侯胜捆绑起来，交给属官处置。那属官把此事报告给大将军霍光，霍光并没有对夏侯胜施以刑罚。十多天后，霍光上奏太后，废掉刘贺，尊立了刘病已。霍光认为太后年轻，群臣向东宫奏事，太后审政，应该了解经术。于是，让夏侯胜给太后讲授《尚书》，夏侯胜因此被改任长信少府，并被赐予关内侯爵位。长信宫是太后所居宫名，居长信宫则为长信少府，居长乐宫则为长乐少府。此时因为太后居于长信宫，故夏侯胜被称为长信少府，主管皇太后所有衣食起居、游猎等。夏侯胜因为参与了皇帝的废立和安定国家的重大决策，被增加千户的食邑封地。

田广明、邴吉、夏侯胜分别向黄霸询问河南郡的有关重大事宜。黄霸侃侃而谈，都一一作答。黄霸与他们一见如故，有说不完的话题，直到聊了很久，因为邴吉、夏侯胜被皇上召见，才不得不话别。

黄霸曾在孝武皇帝身边做侍郎谒者多年，所以对未央宫十分熟悉，无须田广明带领，直接先到廷尉府拜见廷尉。廷尉念他一路劳顿，让他先到官舍歇息，第二天再议有关疑难案件的审理。

黄霸重新回到朝廷的消息很快在宫廷传开，不少过去的老相识纷纷到他的官舍看望他。

第三天，黄霸到了廷尉府，廷尉立即把几份疑难大案的案卷交给他，让他查看。黄霸正细心阅读，还没有翻阅几卷，皇上刘病已的使者来到了他的面前，传令道："皇上召见。"

黄霸一听，立即放下手中的案卷，随使者快步朝宣室殿而去。

宣室殿曾经是他经常登临的地方，大殿的台阶上哪里有浮雕，哪一块砖刻有图案，大殿如何彤彩粉饰、龙楯雕镂，他都能如数家珍。由于心情愉悦，他一路步履十分轻松坦然。可是，当他登上宣室殿台阶时，脚步却忽然沉重起来，心中蓦然生出几分酸楚：宣室殿犹在，曾经在此叱咤风云五十四年的孝武皇帝已去。他有皇后二人，妃嫔六人，儿子六个，女儿六个，可是，大皇后陈阿娇因为无子和巫蛊之祸被废，二皇后卫子夫在巫蛊之祸中自杀身亡。长子刘据在巫蛊之祸中被诬陷自杀。次子刘闳，十八岁驾薨。三子刘旦因谋反自杀而亡。六子刘弗陵做皇帝十三年，二十一岁驾崩。五子刘髆之子刘贺，当了二十七天皇帝被废。二女儿鄂邑盖长公主因与燕王刘旦、上官桀、上官安及桑弘羊等合谋诛除霍光，事发后自杀。三女儿诸邑公主与五女阳石公主同坐巫蛊案而死……而今他的曾孙刘病已即皇帝位，可是，刘病已还在襁褓中就开始了监狱里的生活，不知道曾祖母、祖父、祖母、父亲、母亲都是什么样子，且都已经死了。别人的孩子幼时都在母亲的怀抱里被呵护，而他却成为孤儿，在监狱里靠别人雇佣的奶妈抚养。直到五岁出狱，他才知道外面的天地是什么样子，又被抛来掷去，无处栖身……孝武皇帝啊，你气贯长虹，四海宾服，晚年怎么把皇室弄到如此地步？如若不是邴吉冒死阻拦郭穰，也没有当今的皇上啊……

黄霸走进殿堂内，看到那熟悉的御座，回忆着昔日孝武皇帝端坐于此的情景，看着御座后面年十九岁、已带着一脸沧桑的刘病已，想到刘病已知百姓疾苦，心忧天下，刚即位就大赦天下，广施仁政，控

203

制不住自己的感情，扑通跪下，泣不成声："陛下……"

刘病已被黄霸这突然的大哭大喊给搞迷糊了，十分诧异：臣下哪有这样拜见皇上的？于是，大声问道："你是黄霸吗？这是为何？"

黄霸忽然意识到了自己的失态，用衣袖拭了一下眼泪，声音嘶哑着道："陛下恕罪，臣下无礼……臣下是黄霸……"

刘病已忙问："今日何以至此？"

黄霸忽然又泪流满面，道："臣下看到御座，想到曾经在此服侍孝武皇帝，和陛下所饱受的凄苦，就抑制不住……"

刘病已早在擢升他的官职时就对黄霸做了一番考察，听了黄霸的话，已经明白黄霸此时为何痛哭，更感受到了黄霸的悲悯情怀，忙打断他道："快快请起，朕有话要和你说。"

黄霸站起身，道："臣失礼了，还请陛下见谅。"

刘病已走下御座，对黄霸道："朕明白你内心在想什么。"

黄霸正衣肃冠道："微臣愿听陛下吩咐，愿为大汉江山社稷肝脑涂地。"

刘病已知道黄霸处事议政合乎法度，顺应人心，深得几任太守信任和百姓爱戴，所以命他为廷尉正。今日召见他，是因为他在河南郡二十多年，对朝廷中大臣之间的事不会带偏见，想听听他对刚刚发生的一个棘手案件的意见，于是，直言道："孝昭帝是朕的祖父辈，年岁仅长于朕三岁。昌邑王刘贺是朕的叔辈，年岁仅长于朕一岁。昌邑王被废皇帝位后，上官太后诏令他回到了故地昌邑，赐其汤沐邑两千户，昌邑王国被降为山阳郡。上官太后今年才十六岁，但按辈分，朕小她两辈，不得不称她为太皇太后……"

黄霸意识到刘病已要说什么：孝昭帝皇后上官氏是上官桀的孙女，同时也是霍光的外孙女，六岁时嫁给十一岁的孝昭帝。孝昭帝驾崩时，她才十五岁，膝下无子，所以，独居于长乐宫，常常闭门不出。按汉室的规矩，凡是大事都要奏明太后，现在没有太后，只有太皇太后。她辈分虽然长刘病已两辈，因为年龄幼小，且大门不出，怎么能决策朝廷大事?

刘病已接着又道:"朕观几十年朝廷的风风雨雨,知百姓所思所求,今既已身居皇帝位,虽无大才,但矢志要做一位贤君,竭尽所能,造福天下。"

黄霸听了刘病已这番话,很是感慨,谏言道:"微臣知晓陛下的境遇和情怀。依臣之见,陛下即位不久,当前应隐忍蓄势,礼遇权臣,安抚天下。"

刘病已见黄霸所言与自己所思如出一辙,眼神里不由透出对黄霸的赞赏之光。停了一会儿,叹口气道:"当下大臣之间关系盘根错节,狱中又有很多疑难案件,朕担心再伤及无辜,故先让你做廷尉正,以正是非,抚慰朝臣。"

黄霸道:"请陛下放心,微臣当恪尽职守,摩顶放踵以利天下。"

刘病已松了一口气道:"朕知你赤心为国为民,今召你来,就是想向你诉说一下心迹,听听你的高见。有你这番话,朕心宽了许多。"

不久,黄霸数决疑狱,廷尉所属司法官员都称他执法公平,朝臣们也都赞颂刘病已知人善任,宽明而仁恕。

也就在这个时候,发生了一件直接关系到他刘病已本人的一个案件。他虽然身为皇帝,毕竟年轻,想到自己即位之前一直流落在民间,对律法了解不深,所以不敢随便表态,唯恐不公平。刘病已通过黄霸判决的几桩案件,对黄霸的水平深信不疑。于是,召见黄霸道:"侍御史严延年弹劾大司农田延年手执兵器冲犯朕的侍从车子,田延年自辩没有冲犯。案卷已呈送到朕的面前,朕该如何处置?"

田延年与严延年仅一字之差,朝中大臣常拿着他们的名字跟他们开玩笑,没想到他们之间居然干戈相见。

黄霸听了,脑海里立即闪现出田延年与严延年之间的是是非非:田延年是霍光的亲信,黄霸从河东郡去河南郡任太守丞不久,河东郡便出现豪强违法、盗贼横行的局面。因为河东郡是霍光的故乡,霍光就派田延年为河东郡太守。田延年到河东之后,重用人才,严格执法，很快把河东郡治理得井井有条。于是，霍光就提拔他到朝廷担任大司农，掌管全国财政。孝昭皇帝去世后，因为没有太子，霍光等大臣选择了昌邑王刘贺继皇帝位。后看到刘贺品行不好，霍光非常后悔，想废掉昌邑王另立皇帝，却又拿不定主意，于是，就把田延年找来商量。田延年立即对霍光说："将军是国家的柱石，您觉得这个人不适合做皇帝，为何不奏明太后，另立一位贤君？"霍光认为田延年说得很有道理，这才下定决心废掉昌邑王。这天，霍光把群臣召集到未央宫，商议此事，说："昌邑王行为昏乱，恐危社稷，如何？"大臣们听了这话，皆惊愕失色，不敢发言。田延年则手按剑柄，对霍光厉声喝道："孝武皇帝驾崩前，把孤儿和天下一并托付给将军，是因为将军忠正贤良，能够保障刘氏天下平安。可是，当今群下鼎沸，社稷将倾，难道将军就没有责任？汉朝皇帝的谥号，都带一个'孝'字，就是要让后世子孙，长久地保有天下，使宗庙血食延续不断。如果因为皇帝不贤，令汉家宗庙绝祀，将军死后，有何面目去见先帝？今天的商议，绝对不得拖延，群臣中有不踊跃支持者，请让我用剑斩了他！"田延年表面上指责霍光，其实是在支持霍光，同时也是在恫吓群臣：谁要不听霍光的安排，马上就会被斩首。群臣们一看形势不妙，立即表示支持霍光。于是，霍光顺利地废掉了刘贺。

严延年字次卿，是东海郡下邳人，他的父亲曾担任丞相属官，因此，他很早就在丞相府得以学习一些律法知识。后来，又返回东海郡担任郡吏。不久，通过选拔进京担任御史属官，很快又被推举担任御史大夫之下的侍御史。大将军霍光废黜昌邑王刘贺，拥立刘病已为帝不久，严延年曾经向刘病已上奏弹劾霍光："大将军擅自废立皇帝，没有行臣下的礼规，不仁道。"刘病已想到自己能即皇帝位，霍光是大功之人，不然，自己还依然流落在民间。刘病已虽然对严延年以这样的理由弹劾霍光很不高兴，但不能不承认严延年说得有道理，合乎汉室礼规。于是，把奏章搁置在一边，也没有去追究严延年。此事很快被传开，群臣都担心严延年从此会大祸临头，不由得都对他敬而远之。

黄霸因为在河南郡二十多年，对严延年了解不深，通过严延年敢于越级直接弹劾霍光，而今，又越级弹劾田延年，不由心生敬佩。黄霸知道刘病已陷入了两难境地，于是，轻松地一笑，对刘病已道："低级官员可以直接弹劾，或者集体弹劾，一般的朝官则由侍御史弹劾。侍御史在御史大夫之下，朝廷的高级官员犯法，一般由侍御史报告御史中丞，然后由御史中丞上报给皇上。可是，作为侍御史的严延年怎么能直接弹劾大司农田延年？"

刘病已一听，立即醒悟该如何处置。但他故意不表露心迹，示意黄霸继续说。黄霸看到刘病已的表情，已经看出他的心思，接着又道："严延年弹劾大将军没有奏明太皇太后而废黜昌邑王，是不合礼规。可是，他直接弹劾大将军也没按礼规行事。微臣以为，当初大将军没有奏明太皇太后废黜昌邑王而立陛下，这里也有大将军的苦衷：太皇太后是大将军的外孙女，且太皇太后当时才十五岁，还意识不到昌邑王的行为对汉室的危害，如果按以往的礼规奏明，太皇太后若不同意，将如何是好？"

刘病已听了黄霸的这番话，又一次对黄霸投以赞许的目光。

黄霸接着又笑笑道："如今严延年不按礼规行事，又直接弹劾田延年，或许是因为陛下没有追究他过去的不轨，助长了他的气焰。"

刘病已十分佩服黄霸的分析，忍不住问："当下如何是好？"

黄霸道："陛下不需说话，将此事交给御史中丞去处理即可。"

刘病已听了黄霸的建议，便把此事交付给御史中丞处理。

御史中丞得知严延年不通过他而直接上奏皇上，如今皇上又把奏章交给了他，十分恼怒，立即找到严延年，斥责他道："你看见大司农田延年手执兵器冲撞皇上的侍从车子，为何不传令宫门阻止他出入？而让他能够出入宫殿？"

严延年听了御史中丞的责问，理屈词穷，脸色大变。

不几日，御史中丞反过来以此事弹劾严延年擅自接纳罪人。按照汉律，严延年应该处死。严延年得知消息，于夜间偷偷逃出京城。

刘病已得知情况，想到严延年虽然强势，多次不遵守礼规，但也是为汉室着想，并无私心，于是，颁布一道大赦令，严延年因此被免罪。

丞相府、御史府都明白皇上此时颁布大赦令的意图，于是，都征召他。征召信函同一天到了严延年手中，因为御史府的信函先到几个时辰，严延年便去了御史府，担任了掌管察举非法事宜的御史掾。

刘病已认为严延年敢言直谏，人才难得，不久，让他做了平陵县令。

黄霸任廷尉正仅几个月时间，所处理的案件让刘病已都非常满意，于是，又调任他为丞相长史，成为协助丞相蔡义管理文书等事物的高级官吏。黄霸虽然是丞相长史，秩级仍为千石，但已是朝廷的高级官吏，可参与廷议朝廷大事。

本始二年（公元前72年），即刘病已即位的第三个年头，黄霸任丞相长史不久，有人告发大司农田延年在孝昭皇帝发丧时，虚报租用民车的费用，贪污三千万钱。因为田延年是霍光的亲信，虽然早有人反映他经常依仗霍光的势力，专横跋扈，大肆敛财，一直未被处置。今有人署名上告，又牵涉到霍光，刘病已犹豫不决了很久，不知该如何处置。刘病已想到黄霸执法公平，如今已是丞相长史，于是，又特别召见黄霸，想听听他的看法。

原来，茂陵的富商焦氏、贾氏等人，花费了几千万钱，收购木炭、芦苇等修造坟墓的物资，蓄积起来，想遇到机会卖个高价。孝昭皇帝忽然驾崩，皇室事先并没有预备好修造陵墓的物资，所以，陵墓迟迟没有造好。田延年是主管财政的大司农，他不肯花钱从商人手里高价购买，刘病已即位后，他立即上奏说：焦氏、贾氏等商人蓄积建陵物资是非法的，应该全部没收。刘病已不知内情，就同意了。结果，焦氏、贾氏等人都赔得血本无归，从此恨上了田延年，便出钱让人查找田延年的罪行。朝廷修建孝昭皇帝陵墓，要用大量的沙土，运输沙土，又需要大量租用民间的牛车。拉一车沙土，要付给百姓一千钱的租金，前后共拉了三万车。田延年掌管此事，一车沙土算两千钱，在大司农府报账六千万钱，其中三千万钱装进了他自己的口袋。焦、贾两家掌握了田延年贪污的真凭实据，便立即上书告发。大将军霍光得知此事后，立即召问田延年。田延年矢口否认道："我原本是将军门下的小吏，蒙将军厚恩，才得以封侯，怎么会干那样的事情呢？"霍光信以为真，下令让太仆杜延年彻查。御史大夫田广明与田延年交往深厚，想到太仆杜延年原是大将军霍光属吏，对杜延年说："《春秋》上有以功覆过的大义，当初废昌邑王的时候，如果没有田延年的一番慷慨陈词，大事就办不成。现在，由官府拿出三千万钱，替田延年赎罪，这有什么不可呢？请您把我的话转告给大将军。"于是，杜延年把这番话转告给了霍光。霍光意识到田延年贪污事实确凿，且很多朝臣已经知道，事关重大，不得不把此事上奏给刘病已。

刘病已把此事讲了一遍，问黄霸道："黄长史如何看待此事？当如何处置？"

黄霸直言道："作为朝廷命官，有几个没有功绩者？每个官员，一言一行都代表朝廷，岂能居功乱为，贪赃枉法？官不自律，何以治天下？长此下去，汉室怎么能取信于民？"

刘病已听了，点头称是。

黄霸接着又道："汉朝建立以来，不乏廉官，为世人称颂。廉是为官之本，但廉并不仅仅是不贪钱财，还要珍惜手中的权力。不仅不贪权势，还要爱民。孝武皇帝时的张汤死后，家里的财产不超过五百金，都是得自皇上的赏赐，没有其他产业。而他用法严酷，经他的手不知造成有多少冤魂。他虽然不失为廉吏，却被称为汉兴以来靠严刑峻法得到功赏和权势，结下无穷怨业的酷吏。"

刘病已听到这里，十分佩服黄霸的远见卓识，深感黄霸的话可当做治世箴言。心下道：自己刚刚即皇帝位，就有人这样胡作非为，若对此放任自流，岂不是玩火自焚？于是，立即下令给霍光，让他严查。

霍光很想保护田延年,但不得不遵从刘病已的诏令,就让御史大夫田广明通知田延年,让他到狱中听候审理,并让田广明安慰他说:"如果没有犯罪事实,不会冤枉他。"

田广明到了田延年家中,把霍光的话一一相告。田延年听了,想到自己的贪污事实,十分害怕,对田广明道:"多谢官府宽恕我。但我身为大司农,有何脸面到监牢里,让众人耻笑,让狱卒们唾我的脊背?"

无论田广明如何劝说,田延年坚持不到监狱去。田广明无奈,只得离去。

田广明走后,田延年把自己关在庭院里,偏袒着衣服,手里拿着一把刀,来回走动,情绪十分不稳。但是,好几天过去了,却没有见到传令。田延年在家几天不见朝廷有什么动静,以为没事了,就高兴起来。

其实,这几天里,丞相蔡义是想让他主动到监狱里接受审讯,希望他如实交代,尽力减轻处罚。可是,见他一直闭门不出,刘病已又过问此事,不得不下令逮捕他。

这天,田延年正在家中得意地又哼又唱,忽然听见大门外响起一阵鼓声。他一听到这鼓声,立即毛骨悚然。因为他对这鼓声太熟悉了,这是捕役抓捕人的鼓声,立即意识到他要被抓捕入狱进行审讯。他想到自己贪污的事隐瞒不过去了,大喊一声:"我一个大司农,岂甘受辱?"说罢,没等捕役进入大门,便挥刀自刎而死。

田延年死后,刘病已对黄霸处事议政不徇私情,合乎法度,大加赞扬。朝臣们从此对黄霸更是高看一眼。

可是,黄霸怎么也没想到,正在他春风得意、青云直上的时候,却因为一件事一落千丈,锒铛入狱。

第十五章　狱中受书闻大道

通过最近发生的几件大事，刘病已感受到了朝臣之间的钩心斗角、争权夺利，也感受到了朝廷上下表面风平浪静，内里则暗流涌动，有的朝臣还显现出对他的不恭。于是，告诫自己道：必须树立起自己的威势，不然，会有更多的人更加肆无忌惮，甚至会有不可预测的事情发生。于是，本始二年（公元前72年）五月，刘病已为标榜自己是孝武皇帝正统嫡孙的身份，以树立威严，震慑朝廷，下诏颂扬孝武皇帝的功德。

这天，刘病已把丞相蔡义和御史大夫田广明召到宣室殿，对他们下诏书道："朕以卑微的身份，蒙受祖先的恩德，继承圣人的事业，奉祀宗庙，日夜不敢忘。孝武皇帝躬行仁义，而又威武迅猛，北上征讨匈奴，单于逃得远远的。南下平定氐羌、昆明和西瓯、骆越两越。向东平定了薉国、貉国、朝鲜，开拓疆土，设立了郡县，各个蛮夷之国也都臣服，通好的使臣不请自至，珍贵的贡物陈列在宗庙中。同时，协调音律，造乐府之歌，荐享上帝，封禅泰山，建立明堂。又以建寅之月为岁首，改订车马祭牲的颜色，开创了圣人的功业。他尊重贤能之人，赏赐有功之人，复兴衰败灭亡的诸侯和贵族世家。赞美周的后代，用完备隆重的礼物祭祀天地，使道术之路更加宽广。上天对他也有报答赏赐，各种吉符和祥瑞一起得到应验：从地下出土了宝鼎，又获得了白麟，从海里又钓到了大鱼，神仙和圣人都显现，群山也在称呼万岁。孝武皇帝功德那么广大，这里不再一并说出，然，孝武皇帝的庙乐却与盛功伟业不相称，朕实在为此感到难过。故把此事提出，望召集列侯、二千石官吏、博士们商议。"

丞相蔡义和御史大夫田广明接过诏书，异口同声道："臣遵旨，明日即召群臣到承明殿商议。"

当天，丞相蔡义和御史大夫田广明便传令：列侯、二千石官吏和博士，明日上朝，在承明殿朝议孝武皇帝"尊号"和"庙乐"之事。

朝臣们接到命令，第二天都早早地奔向承明殿。

承明殿位于宣室殿以北、温室殿以南，以香木为栋橡，以杏木做梁柱，门扉上有金色的花纹，门面有玉饰，橡端上以璧为柱，窗为青色，殿阶为红色。殿前左为斜坡，可以乘车而上，为老臣和皇上所用。右为台阶，供人拾级而上。和宣室、麒麟、金华、武台、钩弋等殿一样，四周都饰有黄金制作的壁带，间以珍奇的玉石，清风袭来，壁带会发出玲珑的声响。

丞相长史黄霸、长信少府夏侯胜接令后都按时赶往承明殿，并在承明殿和宣室殿之间相遇。于是，结伴而行，边走边窃窃私语。到了台阶前，拾级而上，依然在不停地交谈。

黄霸、夏侯胜进殿不一会儿，光禄大夫邴吉、给事中杜延年等也一前一后进殿。接着，丞相蔡义和御史大夫田广明也一同进殿，并坐于庭中。霍光不知道是真病了还是假病了，托病没有来参加朝议。

丞相蔡义见群臣到齐，正衣肃冠，手捧诏书，立即大声宣读。

丞相蔡义宣读了诏书后，群臣莫不赞成，唯独作为太皇太后师傅的长信少府夏侯胜极力反对，毫不掩饰地大声道："孝武皇帝虽然有驱逐四夷、开疆拓土的功绩，但造成大批士兵和民众死亡。并且，他生活奢侈，挥霍无度，以致国家财力耗尽，国库空虚，弄得民穷财匮，百姓流离失所，半数人口死亡。他在位时，多地发生蝗灾，赤地数千里，以致出现了人吃人之惨状，至今逃亡在外的流民还没有安顿下来，不应该给孝武皇帝再立庙塑像和制定庙乐……"

夏侯胜话还没说完，群臣便一片哗然。尽管都说不出反驳夏侯胜的理由，却纷纷责难他道："长信少府，难道你想抗旨不成？"

还有大臣怒斥他道："长信少府，这是天子诏书啊，做臣子的当唯皇上是听，忠于君王，你诽谤先皇，罪在不赦。"

黄霸扫了一眼责难夏侯胜的大臣，嘴角飘出一丝冷笑，并微微地眯上了双眼。他虽然缄口不言，那些责难夏侯胜的大臣也都看出了黄霸的态度。

丞相蔡义和御史大夫田广明听了夏侯胜的话，脸色立即冷峻起来。蔡义大声道："长信少府，你这是非议诏书，毁先帝，是大罪。"

田广明也斥责夏侯胜道："这是诏书，你这样说，是大逆不道之罪。"

可是，夏侯胜为人刚直，从不趋炎附势，道："作为臣子，理应直言无隐，不能只知苟且阿谀皇上的意思，应为国为民，出于公心，说出自己的主张。这诏书不可用也。我的话已出口，虽死不悔。"

有人又劝夏侯胜道："不要再坚持，冒违抗诏书的风险。"

黄霸见群臣多数依然对夏侯胜加以指斥，忍不住大声道："我以为长信少府说得很有道理。"

有位大臣正要斥责黄霸，夏侯胜却截住他的话，痛斥他道："君为天，民为地，地以承天，天才以覆地。如地立翻覆，天何以覆地。食君禄应为君远计，人非圣贤，孰能无过？如果做臣子的看到君主有失而不直言，以小错铸大过，使庶民心散，让社稷危卵，这不是做臣子的应该做的！"

丞相蔡义正要反驳夏侯胜，黄霸却赞道："长信少府说得很好。"

黄霸作为丞相长史，却没有支持丞相，令蔡义十分恼怒。

结果，这次朝议因为夏侯胜和黄霸的反对，争论了很久，无果而罢议。

刘病已听了蔡义和田广明的奏报，非常气愤，但又没有明显地表露出来，心中念道：孝武皇帝虽然晚年犯下大错，但他毕竟是我的曾祖父，何况也下了《罪己诏》，敢于罪己，历代皇帝哪一个能比？当他幡然醒悟错杀了祖父后，立即下令将江充满门抄斩，将苏文烧死，曾对太子兵刃相加的人也陆续被杀掉。他怜惜祖父无辜，就派人在湖县修建了一座宫殿，叫做"思子宫"，又造了一座高台，叫做"归来望思之台"，借以寄托对祖父的思念，天下人闻听后，无不为之而悲之。曾祖父已去世多年，我不可能为他主丧了，而孝昭皇帝又未为他立庙，我以立庙的方式来宣示自己是孝武皇帝的嫡系遗脉，用来与以庶子身份即位的孝昭皇帝区别开来，显示我才是继承孝武皇帝事业和遗志的正统，有何不可？这不仅是为了稳固汉室，也是我应尽的孝道。夏侯胜啊，你学富五车，是一位忠臣，说得也不无道理，但怎么就不能站在我的处境和位置上而思之呢？黄霸啊，我是那么倚重你，你怎么附和夏侯胜，非议诏书？我即位两年多来，还没有伸直腰办过一件大事，怎么能半途而废？若此事虎头蛇尾，以后我还有什么皇威？

于是，不得不忍痛对蔡义和田广明道："没想到夏侯胜当着群臣的面，讥讽朕的诏书不可用。"

蔡义和田广明听了刘病已的话，明白了刘病已的意图。于是，给夏侯胜定下"大逆不道"的罪名，并要求群臣联名弹劾夏侯胜，立即给夏侯胜治罪。

田广明虽然对黄霸不满，但念及曾经在河南郡一起共事，黄霸对他也很敬重，夏侯胜公开非议诏书时，他也只是口头上说了一句赞同的话，并没有直接反对，便找到黄霸，劝说他不要固执己见，并让黄霸也在联名弹劾书上签字。

黄霸笑笑道："我黄霸十分敬重孝武皇帝，到处赞美他的功绩，但对他晚年的做法，尤其是在子虚乌有的巫蛊案的处置上，伤害了无数无辜之人，包括他的太后、太子等等，实在不敢恭维。孝武皇帝是下了《罪己诏》，也承认了自己的过错。然，若不是今皇上当时还在褓褓之中，恐怕也没有他今天的皇上之位。过去了就过去了，已经有了谥号'孝武皇帝',还立什么'尊号'和'庙乐'?"

田广明再三劝说,黄霸却坚持拒绝在弹劾书上签字。田广明忍不住问:"夏侯胜如此非议诏书,朝议前是否与你表露过?"

黄霸直言道:"进承明殿的路上,他曾经跟我讲起过,但这不是非议,而是作为臣子应该做的。"

田广明听黄霸这么一说,面色通红,愤然而去。

没几天,蔡义和田广明给夏侯胜定下"大不敬罪"罪名。接着,又揭发丞相长史黄霸事先知道夏侯胜非议诏书而没有举报,犯有包庇护纵之罪。不几日,夏侯胜、黄霸都被抓捕入狱。

按照汉律,这两宗罪都是死罪,不仅他们要被处死,还要夷三族。

此事在朝廷引起极大震动,消息很快传遍京城,都为黄霸和夏侯胜惋惜和痛心,大臣们再也无人敢"非议"为孝武皇帝立"尊号"和"庙乐"的诏书。

六月庚午日,蔡义和田广明再次召集众臣,朝议立孝武皇帝"尊号"和"庙乐"事宜。因为这次再也没人敢提出异议,他们很快拟定出方案:尊孝武皇帝的庙号为"世宗",在庙中演奏《盛德》《文始》《五行》舞曲,天子要世世献纳,以明盛德,全国臣民要永远供奉,世世代代铭记他的伟大功绩。孝武皇帝生前巡行过的四十九个郡国,都要建立世宗庙,其庙宇要像高祖庙和孝文皇帝的太宗庙一样宏伟壮观。

刘病已接到蔡义和田广明的奏报,很是欢喜,立即批准,并下令在全国立即施行。接着,又下令特地给全国成年男子普遍增加一级爵位,并赏赐酒肉,让百姓开怀畅饮一次,以示普天同庆。

孝武皇帝生前共巡行过四十九个郡国,约占全国郡国的一半,这些郡国接到诏令后,都立即行动起来,并按照高祖庙的规制,庙宇都建成两进式宫殿,前殿为正殿,供塑像,后为寝宫。

在这之前,汉朝只有高祖刘邦和孝文皇帝刘恒有"尊号"和"庙乐"，孝武皇帝是第三位享有这种特殊待遇的皇帝。

黄霸和夏侯胜同一天被抓，同时被送进廷尉诏狱。

全国各郡县都设有监狱，约有两千多座，仅京城直属的监狱就有二十六座。廷尉诏狱就是廷尉按照皇帝和皇后命令逮捕囚禁审判犯罪者的监狱，主要是囚禁将相大臣、皇亲国戚和郡县主官、宫中嫔妃，其他监狱主要囚禁无赖、凶犯、强盗等。女子监狱在永巷和掖庭，这两个地方是单独关押女犯的监狱，这是汉朝建立后才兴起的。

黄霸和夏侯胜同时被押送到监狱门口，只是押解他们的都不是那种用栅栏封闭的槛车，而是用苫布覆盖着车厢的辎车。让押解的役徒想不到的是，他们下车后，相互看了对方一眼，不仅没有痛苦或懊悔之状，还相视笑了笑，就像走进自家的庭院似的。

黄霸和夏侯胜没有想到他们被关押在同一间牢房。进了牢房，狱卒把牢门"吱吱"地关上，他们的内心虽然都五味杂陈，脸色却都十分坦然。黄霸和夏侯胜心照不宣，都只字不提"非议"诏书的事。

黄霸、夏侯胜都是谙熟律法和经过风霜雨雪之人，都知道既然被定为"大不敬罪"，死期很快就要来临，所以，既不谈国事、家事、天下事，也不谈明日是何日，何日有何为，都显得很坦然。

可是，一向忙碌惯了的他们，一下子静下来了却感到极其无聊。不到一天时间，黄霸便耐不住寂寞。他知道夏侯胜知识渊博，为了减少夏侯胜的痛苦和打破这一尴尬局面，扫视一眼监狱的墙壁和用柴草铺就的地铺，笑了笑，问夏侯胜道："请问少府，牢狱是何时有的？"

夏侯胜苦笑道："这里哪有少府和丞相长史？只有夏侯胜和黄霸。"

黄霸赔笑改变称呼道："请问长公，牢狱是何时有的？"

夏侯胜收住笑，问黄霸道："次公，知道这有什么用呢？"

黄霸依然笑着说："有幸进了牢狱，居然不知牢狱的前世今生，岂不愧对皇上？岂不等于白来一趟？"

夏侯胜听到这里，忍不住笑了，于是，就给黄霸讲起来："牢狱源于夏代的丛棘，亦称'棘丛'。棘多生于山中和野外，茎上长着很多尖尖的刺，树的枝干老化后，尖刺更加坚硬和锐利。那时，为了惩罚战俘和奴隶，奴隶主就到山上砍来棘树，编成围墙，把囚犯关在其中，这就是最早的牢狱。"

黄霸正听得津津有味，夏侯胜却停下来不讲了。黄霸忍不住问："后来呢？"

夏侯胜以为讲到这里就够了，没想到黄霸并不满足。他看着黄霸那急切求知的眼睛，不由又讲起来："舜帝时，有一个担任法官的人叫皋陶，他作'圜土'，其制像斗，墙称圜墙，扉称圜扉，故名'圜土'，即狱也。夏朝后期称为台。夏桀是夏朝最后一位君主，是有名的暴君。他重用奸臣，排挤贤臣，骄奢淫逸，诸侯方国中的商国国君商汤，发兵反抗被俘，夏桀将商汤囚禁在今颍川郡郡治阳翟南面的'台'里，此台后被称为'夏台'。"

黄霸听到这里，忍不住道："颍川郡与淮阳郡相邻，我作为淮阳郡人，又研读律法，居然不知夏台就在颍川郡，羞惭至极。"

夏侯胜笑笑，接着又道："商汤的贤臣伊尹和仲虺得知夏桀将他们的君王囚禁起来以后，就搜集了许多珍宝、玩器和美女献给夏桀。夏桀得到这些，非常高兴，也就下令将商汤释放了。商汤回到商国后，在伊尹和仲虺的辅佐下，起兵灭了夏，建立了商朝，成为商朝开国君主。因为商朝末代君主商纣王曾经把周文王囚在'羑里城'，故从商代后期，把囚禁犯人的地方称为'羑里'。秦朝时则称'囹圄'。'囹'为狱，'圄'为看守，关押起来的犯人都施加刑具，以防反抗和逃跑。汉朝建立后才有'牢狱'之名，掌管牢狱的官吏，叫提牢主事。牢房也不再是土牢石圈一类，还增制了地牢、水牢、铁牢，建造规模比先前的更大、更牢固，不再只是京城才有，各郡县也都设有牢狱，而且郡太守都要亲自参与牢狱案件的审理。"

夏侯胜一口气讲完，黄霸含泪而笑道："很荣幸，我二人被关进廷尉诏狱，享受着与其他罪犯不一样的待遇。"

夏侯胜仰天长叹道："关在哪里都是狱，死在哪里都是死，都是一样的……"

黄霸笑道："哪能都一样？司马迁跟我说过：人固有一死，或重于泰山，或轻于鸿毛……"

黄霸还没说完，忽然想到了司马迁，想起他们之间的友谊和他遭受的宫刑，忍不住感慨道："我初入朝廷时即与司马迁相识，深得其教诲，与之交集深厚，没想到，不久我因为弟弟犯罪被罢官。再次捐纳出仕，被远放沈黎郡，后来又来往于左冯翊、河东郡、河南郡，虽然这中间也曾进京后见过他几面，也仅读过他《太史公书》的一些篇章，深感那是究天人之际、通古今之变之作。可是，在他去世时却未能见上一面。我任丞相长史以来，多次打听他的后人，想拜读他的巨著，却都说不知去向……不日将被处死，再也读不到此书，遗憾至极也……"

黄霸说到这里，夏侯胜也控制不住感情，与黄霸抱头痛哭起来："死而无怨，只是担心国无明君，奸臣当道，天下倾覆，山河分裂，民无宁日焉。"

按照以往的惯例，被判死刑后很快就会斩首，他们也在等待着随时登上断头台，饭食也不再吃，觉也不再睡。

可是，他们等了好多天，却不见一点动静，除了狱卒送来饭食外，没有一个人来见他们。他们饥饿难耐，奇困无比，才不得不吃饭和睡觉。醒后，两个人相视而坐，无所适从，无聊至极。这天，黄霸忍不住对夏侯胜道："你六十有余，我已五十有九，老入牢狱，苟求生活，不亦鄙乎？"

夏侯胜忍不住问："死期将至，你还想如何？"

黄霸道："我想拜您为师，学习《尚书》。"

夏侯胜见黄霸在这样的情况下居然还要向他求教，对黄霸钦佩的同时，不由感到可笑，推辞道："都是要死的人，学这个还有何用呢？"

黄霸则笑笑道："孔夫子曾经说过：朝闻道，夕死可矣！"

夏侯胜听黄霸这么一说，很是感叹，道："孔夫子真不愧是大成至圣先师焉。"

黄霸趁机道："长公君自幼就读《尚书》，为今文尚书学'大夏侯学'的开创者，还习《洪范五行传》，通阴阳灾异，并著有《尚书大小夏侯章句》二十九卷、《大小夏侯解故》二十九篇，功莫大焉。黄霸久有求学之意，只是没得机会。今同居于一室，乃天赐良机，岂可失之？"

夏侯胜见黄霸如此孜孜以求，不得不给黄霸讲授起来："《尚书》约成书于四百多年前，原名为《书》，孔子晚年集中精力整理古代典籍，将上古尧舜一直到春秋秦穆公时的典籍选出一百篇，结集成书，前加个'尚'字，这便是《尚书》的由来。'尚'为'君上'之意，也即君王的意思，因为这部书大多是记载君上的言论，所以叫作《尚书》。《尚书》是儒学重要之经书。经术苟明，其取青紫，如俯拾地芥耳。经学不明，不如归耕。"

黄霸听着，在心中默默地背诵着。夏侯胜接着道："此书是由伏生传下来的。伏生系孔门弟子宓子贱后裔。秦统一天下后，设博士七十员以备顾问，伏生即为其一。秦始皇焚书时，伏生冒着生命之险，暗将《尚书》藏在墙壁之夹层内，由此逃避焚烧之难。秦亡汉立，儒家学派逐渐复兴，孝惠帝四年（公元前191年），除'挟书律'，伏生掘开墙壁发现尚有二十九篇保存完好，于是，传授于齐鲁两地之间。孝文帝时寻求能治《尚书》者，因伏生年九十余，老不能行，乃使晁错往受之。伏生生于周赧王五十五年（公元前260年），卒于孝文帝三年（公元前161年），享年一百岁，《尚书》学者，皆出其门。世传的今文《尚书》皆出于他。"

黄霸听到这里，不禁为《尚书》的传奇故事而唏嘘不已。

夏侯胜忽然仰望着屋顶道："《尚书》里说：春秋之世，圣王不作，暴君迭起，人民困于虐政，备受痛苦。为救危世，感化当世人君，史官作《书经》，希人主得尧、舜、禹、汤、文、武之道，使天下享尧、舜、禹、汤、文、武之治。这是在阐明仁君治民之道，也是

《尚书》第一要旨。《尚书》里又说：周室东迁之后，人臣之事君，远不如往古，乱臣杀君之事屡见不鲜。史官作《周书》，记古贤臣事君之道，以使后世取法。这是在阐明贤臣事君之道。"

黄霸正色道："黄霸虽不才，但愿做一个贤臣。可是，没想到……"

夏侯胜瞥了他一眼，没接他的话，接着道："《尚书》中有言：'克明俊德，以亲九族。九族既睦，平章百姓。百姓昭明，协和万邦。'意思是：公正能显扬才智美德，使家族亲密和睦。家族和睦以后，能辨明百官的善恶。百官的善恶辨明了，能使各诸侯国协调和顺。"

黄霸道："是啊，做官的不能辨明善恶，怎么能治理好一方。"

夏侯胜接着又道："《尚书》里又有言：'静言庸违，象恭滔天。'是说：花言巧语，阳奉阴违，貌似恭敬，实乃对上天轻慢不敬。"

黄霸感慨道："长公君以真言议政，黄霸甚感敬佩，当为楷模。"

夏侯胜也直言道："我的做人之道是：为国要忠，为民要仁，为事要义。上不奉下不欺。崇尚正派刚直，厌恶邪道歪理。"

黄霸沉思片刻，又问："一个人犯了罪，怎么处置，《尚书》里有吗？"

夏侯胜道："《尚书·康诰》篇里有言：'人有小罪，非眚，乃惟终，自作不典，式尔，有厥罪小，乃不可不杀。乃有大罪，非终，乃惟眚灾，适尔，既道极厥辜，时乃不可杀。'什么意思呢？是说：一个人犯了小罪，并不是过失，还经常干一些违法的事，这样，虽然他的罪过小，却不能不杀。如果一个人犯了大罪，但不是一贯如此，而只是由过失造成的灾祸，这是偶然犯罪，可以按法给予适当处罚，不应把他杀掉。"

黄霸又问："如何才能做一个贤人呢？"

夏侯胜道："《尚书·大禹谟》里记叙了大禹、伯益和舜谋划政事的一段对话，其中舜帝赞美大禹的品德道：'降水儆予，成允成功，惟汝贤。克勤于邦，克俭于家，不自满假，惟汝贤。汝惟不矜，天下莫与汝争能。汝惟不伐，天下莫与汝争功。予懋乃德，嘉乃丕绩，天之历数在汝躬，汝终陟元后。人心惟危，道心惟微，惟精惟一，允执厥中。无稽之言勿听，弗询之谋勿庸。'"

黄霸忙问："是什么意思呢？"

夏侯胜道："这是舜帝赞美大禹：在洪水来的时候，坚守信诺，完成治水的大事，只有你贤。你能勤劳于国，节俭于家，不自满自大，只有你贤。你不自以为贤，所以天下没有人与你争能。你不夸功，所以天下没有人与你争功。我赞美你的德行，嘉许你的大功。上天的大命将落到你的身上了，你终会升为大君。人心危险，道心精微，要精研专一，诚实保持着中道。无信验的话不要听，独断的谋划不要用。"

夏侯胜津津有味地讲着，黄霸一字一句地听着记着，吟诵着，一唱一和，乐此不疲，并摆手晃脑，时而似坎其击缶，时而若琴瑟和鸣，忘记了自己是在牢狱之中。

第二天，黄霸又要夏侯胜继续讲，夏侯胜忍不住苦笑道："明日可能就被杀头了，你知道得再多，用不上了，再讲有何用呢？"

黄霸愧悔道："黄霸与长公君相识太晚了，这是我一生的遗憾。"

夏侯胜道："人生最遗憾的是，活着的时候不知道自己是谁，到死也不知自己为何而活着。"

黄霸长叹道："的确如此。"

停了一会儿，黄霸再次央求道："《左传·宣公二年》里有言：'人谁无过，过而能改，善莫大焉。'我想说：人谁无憾，憾而能补，善莫大焉。今有幸与君在一起，该得道而不得之，空耗时光，岂不悲哉？"

夏侯胜见黄霸如此情真意切，于是，又继续讲起来。

他们每日一个讲，一个听，或者边讲边听边议。夏侯胜每当讲了一会儿，都会静下来听听门外的动静，随时准备被杀头。可是，除了到吃饭的时候有狱卒送来饭食外，一直无人问津。

别的人进了牢狱，都天天追问何时出狱，他们进了牢狱后则天天追问何日登上断头台，天天无不如此。

十天，半月。

一个月，两个月。

他们一直被关押着，一直没有人过问。

为何把黄霸、夏侯胜一直关押着而迟迟不杀头？只有皇上刘病已一个人清楚，但刘病已却不对任何人讲：黄霸、夏侯胜说的都是实话，他们二人都是贤人，他舍不得杀。

夏侯胜给黄霸讲授了一段时间，想到很快就会命归黄泉，索性有几日不再讲授。可是，因为天天傻坐着，太过无聊，又耐不住黄霸的央求，于是，从开始的应付，讲一些《尚书》中的名言，变成了全书的讲授。在讲授《尚书·洪范》时，夏侯胜津津乐道："洪范，是箕子向周武王陈述的天地之大法，分五行、五事、五纪、八政。五行：一曰水，二曰火，三曰木，四曰金，五曰土。水曰润下，火曰炎上，木曰曲直，金曰从革，土爰稼穑。水向下面润湿，火向上面燃烧，木可以弯曲伸直，金属可以加工成不同形状，土可以种植庄稼。向下湿润的水产生咸味，向上燃烧的火产生苦味，可曲可直的木产生酸味，可改变形状的金属产生辣味，可种植庄稼的土则产生甜味。"

黄霸忍不住叹息道："我若是像在沈黎郡、左冯翊那样，每日腰间都带着刀笔，及时把这些都记录下来该有多好啊。可惜、可惜，今手中无刀无笔焉。"

一年后的一天，黄霸正要让夏侯胜继续讲授《尚书》，忽然，狱门打开了，接着御史大夫田广明一脸冷笑地走了进来。

黄霸看到田广明，脸色陡变，既有愤恨，也有死期来临之痛。

夏侯胜看到了黄霸神情的变化，知道黄霸在想什么，微微一笑，两眼避开田广明，对黄霸道："初入狱时，你说'朝闻道，夕死可矣'，如今一年了，知足否？"

黄霸也不看田广明，微笑着看着夏侯胜道："已知足，即死可矣。"

黄霸说着，神色坦然地站了起来。

夏侯胜朝田广明瞥了一眼，也站了起来。

第十六章　灾年获释再升迁

黄霸、夏侯胜站起来后，都不看田广明，而是相互对视了一下，好似都在告诉对方：死期终于来临了，不用再讲《尚书》了。对视后，都不约而同地把目光投向狱门外，想早早地看到押解他们的囚车是什么样子，便手挽手一同朝门口走去。

田广明冷笑着问："要去哪里？"

黄霸冷笑道："还能去哪里？当然去你想让我们去的地方。"

夏侯胜蔑视地瞥了田广明一眼："你来不是要带我们去刑场，欲置我们于死地吗？"

田广明收起冷笑，道："带你去刑场，需要我亲力而为？"

黄霸也收起冷笑，反问他道："你这是来见我们最后一面，再羞辱我们一次吗？"

夏侯胜忽然又坐下，对黄霸道："时日不多，你再听我讲授一次《尚书·洪范》吧。上次讲到洪范之五行，今日讲'五事'。所谓五事：一曰貌，二曰言，三曰视，四曰听，五曰思。貌曰恭，言曰从，视曰明，听曰聪，思曰睿。恭作肃，从作乂，明作晰，聪作谋，睿作圣。"

田广明知道夏侯胜知识渊博，此时不知是想听他讲，还是表现出一种冷漠，默不作声，只是时不时地把目光在黄霸与夏侯胜之间来回转动。

黄霸明白夏侯胜的意思，对夏侯胜道："先生可否详解一下？"

夏侯胜笑笑道："貌，容貌也；言，言论也；视，观察也；听，听闻也；思，思考也。作为一个人，需做到容貌要恭敬，言论要正当，观察要明白，听闻要广远，思考要通达。容貌恭敬才能严肃，言论正当才能治理，观察明白才能昭晰，听闻广远才能善谋，思考通达才能圣明。"

田广明听了，面红耳赤，却无言以对，好半天才讥讽道："长信少府既然善经术，能预知灾异，为何不能预知自己入狱呢？"

黄霸怎么也没想到当年深受孝武皇帝喜爱的河南郡都尉、淮阳郡太守田广明随着地位的变化，会变得目空一切，桀骜不驯，也不念昔日之交情。于是，替夏侯胜回答他，也是在讥讽他道："御史大夫此言差矣。当初少府说：话已出口，虽死不悔。那是什么意思？说明已经预知会遭人构陷。少府做人讲究的是：为国要忠，为民要仁，为事要义。上不奉下不欺，崇尚正派刚直，厌恶邪道歪理。"

田广明一向口若悬河，听黄霸这么一说，羞愧难当，无言以对。

夏侯胜望了田广明一眼，别有一番意味道："我夏侯胜观你面相，恐怕你我这是最后一次见面了。"

田广明对夏侯胜、黄霸在群臣面前反对他，一直记恨于心，此时见他们又一唱一和地明讽暗刺，不由怒火中烧：我田广明一出仕就担任皇帝身边的侍从官，后历任要职，平定益州等地叛乱，屡立战功，皇帝也高看几眼。想当初你们竟然在群臣面前与我作对，让我威风扫地。本想除掉你们，却迟迟不见皇帝诏令，又让我在群臣面前大失颜面。此次来本是想羞辱你们一番，不想让你们这样在牢狱中这么清静地待着，没想反被你们欺侮！于是，别有意味地问夏侯胜道："我听说，人和人不一样，有的死后，其坟有的称为坟，有的则称为冢……"

夏侯胜立即明白他要说什么，没等他说完，就截住他的话道："我来告诉你：帝王的称陵，诸侯的称冢，圣人的称林，百姓的称坟。

天子死曰崩，诸侯死曰薨，大夫死曰卒，士死曰不禄，庶人死曰死。死也有多种，他杀死、自杀死、惊吓死、病死、老死。御史大夫的意思是我们死后，坟本该称为冢，以后只能称坟了。"

黄霸笑道："死期将至，黄霸又跟老师学到了很多东西。"

田广明知道再跟他们两个说下去等于自取其辱，恨恨地甩袖而去："等着瞧。我要看你最后怎么死。"

夏侯胜冷冷一笑道："恕不相送。"

黄霸、夏侯胜见田广明远去，忍不住相视一笑。

夏侯胜道："继续讲《尚书》。"

黄霸笑道："多多益善。"

停了一会儿，黄霸微微闭上眼睛，道："若有出头之日，黄霸必将从老师这里得到的经典，学以致用，进取人世，关心国事民瘼。"

时间久了，他们跟狱卒也都熟悉了，狱卒知道他们入狱的原因，也对他们很崇敬，非常关照。

本始三年（公元前71年）春，刘病已即位的第四年，也即田广明来牢狱想羞辱他们的半年后，一个狱卒在给他们送饭时，诡秘地一笑，对他们道："田广明自杀身亡。"

黄霸听了很是吃惊，忙问："何以至此？"

原来，早在建元四年（公元前137年）孝武皇帝派张骞出使西域时，乌孙国就与汉朝结盟。三十多年前，孝武皇帝让宗室刘建之女细君公主，下嫁给乌孙国国王猎骄靡，以与乌孙国结为昆弟之国。细君公主逝世后，孝武皇帝马上把楚王之女解忧公主嫁给乌孙国君。孝昭帝末年，乌孙国受到匈奴和车师国联军的攻击，解忧公主上书求汉朝出兵相救，适逢孝昭帝驾崩，所以，汉朝没有派遣援兵。匈奴得知孝昭帝驾崩，刘贺即位，朝廷风云乍起，就趁机数侵汉边。刘病已即位后，匈奴虽然不敢再侵汉边，却继续向西攻伐亲近汉朝的乌孙国。解忧公主及新任国君昆莫分别遣使，再次求救于汉朝。刘病已遂派遣五路大军，征伐匈奴。田广明被封为祁连将军，率四万人马，出西河，北至塞外一千多里的鸡秩山。恰在这时,汉朝使者冉弘自匈奴返回,与田广明大军相遇,对田广明说:"鸡秩山西面有匈奴大军。"田广明听了,不敢前进,并告诫冉弘说:"不准再向他人说前面有敌军踪迹。"说罢,欲引军返回。其部下皆认为不可,田广明不听,率军而还。田广明以为此事能瞒住刘病已,他没想到刘病已很快就知道了真相,随即以"知敌在前,逗留不进"之罪,将田广明交法官审讯。田广明自知罪重,遂自杀身亡。

黄霸听到这里,禁不住看着夏侯胜道:"上次田广明来此欲羞辱我们,少府曾经对他说'恐怕你我这是最后一次见面了',是否已预知他不得善终?"

夏侯胜笑而不语。

黄霸叹道:"做人,心不正者必遭报应。"

夏侯胜想说什么,却忽然打住。他闭目静思了一会儿,似乎想到了什么,叹息道:"不久,恐怕又会有大的灾异发生。"

黄霸深知夏侯胜善预测灾异,听了这话,陷入沉思之中。

狱卒知道黄霸是淮阳郡人,就定睛看了他一眼,告诉他一个与淮阳有关的消息道:"不久前,颍川郡太守赵广汉调任京兆尹,皇上得知颍川郡多豪强大姓,很为难治,就把淮阳郡太守韩延寿转任为颍川郡太守。"

黄霸听到这里,不禁一阵欣喜。韩延寿是燕国人,早年做过郡内的文学教官,韩延寿的父亲因为反对燕王刘旦谋反而被害,所以,韩延寿被迫迁居于长安西南的杜陵。孝昭皇帝即位后,因父功擢升他为谏大夫。元凤元年(公元前80年),田广明的哥哥田云中在淮阳郡太守位上病故,孝昭皇帝让韩延寿接替田云中做了淮阳郡太守。黄霸虽然远离家乡,却时常关心家乡,韩延寿把淮阳郡治理得很好的消息不断传到他的耳中。颍川郡东与淮阳郡相邻,西与河南郡相邻,黄霸任河南郡太守丞的时候,每次回老家探亲,都要经过颍川郡,知道那里不像淮阳郡那样一马平川,那里既有山地,也有平原,而且贫富差距很大。黄霸想到这里，心中暗暗为韩延寿祈祷，盼他到颍川郡后，能有更好的治绩。

黄霸、夏侯胜没有想到，到了六月十一日，丞相蔡义病薨。蔡义薨后，刘病已思考了好多日，最后选定年七十七岁的长信少府韦贤任丞相，升大司农魏相为御史大夫。

韦贤，字长孺，是鲁国邹县人，生性纯朴，淡泊名利，善于求学，精通《诗经》《礼记》《尚书》，号称邹鲁大儒，声誉卓著，远近闻名。孝武皇帝前期，采纳董仲舒"抑黜百家，表彰六经"的建议，设立五经博士，认为他是个难得的人才，征召他为博士。孝昭皇帝即位后拜他为师，请他教授《诗经》。先后任他为光禄大夫、詹事、大鸿胪。刘病已刚即位时，因为他是孝昭皇帝的老师，又参与了谋议设立宗庙之事，被赐爵关内侯。夏侯胜被捕后，让他做了长信少府，主皇太后宫。魏相任河南郡太守时，对黄霸非常欣赏，如今魏相为御史大夫，黄霸禁不住很为魏相高兴。

夏侯胜听到这一消息，跟黄霸开玩笑道："魏相出河南郡由大司农升任御史大夫，入御史府，你出河南郡由廷尉正升丞相长史，入诏狱。"

黄霸也跟夏侯胜开玩笑道："韦贤做长信少府不久，当了丞相，你做长信少府不久做了囚徒。"

夏侯胜自嘲道："别的囚徒在狱中呼天唤地，我却把牢狱当学馆，做老师，传授《尚书》，踌躇满志。"

黄霸也忙自嘲道："别的囚徒在狱中生不如死，我在狱中硕果盈枝，其乐融融。"

二人你一言我一语，最后都忍不住捧腹大笑。

本始四年（公元前70年），黄霸、夏侯胜已被关押在牢狱三年。三年里，他们始终把牢狱当学馆，一个讲学，一个听讲；一个诲人不倦，一个洗耳恭听。

三月中旬的一天，一个狱卒忽然告诉他们一个十分令人震惊的消息：皇后许平君因为难产而死，霍光的小女儿霍成君被册立为皇后。

黄霸、夏侯胜听到这个消息，都十分困惑：许平君身为皇后，年纪轻轻，已经生过一子，身边又有御医，怎么会难产而死？他们都不禁为许平君的早逝而痛心不已。

不久，黄霸、夏侯胜又从狱卒口中听到消息说：霍成君做了皇后以后，立即对官属进行赏赐，金额以千万计，她的车驾、侍从队伍一天比一天盛大，与许平君皇后时的节俭对比，有着天地之别。

就在黄霸与夏侯胜为刘病已忧心如焚的时候，这天，狱卒又告诉他们一个不幸的消息：四月二十九日，即霍成君被册立为皇后的第十八天，关东四十九个郡国同日地震，山崩水出，城墙、房屋倒塌，北海郡、琅琊郡两郡的太祖庙、太宗庙也被震坏，各郡国纷纷向朝廷告急。经统计，地震中被砸死和淹死者有六千多人。

黄霸与夏侯胜听后，忍不住相拥痛哭。黄霸哭了一阵，忽然擦了一把泪水，问夏侯胜道："当初你对田广明说：'观你面相，恐怕你我这是最后一次见面了。'不久，田广明自杀。你听说田广明自杀后，又说：'不久，恐怕又会有大的灾异发生。'接着，丞相蔡义薨，许平君皇后薨，关东四十九个郡国同日地震，你是否早已预测到国家要有大灾大难？"

夏侯胜直言不讳道："是这样。"

黄霸带有几分怨气道："长公君，你预测到了这些灾难，为何不向皇上奏明？"

夏侯胜也面色悲戚地对黄霸道："我是被判死罪的人，有机会上奏皇上吗？皇上会听我的话吗？"

黄霸听到这里，不由一阵叹息：是啊，将死的人，谁会听你的？

二人议论了一阵，深感再怨天尤人也无可奈何，只能坐等朝廷的消息。

刘病已接到关东四十九郡国的奏报，非常恐惧，并把地震与他即位以来发生的几件事联系在了一起：匈奴趁他刚刚即位，大举进犯汉边；黄霸、夏侯胜因反对为孝武皇帝立庙乐被逮捕入狱；弹劾黄霸、夏侯胜的田广明惧敌撤兵，畏罪自杀，丞相蔡义薨，皇后许平君薨……而今关东四十九郡国又大地震，太祖庙、太宗庙也被震坏……这是怎么了？是我做了什么违背天意的事，还是没有顺应民心？是上天在惩罚我吗？刘病已翻来覆去想着这些，不由掩面而泣：我一出生就在牢狱之中，自能睁开眼睛那一天就没见过父母，是靠女囚奶妈的奶水活命，苟延残喘。五岁被送到外祖母家，不知谁是自己的亲人。回到未央宫后在张贺、许广汉辅佐下长大，与许平君成婚后又被逐出皇宫，贬为庶民。被拥立为皇帝的几年来，每年大事不断，没有一日安宁。历朝历代哪有我这样经历的皇帝？哪个皇帝有我知道百姓的疾苦？而今六千多百姓死于非命，有多少个孩子从此没有了父母？这些孩子将是多么凄苦？我这个做皇帝的，此时岂能寂然无声，漠然不动？

不几日，黄霸在狱中听到消息：刘病已脱下龙袍，不在正殿上朝，穿上白色的衣服，为死难者服丧，并遣使者奔赴地震灾区，代他去吊祭死者，慰问其亲属，并赐死者下葬的棺木钱。

接着，刘病已为祈求太平，下了一份罪己诏：

盖灾异者，天地之戒也。朕承洪业，托士民之上，未能和群生。曩者地震北海、琅琊，坏祖宗庙，朕甚惧焉。其与列侯、中二千石博问术士，有以应变，补朕之阙，毋有所讳。

刘病已下罪己诏没几日，忽然又想到了被关押在牢狱中的黄霸和夏侯胜，似有所悟。接着，便下诏大赦天下。关押在狱中近三年的黄霸和夏侯胜，被赦出狱。

黄霸出狱后，想到夏侯胜不仅知识渊博，还是预测天象、吉凶和洞察奸谋的高手，如果赋闲在家实在可惜，于是，不顾自己是一个刚刚被释放的罪犯，大胆上书刘病已，奏请朝廷让夏侯胜在京城建学馆，讲经学。

刘病已当初之所以批准了蔡义、田广明给他们判定的"大逆不道罪"，是出于树立皇威之意，并非真的要治罪于他们，更不想杀他们，所以，仅仅是关押。之后，朝野发生的一系列大事，已让他很是后悔。所以，接到黄霸的奏书后，当即准奏。

可是，夏侯胜却以自己是被判过死罪之人为由，拒绝了黄霸多次登门相求，依然闭门不出。

黄霸见靠他独自一人劝说不能如愿，就四处奔走，联络京城中的儒生前往相求。一些儒生不明真相，以为是刘病已没有恩准夏侯胜建学馆，讲经学，夏侯胜才不复出，于是，几百名儒生聚集在一起，跪在长安街，面朝未央宫，乞求刘病已开恩。朝廷很多官员及百姓闻知消息，也到处奔走，强烈呼吁，甚至也与儒生们一起跪求。

刘病已看到这一情况，亲自召见夏侯胜，对夏侯胜的品德和学识赞赏一番后，任命夏侯胜为谏大夫，又加官给事中，让他从此可以出入宫禁之中，每日均可上朝谒见。夏侯胜见刘病已这样对待自己，这才答应复出。

夏侯胜想到有那么多的儒生渴望求学于他，为不负众望，于是，建学馆继续讲学，而且不知疲倦。他虽然没有按刘病已说的那样常侍在刘病已左右，可是，朝廷每有大事，皇上必召他相商，并情真意切地对夏侯胜说："尔通正言，无讳前事，乃天赐卿于朕。今后尔言者无罪，知无不言。"

夏侯胜深感当下朝廷人才匮乏，如不及时广招才俊，汉朝的人才势必青黄不接，难以兴盛，也不利于汉室长治久安。于是，大胆上书，谏言刘病已诏令各郡国再次举荐贤良方正人士，予以重用。

刘病已感到夏侯胜很有远见卓识，立即纳谏，不几日便诏令三辅、太常、各郡国向朝廷举贤良方正各一人。又让夏侯胜再次做了长信少府和太子太傅。

夏侯胜通过在狱中与黄霸的相处，深感黄霸是一个难得的贤良之才，便让左冯翊宋畸举荐黄霸为贤良方正之士。随后，又亲自奔赴宣室殿，面见刘病已。

刘病已看到夏侯胜没有被召见而来求见，必有要事禀奏，于是，走下御座，亲切地问道："太子太傅是否有要事上谏？"

夏侯胜没有直接回答，而是先说在狱中的遭遇道："启禀陛下，臣下在狱中近三年，虽苦犹乐……"

刘病已不知他要说什么，想到曾经下令把他抓捕入狱，并定为死罪，不禁有些难堪，但不得不微笑着问道："何乐之有？"

夏侯胜道："因为臣下与丞相长史黄霸同室。"

刘病已不解地问："黄霸学识远不如你夏侯胜，为何因与他同室而乐？"

夏侯胜道："臣下过去虽然对黄霸治理地方深得民心有所闻，也仅仅是听说而已，并未切身感受。与他同室后才感受到他的胸怀和为人。他不仅每日请求我讲授《尚书》，还对臣下说：若有出头之日，当学以致用，进取人世，关心国事民瘼。还提出：几十年来，朝廷及各郡国都以严苛施政为荣，实乃违背民意，当今之世，当以执法严明、为政宽简为要。有此高见，实乃不易也，这也正是陛下所要的贤良方正之士。盼陛下重用之。"

刘病已知道黄霸是一个贤良之才，所以即位不久就擢升黄霸为丞相长史。听了夏侯胜的这番话，赞道："黄霸一向公正无私，心系天下，勤政爱民，今又获得了《尚书》中的'道'，通经学，定能为汉室立下汗马之劳……"

夏侯胜遂道："如此贤良之才至今没能大用，实在可惜。"

刘病已听到这里，很为当初把夏侯胜和黄霸投入牢狱而后悔不迭。想到近年来各郡国食禄两千石的官吏，有不少人也像朝廷中的一些大臣那样欺他年轻，无视朝廷，且骄奢淫逸，贪赃枉法，遂挺起胸膛，对夏侯胜道："扬州刺史部如今正缺刺史人选，朕这就颁诏，命他为扬州刺史。"

刘病已说罢，立即颁布诏令，授黄霸扬州刺史印绶，让黄霸复出。

刺，检核问事之意。刺史的职责就是监察诸侯王、郡守和地方豪强，并巡行郡县，每年八月起出行巡察，年底回朝廷奏报。这些，黄霸早在因为弟弟犯罪被罢官回家时，就熟记于心。别的刺史俸禄为六百石，黄霸因为做丞相长史时俸禄为一千石，刘病已又对他爱惜有加，这时俸禄依然为一千石。刺史的俸禄虽然远远低于郡国的郡守和国王，但位置却在郡守和国王之上。

消息传开，朝廷中引起极大震动，都为刘病已不计前嫌、知人善任而欣慰。黄霸的好友纷纷向黄霸祝贺，一些与他很少交往的朝臣，也登门祝贺。

黄霸任丞相长史时，受制于丞相府，而今则直接隶属于由御史大夫和御史中丞组成的御史台。接到诏令的当天，黄霸想到刺史一职责任重大，又是监察扬州部，御史大夫魏相曾经做过扬州刺史，于是，就动身欲奔向御史台，想向魏相详细了解扬州刺史部的一些情况。

就在黄霸刚刚出门的时候，御史大夫魏相和光禄大夫邴吉却来到了他的门前。黄霸看到他们亲自到他的门下，十分感动，一边往门内相迎，一边对魏相笑道："御史大夫做河南郡太守时，我为太守丞，受制于你。你做过扬州刺史，如今我也做扬州刺史，本该平起平坐，而你却做了御史大夫，我还是受制于你，难道此生就该与你辅车相依？"

魏相听了，不由也笑起来，道："不仅要辅车相依，还要唇亡齿寒。"

黄霸向魏相言明正要去御史台向他讨教，魏相立即给黄霸介绍一番扬州刺史部所辖各郡国的情况，并讲述一番他任扬州刺史时的一些举措。

邴吉一向为人厚道，不夸耀自己，加上很了解黄霸，既没有讲什么为政之道，也没有什么祝福之语，只是投以赞美的目光。他与魏相来此，一是要向他祝贺，二是有事相问。停了好一会儿，邴吉才开口问他道："黄霸君是淮阳郡人？"

黄霸心里说：过去曾经不止一次地告诉过你，怎么都忘了？但还是立即回答道："是，淮阳郡人。"

邴吉又问："是淮阳郡什么地方人？是郡治淮阳城还是别的县？"

黄霸很奇怪邴吉今天为什么问这么详细，立即回答道："淮阳郡北部的阳夏县，距郡治仅几十里路。"

邴吉又问："一个有功德之人，曾经是一个女囚，淮阳人，是田广明任淮阳郡太守时被抓捕并送到长安的，如今已释放回家十六年，不知你是否听说过，我很想知道她如今是否安好。"

黄霸道："请问这个人叫什么名字，我设法给打听一下。"

邴吉迟疑了很久，笑笑道："算了，以后再说为善。"

黄霸感到邴吉与这个女囚必有隐情或者有感情纠葛什么的，见邴吉这样，也不好意思再问。于是，只得回应道："有需要黄霸相助的时候敬请告知。"

邴吉正色道："等你巡察完扬州部各郡国以后再说。"

御史大夫魏相和光禄大夫邴吉告辞后，黄霸想到自己几年来的起起伏伏，不禁浮想联翩：出仕以来，已几次被贬和被远放，更甚者是因为不赞成给孝武皇帝立"尊号"和"庙乐"，被判为"大逆不道"罪，险遭夷三族。被囚禁的时候确实对刘病已十分厌恨，通过狱中向夏侯胜求"道"，和近几年内朝廷发生的大事，站在刘病已的处境，也深深原谅了他：一个流落民间的皇子，孤身登上皇帝宝座，霍光家族掌控朝廷，宫廷暗流涌动，各郡国也常常不奉诏书，阳奉阴违，肆意妄为，匈奴趁机犯边，关东又大地震……内外交困，有多少不易和无奈？今日刘病已能起用一个"非议诏书"的罪犯，且任命为刺史，去监察俸禄两千石的高官，足见刘病已对自己的宠信，当冰释前嫌，赤诚为国。

第三天，黄霸收拾行囊，准备按朝廷赐予的职责，巡察扬州部各郡国。

第四天，就在他登上车将要离开未央宫时，刘病已一侍者急匆匆来到他的面前，道："陛下召见。"

黄霸立即下车，随侍者快步朝宣室殿奔去。

黄霸登上宣室殿，走到刘病已面前，只见刘病已面色凝重，憔悴了许多。黄霸虽然心痛，但也不便多说，忙立容施礼道："微臣黄霸拜见陛下。"

刘病已望了黄霸一阵，若有所思地问道："还记恨朕吗？"

黄霸不自然地笑笑道："微臣不仅不记恨，还十分理解陛下。"

刘病已长叹一口气道："都言皇帝尊，谁解心中苦？"停了一会儿，正色道，"朕年少时即遍游京兆尹、左冯翊、右扶风三辅之地，常居于民间，和百姓斗鸡走马，也结交了不少朋友。朕深知百姓的喜怒哀乐，也看到了不少官吏怒则乱罚，喜则乱赏，烦扰苛暴，甚至胡乱杀人，百姓对官员贪腐切齿痛恨，可谓天怒人怨。先帝在世时就对此恨之入骨，下诏将全国分为十三州部，各部设刺史一人，并颁布六条问事，进行监察，一些不法的太守和国君因此受到惩罚，天下大治。可是，孝昭帝以后的这些年，一些郡国趁朝廷风云变幻，不法行为日益猖獗。朕已即位四年，是整饬吏治、断理冤狱的时候了，朕今日命你为扬州刺史，望恪尽职守。"

黄霸斩钉截铁道："臣下愿为大汉社稷和百姓肝脑涂地。"

刘病已点点头，关切地对黄霸道："你今年已经六十岁，当下正是炎热的七月，去扬州刺史部又路途遥远，一路会非常艰辛。巡察不是一两日即可告成之事，朕准你可在天气凉爽一些的时候再出巡。"

黄霸谢绝道："谢陛下厚爱！做臣子的当以天下为重，舍己为民。"

刘病已再三劝阻，黄霸依然坚持立即出巡。

刘病已见黄霸对朝廷如此赤诚，十分感动，转身大声对侍者道："给黄刺史换乘二千石官吏乘坐的车。"

第十七章　六条问事刺扬州

六百石和一千石的官吏出行所乘的车，车厢左边涂成红色，右边则不涂色。其他刺史出刺巡察时，所乘的车也都是这样。黄霸乘坐的车虽然同其他奉命出使的朝臣所乘的车款式一样，为施轓车，也是四匹马拉的车子，车厢两边屏障的质地也是席子，但都被涂成红色，与俸禄二千石的官吏所乘的车一样，这在俸禄一千石的官吏中，黄霸是一个特例。所以，朝臣们看到这种情景，都对黄霸高看一眼。

黄霸出了未央宫，驭手一声响鞭，四匹马仰着头，把脖子上的铜铃摇得"哐啷、哐啷"脆响。四匹马随着驭手手中缰绳的松紧，时而左转，时而右转，最后直奔城东门。

出了京城，那四匹马好似熟知自己要去哪里似的，不用车夫扬鞭，便跐起四蹄，沿着宽敞的官道，一路朝着东南方向而去。

扬州刺史部在长安的东部，辖九江郡、庐江郡、会稽郡、丹阳郡、豫章郡和六安国六个郡国，治所设在九江郡郡治寿春。九江郡辖十五县，庐江郡辖十二县，会稽郡辖二十六县，丹阳郡辖十七县，豫章郡辖十八县，六安国辖五县，共九十三个县。寿春与长安相距两千多里，途中经过河南郡、颍川郡、淮阳郡，然后才进入扬州刺史部的辖域。

黄霸的车走到长安城外时，发现天空没有一丝云，阳光直白直

235

白的，异常的炽热。阳光虽然照射不到车内，却烤着车厢，车内像个蒸笼，把他身上的毛孔都蒸得睁开了眼，往外不停地吐水，把他身上的朝服给吐得湿漉漉的。为了透风，黄霸不得不把门帘打开。路两边树上的知了好像看到他可笑的样子似的，雌的趴在树叶上，不停地摆动两对膜翅，细长如针的口器插在树皮内，偷偷地笑。雄的则争相"吱——吱——"地鸣叫，似乎在大笑。

每当这时，黄霸便跳下车，像少年时一样，走到树跟前，围着树，兴高采烈地寻找知了脱下的壳皮。若有知了还在树上叫，他就趁机捡起地上的泥块，瞅准知了的位置，猛地向知了投去，嘴里还大叫着："叫，叫！我让你还叫！"

因为出汗过多，黄霸一路感到口干舌燥，不得不时常让车停下来，走到河边或者水塘边，捧起里面的水解渴。每当看到有鱼儿在水中游来游去，会捡起土块扔过去，口中还大叫："快跑！"

车夫看到他童心未泯的样子，总是忍不住捧腹大笑。

尽管一路很热，黄霸却不以为然。他回顾着从侍郎谒者、书佐、卒史、均输长，再到太守丞、廷尉正、丞相长史，自我掂量着都有哪些做得好，有哪些做得不好，然后告诫自己如何恪守职责、不辱使命。心里说：过去，无论职位高低，无论有哪些得失，都做到了尽职尽责，可谓问心无愧。如今做了刺史，更要严于律己。刺史虽然只是按"六条问事"的准则去监察、考核郡国高级官员，只有监察权，没有处置权，俸禄仅一千石，远不及郡守和诸侯国王，但代表的却是朝廷，可以直接上奏皇上，实乃可以左右这些被监察对象的生死存亡。同时，刺史还可以参与朝廷决策，有要事可以直接向皇帝奏报。有的时候，皇帝会召见刺史，和刺史商议国事。因此，更应惜权如金。

想到任刺史的职责事关朝廷的重大决策，黄霸的脑海里不由又沉思起朝廷设置刺史的前前后后：早在秦朝时，每郡都设御史，对地方进行监督和控制。秦朝末年，天下纷纭。因为遭遇战乱，汉朝建立之初，处处残垣断壁，百姓流离失所，经济凋敝，高祖刘邦为与民休息，就没有设置监御史，不事监察，最后致使诸侯坐大，各郡国放纵不羁。孝惠帝时看到这一局面，开始设置监御史，相当于现在的刺史，对地方进行监察。可是，有不少监御史玩忽职守，有的还跟郡守等相互勾结，对郡守等包庇纵容，其中越权、不奉法和失职的现象时有发生。孝惠帝为了制止和减少这些现象，每两年将监御史轮换一次，后来又设置了一套新的丞相史出刺制度，但仍不能很好地遏制上述乱象。孝文帝时，看到御史多失职，不再设置，而命丞相另派人员出刺各地。元封元年（公元前110年），孝武皇帝即位的第三十年，他撤销了在各郡设置的监察御史，四年之后又下诏将全国分为十三部，设"六条问事"的监察准则，直接设置刺史，把刺史当作治国利器。而今刘病已沿用孝武皇帝的做法，让我黄霸做了刺史，这是对我黄霸的信任，我黄霸当无愧于此职。

可是，怎么才能行使好自己的职权？黄霸想到不久就要到达寿春，不觉间联想到了他为政处事之楷模的七世祖春申君黄歇：战国时，楚顷襄王十九年，楚都郢城被秦国攻占，楚顷襄王被迫迁都到今淮阳郡治，他得知春申君黄歇正在外地游学，见识广博，辩才出众，就派人把他请回楚国，命为"入则与王图议国事、出则接应宾客"的左徒。不久，秦国再攻楚国，春申君黄歇为了楚国免于战火，只身赴秦，说服秦昭王免于兴兵。后来，楚顷襄王为向秦国求和，不得不接受秦国的条件，派太子熊完作为人质到秦国，春申君黄歇又陪太子熊完赴秦。不料，与熊完一起被秦昭王扣留在秦国十年。楚顷襄王病危，楚国派使者到秦国求秦昭王放熊完回楚，秦昭王依然不答应。是春申君黄歇设计让熊完装扮成车夫，熊完才得以回到楚国。熊完即位后，拜春申君黄歇为楚国令尹。后来，楚国因为与赵、魏、韩等国合纵抗秦失败，被迫迁都到寿春。为了保护陈城，春申君把子孙的一部分留在淮阳，仅带部分家人去了寿春。不久，熊完病逝，他夫人的哥哥李园为了独掌国政，趁春申君黄歇在前往王宫奔丧时，令人埋伏于王宫棘门之内，不仅把他杀死，还杀死了他的全家……

想到这里，黄霸不由自语道：春申君黄歇是我的七世祖，他虽然被奸佞之臣所害，但他明智而忠信，宽厚而爱人，尊贤而重士，后人无不尊崇，到了寿春，定要好好拜祭。

黄霸经过淮阳郡的时候，忽然想到很久没有回过老家，不由十分想念妻儿，于是，决定顺便到家看望一下巫云和黄赏。

在走到离家还有几十里路的时候，他忽然让车夫停车，自语道：才出任刺史，还没到任就先想到的是回家看望妻儿，假公济私，这样怎能教人奉公行事？己不正，焉能正人？大禹治水，三过家门而不入，自己怎么能一有便利首先想到自己？于是，黄霸立即让车夫掉头朝寿春方向而去。

二十多天后，黄霸到了九江郡边界的一个驿站。他正准备继续前行，只见九江郡太守派来迎接的郡尉等官吏也来到了这个驿站前。他来的时候，没有让朝廷提前通报，不让地方官府迎接，想自己悄悄地来，不扰官，也不扰民。不料，消息还是不胫而走。九江郡郡尉等官吏看到黄霸的车乘，立即迎了上去。

黄霸被迎至驿站内稍事歇息、洗漱后，又继续前行。

记不清又走了多少时日，黄霸终于到了九江郡治所寿春城外。他没有想到，太守率郡府官吏早已等候在城门外，列队迎接。黄霸虽然一向反对官府中这种迎来送往的所谓礼节，但见既然已经如此，也就没有再说什么。

黄霸刚进入城内，忽然停车问太守道："战国时的楚王宫是否还有保留？"

太守不知黄霸为什么突然问起此事，如实回答道："王宫形制未变，只是宫殿已面目全非。"

黄霸道："那就好，先引路让我到那里查看一下。"

太守与众官吏面面相觑，虽有不解，仍不得不领路前往。

黄霸到了昔日楚王宫的遗址前，太守重复道："此王宫虽然原址未动，格局未变，但已经过无数次修缮，既有楚风，也有汉韵。"

黄霸没有再说什么，径直朝里面走去。到了棘门，黄霸突然止步，泪如雨下并扑通跪了下去。所有郡府官吏见此情景，无不惊慌失措，呼叫着"刺史大人"，纷纷上前搀扶。

　　太守更加惊慌，一边搀扶，一边问道："刺史大人，你……你这是……"

　　黄霸叩了几个头，慢慢站起身，长叹一声道："很久以前就想到此来拜祭，一直未能如愿，今天来到了，黄霸死而无憾矣。"

　　太守等听了黄霸的话，如入云雾，但又不敢相问。

　　黄霸绕着这座昔日的楚王宫走了一圈，想象着他的祖先黄歇辅佐考烈王治理楚国和被杀的情景，一直泪眼蒙眬，直到太守再三提醒，才随同太守等走向郡府。

　　到了郡府，黄霸没有歇息，立即令太守把郡府官吏召集到郡府大堂。

　　官吏们到齐，黄霸端坐于大堂之上，讲了一番巡察的有关事宜后，问道："诸位知道我为何先去楚王宫吗？"

　　众官吏都迷茫地摇摇头。

　　黄霸道："寿春曾经是楚国的都城，诸位应该知道吧？"

　　众官吏齐声回应："这个无人不知。"

　　黄霸面色凝重道："春申君黄歇是楚考烈王的令尹，就是今日的丞相，诸位应该也知道吧？"

　　众官吏齐声回应："春申君位居战国四君子之首，曾经做楚相二十五年。是四君子中唯一不是王室血脉的人。"

　　太守面色凝重地感慨道："司马迁曾经来此，观春申君故城，感叹道：春申君黄歇舍身以救其主，终于逃离强秦，使游说之士向南趋赴楚国，是春申君黄歇的忠义所致……"

　　黄霸借助太守的话题，先介绍一番黄歇一生的经历，然后提高声音道："熊完即位后，春申君辅佐熊完治理天下，楚国日渐强大。春申君的门客李园为了个人的显贵，借春申君之势，把妹妹李嫣送进王

239

宫，被封为王后。楚都迁到寿春时，春申君为了保护楚国旧都，即今日的淮阳城，把子孙的一部分留在了淮阳。李园为了独掌国政，居然杀害了春申君。楚国日渐衰落，最后终被秦国所灭。"

很多官吏都了解这段历史，但听到这里，忍不住又一阵唏嘘。

黄霸停了片刻，道："我是淮阳郡人，乃春申君第七世孙……"

黄霸说到这里，所有官吏都惊诧地"哦"了一声，才明白黄霸为何到楚王宫旧址拜祭。

黄霸接着道："春申君的功德不需赘言，然，我想问诸位：秦国，一个边陲小国，为何能跻身战国七雄，并统一天下？楚国，战国七雄中的强国，为何一步步走向衰亡，并被秦国所灭？被秦国灭掉的楚国何以重新复国？秦始皇灭六国建秦朝，曾经威震天下，秦朝为何仅十五年就轰然灭亡？"

众官吏一时都回答不上来。

黄霸又道："我讲我七世祖春申君黄歇，并非炫耀我祖先的功德，而是想说：一国之兴衰，不仅取决于君王，也取决于他的辅臣。我黄霸要以我的祖先为模范，为国进思尽忠。"

众官吏听着，不由都用一种仰慕的目光看着黄霸。

黄霸接着又道："秦国的灭亡既毁于昏君胡亥，也毁于他的宠臣赵高。故，每一个做地方官者，不要以为自身仅仅是在一个地方为官，就无关于国。一个地方要由地方官来治理，如果地方官胡作非为，民怨四起，同样能毁掉国家。国之不存，何以家为？皮之不存，毛将焉附？作恶者虽能逞强一时，必将祸及子孙，万世唾骂。为善者虽不炫耀一时，必将福荫后代，千秋不衰。"

所有官吏听到这里，都禁不住额头冒出汗水来。

黄霸话锋一转道："今黄霸被皇上命为扬州部刺史，巡察扬州刺史部五郡一国，首站即九江郡。虽然此次仅以六条准则问事，督察郡国高官，其他官吏也当以此准则自察。即日起，所有郡府官吏，先对照六条问事查究自身。"

第二天，黄霸又把太守、太守丞、郡尉等几位高官召集到大堂之上，问道："'六条问事'都记得住吗？"

太守迟疑了一会儿，才慢吞吞道："记……得。"

黄霸重复在狱中跟夏侯胜学到的《尚书》中的一段话道："一个人犯了小罪，不是过失，还经常干，这样，虽然他的罪过小，却不能不杀。如果一个人犯了大罪，但不是一贯如此，而只是由过失造成的灾祸，这是偶然犯罪，可以按法给予适当处罚，不应把他杀掉。"

太守忙道："刺史说得很有道理。"

黄霸扫了一眼太守、太守丞、都尉等，语重心长道："各自对照'六条问事'，若有违反者，自我认罪，我会向朝廷奏请宽恕。若无违反，当以此为戒。"

太守、太守丞、都尉都红着脸道："在下领悟，在下领悟。"

黄霸拿出写着"六条问事"的书卷，边打开边道："为了尽到职责，本刺史必须逐条相问：第一条，强宗豪右，田宅逾制，以强凌弱，以众暴寡。意思是：势家豪族土地数量和住宅规模超过制度规定，依仗财大势强欺凌贫穷弱势者。九江郡有吗？"

太守忙回答道："有。"

黄霸又道："第二条，二千石不奉诏书，遵承典制，背公向私，旁诏守利，侵渔百姓，聚敛为奸。意思是：俸禄二千石者，不按皇帝诏令行事，不遵守法律制度，背公向私，假借诏令以牟私利，损害百姓利益，掠夺民脂民膏，聚敛财富，为非作歹。有吗？"

太守大汗淋漓，半天才声音低微地回应道："有……"

黄霸接着又道："第三条，二千石不恤疑案，风厉杀人，怒则任刑，喜则淫赏，烦扰苛暴，剥截黎元，为百姓所疾，山崩石裂，妖祥讹言。意思是：俸禄二千石者，不认真查明疑难案情，草率定案，胡乱杀人，怒则乱罚，喜则乱赏，烦扰苛暴，残民以逞，为百姓所痛恨，弄得天怒人怨，山崩石裂，灾异妖言并出。九江郡有此乱象吗？"

太守、太守丞、都尉都垂下头去。

黄霸不看他们，继续道："第四条，二千石选署不平，苟阿所爱，蔽贤宠顽。第五条，二千石子弟恃怙荣势，请托所监。第六条，二千石违公下比，阿附豪强。通行货赂，割损政令。这三条都是什么意思呢？即二千石选人用人不公，嫉贤妒能，压制人才，任人唯亲，亲近信用顽劣奸诈之徒；二千石子弟仗势逞威摆阔，干预公务，染指司法，向主管人员请托；二千石不讲公德，不顾体统，低三下四地巴结豪强，贿赂公行，破坏政令……"

没等黄霸再说下去，太守、太守丞、都尉都扑通跪了下去，道："好多条在下都有所为，请刺史禀奏朝廷，宽大处理。臣愿负荆请罪，改过自新……"

黄霸没有因为他们的下跪而原谅他们，厉声道："本刺史曾经把这样一段话刻在竹简上，挂在自己的厅堂：你想着为百姓做事而当官，当官后一定是清官。你想着为自己的富贵而当官，当官后一定是贪官！"

太守、太守丞、都尉齐声赞道："刺史所言，当立为做官者箴言。"

不几日，黄霸再次把郡府官吏召集到郡府大堂内，要求所有郡府官吏一个个背诵"六条问事"，先检查自己。凡是主动认罪者，限期改正，不再上奏；顽固不认罪者，一律依法论处，绝不姑息。

黄霸不说自己要对不法者如何处置，却举例威慑道："孝武皇帝末年，郡国盗贼蜂起，十分猖獗，特别设置专管巡视、处理各地政事的'直指使者'，巡察时皆穿绣衣，故又称'绣衣直指'。有一位直指使者叫暴胜之，他巡察时身着鲜艳的绣衣，手持锋利的斧头，到各地镇压盗贼、监察郡国吏政，其执法的范围远达东部沿海一带。对违抗其命令者，就以严厉的军兴法论处，其威名震动各郡国。他巡察至渤海郡被阳县后，得知被阳县令王诉有不法行为，要对其进行腰斩。王诉已被解开衣服，身子伏在铡刀下面。这时，王诉忽然仰起头对暴胜之道：'使君长官执掌生杀权柄，威震郡国，杀一个王诉也不能够增加你更多的威风，不如有所宽缓，以显明你的恩德仁恕，让我尽死力报答你和朝廷。'暴胜之听了，禁不住一愣，认为他说得很有道理，于是，立即下令赦免了他。从此，与王䜣结为厚交。暴胜之完成使命回到京城后，立即向皇上推荐了王䜣。很快，王䜣被召入朝为官。孝昭皇帝时，王䜣被升为御史大夫，后又接替田千秋为丞相，被封为宜春侯。"

所有郡府官吏听到这里，都明白了黄霸的良苦用心，纷纷发誓："愿听刺史教诲，改过自新。"

接着，黄霸又下县巡察，听取百姓声音。

黄霸执法严明又宽厚待人的消息，很快被传遍九江郡各县，不仅郡府官吏主动交代自己曾经有过的不法行为，各县县令也都主动交代。一些豪强看到这局势，一个个偃旗息鼓，盗贼也随之销声匿迹。一时间，九江郡出现了从未有过的祥和之气。

黄霸在九江郡巡察数月后，又前往会稽郡。当他坐上车时，郡府中的所有官吏皆含泪相送。太守特别派几名下属要送黄霸到会稽郡边界。黄霸的车行出了郡府大门，行至大街上，富商和百姓都列队两旁，注目相送。

几日后，黄霸的车到了会稽郡边界，会稽郡的官吏早已在此迎候。

黄霸被迎至会稽郡郡治吴县县城后，依然像在九江郡一样，先把郡府的官吏召集到郡府大堂，开宗明义，讲了一番此次巡察的有关事项，接着宣读"六条问事"。宣读完毕，他没有像在九江郡那样，逐一让官吏对照条文，而是忽然话题一转，问道："有谁能讲述一下会稽郡的来历？"

一官吏道："会稽本山名。夏禹曾经巡狩至此，会稽于此山，后以山名为郡，故名会稽郡。"

黄霸何尝不知？但接着又问："是何时称会稽郡的？"

一官吏急忙回答道："会稽郡在战国时期为越国之地。秦王政二十四年，秦始皇派大将王翦率兵六十万，先攻打楚国北部重镇淮阳，接着攻占楚国最后一个都城寿春，灭掉楚国。秦王政二十五年，秦将王翦平定荆江南地，降越君，以吴县为治所，始置会稽郡。会稽郡初置时，领有吴、越两国之地。秦始皇二十六年，分天下为三十六郡，分会稽郡西部置故鄣郡。汉初，会稽郡又称吴郡。东接于海，南近诸越，北枕大江。高帝五年正月，高祖徙齐王韩信为楚王，以秦之东海郡、会稽郡、泗水郡、薛郡、陈郡置楚国，都下邳。孝景皇帝三年，吴王刘濞联合楚王刘戊、赵王刘遂、济南王刘辟光、淄川王刘贤、胶西王刘印、胶东王刘雄渠等刘姓宗室诸侯王，发动叛乱。刘濞兵败身死，吴国除。孝景皇帝徙汝南王刘非为江都王，分吴国之东阳郡、鄣郡置江都国。会稽郡重新归属朝廷直辖。"

黄霸道："大禹是与尧、舜齐名的贤圣帝王。他为何能受舜禅让而继承帝位？为了治水，他勤于沟洫，手足胼胝，三过家门而不入，治理黄河有大功。会稽郡是大禹娶妻、封禅之地，也是他的陵寝所在之地，所有人无不仰慕。诸位身为朝廷命官，居于圣贤之地，做到了像大禹那样尽力为民，手掌和脚底都长了老茧吗？若不能，岂不上愧于先祖，下愧于百姓？"

众官吏面色羞愧，大气不敢出。

接着，黄霸复述在狱中跟夏侯胜学到的《尚书·大禹谟》里舜帝与大禹的一段对话道："舜帝曾经赞美大禹说：在洪水来的时候，你坚守信诺，完成治水的大事，只有你贤。你能勤劳于国，能节俭于家，不自满自大，只有你贤。你不自以为贤，所以天下没有人与你争能。你不夸功，所以天下没有人与你争功。我赞美你的德行，嘉许你的大功。上天的大命将落到你的身上了，你终会升为大君。在座的做到了像大禹那样坚守信诺、勤劳于国吗？"

众官吏听到这里，都纷纷低下头去。

黄霸目光冷厉地扫视一眼，话题一转，道："会稽郡春秋战国属楚国，战国四君子之一的春申君黄歇，诸位知道否？"

众官吏忙抬起头，纷纷回答："知道，知道。"

黄霸道:"黄歇因有功于楚国,楚考烈王熊完即位后拜他为令尹,先赐他淮河以北十二县封地,封为春申君。楚都迁于寿春后,改封地为江东一带,即如今的吴县一带,以吴为都邑。这里多水泽,民多受其害。春申君黄歇在辅佐考烈王治理国事的同时,带领吴地百姓修城池,治水利,开浚疏通江河,沿河堤筑堰,百姓大受其益。春申君死后,吴地人为不忘他的功德,地名、水名多以'黄''申'为名,并为之立祠,享祀不尽。请问各位:都在位多少年了?能记得自己都为民做了什么好事吗?等你们不在人世时,有多少人会记住你们?"

众官吏又都纷纷低下头去。

黄霸面色愧悔地叹息一声道:"朝廷命我黄霸为扬州部刺史,不知是天意,还是祖上在冥冥之中警示我做得还不够好,让我先到寿春,接着又让我到了这里,是否在提醒我:'见贤思齐,见不贤而内自省也……'"

太守似有所悟,惊问道:"春申君黄歇是刺史的祖先?"

黄霸很自豪地直言道:"是我的七世祖。"

众官吏听了,纷纷抬起头,无不啧啧惊叹。

黄霸忽然又问:"在座的都已在官场多年,为什么要做官,目的为何,有谁能回答?"

黄霸等了半天,没有人敢回答。

黄霸感叹道:"我年少时就想做官,为什么?想像我的祖上那样为民造福。我敢说:绝非自诩。做了官后,常常问自己什么是好官?怎么才能做好官?窃以为,官位不在高低,才能不在大小,真心为民做事即好官。否则,就不是好官。若打着为民的幌子,谋取私利,欺上瞒下,貌似谦谦君子,实乃欺世盗名之徒。若利用手中的权力,不顾百姓死活,不为民除害,甚至胡乱杀人,怒则乱罚,喜则乱赏,烦扰苛暴,貌似冠冕堂皇,实乃真正的罪犯。"

黄霸说到这里,不少官吏禁不住面红耳赤,毛骨悚然。

接着,黄霸又道:"如今天下的官,最大的莫过于皇帝,其次是丞相。田蚡是孝景帝皇后王娡的胞弟，孝武皇帝的舅舅，官至丞相。他骄纵跋扈，曾经要求把考工官署的地盘划给他扩建府邸。元光三年，黄河在濮阳县西南的瓠子大堤决口，洪水向东南冲入巨野泽，泛入泗水、淮水，将淮水、泗水连成一片，淹及淮阳郡、鲁国、梁国、齐郡、济南郡等十六郡国，他为了保护自己河北的封地不被淹，让孝武皇帝下诏放弃堵塞决口，任河水肆虐。他从来不为大汉江山社稷着想。他的田地庄园，都是非常肥沃之地，所修建的府邸也极其华丽壮伟，超过了所有贵族。不仅如此，田蚡派到郡县去收买名贵器物的人络绎不绝，后房的美女多至百人，诸侯奉送的珍宝、狗马、古玩，数不胜数。最后呢？惊惧而死，为万世不耻。孝武皇帝之孙刘贺，荒淫无度，不保社稷，在位二十七天而被废为庶人，成为后世笑柄。此类例子历代皆有，不再一一列举。丞相、皇帝贪欲横流、不保社稷尚且身败名裂，一个地方官如若肆意妄为，不讲公德，不顾体统，低三下四地巴结豪强，贿赂公行，破坏政令，虽能逞强一时，岂能逃脱杀身之祸？"

黄霸声音不高，既循循善诱，又柔中带刚，字字铿锵，锋利无比，这些郡府官吏从来没有听到过这么让他们惊惧的戒告之词，没有遇到过这样的朝臣，不少人忍不住汗流浃背。

接着，黄霸宣读"六条问事"，然后让每个官吏逐条对照。

不几日，郡府官吏中有"六条问事"中所列恶迹者，无不主动向黄霸请罪，以求得到宽恕。不到几个月时间，郡中豪强见官吏们都一改过去的视鼎如铛、视玉如石的放纵奢侈行为，并主动请罪，再不敢横行霸道。

一时间，一向"江河横溢"的会稽郡，很快变得风平浪静。

黄霸巡察了会稽郡，接着，又先后奔赴庐江郡、丹阳郡、豫章郡和六安国。

黄霸每到一地，都殚精竭虑，不曾有一丝懈怠，并按规定每年的十月按时回京城向朝廷奏报巡察情况，十二月再回到刺史部。

黄霸任刺史的第二年，刘病已改年号为"地节"。这年年底黄霸回京奏事时，忽然得到一个消息：茂陵人徐福认为霍氏奢侈无度，奢则不逊，不逊则侮上，侮上即逆道，断定霍氏必亡，于是上书皇上刘病已："霍氏太盛，陛下如爱厚之，宜不时地抑制其权势，不然，霍氏必亡。"徐福连续上书三次，刘病已虽然心如明镜，却不得不都给以压下。

地节二年（公元前68年）春三月，黄霸正在丹阳郡巡察，从京城传来消息：霍光病逝，二十三岁的刘病已开始了亲理朝政。他五天一听事，从丞相以下各署，均奉职奏事，并要求都要拿出好的理政措施。派往各地的刺史也都改变过去固定奏事时间的做法，凡有大事，立即回京奏报，不得延误，并要详细奏报百姓疾苦。

黄霸得知刘病已如此宵衣旰食地躬亲朝政，相信大汉天下必有大治。他每巡察到一个地方，都要把刘病已日理万机的所作所为讲给这个地方的官吏。这些地方官吏多少年来没有听说过皇帝如此心系天下者，也都全身心治理地方。

地节三年（公元前67年）四月，刘病已立子刘奭为皇太子，封其岳父许广汉为平恩侯，以邴吉为太子太傅，并大赦天下。

六月，任丞相四年的韦贤因年老多病，辞官隐退，不久即去世。七月，刘病已擢升为人严毅、刚正不阿的御史大夫魏相为丞相，升任以贤德著称的太子太傅邴吉为御史大夫。接着下令降低盐价和赋税，减轻百姓负担。

朝野上下一片欢腾，朝臣同心同德，没有敢苟且偷安者。

黄霸看到这一情景，多年来郁积于胸的不安和困惑终于烟消云散。从此，一改过去每日忧虑不安的状态，变得心花怒放，神清气爽。

这天，黄霸正在六安国的蓼县巡察，忽然，朝廷一使者来到他的面前，传达刘病已诏令说：有一件大事牵涉他，让他急速回京。

黄霸接到诏令，不由一阵茫然，甚至有些仓皇失措：近年朝廷风平浪静，自己一直在扬州刺史部巡察，不在朝廷，会有什么事牵涉自己？虽然不知道朝廷又发生了什么事，但意识到一定是有了大事，不然，刘病已不会派使者传诏，让他急速回京。于是，当即起身离开六安国。

这次，黄霸不再像过去那样乘坐自己的专车，而是换乘驿站传递公文用、由两匹马驾驶的轻便快速的轺车，每到一个驿站就更换驿马，火速赶往京城长安。

第十八章　德高望重皇帝尊

黄霸回到长安，想到刘病已急召他回京，必有紧急之事，未及歇息，立即奔赴未央宫，直奔宣室殿。

黄霸进了宣室殿，发现刘病已一反常态，不仅没有在御座上挺胸而坐，反而在大殿内来回走着，神情焦躁不安。

刘病已听到脚步声，转身看见是黄霸走了进来，立即满脸笑容。没等黄霸施君臣之礼，便问黄霸道："知道朕为何宣你急速回京吗？"

黄霸不安地回答道："微臣不知。请陛下明示。"

刘病已又问："知道有一个叫郭征卿的人吗？"

黄霸有些茫然，忙问："陛下，这个郭征卿是哪里人？是干什么的？"

听黄霸这么一问，刘病已才意识到由于心急，说得太过模糊，于是解释道："郭征卿曾经是一个囚犯，做过朕的奶妈……"

黄霸听到这里似乎明白了什么，回应道："是孝武皇帝晚年，那个年轻漂亮的女犯人郭征卿吗？"

刘病已激动道："然，就是那个郭征卿，淮阳郡人。你知道她？"

黄霸十分惊讶，惊讶得有点语无伦次："郭征卿是淮阳郡人？臣下过去听说过她，却不知道她是淮阳郡人。陛下是想找到她？她长什么样子？"

249

刘病已显得有些不高兴，道："因为你是淮阳郡人，朕才召你回京，想问个究竟……你怎么反问起朕来？"

原来，霍光死后，刘病已在检查殿中主管收发文书、保管图籍的尚书处时，掖庭宫中一位婢女让她丈夫上书刘病已，陈述说："启禀陛下，我是一个婢女，名字叫'则'。我虽出身卑微，却在陛下被养于掖庭时，做过陛下的奶妈，对陛下有护养的功劳。如今年岁渐长，力不从心，请陛下多多关照。"刘病已看到这份奏章，十分吃惊，立即勾起对童年的回忆：那时自己是有几个奶妈，不然，哪有自己的今天。因为那时他很幼小，一时想不起几位奶妈都长什么样子，叫什么名字。于是，立即把这份奏章转交给掖庭令，命掖庭令进行考查询问。掖庭令找到那位叫"则"的婢女的时候，婢女声泪俱下道："当年孝武皇帝下令要杀掉狱中所有犯人，得知有皇曾孙在里面，才大赦天下。当时皇曾孙年方五岁，无处安身，奶妈胡组、郭征卿的雇期满，该回家，御史大夫邴吉就把皇曾孙交给我抚养，此事御史大夫邴吉最清楚。"掖庭令见她这么说，立即把她带到御史大夫府，让御史大夫邴吉证实。邴吉一见她，先是一愣，等问清缘由，气愤地指斥她道："我是曾经把皇曾孙交你抚养，可是，你抚养了多久？不仅如此，你还曾经对皇曾孙大加呵斥，让皇曾孙摔倒过，犯过养皇曾孙不谨慎的过错，还挨过板子。后来我不得不再次出钱雇佣胡组和郭征卿抚养。你养皇曾孙没多久，有什么功？独有渭城的胡组、淮阳郡的郭征卿对皇曾孙有恩。"

邴吉想到刘病已亲自过问此事，不得不上书刘病已，陈述当年胡组、郭征卿供养他的情况。刘病已看到邴吉的上书，眼前不由浮现出幼年时的一幕幕，把过去一些模糊的印象都连接在了一起，才知道那个时候之所以有人照顾他，是邴吉一人所为，不然，就没有自己的今天。想到这里，忍不住泪如泉涌，失声痛哭。于是，他想到了老家是淮阳郡的黄霸，便急令黄霸回京，要让黄霸回淮阳郡帮助寻找郭征卿，以报养育之恩。

黄霸听了刘病已的讲述，忽然想起他被命为刺史时，御史大夫邴吉曾经问过他的那段话："一个有功德之人，曾经是一个女囚，是淮阳人，已释放回家十六年，不知你是否听说过，我很想知道她如今是否安好。"直到这时，他才明白邴吉一直向刘病已瞒着自己的功德。于是，不好意思地回答道："陛下，臣在孝武皇帝太初元年第二次离开淮阳，先到沈黎郡，后到左冯翊、河东郡、河南郡，远离家乡和京城，距今离开淮阳已三十七年。臣在河南郡的时候，听说过陛下被关押在郡邸狱和在掖庭的一些事，但不清楚郭征卿和胡组都是哪里人。"

刘病已听了黄霸的话，不禁也有几分尴尬：是啊，那时自己仅仅是一个襁褓中的娃娃，外人怎么能知道这些呢？孝武皇帝末年，因为朝廷不稳，淮阳生乱，擢升以杀戮为治的田广明为淮阳郡太守，淮阳郡辖县那么多，且黄霸在河南郡，田广明抓捕杀害了很多人，他怎么能知道都是抓捕了哪些人？于是，带有几分歉疚地对黄霸道："朕就是想到淮阳郡的官吏已更换了很多数次，如今的郡守等，因为都不是淮阳人，也不一定能说得清楚，故召你回京，没想到……"

刘病已说着，尽力回忆着郭征卿长什么样，却怎么也描述不清，于是，命侍者道："宣御史大夫邴吉进殿。"

邴吉接到刘病已的诏令，立即来到了宣室殿。

从邴吉进殿的那一刻，刘病已就把目光紧紧地盯着他，好像郭征卿的长相就画在邴吉的脸上。等邴吉到了跟前，刘病已忙问他道："那个渭城人胡组长什么样？"

邴吉立即描述道："个子不高，浓眉大眼，非常爱笑……"

刘病已又问："那个淮阳人郭征卿长什么样？"

邴吉又描述一番道："高高的个子，高高的鼻梁，高高的颧骨，高高的胸脯，慈眉善目……"

刘病已忽然闭上眼睛，想象着幼年时捧住奶妈的双奶贪婪地吸吮的情景，眼泪忍不住又一次滚落下来。接着，声音嘶哑道："御史大夫呀，这么大的事，你为何一直向朕隐瞒……她们对朕有养育之恩，朕不能不报啊……"

黄霸见刘病已如此动情，想象着刘病已幼年的凄凉情景，也忍不住流下眼泪来。

邴吉回忆着当年的情景，看到今日刘病已坐在皇帝的宝座上，心中既悲切又自豪，但依然没有表现出一点点对刘病已有恩的神情，并劝刘病已道："陛下，已经过去很多年了，就不要再提那些伤心的事了。"

刘病已忽然瞪大眼睛，问邴吉道："御史大夫，你怎么知道得那么清楚？朕觉得你还有很多事在瞒着朕。"

邴吉吞吞吐吐，依然匿功不言。

刘病已见状，意识到他的猜测很对，禁不住又问："除了她们三人，还有谁对朕有恩？她们是怎么不辞劳苦养育朕的？是谁在那时不顾个人安危，舍命安排她们养育朕的？朕很想搞清楚，你要给朕如实讲来。"

邴吉见此事不能再隐瞒下去，只得把前后经过详述了一遍。刘病已听完，才知道邴吉对自己有救命和养育之恩，忍不住感慨道："御史大夫啊，你对朕有如此大的功德，二十多年了却对朕闭口不言，这是何等的高尚啊？若不是那个名叫则的婢女让她丈夫上书给朕，朕至今还不晓详情啊！"

邴吉再次劝慰刘病已道："陛下，过去很久的事了，臣下早已忘记，陛下就不要再提了。"

刘病已控制不住自己的感情，大声道："朕怎么能不提？那叫则的婢女虽然对朕有过关爱不周之处，朕毕竟吃过她的奶水，她对朕也有恩啊！那时朕是个罪人，是一个幼小的罪人，是一个没有亲人的孤儿，她能给奶吃，实属难得。从今日起，免去她的奴婢身份，使其成为庶人，再赏钱十万。"

邴吉垂首道："臣下领命。"

刘病已凝视了邴吉一阵，又道："你对朕有着那么大的恩德，二十多年只字不提，你是朕见过的最厚道的人。"

邴吉难为情地回应道："陛下，那是臣下该做的。"

黄霸插话赞美邴吉道："对皇上有那么大的恩德，若是换成别的人，早就居功自傲，不可一世了。御史大夫的美德，日月可鉴，当万世传颂。"

刘病已忽然对黄霸道："朕恨不能立即奔赴淮阳郡，看看那里是一个什么样的地方，为何出那么多贤德之人。可惜，近日朕抽不出身，日后朕会去的。你明日就回淮阳，给朕找到郭征卿，朕要报答她的养育之恩。"

黄霸立即回答道："臣下遵命，明日即启程回淮阳。"

刘病已接着又对邴吉道："再派使者到渭城去，寻找胡组。"

邴吉道："臣下遵命。"

黄霸、邴吉退下，刘病已的心情久久不能平静，一遍遍重复说："自己命运多舛，如果不是遇上邴吉，早已命归黄泉！这个邴吉，对自己那么大的恩德，居然二十多年守口如瓶，虽然对他也有提升，那是他凭功绩所得，自己并没有对他有丝毫的特别关爱，这让我情何以堪？"

刘病已说罢，立即下诏给丞相魏相说："朕低微时，邴吉对朕有旧恩，他的德行很美。《诗经》里说过，没有恩德不报答的。封邴吉为博阳侯，食邑一千三百户。"

魏相接到诏令，立即为邴吉选择封地和拟写诏书文稿。

魏相拟定好诏书文稿，选定好封地，立即向刘病已奏报。刘病已对此事非常重视，不仅让夏侯胜选择良辰吉日，还要把受封仪式搞得非常隆重。

这天，就在刘病已准备为邴吉举行封侯仪式，并要派人加绶封地时，不料，邴吉忽然病卧在床，且昏迷不醒，十分严重。

刘病已得知这一消息，十分惊慌，心中忐忑不安道：邴吉年事已高，如若再也起不来，岂不再也没有报答他的机会了？于是，把精通经术的太子太傅夏侯胜召到跟前道:"朕要给邴吉封侯,没想到他一下子病得这么重。朕一定要赶在他活着的时候,把封侯的事给办了,而且要办得很体面。"

夏侯胜看着刘病已不安的神情,笑笑道:"陛下不要担心,这个人不会死的。"

刘病已听了夏侯胜的话,十分喜悦,但只是一霎,接着又不安地问:"你说的是真的吗?"

夏侯胜笑笑道:"臣听说有阴德的人,一定会享受他的快乐,并会荫庇他的子孙。现在邴吉还没有得到报答就病得很重,那只是一个意外,请陛下放心,他不会死,他那不是致命的病。不要在这个时候授爵封地,等他病愈后不迟。"

刘病已虽然知道夏侯胜对人和事都能预见得很准,但仍然不放心,对夏侯胜道:"如若不像你说的那样,朕没有在他生前授爵位与他,朕会遗憾终生。"

夏侯胜再次重复道:"陛下放心,他不会死的。"

几日后,就在刘病已纠结得寝食难安之时,邴吉的病果然好了。刘病已听到这一消息,忍不住心花怒放。

不料,邴吉得知皇上要对自己封侯后,立即上书,坚决谢绝道:"臣听说陛下欲为臣下封侯,臣下倍感不安。爵位都是授给有功德的人的,我邴吉于汉室没有什么功德,不应凭空名受赏。"

刘病已看到邴吉的上书,更是感叹不已,立即召见他。

邴吉接到刘病已的口谕,想到这是一个拒绝封侯的好机会,立即到宣室殿面见刘病已。刘病已看到邴吉,没有等他说话,便大声道:"朕封你为博阳侯,不是空名,是你有德,是你对汉室有功。你上书谢绝封侯,难道是想向世人说朕不道德吗?为了汉室,你已功德满满。当今天下太平,你要少思虑,及时请医诊治,按时吃药,振作心神,多多保重。"

邴吉见推辞不过,只得默认。

邴吉被封侯后不久，黄霸也从淮阳回到了京城。

刘病已得知消息，立即召见他。

黄霸来到宣室殿，未等刘病已相问，便奏报道："陛下，那个叫郭征卿的，臣下给找到了……"

刘病已激动地站了起来："朕要亲自到淮阳去看望她！"

黄霸见刘病已这样，放慢语气道："郭征卿是淮阳郡治东北十里远的五谷台附近郭庄人……"

刘病已笑出眼泪道："太好不过，朕要亲自到淮阳向她磕头谢恩。"

黄霸忽然面色沉郁，声音有些嘶哑道："陛下，十分遗憾，郭征卿已经不在人世了……"

刘病已懊丧莫及，搓手顿足，声泪俱下道："朕知道得太晚矣，太晚矣！"刘病已悲叹着，又问黄霸："郭征卿当年是因为什么罪入狱的，知道吗？"

黄霸回答道："我打听到了，是因为她的弟弟被征戍边，后来战死，她思念弟弟，骂朝廷不该连年征战……"

刘病已听了，忍不住唉声叹气，道："这是民心所向啊！一奶同胞，血浓于水，弟弟战死沙场，做姐姐的能不思念？能不痛恨朝廷？她因此而入狱……呜呼，可悲可叹啊……"

刘病已哀叹着，忽然双手击案道："朕在位一天，就要政教明，法令行，边境安，四夷亲，使天下殷富，百姓康乐。"

不久，派往渭城的使者也回到京城，说也找到了胡组的老家，可是，她也不在人世了。

刘病已见已经无法回报两位恩人，于是，下诏道："郭征卿、胡组有恩于朕，今日无以回报，甚感遗憾。有子孙的，要厚厚地赏赐。子孙确有才者，一律赐予官位。"

因为郭征卿、胡组都已不在人世，刘病已无法当面磕头谢恩，遂着素衣，两日没有上朝，以示哀念之情。

黄霸完成刘病已交付的寻找郭征卿的使命后，原打算趁机与夏侯胜、魏相叙叙旧情，尤其是想与杨敞的儿子杨恽屈膝畅谈一次。黄霸之所以想与杨恽畅谈一次，不仅因为杨恽是杨敞的儿子，司马迁的外孙，更重要的是他轻财好义，大公无私，奉公守法，且为官清廉，不徇私情。同时，还同他的外祖父司马迁一样，有着出污泥而不染的纯洁品格，有着敢于冒死在皇帝面前直谏的铮铮铁骨。黄霸因为一直在几个郡任职，他们之间的交往多是书信往来，所以，他十分珍惜这次回京的机会。

杨恽字子幼，刘病已即位初年为郎，因其才华，擢升为收受平省尚书奏事、典掌枢机的左曹，后因告发霍光子孙谋反有功，封平通侯，迁中郎将。他虽然小黄霸十几岁，两个人却十分投机。

这天，黄霸刚准备前往杨恽府邸，刘病已又召见他，交代一番事宜后，说他离开扬州刺史部已很久，令他立即返回，所以，只得取消这一打算。

黄霸没有想到，在他走出宣室殿，刚准备沿阶而下，夏侯胜、魏相正一起说着笑着，拾阶而上。夏侯胜一看见黄霸，立即停下脚步。没等黄霸走到跟前就大声道："我听说次公君在扬州部以法教人，以德服人，郡县官吏莫不仰慕，豪强莫不敬畏，百姓安居乐业，实在是可以大书特书之人也。"

夏侯胜为人质朴刚正、平易近人而没有威仪。别的朝臣朝见刘病已时皆称"陛下"，他则称"君"，并在刘病已面前对同僚也以字相称。这些做法都是不合礼仪的，但刘病已反而因为这样对他更加亲近信任。所以，黄霸每次见他，也都像他一样，称他的字而不称官职。

黄霸一边快步而下，一边忙回应道："长公君过誉了。我仅仅做了一点点该做的事，何足挂齿？若有所成就的话，也离不开老师在狱中的真传也。"

魏相也学夏侯胜，称字而不称官职，赞誉黄霸道："次公在河南郡时就以外宽内明、崇尚仁政而闻名，做了刺史后，言传身教，吏民无不折服，难能可贵也。"

黄霸面带愧色道："想当年与丞相共谋于河南郡，受益匪浅，至今不忘。与丞相相比，犹天冠地屦也。"

就在他们谈兴正浓的时候，杨恽驾着一辆车子出现在他们面前。黄霸看到他想见的人这个时候都不约而至，十分欣喜，急忙迎了上去，也称字而不称官职，道："子幼，怎么在宫中亲自驾车？车上拉的是什么？"

杨恽十分得意地笑道："是外祖父所著《太史公书》。"

黄霸、夏侯胜、魏相一听，都禁不住瞪大了眼睛：都知道司马迁著有《太史公书》，都想拜读，可是，一直不知去向，杨恽突然这么一说，都感觉像做梦一样，甚至怀疑杨恽在开玩笑。

杨恽见他们如此惊讶，忙解释道："该书藏在华山脚下老家华阴县很多年了，今献给朝廷。"

黄霸、夏侯胜、魏相一前一后奔到车后面，掀开车帘，一人捧起一卷，如饥似渴地翻看起来。

杨恽看着他们爱不释手的样子，笑笑道："巫蛊案发生时，《太史公书》已完稿。大搜查时，外祖父担心发生意外，让我母亲把书带到了我家。我父亲天生胆小，就把此书送往华阴县老家珍藏。为防止意外，一直对外隐瞒。"

黄霸听他这么一说，不由一阵心痛：司马迁因为替李陵辩护，险遭杀身，为了这部《太史公书》，毅然选择了以腐刑赎身死。后因替巫蛊案中被无辜杀身者而痛心疾首，尤其是为刘据的喊冤而死过度悲伤，加上担心《太史公书》遭遇不测，含愤抑郁而卒，享年仅五十八岁。若不是早逝，凭他的才华，说不定还有大作传世啊。

黄霸想到这里，忍不住叹息道："想当年我曾经读过一些篇章，可惜，后来再也不见踪迹，也不敢相问。今此书重见天日，以后即可饱览也……"

夏侯胜忍不住问："这么好的书，为何今日才献出？"

杨恽道："我很早就想把它献给朝廷，让更多的人能读到这本史学巨著，只是一直没有找到佳时良机。孝武皇帝晚年的情景都心知肚明。孝昭帝即位时，霍光一手遮天，书里有很多关于霍去病不体恤士卒、为报私仇妄杀李广的儿子等等不良记载，怕他看到后会给此书带来又一次灭顶之灾，所以没有出手。今皇上躬亲朝政，整饬吏治，为政宽简，惩治邪恶，天下太平，我感到是此书现世的良机了，故上书皇上，把它从老家取过来，献给朝廷。"

夏侯胜赞叹道："此书能保存完好，如今献给朝廷，惠及天下，后人会永世铭记你的功德。"

魏相也赞美杨恽道："杨恽君才华出众，善与英俊诸儒交友，名显朝廷，能把这一巨著保存下来，足见智慧超群。"

杨恽见他们纷纷夸赞自己，带有几分自嘲地呵呵一笑道："君子的身心沉浸在道义之中，快乐得忘记忧愁；小人保全了性命，快活得忘掉了自身的罪过。我才能低下，行为卑污，外表和内在品质都未修养到家，幸而靠着先辈留下的功绩，才得以充任宫中侍从官。今能完成这一件事，知足矣。"

他们正谈笑风生，只见皇上刘病已满面微笑地走下殿来。刘病已看到他们几个欢声笑语，忍不住笑问道："各位爱卿何以如此开心？"

黄霸首先回答道："陛下，杨恽献出《太史公书》。"

刘病已望着杨恽大笑道："朕刚刚接到奏书没几日，你便把它献了出来，神速也。"

杨恽见刘病已如此开心，笑道："陛下节俭约身，率先天下，忍容言者，含咽臣子之短，为天下贤君也，故臣下急不可耐，将此书正本献出。也用以告慰九泉之下的外祖父。"

杨恽说着，立即拿出一卷呈到刘病已的面前。

刘病已一边翻看，一边叹道："朕是第一次看到如此经典之作也。"

就在这时，颍川郡太守韩延寿张张慌慌来到他们面前。韩延寿的出现，一下子打破了此时的喜悦气氛。

韩延寿向刘病已请求道："陛下，近来颍川郡有好几个县的大批刁民常常聚集一起，围攻县署和郡府，近日更甚，臣下请求朝廷派武将带兵前往镇压。"

刘病已闻听此言，立即沉下脸来。

魏相看到刘病已不悦的神情，急忙道："陛下，刺史黄霸治理地方有方，不如派黄霸带兵前往平定。"

刘病已知道黄霸仁厚爱民，不会做这样的事，更没有带过兵，故没有答应。

黄霸则浅浅一笑，神色自若。等他们几个说完，沉思了一会儿，向刘病已谏言道："臣认为，百姓之所以造反，必有缘由，绝非什么刁民，而是官吏无能，理法不顺。官吏若教化为先，做出表率，身体力行，事先把法令告诉百姓，百姓绝对不会造反。"

刘病已听了黄霸的这番话，沉思良久。

黄霸、魏相、夏侯胜见韩延寿欲言又止，似乎有什么难言之隐，或许还有事要向皇上奏报，于是，相约离去。

杨恽则按刘病已的吩咐，驾车驶往朝廷珍藏经典图书的天禄阁。

刘病已望着黄霸远去的背影，又望望韩延寿，心中不由一阵感叹：颍川郡地处中原，依山傍水，有许多豪强大户，因地势便于藏身，盗贼四起，非常难以治理。所以我即位之初，便任疾恶如仇的赵广汉为郡守。赵广汉到颍川后，大刀阔斧，一年时间面貌大为改观。但是，他了解到当地人喜欢聚朋结党，致民风不正，他则设计使他们互相告发，颍川郡因此而告发成风，百姓多结成仇怨。他任太守的第二年因为匈奴犯边，所以借机令他带兵去了前线。本始三年，由崇尚礼义的韩延寿接替赵广汉在那里任太守。几年来，韩延寿虽然在那里治绩明显，因为过于守旧，相互告发之风一直未能止息，围攻县署、郡府的事情时有发生。黄霸宽严有度，所到之处，吏民皆交口称赞，眼下把他放到颍川郡，无疑是最好的人选。于是，又放弃了让黄霸速回扬州刺史部的打算，让他暂时不要离开京城。

这天，就在刘病已是让黄霸继续任刺史，还是让他出任颍川郡太守而犹豫不决之时，派往各郡国考核贤良的使者纷纷回到京城。刘病已立即把他们召集到宣室殿，听取巡察考核结果。考核扬州部的使者对黄霸在扬州部的治绩赞不绝口道："黄霸出刺扬州部，每到一地，奉公守法，宽严有度，清正无私，天下太平，吏民无不称赞。"

刘病已让众使者列出贤良考核榜，黄霸名列前茅。

刘病已这次特别派使者到各郡国考察，意在任用一批清正廉洁、重农宣教、所居民富、所去见思的官吏去治理地方，从而改变吏治苛严、民怨沸腾的现象。刘病已一看这个结果，进一步证实黄霸的确是一个难得的栋梁之才，立即下诏对黄霸进行表彰。

两日后，刘病已下诏调任韩延寿为东郡太守，任命黄霸为颍川郡太守，俸禄从一千石升为二千石。

黄霸赴任前，刘病已又特别赐给黄霸一辆好车：车盖高一丈，车厢前面的车轼，即供人在车子颠簸时抓扶或凭倚之用的横木，给漆成丹黄色，用以昭示黄霸德高望重。同时，还召黄霸之子黄赏入朝，任侍郎谒者。

时，地节三年（公元前67年）十月，黄霸六十三岁。

但是，对刘病已如此起用才德之人也有不满者，那就是霍氏家族。他们看到刘病已任魏相为丞相，邴吉为御史大夫，夏侯胜做长信少府、太子太傅，升黄霸为颍川郡太守，又委以他的岳父平恩侯许广汉以重任，要职都没有再给他们霍氏家族，也都没有人再提升，因此，对刘病已怀恨在心。

刘病已深知，霍光虽已去世，但霍家的亲属和亲信还控制着朝廷的各个重要部门，尤其是兵权还掌握在他们手中，且个个都骄奢放纵。想当初，霍光丧葬时，刘病已与上官太后一同到场治丧，将霍光与汉初丞相萧何相比，并以皇帝级别的葬仪，葬于茂陵。葬礼上，不仅有玉衣、梓宫、便房、黄肠题凑等葬具，还以辒辌车、黄屋送葬。霍光遗孀霍显仍嫌不够气派，又让将霍光生前自己安排的坟墓规格扩大。为了安抚霍氏家族，刘病已都接受了。再如，霍光的兄长霍去病无后，霍光死前请求刘病已将他家族中的少年霍山、霍云过继给霍去病，以承袭其兄长的爵位，并食邑和封侯。霍氏一门仍感到不够显赫，广治第室，奢侈无度。霍云作为食邑三千户的冠阳侯，常围猎黄山苑中，不理政事。刘病已看到如此情景，不由忧心如焚。但念及霍光辅佐汉室之功，又不忍心去处置他们。

也就在这不久，许皇后之死的真相也在朝廷传开：刘病已即位后，霍光的夫人霍显就想让其女霍成君成为皇后，但许平君刚册封为皇后不久，皇后只有一个，她怎么能让自己的女儿做皇后？许平君再度怀孕十个月将要分娩时，霍光的夫人霍显以富贵相许，威逼宫廷女医淳于衍，趁机下毒药毒死了许平君。当初说许平君死于难产，纯属霍显编造的谎言。当初，霍氏家人大多都不知道，现在都知晓了，无不感到恐惧。于是，开始密谋杀掉丞相魏相和平恩侯许广汉，然后再以太后名义下诏废掉刘病已，立霍禹为皇帝，由霍氏取代汉室天下。

为了防止意外，刘病已接受丞相魏相的谏言，首先解除了霍光两个女婿东宫长乐宫、西宫未央宫卫尉的职务，剥夺了他们掌管的禁卫军兵权。又把霍光的外甥女婿和孙女婿调离中郎将和骑都尉的位置，并收回官印，让自己亲信的许、史两家子弟担任南北军和羽林郎的统帅。之后，拔擢霍光的儿子霍禹为大司马，明升暗降，剥夺了他掌握右将军屯兵的实权。

刘病已摆脱了霍氏家族的强权，便放开手脚，开始平乱定鼎。多次宣朝臣上殿商议治国之策，每次都对朝臣强调："吏不廉平则治道衰。"并颁布诏令说："有功不赏，有罪不课，虽唐虞犹不能化天下。"

刘病已以为，霍氏家族的强权被削黜，不可能再兴风作浪，他怎么也没想到，在他励精图治之时，霍家一族却在阴谋反叛。

第十九章　教化为先事农桑

黄霸被擢升为颍川郡太守，刘病已又赐给他彰显高贵的高盖车，让黄霸始料不及，甚至有些受宠若惊。官职升了，俸禄高了，黄霸欣喜之后，和每次被提升后一样，总是为如何尽职尽责变得面色凝重，这次依然是这样。

颍川郡位于河南郡东部，淮阳郡西部，属两郡之间。黄霸任河南太守丞二十多年，每年回家探亲都要经过颍川郡，对颍川郡的地理环境也很熟悉。赵广汉、韩延寿任颍川郡太守时，他每次路过颍川郡郡治阳翟县城，他们都要宴请他，他也曾经在途中歇息的时候，多次与颍川郡的百姓交谈过，因此，他与赵广汉和韩延寿也交往颇深，对老百姓的诉求也都了然于目。

赵广汉是涿郡蠡吾县人，天性聪慧，少时为郡吏，以廉洁通敏下士为名。孝昭皇帝下诏让各郡国举孝廉时，因慧于孝职，被涿郡推举，授予阳翟县令。因治行尤异，被升迁为京辅都尉，守京兆尹。因为曾经参与废刘贺、尊立刘病已为帝的定策，被赐爵关内侯。本始元年（公元前73年），即刘病已即位的第一年，因为颍川郡混乱不堪，被调往颍川郡担任太守。赵广汉精明强干，不畏强权，刚到任几个月时间，就发现了混乱的重要原因：这里豪族大姓互通婚姻，势力交结庞大，不少郡县官吏也与这些富豪结为朋党，危害百姓。恶名昭著的原氏、褚氏两大家族不仅是姻亲，还用金钱收买了不少郡县官吏，使之成为他们的靠山。不仅如此，还蓄养门客，横行乡里，胡作非为，导致颍川郡民怨四起，无人能治。为了打击这些不法势力，赵广汉从百姓的"存钱罐"受到启发，令手下人制成形状像瓶子，口很小，可入不可出的"缿筒"。等一大批缿筒制成后，就在郡县各地悬挂，并张贴告示，鼓励民众对胡作非为者投书于缿筒，进行举报。不久，赵广汉便通过缿筒收到很多举报信。赵广汉根据举报的线索，及时查处，很快诛杀了原、褚两氏首恶，威震颍川，从而使奸党散落，盗贼不敢发。同时，依据举报线索，在惩治甲豪绅犯罪的过程中，赵广汉佯装失语，说是乙豪绅检举揭发；在惩治乙豪绅犯罪的过程中，又佯装失语，说是丙豪绅检举揭发。这样，各豪门大族间内讧频发，相互猜忌，相互攻击，一些强宗大族互为仇雠，他们之间的同盟关系也就不攻自破。本始二年（公元前72年），汉室派五将军率兵十五万击匈奴，赵广汉被召遣领兵北上。匈奴闻之大恐，老弱奔走，驱畜产远遁。五将军共俘斩匈奴三千余人。大胜回师后，赵广汉被命为代理京兆尹，因为他一身正气，不畏权势，深得百姓称赞，一年后，转为京兆尹。出乎意料的是，赵广汉采用离间之计瓦解了豪强的朋党联盟后，因为相互仇视，颍川郡因此又形成了相互告发的不良风气。

　　赵广汉离开颍川郡后，刘病已把韩延寿从淮阳郡太守调任颍川郡太守。对韩延寿，黄霸另有一种感情：韩延寿做淮阳郡太守达九年，他每次回淮阳探亲，都前往郡治去拜访他，对他治理淮阳的功绩十分赞赏。正是因为他把淮阳郡治理得很好，所以，转任难治的颍川郡。韩延寿为了改变颍川郡相互告发的风气，依次召见被乡、里、所信任敬重的郡中长老数十人，设酒宴，亲自奉陪，把施行礼仪的想法告诉他们，并询问闾里歌谣和百姓疾苦，陈述相亲相爱、消除仇恨的好处。长老们都认为这样做很有益处，十分赞同。韩延寿随后与他们共同商定嫁娶丧祭的礼仪和等级，并要求：无论哪一家嫁娶，无论过去是否有仇隙，都要前去致贺，无论哪一家有丧事，也都要去行丧祭之礼，以让大家和睦相处。这样，虽然相互间表面上的仇怨减少了，可一旦有了意外之事，旧的仇恨又会复发。所以，他们常常结集亲朋好友到县署、郡府告状。而一些县署的官吏为炫耀官威，常常采用打压豪强的办法去对待他们。于是，一些喜欢告状的人，或者受过官府打击者，就借机聚众大闹，稍有不顺，就围攻县署或郡府。因为此类事接连不断地发生，且群体越来越大，韩延寿变得束手无策，以致向朝廷求助。

　　黄霸思虑着赵广汉和韩延寿治理颍川郡的得失，深深感到，每一个地方，它的地域特点和风土民情皆有不同，治理方法也应因地而异，否则，就很难达到理想的效果。自己到了颍川郡，该怎么治理？他一路苦思冥想，反复琢磨思考，直到将要到了颍川郡地界，也没有得出治理的良方。不由得心中暗暗叹息：任何事情，站在外面往里看，看到的总是表象，说起来容易，想做好，并非像写字一样一挥而就。同样的病，生在不同的人身上，药方也不可一成不变。世事在变，治理一个地方，岂能照搬他地和他人的做法？

　　黄霸这次来颍川，乘坐的是皇上赐给的高盖车。他本不想坐，怕有炫耀之嫌，是夏侯胜和魏相都劝他"不要让皇上不悦"，才不得不乘坐这辆车。

　　黄霸知道，凡朝廷命官到地方任职，都要派人相送，这个地方的官府也都要派人到所辖地界去迎接。由其他地方转任一个地方，双方也都要送迎到两个地方的边界。黄霸虽然不喜欢这么兴师动众的做法，也多次说：一迎一送要花很多钱，若把这些钱省下来给老百姓，不知能让多少人吃饱穿暖。可是，他无力改变，只得默认。这次到颍川赴任，他不让人送，说："有绶印在身，还会有人生疑？"所以，只有他和车夫两个人一块儿前往颍川郡。

　　就在他即将走到颍川地界时，黄霸忽然对车夫道："你驾车沿着官道走，我下车走乡间小道。"

　　车夫惊讶道："太守，这里距离颍川郡治所阳翟县城还很远，怎么能步行？况且你也是六十多岁的人了……"

没等车夫说完，黄霸就笑着打断他道："难道你觉得本太守老了吗？"

车夫被他说得哭笑不得，只得按他说的去办。

黄霸之所以这样，一是想改变长久以来迎来送往的官场习气，二是想立即走入民间，尽快了解颍川郡的真情实况。车夫把车停下，他立即脱下官服，换上便服，独自下车，沿着一条乡间小道，踽踽独行。

乡间的路很难走，不仅高低不平，被车轮碾压出的车辙有深有浅，也弯弯曲曲，时不时地还因为车子转弯，把路中间的土拧起一个接一个的土包。这些土包，有的是在下雨时被拧成的，成了坚硬的泥块，有的是被车轮挤破了，成了松土包。这些泥块和土包，稍微不注意，就会绊住脚。有几次，他因为边走边察看着路两边的庄稼，都给绊了几个趔趄。这些，黄霸都不意外，因为他生在乡间，很幼小的时候就走这样的路。意外的是，很多庄稼长势都不好，甚至杂草比庄稼长得还高。他自幼就在家种地，知道庄稼怎么种，怎么管。所以，他立即意识到，这完全是因为没有人除草造成的。让他更没有想到的是，还有很多地块都是良田，却都荒芜着，没有庄稼。看到这里，不由内心很凄楚：这里人为何不喜欢种地？是懒惰还是因为什么？

黄霸正疑惑着，只见迎面走来了几个逃荒要饭的，是一家几口人，大人带着孩子，朝着颍川郡地界以外的方向而走。不一会儿，又连续遇到几拨拖儿带女外出要饭的。黄霸很奇怪：为什么有这么多的颍川人都出去要饭？他停下来，拦住他们，问一老人道："老人家，为何要到外乡去讨饭吃？"

老人望一眼身边的两个面黄肌瘦的孩子，泪眼巴巴道："俺家在山边，地本来就少，好不容易开垦的几亩地，最近又被一大户人家给夺去了，说那地原是他家的。俺无田可种，不外出要饭就得饿死。"

黄霸问："为何不去县署告状？"

老人哭诉道:"怎么没去?去了,那些官府的人都被豪强收买了,说俺是刁民,刚到官府大门前,就被拦住了,还未开口就先挨板子,哪个还敢去告状啊!"

黄霸听到这里,脸色忽然沉重起来。

老人接着道:"年轻人咽不下这口气,多次聚众前往郡府告状,当官的不等他们把话说完,就把领头人给抓了起来。乡亲们感到冤,就一起到官府相救,官吏们就毒打他们,有的还被抓进牢狱,事越闹越大。俺不愿惹事,只得外出去要饭。"

黄霸忙问:"就你们这个县是这样吗?"

老人摇摇头道:"每个县都这样。"

黄霸忙又问:"太守对此知情不?"

老人叹气道:"太守韩延寿是个好人,也爱民,可是,他只知劝民友善,就是不敢招惹当官的,所以县官和豪强都不怕他。"

黄霸听了,很是吃惊。又问那领着几个孩子的老妇人道:"你为何要带着孩子去要饭?"

老妇人满面愁苦地叹息道:"苦心巴力地把庄稼种好了,收割时,官府就来收田租。交了田租,所剩无几,不外出要饭,不是等死?"

黄霸明白了一切,心里很难受。于是,劝他们道:"出门在外,吉凶难测,你们先回家去,新来的太守会替你们做主的。"

两位老人苦笑道:"要是你当太守就好了,可惜,你不是。"

黄霸正色道:"我就是新来的太守。"

两位老人讥笑他道:"当官的都是坐车来,郡府派车马迎接,人欢马叫的,哪有这样走着来当太守的?别骗俺了。"

两位老人说罢,不再理会黄霸,一块儿向前走去。

黄霸无奈,只得又独自往前走。当走到与官道交会处的时候,只见迎面奔来几辆郡府的车。黄霸见状,只得停下来。这时,车上下来几位官吏,纷纷上前,一边施礼,一边道:"太守怎么能步行啊?这都是属下无能,没能在边界接住太守,还请太守见谅。"

黄霸道："这不怪尔等，是本太守想走走乡间小道。"

一官吏道："都怪我这个郡尉料事不周，让太守受苦了。"

黄霸道："本太守是感到了苦，不是因为没有坐车，而是……"他没有再说下去，气呼呼地上了车。

黄霸来到阳翟城外，只见城墙高大，墙体是标准的中原风格的版筑墙：以厚木板为模板，立于拟建的墙的两侧，中间填土，然后用木夯夯实。黄霸看到阳翟的城墙，立即想到了淮阳郡治的城墙，不由生出一种亲切感。

黄霸没有想到，他的车刚到城中，只见街道上有成群结队的人在走着嘀咕着，一个个都是气呼呼的样子，既不像做买卖的，也不像是闲逛的。等他到了郡府附近，只见前面聚集了很多人。他忍不住好奇地问迎接他的官吏："这些老百姓都是官府让来迎接我的？"

郡尉一脸的尴尬道："实言相告，是太守要来到的消息不胫而走，那些喜欢告状的人就相互转告，都聚集到了这里，是要告状……"

黄霸听了，大惊。他的车到了府门外，告状者看到那阵势，立即意识到是新来的太守到了，纷纷围了上来。在此迎候的阳翟县令和郡府官吏急忙上前呵斥阻拦，有的还对前面的几位不听呵斥的告状者动起了手脚。

黄霸见状，急忙下车，喝令阻拦告状的官吏道："不要阻拦，我相信他们不会把我怎么样。"接着，又对围上来的告状者道，"我是新来的太守，名叫黄霸。请问各位，尔等都是来郡府告状、请求申冤的吗？"

众告状者异口同声道："是啊，我们太冤了。"

接着，纷纷诉说自己的冤情。

等他们说了一阵，黄霸正色道："这么多的人，这么多的冤情，难道要让本太守今日就满足诉求？"

众告状者一听，都傻眼了：是啊，郡守刚到，郡府的大门还没进，一切一无所知，哪能立即就能办理冤案？于是，人群里立即变得鸦雀无声。

黄霸把这些看得清清楚楚，立即又道："如若相信我，请把诉状交给郡府，给我一些时日，逐个办理。如若不相信我，我愿拿出个人的俸禄，让尔等进京告我黄霸。我不相信颍川人如此不讲道理！"

众人听了这话，交头接耳道："这是个好官，话说到这份上，还能好意思在这里纠缠？等过些日子再来不迟。"

不一会儿，人们纷纷离去。没有离去的人，也不再争相往大门里进，都用一种别样的目光看着黄霸，等黄霸进了郡府大门，这才一步一回头地离开。

黄霸到了郡府，安顿下来后，内心久久不能平静：颍川郡难治，症结何在？豪强为什么敢于肆意横行？盗贼为什么如此猖獗？同样的黄土地，同是一片天，风霜雨雪都一样，有的人家田地里能长出好庄稼，有的为什么就不能？他深思很久，得出一个结论：一个地方就像一块田地，既长庄稼，也长野草，还会生虫，要想让庄稼长好，就要锄草、治虫。谁来锄草治虫？是这块地的主人。主人懒惰，不去锄草治虫，或者锄草治虫不及时，甚至不得方法而将庄稼锄掉了，就不会有好收成。一个地方的主人是谁？就是这个地方官府的官吏。如果地方官吏不会治理这个地方，或者治理不得方法，就不能把这个地方治理好。于是，他打定主意：先用"六条问事"，查究不法之官，再依照皇上诫勉官吏"勤勉政事，恩泽天下"的诏书，规范郡县官吏的行为。在整顿吏治的同时，要引导百姓从事农桑，安居乐业。

黄霸到任没几日，择定好日期，立即下令把各县县令都召集到郡府，连同郡府享受同样俸禄的官吏，都于这一天集中在府堂。

这天，郡府和各县县令到齐，黄霸按照做刺史时的做法，先宣读"六条问事"，然后，让每个人逐条对照自己的所作所为，检查自己。并义正词严地说："凡有违背六条问事者，能主动悔罪的，从轻处罚，能改过自新者，可既往不咎，免于处罚。否则，严惩不贷。"

黄霸言辞犀利地教训一番后，又谆谆教诲道："良臣皆善政，换言之，善政者皆良臣。要做一个良臣，不仅仅是不贪赃枉法，还要做到廉。廉并不仅仅是不贪，还要像《周礼·天官·小宰》里说的那样：'一曰廉善，二曰廉能，三曰廉敬，四曰廉正，五曰廉法，六曰廉辨。'这六廉，就是考核官吏优劣的准则：廉善，指善于行事，能把事情做好，政绩优异；廉能，指能尽心推行政令，清廉能干；廉敬，指不懈于位，谨慎勤劳，忠于职守；廉正，指公正廉直，品行方正；廉法，指守法不失，执法不移；廉辨，指头脑清醒，明辨是非。不然，就不是百姓想要的好官，就不能治理好一个地方。"

黄霸前面的话，使所有有不法行为的官吏都胆战心惊，后面的话，让所有没做到"六廉"的官吏都羞愧难当。

接着，黄霸下令给每个人六天的时间，每人写一份自查书，按"六条问事"和"六廉"，逐一对照，写好后交到郡府。郡县各地继续悬挂赵广汉在这里任郡守时创制的"缿筩"，不仅百姓可以检举揭发，郡、县、乡、亭、里大小官吏均可举报。若举报不实，一经查出，将以违反的条数予以罢官或者治罪。

黄霸声音不高，却让那些一向骄横的官吏都像遭受冰霜的树叶一样蜷缩着，再也没有一点傲气。

黄霸对属下官吏进行了一场训诫后，原打算立即下县巡察，可是，到了第二天却又取消了这个安排，先是令书佐登记递交的自查书，并根据递交的时间，按一二三四五六七的顺序排好名次，一点不得马虎。且一式两份，一份放在大堂内，一份悬挂在大堂外，让每一个递交自查书者，都能看到自己递交的速度。他安排好以后，就专心查阅本郡官吏的簿册和有关颍川郡山水风情的典籍，貌似轻松悠闲，漫不经心，其实是在等待郡府官吏和各县县令的自查书，并以递交自查书的先后和真诚程度，来观察他们是否清正和勤政。

这虽然只是一个小动作，当天就在郡府和整个阳翟县城传开，第二天就被传到各县，让每一个该交自查书者如坐针毡：是否如实自查？如实自查后果会是什么样？不如实自查会不会被发现？先交与后交会是什么结局？

自查书递交完毕，黄霸却没有逐个去审阅，而是先放置在大堂内，令人专门保管，不得私自外泄。而后坐上车，根据自查书递交的时间，开始到各县巡察。

各县县令和郡府官吏递交了自查书后，无不忐忑不安，尤其是那些有违背"六条问事"行为者，和自查书上没有如实交代者，更是如坐针毡。所以，各自在自己的位置上，无不小心翼翼，恪尽职守。

颍川郡西部的几个县是丘陵和山区，东部的几个县是平原，大体风俗民情一致，却又不尽相同。他要深入每个县，逐个了解。一是熟悉地理环境，掌握民情，二是听取百姓的呼声。

黄霸从史籍中了解到，长社县原名为长葛县，相传葛天氏在此发明"乐舞"，由三人操牛尾而歌唱，共八曲，是编布织衣的始祖。长社县令的自查书也是最后一个递交到郡府的，于是，就先奔向了长社县。

黄霸到了长社县，县令率属下出城迎接，十分恭敬。到了县署，黄霸问县令道："长社县原为长葛县，为什么、什么时候改名为长社县的？"

县令面红耳赤，半天没有答上来。仅此，黄霸便意识到这个县令不关心长社县人文典籍，不熟悉长社县的历史。心下道：作为县令，连县名的来历都不知道，怎么能了解这个地方的风土民情？于是，对县令道："长葛，乃葛天氏故址也。后人念其恩泽，故名长葛。战国时的周烈王元年，郑国为韩哀侯所灭，长葛归属于韩国。后来这里被魏国伐取，改名为长社。秦始皇统一天下后，推行郡县制，始设长社县。"

县令羞愧难当道："太守博学，在下当奋勉研习。"

黄霸又问道："我听说《诗经·国风·王风》中有一首《采葛》，写一个男子思念自己的情人，此诗很有味道，能给本太守吟咏一下吗？"

县令满面羞惭道："在下不善诗文，不会吟咏，也不知有此诗……"

没等他说完，黄霸便吟咏起来："彼采葛兮，一日不见，如三月兮。彼采萧兮，一日不见，如三秋兮。彼采艾兮，一日不见，如三岁兮。"

县令见黄霸初来乍到就对《诗经》中有关长社县的古诗文信手拈来，而自己作为县令已经很久，却一无所知，不禁面红耳赤，无地自容。

黄霸接着又道："葛即葛藤，一种蔓生草木，块根可食，茎中含有细丝样的东西，可用来织布。萧即艾蒿，有香气，可用于祭祀。艾是草，其叶子供药用，可制艾绒灸病。这看起来是一首情诗，其实写出了女子的辛勤劳动：采葛为织布，采萧为祭祀，采艾为治病。由此可知早在春秋时长社县的百姓是怎么谋生计的。你作为县令，不知百姓如何谋生计，不知百姓有何疾苦，怎么能治理好这个地方呢？"

县令羞愧难当，忙自责道："在下……知罪了。"

黄霸道："你平时都读什么书？"

县令忙回答道："平时忙于政事，很少读书……"

黄霸冷冷一笑，又问："元平元年十一月十九日，即当今皇上即位之初，下诏赏赐各侯王以下金钱，从吏民至鳏寡孤独者，都有一定的赏赐。本始元年，即皇上即位的第二年夏四月十日，皇上诏令中原郡国举文学高第各一人，赐天下民人爵位各一级，孝子二级，女子每百户赐牛肉及酒，租税免收。本始四年夏四月二十九日，关东四十九郡国地震，皇上诏令：'一些律令给百姓造成困难与不便的，可以蠲除。'地节三年春三月又下诏说：'鳏寡孤独与年老贫困的百姓，是朕最为同情与关怀的。以前曾下诏借给公田，贷给种子、口粮，现再加赐鳏寡孤独老人帛。二千石官员应严格要求吏员关切他们，莫让其失其常业。'这是诏书，是最大的政事，都传告给百姓了吗？长社县都做到了吗？"

县令听到这里，额头、脖子上都冒出了汗珠。

黄霸又问："鳏寡孤独与年老贫困的百姓都给予一定的赏赐了吗？"

县令张口结舌，忽然满脸大汗淋漓。

黄霸蓦然面色冷峻道："我来的路上，访问百姓，意想不到的是，他们都不知道现今的皇上是谁，以为还是孝武皇帝，更不知道当今皇上都下过多少次恩泽天下的诏书。作为地方官，不学无术，视百姓如草芥，一不了解民情，二不让百姓知道皇上如何泽被黎民，三不思谋如何惠及百姓，能做出什么事情？这是私心在作怪！这样下去，百姓不容，本太守也不容！"

县令听到这里，立即跪了下去："在下有罪，当改过自新。还望太守宽恕。"

黄霸又巡察了几个县，几乎都有此类情形。这天，他回到郡府，果决地下了一道令：罢去长社县县令。并上书朝廷，依法论处所有违反诏令并执迷不悟者。为了达到震慑的目的，他故意把上书的公文公布于府堂前。

这虽然仅是一个不大的动作，却让所有官吏胆战心惊。一时间，颍川郡县官吏迅速改变了过去有恃无恐、肆意妄为的局面。一些和他们结为朋党的豪强、盗贼见靠山自身难保，担心被出卖，纷纷远离颍川郡，个别没有外逃者，也隐匿不出，不敢胡作非为。

黄霸通过下县巡视，进一步了解到，颍川郡不仅西面是山，东面是平原，南北还都是丘陵，地形好似朝东摆放的一个簸箕，盗贼易藏于山中，夜起明散，这也是这里难治的原因之一。于是，痛下决心：不仅要对官吏严加管束，形成执政爱民的风气，也要端正民风，劝民向善。

为了教化官吏和百姓，更是为了规劝豪强、盗贼向善，黄霸下令各县、乡、亭、里都要在人口多的地方筑一高台，名为"劝善台"，台高不低于一丈，县令、乡长、里长以及邮亭的亭长，都要给当地官吏和百姓宣讲律法、皇帝恩泽天下的诏书，宣讲贪官下场可悲的故事、廉官福荫子孙的典型。每月至少宣讲四场，多则不限。还要求各县、乡长官都要编写劝善文、劝农歌、劝农文、劝农诗，歌要便于传唱，文要易懂好记，诗要朗朗上口。总之，要以训导的方式规劝百姓立足于田畴，不要舍本逐末，舍近求远，以外出要饭为业，偷盗欺弱为荣，要积极从事农桑，改变生活。不仅如此，黄霸还下令把"龆筒"都悬挂在劝善台附近，便于百姓举报。

黄霸为掌握各级官吏是否令行禁止和民间的真情实况，改变过去郡府官吏喜欢以招摇过市所谓的震慑的做法，脱下官服，走街串巷，进行微服私访。

这天，黄霸走到阳翟县城北部，发现有一口井，井口旁树有一碑石，上书"禹王锁蛟井"，随即停下走到井边几个正在闲聊的老人跟前，询问这口井的故事。等了解清楚后，立即回到郡府，不仅命令阳翟县令在那口井的东边再筑一劝善台，还令传令官立即奔赴各县，令各县县令都必须亲自撰写劝善文、劝农歌、劝农文、劝农诗。

一些官吏习惯了发号施令，从没有写过歌词、诗文，倍感手足无措，一个个如芒在背：不写，等于告诉黄霸和百姓自己胸无点墨，不学无术，暗于大理。写，又不会写，写不好，岂不成人笑柄？

阳翟县令虽然感到难堪，但想到自己就在黄霸的跟前，却又不得不写。

黄霸对这一情况心知肚明，但却不点破，在传令各县县令编写劝善文、劝农歌、劝农文、劝农诗的同时，他也亲自编写。不久，就下到各县做榜样，带头宣讲，以此给各级官吏压力。

不出阳翟县令所料，黄霸首站选在阳翟县城北"禹王锁蛟井"边的劝善台。

这天，黄霸把郡府和阳翟县的官吏召集到"锁蛟井"的井边，登上劝善台，却没有先诵读劝善文、劝农歌之类，而是大声问台下的官吏道："诸位可曾知道这口井的故事？"

不少人都回答说知道，只有少数人回答说不知道。

黄霸见状，高声道："大禹时，颍川郡一带洪水泛滥，后来大禹得知是这里的颍水中有一条蛟龙，这蛟龙能在水中兴风作浪，鼓动水势，冲垮人们所筑的堤防，淹没土地和村庄，致使无数百姓人亡家破，骨肉离散。大禹带领百姓把蛟龙制服，并把它锁在这口井中。从此，颖川郡不再遭受水患。蛟龙问大禹：'何时才能放我出去？'大禹不愿它出来危害百姓，指着井口锁住蛟龙的石柱说：'等到石头开花！'石头会开花吗？不会，大禹是告诉那蛟龙，永远不会放它出去。颖川郡本是一个山水秀美之地，却因一些官吏贪赃枉法，豪强骄横，致使这里大片土地荒芜，民不聊生，成为汉朝以来最为难治的一个郡。怎么办？本郡守受皇帝诏令，要把那些不法之徒，像大禹锁蛟龙那样，把他们锁在井中！"

一些官吏没有理解黄霸的话意是绳之以法，以为是真的要把他们锁在井中，无不毛骨悚然：抓入牢狱尚有出狱生还的可能，若锁在井中，不被淹死也会被冻死或者饿死，甚至会被百姓用石头砸死。都说黄霸这一招太绝了，比押入大牢还可怕。

黄霸看到了台下官吏们的交头接耳，却不管不顾。接着，又大声问台下的官吏道："有谁能讲一讲战国时秦国丞相吕不韦的故事？"

台下官吏无人应答。

黄霸又问："有谁能上台讲讲孝景帝时御史大夫晁错的故事？"

台下官吏依然无人应答。

黄霸点名几个郡府官吏，又点名阳翟县令，都说："不知道这两个人。"

黄霸不由大怒："身为颖川郡官吏，居然不知颖川郡名人吕不韦和晁错，实在是耻辱至极！"

台下的官吏们听黄霸这么一说，都羞愧地低下头去。

黄霸接着道："吕不韦官至丞相，虽然后来被秦始皇相逼自杀，但不能不承认，秦国的强大，他有大功。不仅如此，他还召集门客，以道家学说为根柢，熔名家、法家、墨家、农家、兵家、阴阳家诸子百家学说为一炉，编写出了闪烁着智慧之光的巨著《吕氏春秋》。晁错曾经是汉廷重臣，峭直刻深，为国远虑。晁错在孝文皇帝时，历任太子舍人、博士、太子家令。孝景皇帝时任为内史，后迁至御史大夫。他重农贵粟，主张纳粟受爵，加强农耕。为抵御匈奴侵边，提出移民实边，建议募民充实边塞。他向皇上进言削藩，剥夺诸侯王的特权以固汉室，是一个有功于汉室的大臣。虽没有善终，但世哀其忠。作为颍川官吏，如此不读书，不敬仰地方名人，不关心国家大事，不学他们的施政之道，不琢磨治理地方良策，连皇上恩泽天下的诏书也不告知于民，只会随心所欲，滥用手中职权，何以能治理好颍川郡？"

停了一会儿，黄霸又滔滔不绝道："晁错有一篇《论贵粟疏》，值得我们每一个地方官熟记于胸：圣王在上，而民不冻饥者，非能耕而食之，织而衣之也，为开其资财之道也。故尧、禹有九年之水，汤有七年之旱，而国亡捐瘠者，以畜积多而备先具也。今海内为一，土地人民之众不避汤、禹，加以亡天灾数年之水旱，而畜积未及者，何也？地有遗利，民有余力，生谷之土未尽垦，山泽之利未尽出也，游食之民未尽归农也。民贫，则奸邪生。贫生于不足，不足生于不农，不农则不地著，不地著则离乡轻家，民如鸟兽。虽有高城深池，严法重刑，犹不能禁也。夫寒之于衣，不待轻暖；饥之于食，不待甘旨；饥寒至身，不顾廉耻。人情一日不再食则饥，终岁不制衣则寒。夫腹饥不得食，肤寒不得衣，虽慈母不能保其子，君安能以有其民哉？明主知其然也，故务民于农桑，薄赋敛，广畜积，以实仓廪，备水旱，故民可得而有也……"

郡府和阳翟县官吏听着黄霸口若悬河般背诵晁错《论贵粟疏》，无不对他的博学和他一心为国为民的情怀，心悦诚服。

第二天，黄霸又到了襄城县。他没有先在县城宣讲，而是直接到了一个乡的劝善台前。这个劝善台是用黄土筑起的，高丈余，台的前面还摆放了很多树木，以便于百姓就坐，这在众多的劝善台中是最好的一个，黄霸十分满意。

当地百姓不知道这个高台是做什么用的，更没有见过这阵势，都传说是为郡守要在这里唱歌所筑的台子。听说黄霸要到这里，要在这里唱歌，附近十里八村的百姓都纷纷赶来。

黄霸来到劝善台前，见周围的人都用期待的目光望着他，就直接登上去。他没有先宣讲劝善词，而是微笑着先唱起了自己写的一首劝农歌。他一边唱，还一边带着劳动的动作："劝尔农，劝尔桑，一年四季不饥荒。劝尔农，努力耕，财源滚滚喜气升。农为本，食为天，有了粮食全家安。"

黄霸为了让大家都能记住，且会唱，唱了一遍又一遍。围观的百姓听着，感到十分有趣，渐渐地也都随着唱起来。

接着，黄霸又背诵《论语》《孟子》中的劝善名言，以教导大家为人向善："知者不惑，仁者不忧，勇者不惧。己所不欲，勿施于人。爱人者，人恒爱之；敬人者，人恒敬之。天时不如地利，地利不如人和。老吾老，以及人之老；幼吾幼，以及人之幼。"

黄霸背诵这些名言，声情并茂，令台下的百姓无不动容。

太守亲自到各地去教化官吏奉公守法，教化百姓向善务农，颍川郡反响热烈，郡县官吏也都不再犹豫，纷纷亲自编写劝善文、劝农歌、劝农文、劝农诗，并争先恐后地登上劝善台，进行宣讲。一时间，在劝善台讲劝善文，唱劝农歌，成为颍川郡的一种时尚。

与此同时，黄霸还遴选品行优秀的下属官吏，分散到各县宣讲皇上的恩泽诏书，让民众都能知道皇上的旨意。并让下属搜集百姓对郡县官府的意见和要求，不断调整他的治理方案。

地节四年（公元前66年）七月，黄霸任颍川郡太守的第二年，正在他全身心地教化百姓从事农桑，颍川郡开始大治的时候，从京城传来一个让人震惊的消息：霍氏家族因为不满刘病已削弱他们的权力，进行反叛。官至太仆的霍光女婿金赏，即金日磾次子，得知消息后，向刘病已告发，并交出其妻。刘病已大怒，立即下令抓捕，霍光的儿子霍禹被腰斩，过继给霍去病的霍光兄长的孙子霍云、霍山畏罪自杀，霍光妻子及侄子、女婿等家人，除女婿金赏因告发谋反一事被赦免外，霍家一族皆满门抄斩。长安城中受霍家牵连，被灭族的还有数千家人户，死亡人数高达数万……

第二十章　仁厚爱民如保赤

黄霸得到霍氏家族被满门抄斩的消息后，并没有感到吃惊，他清楚，刘病已即位后的前六年里，大权一直掌控在霍光手中，霍光死后，他的家族依然想像霍光在世时那样，掌控一切，且穷奢极欲，群臣早已深恶痛绝。他虽然对刘病已及时平定叛乱、朝廷走向稳定有一种宽解感，但又十分担心会波及郡国，引起天下骚动，所以，自从得知消息后，连续多日寝食难安，一直关注着郡县官吏的动静，并派属下到各县巡视，以防不测。

让黄霸宽慰的是，因为创立劝善台，并亲自登台宣讲，规劝吏民遵章守法、勤事农桑，郡县官吏都没有因此而风吹草动的迹象。黄霸还了解到，通过他和郡县官吏的宣讲，百姓都已明白：只有发展生产，有了粮食，才能赡养父母，抚养儿女，好年成可以丰衣足食，坏年成也不至于饿死。流亡在外的颍川郡百姓得知家中平安，粮食丰收，认识到只有好好种地才能过上好日子，便纷纷返乡耕种。

黄霸一边安抚吏民，一边打击豪强地痞。凡证据确凿，便狠狠地打击，不仅让他们补足拖欠国家的赋税，还要返还强占百姓的耕地。为了教化他们，特别下令道：凡是能改过自新者，既往不咎，否则，一律绳之以法，绝不姑息。一些曾经不可一世的豪强，面对黄霸这样严宽有度、柔中有刚的做法，从开始的愤恨，到惧怕，最后又不得不畏服。颖川郡犯罪率比原来大大降低。

为了使教化民众的做法长期坚持下去，黄霸不仅要求郡县官吏在劝善台定期宣讲，还以五家为伍，每伍选一人为长，挑选一批有贤德的长辈们率领着伍长，走村串户，把朝廷颁布的刑律和惠民举措，都第一时间告知于民，达到家喻户晓。

同时，黄霸每到一地，还都不忘在劝善台上大讲颖川郡的历史，让百姓爱家乡。为此，他特地写了一篇介绍颖川郡历史的文章，让各县县令抄录，除悬挂在县署门外，还要在宣讲台上宣讲，让百姓对家乡有着自豪感。

黄霸身为太守，却很少待在郡府，每月有一半的时间都在县、乡巡视。由于颖川郡辖县较多，西部又多是山地，山路陡峭，他又年纪较大，经不起颠簸，为了以最快速度了解县情、乡情、民情，又挑选负责传达教令、督察属吏、案验刑狱等重任的督邮和户曹掾史、兵曹掾史、贼曹掾史等几位重要属官，代他下县巡视。并对他们做出规定，对恪尽职守的县乡官吏要及时上报，予以表彰。

这天，代表他巡察东部几个县的督邮回到郡府。其中一个巡察许县督邮向他报告说："许县县丞年逾七十，且犯有耳聋病，已跟不上太守的脚步，不如辞退他。"

黄霸听了，很是吃惊。他静静地思考了一会儿，微微一笑道："官吏很多，清廉者难得。许县县丞年纪是大了，但，他是一名廉洁的官吏，还能拜起送迎，即使耳朵有点聋，又有什么妨碍呢？我们要好好地襄助他，不要让清廉、有贤德的人失望。"

督邮很不解，道："太守做事一向讲究令行禁止，他身体这样，怕心有余而力不足。如果让他继续任县丞，在下担心许县各项事宜会如老牛拉破车——裹足不前。"

黄霸笑笑道："我做过太守丞，知道这一职的轻重。做官不同于下地耕田，全凭力气，而是要有贤德。作为上司，要目光长远，高屋建瓴，知人善任。作为属下，要善于为上司出谋划策，尽心竭力。"

于是，黄霸谢过督邮的好意，继续将许县县丞留任。

此事在郡府传开后，掌管民户、祭祀、农桑的户曹掾史请教黄霸为何这么做，黄霸道："频繁变换长吏，送旧迎新，一会浪费钱财，二会让一些奸猾小吏乘交接之机弃匿簿书，盗取公物，所耗费的钱财也会很多。这些钱财从哪里来？都来自于百姓。再说，所更换的新官又不一定贤能，有的甚至还不如以前的官吏。这样，只会增加混乱，于一个地方无益。大凡治理之道，不能太苛求焉。"

户曹掾史听了，连连点头。

黄霸接着又道："年轻，血气方刚，固然很好，但如果不能为政清廉，年轻有何益？反而是坏事。爱民之官，要不计年龄。"

黄霸自得知许县县丞因病造成耳朵不好使的事以后，一直念念不忘，放心不下。这天，他用自己的俸金买了酒肉和其他礼品，带上督邮，一同前往许县去看望这位县丞。

许县位于颍川郡东部，距阳翟城一百余里。因高士许由牧耕此地，洗耳于颍水之滨而得名。许县县丞见太守亲自来看望自己，不由感动得热泪盈眶，道："在下已是年老之躯，不能为许县百姓尽心而为，已甚感惭愧。我没有去看望过太守，怎么又烦劳太守来看望在下？"

黄霸关切地笑笑道："我虽然来许县次数有限，但知道县丞清正无私，一心为民，本郡守十分钦佩。人都有老的时候，不能因为他老了而忘记他的功德，更不能得鱼而忘筌，甚至弃之沟壑。"

县丞感动道："督邮来巡察时，见我耳聋，面露不悦，我曾想像许由那样，洗耳颍水，隐居山林。"

黄霸笑笑道："许由是上古时代一位高尚清节之士，曾做过尧、舜、禹的老师，后人称他为'三代宗师'。他不营世利、讲道义、守规矩。尧欲禅让于他，他坚辞不受，就逃到箕山隐居起来。尧帝派人找到他，再三恳求，让他出任九州长官。许由听得不耐烦了，就跑到颍水边洗耳。难道你自比许由乎？"

县丞忍不住笑起来："太守啊，我怎么能和许由相提并论？"

黄霸开玩笑道："若洗耳颍水能治耳聋，那就去洗耳，若不能，就继续做你的县丞。"

县丞还要说什么，没等他开口，黄霸便安慰道："人吃五谷杂粮，哪有不得病者？廉官有个好的身体，是百姓的福分。好好治病，过些时候我再来看你。"

县丞听了，禁不住紧紧地攥住黄霸的手道："有太守这句话，在下心满意足了。在下只要活一天，就要与太守同心协力，为百姓肝脑涂地。"

黄霸从阳翟专程看望县丞的消息很快传遍许县县城，大小官吏和百姓无不为他这样礼贤下士、崇尚清廉的作为而感叹不已。

颍川郡和全国其他郡一样，县以下设乡、亭、里。几个村为一里，一里百家，里设里长。十里为一亭，亭设亭长。十亭为一乡，乡官设有秩、三老、啬夫、游徼。有秩，秩百石，为乡的最高长官。三老，掌教化，一般年龄在五十以上，有修行，能率众。啬夫，掌管听讼、赋税。游徼，负责巡查盗贼。

黄霸回郡府的途中，路过板桥乡，想到这是个巡视乡、亭、里的机会，就让车夫驾车去了板桥乡治所。有秩等乡官听说郡守忽然来到，十分惊慌。他们知道黄霸经常下到各地巡视，但大多早有人通报消息，没想到黄霸今天竟忽然到了他们这里。

黄霸下了车，只见板桥乡治所院子的外面长着茂密的野草，都嫩绿嫩绿的。通往院子的路铺着砖头，砖缝里也挤出一根根野草，也很茂盛。院子四周的围墙很高，围墙外边长了很多树，都甚是高大。有一棵榆树，不仅高，并有两人合抱那么粗，上面有几根枝干已经干枯，干枯的枝杈上还有几个鸟窝，鸟窝的边沿上站着两只小鸟，其中一只鸟用它尖尖的喙在另一只鸟的脖子上挑来挑去，那只被挑脖子的鸟样子很高兴，在叽叽喳喳地叫。这棵榆树的东边有一棵柿子树，上面挂满了柿子，树枝都被坠得弯弯的，就像老人弯下去的腰。他又看了一会儿院子外面的其他东西，这才在有秩、三老、啬夫、游徼的簇拥下走进院子。

黄霸进了院子，见院子很宽敞。沉思了一会儿，这才走进厅堂。

黄霸询问了一番劝善台和全乡百姓从事农桑等情况，对三老道："皇帝恩泽天下的诏书和郡府的政令，不仅要在劝善台上宣讲，还要刻在书卷上，悬示在院外的墙上，让吏民都能看得到，记得住，利于行，不能宣讲一两次就大功告成。"

有秩忙颔首答道："太守说得极是，近日就悬示。"

黄霸又道："不仅乡治所要这样，亭的治所也要这样。亭治所多在官道边，过往的行人较多，凡是让百姓知道的诏书和郡府的政令，都要悬示在院子外面的显眼处，让没有听到宣讲的过往行人也知道。"

有秩、三老、啬夫、游徼齐声答应："近日即办理。"

黄霸来到乡治所的消息很快传遍附近几个村庄，很多人都赶到治所外，想见一见他们仰慕了很久的爱民之官。

黄霸前前后后询问了一番该乡情况，并安排一番有关事宜后，即起身回郡府。他走到了院子外面，看到围着院子的有几百人，立即走上去，又和百姓交谈起来。这时，一个走路蹒跚的老人慢慢走了过来。黄霸注意到，其他老人都有儿女陪伴，只有他独自一人。

黄霸走上前，问道："老人家，为何一个人来？"

老人见黄霸亲自走到他跟前，很是激动，声音颤抖着道："没有想到我这把老骨头能见上太守。"

黄霸又重复了一下刚才的话，老人才眼含热泪道："儿子被征戍边，死在了战场，老伴前年死了，就剩我一个人了……我长这么大岁数，还不曾见过这么大的官。听说太守很爱民，今日能相见，死也能瞑目了。"

黄霸听了，眼睛红红地道："老人家，本太守不才，没有把颍川郡治理好，没有给百姓带来多少福祉，十分羞愧。"

黄霸正说着，看到不远处有一穿着褴褛衣服的老妪也在垂泪，忍不住走到她跟前，问她道："老人家，你也是这个乡的？为何也是独自来这里？"

老妪见黄霸亲自过问她，哭出声道："我也是孤寡一人。"

黄霸忙问："你没有儿女？"

老妪一把鼻涕一把泪道："老伴患病无钱医治，死去几年了。两个女儿被盗匪糟蹋，投河而死……"

黄霸泪眼蒙眬地扫了一眼围观的百姓，大声道："本太守没有把颍川治理好，对不起乡亲……"

老妪擦了一把泪，忙道："太守，那是几年前的事，自黄太守来了后，颍川郡平安多了。若是当年黄太守在，老妇哪会这个样子啊……"

面对这两位孤寡老人，黄霸不由思绪翻滚：这样的老人颍川郡会有多少？他们的晚年将怎么度过？他们尽管孤寡贫弱，也都是我这个太守的臣民啊！岂能视而不见，置若罔闻？黄霸沉思了一会儿，慢慢回头看了一眼治所大大的院子，问有秩等乡官道："看到院子外面的那棵柿子树了吗？"

众乡官不知道黄霸要说什么，忙把目光投向那棵柿子树，等着黄霸的下文。

黄霸意味深长地对众乡官道："为了柿子，树枝忍受弯腰之痛，为官者为了百姓，弯弯腰不应该吗？我巡视各县的时候，遇到不少这样鳏寡贫弱的人，看到这个院子，忽然想，院子这么大，空着也是空着，墙外又有茂密的野草，草里有虫子，不如辟出一些地方，喂养一些鸡、猪、羊什么的，以便赡养鳏寡贫弱的人，让他们有个依靠。"

围观的百姓听了，无不热泪盈眶，齐声赞道："太守真是一心为民的好官啊！"

有秩立即答应道："在下近日就遵令而行，以赡养这些无依无靠之人。"

黄霸道："近日要把鳏寡贫弱者逐村登记，没有儿女赡养者，官府要让他们老有所依。不仅你们这里要这样做，我回到郡府后，要传令各县驿馆、乡治所都要把院内、院外的空闲之地利用起来，喂养鸡、猪、羊等，以供养他们。"

黄霸上车驶向阳翟城时，前来围观的吏民一直含泪送了很远很远。

黄霸回到郡府，立即下令在全郡把鳏寡贫弱者进行登记造册，各县、乡、亭、里都要把院子利用起来，饲养鸡、猪、羊等，以供养他们。

不久，从许县板桥乡传来一个让黄霸十分悲痛的消息：他见过的那两位老人因病去世。因为家徒四壁，没有儿女，院子里没有可做棺材的树木，死了很多天了，一直没有得到安葬。

黄霸听说后，立即令一属下道："你这就赶往板桥乡，对板桥乡有秩说，他们乡治所院墙外有很多大树，其中一棵是榆树，都可以为老人做棺木。治所东面有一户人家喂养的有一头猪，乡里可以买下来用以祭祀等。"

属下领命，立即骑马前往板桥乡。到了乡治所，果然看到了那几棵树。到了治所东边的一户人家，果然看到他家养有一头猪。板桥乡的有秩依照黄霸的安排，把那老人的后事办得很好。

板桥乡的百姓听说这位老人的丧事是太守安排的，无不感激涕零。

不久，此事便传遍整个颍川郡。不知内情的人都称赞黄霸是神明之人，全郡的什么事都瞒不过他的眼睛。奸邪之徒听说后，都对黄霸非常惧怕，不敢再为非作歹。

黄霸到颍川的这几年，通过巡视，从百姓口中得知，前些年由于豪强横行、盗贼四起，加上水灾，人们除四处逃荒要饭外，很多人则纷纷上山，颍川郡因此流传一句话：穷上山，富下川。川指的平地，是说穷时上山靠山果野兽能够活命，富时从山上下到平地，可以享乐。同时，黄霸又听说，盗贼都是夜起明散，也多潜伏于山中。黄霸想到这些，不由忧心如焚：那些逃到山里的百姓生活得怎么样？那些盗贼是否会对这些穷苦的百姓也不放过？

黄霸想到这里，自责道：过去只巡视东部的几个县，怎么把西部山区的百姓给疏忽了？过去自己下县巡视，总是以年老路远为由，大多是乘车，每到一个地方，地方官都前呼后拥的，想看的地方不一定能看到，想听到的声音不一定能听到，所见所闻，都是被那些心怀鬼胎的地方官给策划好的，多数与事实不符，甚至是假象，长此下去，怎么配做太守？就像去许县看望县丞回来的路上，如果不是突然去板桥乡，怎么能了解到乡、亭、里都是什么样，怎么能遇见那些鳏寡孤独贫弱者？不和他们交谈，怎么知道他们的日子是什么样？每一个地方的风物人情都不尽相同，作为一个地方官，如果仅仅只会按照上司的意图，照本宣科，按图索骥，不论到哪里都是一副面孔，一种做法，怎么能治理好这个地方？几年来，西部山区的情况大多是听这些县的县令的报告，如果一直这样，怎么能对得起那里的百姓？近日一定要到西部山区看看。

这天，黄霸从平原的几个县巡视回到郡府，决定到山区去看一看。并说：要改变一下坐车巡视的方法，不再坐车，要么骑驴，要么步行。在他歇息两日后准备这样下去微服私访的时候，忽然感到腰酸背痛。他意识到：自己已经是六十好几的人了，下县时，因为提着心劲，所以不感到劳累，歇息几日后，便会感到很累。如果去山区，像在沈黎郡那样忽高忽低、忽左忽右地颠簸，自己这身子骨能否撑得下去？仅靠自己一人，何时能把颍川郡各地走访一遍？于是，不得不放弃独自立即去山区的打算。

第二天，黄霸把郡府中以奏事掾史张坤为首的几个年长、又有贤德的人召到跟前，让他们代他去西部巡视，并再三嘱咐道："本郡守来到颍川后，虽然不断到下边巡视，了解了很多东西，毕竟有限。虽然也经常派属下到各县代我去巡视，因为多是身穿官服，或者乘车而去，所见所闻未必都是真情。今召各位贤德之人，是想烦劳你们脱下官服，亲自到西部几个县微服私访，以求得那里的真情实况。各位意下如何？"

张坤等人听了，纷纷道："愿听太守吩咐。"

黄霸意味深长，情真意切道："天有不测风云，人有旦夕祸福。天，离我们太远，一时管不了，只能顺应。百姓就在我们的身边，不管他们，要官做什么？为官者，因为有百姓才有官，没有百姓，还做谁的官？孩子出生时都是赤色，故言赤子，靠父母养育。百姓在下，官吏在上，官吏对待百姓，当像父母对待孩子那样，不然，百姓就没有好日子。《尚书·康诰》有言：'若保赤子，惟民其康乂。'就是说：对待百姓要像保护幼儿那样，百姓才能安康。"

张坤等人纷纷挺直胸膛道："一定深入民间，多走访，如实报告真实情况。"

黄霸笑笑，又强调道："俗话说：耳闻之，不如眼见之。我要的是亲眼所见，亲耳所闻，不要道听途说。"

几位贤德之人异口同声道："定不负太守所望。"

黄霸又道："既然微服私访，就要把自己打扮成平民身份，深入到民间，与百姓亲自交谈，了解百姓疾苦和诉求。如若像过去那样，提前通风报信，打着微服私访的旗号，走过场，样子很像关爱百姓，实乃欺上辱下的伪君子，最为百姓所不齿。"

张坤道："在下明白。"

黄霸关切地望了他们一阵，道："这样做是很苦的，能通过各位的苦，给百姓以甜，我认为还是值得称道的。"

张坤道："若能这样，虽苦犹甜。"

黄霸听了这话，十分高兴，笑问张坤道："晁错这个人物应该很熟悉吧？"

张坤笑了："晁错是颍川郡的名人，他能言善辩，是学问大家、智慧之人，性情耿直，有真知灼见，颍川人都因他而自豪。"

黄霸叹息一声道："晁错虽有失误，但不能不说是一位国之贤良。他进言削藩，剥夺诸侯王的特权以巩固中央集权，损害了诸侯利益，以吴王刘濞为首的吴、楚等七国诸侯以'请诛晁错，以清君侧'为名,举兵反叛。吴、楚等七国叛乱是迟早的事,孝景皇帝也心知肚明,没想到他为了平息叛乱,竟然听从袁盎之计,把晁错腰斩于东市。这样,对内堵塞了忠臣的口,对外反而替诸侯报了仇。过后,孝景皇帝十分悔恨。对晁错这样的贤良之人,我们不能忘记,尤其是颍川郡人,更不能忘记,对他的后人应多多给予关爱。"

张坤道:"太守说得极是。"

黄霸又问:"我听说张良故里与晁错故里、吕不韦故里相隔都不远?"

张坤忙回答道:"晁错故里在阳翟城南,距离阳翟城三十里,晁错故里西南十余里是张良故里,晁错故里西十余里是吕不韦故里,都在一个乡。"

黄霸感慨道:"没有吕不韦,就没有秦始皇。没有秦始皇就没有秦朝。张良为汉初三杰之首,没有张良的运筹帷幄之中、决胜千里之外的大智慧,难有大汉朝的一统天下。没有晁错的削藩策,就难有今日汉室的长治久安。颍川郡南部的一个乡,居然出这么三个奇人,真可谓地灵人杰也。"

张坤也感慨道:"如果吕不韦不忧惧自尽,晁错不被腰斩……"

黄霸强笑道:"历史没有'如果',对于国于民有功者,后人都要铭记。"

张坤再次赞同道:"太守所言极是。"

黄霸沉吟了一下,道:"明日起,你到南部几个县私访,一定要到晁错老家晁喜铺村、吕不韦故里大吕村、张良故里张得村,了解一下那里的百姓和他们的后人,郡府不能亏待他们。"

第二天,张坤和其他几个贤德之人依照黄霸的吩咐,换上多年不穿的旧衣服,到山区私访而去。张坤背着一个背囊,里面装上一些食物,出城往南而去。

张坤在郡府任奏事掾史很多年,过去每年都要下县多次,但穿的都是官服。到了夜幕降临的时候,都是住在驿站的客舍。这些驿站因为是官府设立的供传递公文的人中途休息、换马的地方，故也称为邮亭。张坤因为这次是微服私访，担心驿站的人认出他，传出去不利于私访，就在驿站不远处的一口井边，借当地人到井里取水的机会，讨了一碗水，坐在路边，从背囊里取出食物吃起来。他一手拿着饼，一手拿着一块鸡肉，一面吃着，一面察看着来来往往的人，仔细倾听他们都议论什么。

这时，一只乌鸦趁他扭着头探听过往行人说话的机会，忽然飞来叼走了他手里的鸡肉。张坤猛地站起身，捡起一块土坷垃就去追。可是，他手中的土坷垃还没有投出去，那乌鸦已经飞远了。

张坤气恼地骂了一声"该死的乌鸦"，赶忙吃下手中的饼，害怕再有乌鸦把他手中的饼给叼走了。张坤吃完饼，又喝了水，立即朝晁错老家的方向而去。

这时，恰巧一个刚到郡府中任职不久的小吏休沐到期回郡府，这一切都被他看在眼里。小吏怕张坤不好意思，就装作没有看见，径直往阳翟而去。

小吏回到郡府大门口时，恰好黄霸从外面回到郡府。于是，便把路上看到张坤手中的鸡肉被乌鸦叼走那一幕，给黄霸讲述了一遍。黄霸听了，不由呵呵笑出声来。

半个月后，张坤回到了郡府。他没有顾上歇息，就直接奔赴黄霸处理政务的厅堂。黄霸正伏案批阅几个微服私访者呈报的文书，听到脚步声，抬头看到是张坤走了进来，忙放下手中的文书和毛笔，迎上前道："此行让你受苦了。"

张坤笑笑道："为民而苦不叫苦，那叫甜。"

黄霸拉着张坤的手道："你睡觉不住驿馆，借住在百姓家，吃饭自带干粮，还在路边就餐……"

没等黄霸说完，张坤就瞪大了眼睛：我住宿不住驿馆可以知晓，我自带干粮路边就餐，太守是怎么知道的？

他正百思不得其解，黄霸笑笑道："你一向克勤克俭，好不容易宰杀一只鸡做熟带着路上吃,却被乌鸦抢走了。"

张坤听到这里,目瞪口呆,道:"太守,你是怎么知道的?"

黄霸笑笑道:"我出身乡野,靠捐纳做了侍郎谒者,后被贬回家,再次从书佐、卒史、均输长、太守丞、廷尉正、丞相长史、刺史,到今天的太守,为官数十载,什么是爱民之官,什么是贪官,什么是伪君子,一言一行即可判断其过去、明白其当下,并可预知其未来。"

张坤听了,忙肃立并拱手施礼道:"《孟子·公孙丑上》云:'以力服人者,非心服也,力不赡也;以德服人者,中心悦而诚服也,如七十子之服孔子也。'太守让在下佩服得无以言表!"

张坤见黄霸在府堂内就能把他的情况都了如指掌,觉得这是一个闻所未闻的神明之人,所以,对访问到的事情,不论优劣,丝毫不敢隐瞒。

张坤向黄霸报告完毕,走出府堂,忍不住见人就讲:"颍川郡没有太守不知道的事,我微服私访时手中的鸡肉被乌鸦叼走,他都能知道,还有什么事能瞒得了他呢?"

此事一传十,十传百,先是郡治阳翟城,不久就传遍了郡下的所有县、乡,并把这件事与许县板桥乡那孤寡老人丧葬的事联系起来,越传越神,全郡吏民在夸赞黄霸贤德的同时,无不夸赞黄霸还是一个无所不知的神明之人。于是,整个颍川郡大小官吏无不对黄霸更加敬畏,言听计从。豪强们听说后,愈加隐匿声名,不敢横行霸道。一些还想抱着等一段看看风头的盗贼听说后,都争先恐后地逃到其他郡国,或改邪归正。

黄霸在颍川几年,从小事做起,无论对待属下和豪强,皆教化为先。对待百姓宽大仁慈,又明察秋毫,深得吏民拥护。郡内的户籍人口逐年增长,整个颍川郡由过去的最难治的一个郡,变成了夜不闭户、路不拾遗的一片净土,并成了繁华富饶之地。

元康四年(公元前62年)正月,黄霸任颍川郡太守的第五年,刘病已遣十二特使巡行天下,慰问鳏寡,观览风俗,察吏治得失,举荐才德优异、贤能出众之士。

不久,一个巡察河南郡、颍川郡的使者回到京城,把黄霸的治绩和颍川郡天下太平的局面,向刘病已作了详细的奏报。刘病已听了,十分高兴,赞美黄霸道:"黄霸,贤人君子、国之栋梁也。"

刘病已对黄霸的赞誉很快传到颍川郡。黄霸听了后,更加兢兢业业。

这天下午,就在黄霸思考下一步如何把颍川郡变成富庶之地的时候,刘病已的使者忽然来到颍川郡府。黄霸迎上去,还没有让座,使者便宣读诏令道:"朕闻颍川郡太守黄霸在颍川治绩卓著,特调任为京兆尹,并赏赐黄金一百斤。"

黄霸一听,没有因此而高兴,反而很吃惊:京兆尹是掌治京城的长官,虽然与郡守同级,但参与朝议,时常可以与皇帝共议国事,地位远远高于郡守。但是,因为这里是文武百官、皇亲国戚、权贵显要、豪门大富聚集的地方,各种关系错综复杂,也是最难治的地方。曾经任颍川郡守的赵广汉任京兆尹后,京城大治,我每次进京,都能听到百姓交口称赞之声:"自汉代兴起以来,治理京城的官员没有一个能比得上赵广汉的。"想到此,黄霸不由暗暗思忖:赵广汉正在京兆尹干得风生水起,今日怎么突然让我任京兆尹?

黄霸磕头谢恩之后,问使者道:"在下正全心治理颍川,皇上为何突然让在下接替赵广汉任京兆尹?"

使者迟疑片刻,道:"赵广汉侮辱大臣,胁持丞相,违逆节律,伤害风化,犯下大不道之罪,被腰斩于市……"

黄霸听了,大惊:赵广汉为官廉洁清明,威制豪强,疾恶如仇,深得百姓赞颂,怎么会犯下如此大罪?惊诧之后,又告诫自己道:朝廷之事,一个郡守怎么能干预得了?于是,不再相问。

黄霸调任京兆尹,可是,并没有派来新的郡守,也没有擢升太守丞为郡守,因此,黄霸只得把一应事务交付给太守丞。

诏令不得不从。第二天,黄霸便离开颍川郡府,奔赴京城。上车时，他的行囊里空空如也，仅有数卷书。不仅如此，他还把皇上赏赐的一百斤黄金全部捐献给颍川郡，并对郡丞道："颍川郡河流较多，有多条河流待疏浚。我还没来得及修治就调离了，甚感遗憾。这一百斤黄金，你就用来修治那些河流吧。"

太守丞拒不接受道："太守，这是皇上赏赐给你的，怎么能……"

黄霸没等太守丞说完，就打断他道："是颍川郡吏民齐心治理颍川，才有颍川今日之治，非我黄霸一人之功。我一分不留，你就全部收下吧。"

黄霸在任时清正廉洁，离任了还这么心系颍川，郡府官吏无不感慨万分，挥泪相送。

阳翟城中百姓得知黄霸离开颍川郡，男女老幼都纷纷涌向街头送行，通往京城的街道被堵得水泄不通。

时，元康四年（公元前62年）三月，黄霸六十八岁。

第二十一章　宠辱不惊京兆尹

黄霸的车出了阳翟城，遂阻止郡府官吏再继续往前相送。很多人不接受，坚持要送出颍川郡边界，有的还要求把他送到京城。

黄霸笑笑拒绝道："我黄霸历来反对官员上任与离任的相迎、相送，耗费一些不该耗费的钱财，难道让我自打嘴巴不成？"

欲相送的官员见黄霸态度如此坚决，不敢再前进一步。直到黄霸的车消失在视野中，一个个才怅然若失地慢慢转身回府。

黄霸坐在车上，时而眺望京城，时而环顾这片相伴了五年的土地，既有使之成为路不拾遗之地的成就感，也有几多离家出走般的难舍难分的愁绪。

两日后，黄霸的车走出颍川郡的辖地时，他的思绪不由得随着车轮"咕噜、咕噜"转动的声音，又转向京城：要不了几日，长安城就要靠我黄霸去治理了，治理长安与治理地方有哪些不同？如何治理？想到此，思绪一下子又转到了赵广汉身上：

赵广汉任颍川郡太守不到两年即以治行尤异，调任京辅都尉，后为京兆尹，我也任颍川郡守，如今也被调任京兆尹，世间怎么有这么巧合的事？难道我们两人有不解之缘？就该让我步他的后尘？黄霸脑海里出现"步他的后尘"这几个字后，不由得背后生出一股凉气：我怎么这样想？他被腰斩了，我怎么能用这个词形容与他的关系？

尽管他不想再把自己与赵广汉联系在一起，脑海里却怎么也抹不去赵广汉，因为赵广汉的所作所为看似与他风马牛不相及，其实也是息息相关，明白了他的得与失，然后才能把握自己的言与行。赵广汉在担任颍川太守时，以精明强干、不畏强权而著名。自己正是总结了他的得失，才得以把握如何治理颍川。赵广汉担任京兆尹后，沿袭了他一贯的做事风格，对待百姓和下属，和颜悦色，殷勤甚备，事推功善，归之于下，从不虚伪做作，一言一行，待人接物，诚挚无私，官吏都愿为他效劳。而对待权贵豪强，却又是另外一副面孔：一身锋锐之气，办起案子不徇私情，并大胆揭发隐秘的坏人坏事。赵广汉从本始三年（公元前71年）任京兆尹，到今年的元康四年（公元前62年），共在任九年，是做此官任期最长的一个，也是最受百姓爱戴的一个。可是，他不仅没有得到升迁，反而被腰斩，是被对手构陷，还是……真是宦海无边，高深难测，诡异多变，吉凶难卜。

黄霸虽然还不知道现在京城内是怎么样一种状态，但意识到一定是表面风和日丽、鸟语花香，背后一定既有惊涛骇浪，也有暗流涌动，京兆尹这个官看似风光，他到任后，一定会处在风口浪尖上。

黄霸到了京城，立即前往未央宫。

黄霸没有想到，他刚到未央宫东门，儿子黄赏正在那里望眼欲穿地等着他。父子相见，忍不住都热泪盈眶。

黄赏激动地含泪而笑道："父亲，几十年来你飘萍断梗，居无定所，一家人父东子西，母南女北，各自悲呼。这次，您进京了，过些日子，我要把母亲接来京城，一家人团聚，再不分离。"

黄霸也忍不住动情道："是，是。我也这么想。"

黄赏正要把他往住处迎接，黄霸立即正色道："作为朝臣要以国事为重，我到京城履职，当首先拜见皇上，这也是汉室规矩，岂能先回私邸？"

黄霸说罢，立即前往宣室殿。

黄霸以为，此时的刘病已一定会因为赵广汉烦恼不已，甚至满面怒色，不料，刘病已看到他这么快就到了面前，却喜笑颜开。

刘病已没有先问黄霸在颖川的情况，也没有立即讲京兆尹的事，先给黄霸开玩笑道："朕改名字了，你知道乎？"

黄霸不由倍感亲切，随即也笑笑道："臣下尚不知晓。"

刘病已道："人，谁没有病？因为朕原来的名字叫病已，大臣、百姓生了病都不敢说病了，很难避讳，故于两年前更名为刘询。"

黄霸感叹道："陛下处处为百姓着想，真乃贤君也。"

刘询见气氛不错，这才正色道："近来京兆尹发生了不测，闹得京城人心惶惶，朝廷也人人自危，朕实在痛心。特诏令你为京兆尹，望能尽快稳定京师，有难以把握之事，可立即奏报。"

黄霸直言相问道："陛下能否告诉臣下京兆尹都发生了什么事吗？"

刘询表情十分复杂，又带有几分恼怒道："有人向朕举报赵广汉为了私怨居然杀了一个名叫荣畜的人。朕命丞相魏相和御史大夫邴吉共同审理此案，他居然不把丞相放在眼里，以丞相府一个婢女无故死亡为由，坚持说婢女是被丞相夫人所杀，遂以此威胁魏相。不仅如此，还亲自带人闯入丞相府，强迫丞相夫人下跪接受询问，并带走丞相府的十余名奴婢回府堂继续审问。接着，又歪曲事实，诬陷丞相，淆乱朝廷……"

黄霸对朝廷中的这些大事都很熟悉，因为在狱中三年，在外任刺史三年，任颖川郡太守五年，对内幕并不十分了解。黄霸询问朝廷和京城的有关情况，刘询想到，既然命黄霸为京兆尹，不得不说出一些事情的真相。

原来，魏相进入朝廷担任大司农后，见霍氏家族为所欲为，就十分担忧。长期把持朝政的霍光去世后，刘询思其功德，以其死前的请求，让其子霍禹为右将军，其侄霍山领尚书事，其弟兄、女婿也各掌要职，还允许霍光的夫人霍显及诸女出入宫禁。魏相担心霍氏的势力长期发展下去，难以控制，于是，通过太子刘奭的外祖父平恩侯许广汉向刘询上书道："《春秋》讥讽世世为卿相的人，憎恶宋三代人都做大夫,到鲁季孙专权当道,都曾使国家处于危难祸乱。从孝武皇帝后元年间以来,王室子弟能得到俸禄,朝廷政事却要由冢宰来决定。如今霍光死了,他的儿子又做了大将军,他哥哥的儿子做尚书,掌握政要,他家的兄弟、女婿们都掌有兵权,很有权势。霍光的夫人和他家的女眷都在长信宫有名籍,可以自由出入,有的夜里从禁门出入,骄横奢侈,放纵不羁,恐怕将来会无法驾驭。应该想法削弱他们的权势,来强固大汉万世的基业,也使功臣霍光的声名得以保全。"

按朝廷的规矩,凡上书给皇帝的人都要把奏书写成两份,其中一份为副本,掌领尚书省事务的官员要先开阅副本,如果奏书的内容不当,就搁置起来不上报皇帝。可是,魏相通过许广汉抽去了副本,以免被霍氏家族的人阻挡下来。刘询看了奏疏后,幡然醒悟,随即给魏相又加官给事中,让他可以常侍皇帝左右,备顾问应对。

不久,霍家谋杀许皇后之事泄露,刘询罢黜霍氏三个侯的爵位,霍氏子弟都被调到地方去当官。接着,刘询又擢升御史大夫魏相为丞相,封为高平侯。霍氏家族认为魏相所以被重用,是因为霍光曾经下令抓捕魏相,魏相对霍氏有仇,因此对魏相又恨又惧,所以上书诋毁霍氏。接着,密谋伪造太后之令,欲先捕杀魏相,再废刘询。因为金日䃅的儿子金赏是掌管皇帝舆马和马政的太仆,其妻是霍光的六女儿,他们所有的密谋都逃不过金赏。金赏从妻子那里得知消息后,告诉了受刘询宠爱、并任侍中的堂兄金安上。

七月,霍禹准备起事时,被杨恽发觉,杨恽立即告诉金安上。金安上想到汉室对他们的恩宠,果断地关闭宫门,禁止人员出入,并迅速通知了堂弟金赏。金赏妻子霍氏十分明白,自己娘家的罪行会导致金氏的灭亡,自己的两个儿子也会受到极刑的处罚。不仅如此,还会导致匈奴休屠王部落和汉廷间大规模的战争,无辜的百姓会卷入无情的战火。于是,霍氏让金赏快速报告刘询,休掉自己。金赏见时间紧急,蹒跚着奔入刘询的宫殿,悲伤地报告了霍氏谋反的事,并递上了休妻书。刘询了解情况后,大怒,立即下令捕杀霍氏一族。霍氏反叛被平定后，魏相总领朝政，悉心辅佐，每件事处理得都非常符合刘询的心意。

黄霸听到这里，立即意识到，霍氏反叛被平定了，在京城造成的影响一时还难以消除。赵广汉与魏相是怎么结仇的，刘询没有再说。黄霸心里也十分清楚，赵广汉与魏相的仇恨不会像刘询说的那么简单，必定案中有案，真相如何，余下来的问题如何处置，刘询等于给他出了一道难题。

黄霸思前想后，忍不住苦笑道："臣下在河南郡任太守丞的时候，魏相是太守，而且相互交往很厚。赵广汉做过颍川郡太守，臣下也做过颍川郡太守。臣下每次从颍川回京复命，赵广汉都对臣下如何治理颍川出谋划策，交往也很厚。赵广汉与丞相有仇，赵广汉在京兆尹位置上被腰斩，今陛下又令臣下为京兆尹，欲让臣下裁定他们中间的是是非非，这是给了臣下一块难啃的硬骨头焉。"

刘询听了黄霸的话，忍不住转怒为笑。笑过后，又正色道："朕念你公正无私，故命你为京兆尹。愿你摒弃私念，把京兆尹治理得安然有序。"

黄霸颔首道："谢陛下垂爱，微臣当竭尽心智，倾力而为。"

他们正说着，魏相走进宣室殿。黄霸看到魏相，立即拱手施礼道："昔日在河南郡时，我在你的麾下，备受垂爱，今日在京师，依然离不开你的眷顾。"

魏相笑道："黄霸君一向为官清廉，外宽内明，吏民无不称誉，昔日我们携手与共，今日当同舟共济，共匡汉室。"

刘询、魏相与黄霸叙谈很久，只提河南郡、颍川郡的治理和黄霸的功绩，却避而不谈赵广汉。黄霸深知他们都不愿意涉及此事，故也避而远之。

黄霸上任的当天便了解到：从赵广汉入狱到他被腰斩，直至眼下，京兆尹的官吏都陷入一种人人自危的紧张状态。所以，他没有正襟危坐地在府堂与属下商议治理京兆的有关事宜，而是闲聊，一是让属下放松,二是以期从闲聊中找到京兆尹难治的症结。

这天,黄霸明知故问地问一属下道:"京兆尹是三辅之一,原为右内史,孝武皇帝太初元年改名为京兆尹,京兆尹这三个字都是什么意思呢?"

属下忙笑着回答道:"所谓京,是极大之意,兆则表示数量众多,故定名京兆。尹,是官名,如战国时楚国的丞相叫令尹。今京兆尹相当于郡守,但比郡守地位高。京兆尹既是地名,也是官职名。百姓说:京兆就是车的輂毂,即皇帝的车舆。意思是天子车轮下的地方。"

黄霸又问一属下道:"能讲一下京兆尹都有过哪些故事吗?"

这属下沉思了一会儿,道:"要说京兆尹的故事,数赵广汉最多。"

黄霸想听的正是有关赵广汉的故事,于是,笑笑道:"那就讲几个让我听听。"

属下说了这话,表情上很有些后悔的样子,但见黄霸十分认真,不得不往下讲:"赵广汉从颍川郡阳翟县令职位调任京辅都尉时,职责是守护京兆尹。当时赵广汉手下有一个叫杜建的官员,因为资格老,为人十分霸道。孝昭皇帝还活着的时候,让杜建参与了孝昭帝陵墓的预建。杜建认为这是个发财的机会,便指使门客从中非法牟取暴利。赵广汉依据举报,掌握了很多事实。他警告杜建悬崖勒马,但杜建认为自己与皇室关系深厚,当面唯唯诺诺,背后根本不把赵广汉的话放在心上。赵广汉见规劝无效,就将杜建逮捕归案。这下果然是捅了马蜂窝,杜建刚被押进牢狱,为杜建说情的人便接踵而至。赵广汉不给来说情的人一点面子,导致杜家的族人和门客恼怒不已,遂密谋劫狱,要把杜建从牢里救出来。赵广汉先派出一名手下的官吏,去警告那些打算劫狱的主谋者道:'如果你们真的想这样干,我将依法将你们灭门!'准备劫狱者听了这话,无不丧胆。赵广汉在证据确凿的情况下,命令狱吏将杜建斩首弃市。杜建的同党们也就没人再敢为杜建说话,京城的百姓无不赞叹。"

黄霸过去没有听说过这些,于是,对那属下道:"继续讲。"

属下停了好一会儿，又继续道："孝昭皇帝患病驾崩后，刘贺为帝，但是，仅二十七天就被废。几经周折，大将军霍光等大臣尊立当今的皇上，赵广汉因参与决策有功，得到皇上的封赏，赐爵关内侯。不久，赵广汉被调往颍川郡担任太守。因为治理有方，本始二年，朝廷派遣五位将军攻打匈奴，征召赵广汉以太守的身份带兵，隶属蒲类将军赵充国。从军回国后，皇上看京城非常混乱，连续几任京兆尹，皇上都不满意，就让他做了代理京兆尹，因治理很好，一年后成为正式……"

黄霸笑笑打断他道："这些我知道。"

属下接着道："京兆尹是文武百官、权贵显要、豪门大富聚集之地，赵广汉初任京兆尹的时候，纨绔子弟目无法纪者居多，致京都很难管制。赵广汉任京兆尹后，居然不畏三朝元老霍光，敢对霍光家族的不法行为下手遏制。霍光死后不久，赵广汉查到霍家有非法酿酒、非法屠宰的嫌疑，便亲自带人前往霍光儿子博陆侯霍禹的宅第进行搜查，砸烂了霍家酿酒的器具，还用刀斧砍坏了霍禹的门户。霍光的女儿霍成君是皇后，忍不住向皇上哭诉，说赵广汉欺辱他们霍家。皇上内心赞许赵广汉，但因为霍光才死不久，顾及皇后的面子，就把赵广汉叫到跟前，仅仅责备了一顿。赵广汉由此得罪了皇亲国戚。"

黄霸对此都颇有了解，他想听的是赵广汉与丞相魏相之间有哪些他不清楚的事，好为以后处理京师事务寻找良策，于是，又对那属下道："继续讲。"

属下迟疑了半天，道："后来，有一次赵广汉的门客私自在长安街上卖酒，被丞相的属吏赶走了。门客怀疑是与丞相府关系甚密的苏武的弟弟苏贤告发了这件事，便告诉了赵广汉。赵广汉大怒，立即派长安县丞追查苏贤……"

黄霸听到这里，嘴上不说，却不由一声长叹：赵广汉与苏武的家人也有间隙？苏武谁不知道？他的父亲苏建曾任代郡太守，镇守北方，抵御匈奴，苏贤、苏嘉、苏武弟兄三人皆为郎官。孝武皇帝天汉元年（公元前100年），苏武奉命以中郎将持节出使匈奴，结果被扣留。匈奴贵族多次威胁利诱，欲使其投降，目的都没达到。单于以为是应承给苏武的官太小，就亲自见苏武，并许以丰厚的俸禄和高官，结果，苏武也严词拒绝了。当时正值严冬，天上下着鹅毛大雪。单于对苏武拒不投降，非常恼怒，命人把苏武关进一个露天的大地穴，断绝食品和水的供应，以让苏武屈服。而苏武宁死不屈，渴了，就捧起地上的雪来吃；饿了，就嚼身上的羊皮袄；冷了，就缩在地穴的角落里裹着皮袄取暖。过了好些天，单于见濒临死亡的苏武仍然没有屈服的意思，只好把苏武放出来，迁到匈奴北方的北海边牧羊，扬言要公羊生子方可释放他回国。苏武留居匈奴十九年，头发和胡须都变白了，依然持节不屈。孝武皇帝曾多次派人向匈奴索要苏武回国，匈奴皆伪称苏武已死。孝昭皇帝即位后，当初下令囚禁苏武的匈奴单于已死，新单于为向汉朝求和，于始元六年（公元前81年）派使者向汉朝请求和亲，汉朝也复派使者至匈奴。这时，被困于匈奴的另一使者虞常，把苏武的下落告诉了使者。汉使者便以假乱真地对单于说："汉天子在上林苑中射下一只雁，雁足上系有帛书，说苏武现在北海。"单于大惊，只好让苏武随汉使回国。为了表彰苏武不辱汉节的功绩，孝昭皇帝封他为典属国，俸禄为中二千石，赐钱两百万，公田两顷，宅一区。苏武与上官桀、桑弘羊有旧，早在上官桀、上官安与霍光争权时，燕王刘旦认为苏武功高，不能只封为典属国，数次上书，苏武的儿子因此感激燕王刘旦，所以参与了谋反。廷尉上书请求逮捕苏武，霍光念及苏武的功德，则把奏章搁置，只将苏武免官。刘询即位后，念苏武持节不屈，又赐爵关内侯。

苏武是一位可歌可泣的人物，赵广汉怎么与苏武的弟弟苏贤产生了嫌隙？黄霸想到这里，忽然意识到不能打断属下的话，应该让属下继续讲，于是，忙问属下道："结果怎么样？"

属下见黄霸低眉沉思，以为他不愿听这些，便打住不说了。见黄霸又问，才又细细地讲述：赵广汉属下的一个尉史，见赵广汉追查苏贤，则趁机弹劾苏贤作为骑士，屯驻霸上，却不到屯所，又缺乏军需储备，耽误军事。这是违反军律之罪，非同小可。苏贤的父亲苏建得知后，向皇上上书申诉，控告赵广汉。皇上令有司重新处理。结果，那尉史获罪腰斩。接着，有司又请求逮捕赵广汉。皇上诏命立即审讯，赵广汉服罪，正巧遇上大赦，只降了一级俸禄。赵广汉怀疑这件事是他的一个叫荣畜的同乡从中做了手脚，不久，就以其他罪名杀了荣畜。有人上书告发这件事，皇上就把案件交给丞相魏相和御史大夫邴吉处理。赵广汉见追查得很紧急，就派一个所亲信的长安人去做丞相府的门卒，让他私下打探丞相家中有什么违法之事。地节三年（公元前67年）七月中旬，魏相随身婢女有过失，自缢而死。赵广汉听说了这件事，怀疑是魏相夫人因嫉妒而在府宅内杀了她。恰在这时，魏相正斋戒以入宗庙酎祭，不在家中。赵广汉想以此挟制魏相，便派中郎赵奉寿赶赴丞相宗庙，委婉地告诉魏相："你家婢女被杀一事，赵君很清楚，只要丞相不追究赵君的事，赵君不会告发。"不料，魏相不仅不听，反而追查得更加紧迫。赵广汉便欲告发魏相，并让一个善预测之术的太史给他占卜，看此事能否成功。太史说：这一年当有大臣被杀。赵广汉很高兴，以为是魏相必被杀，于是，立即上书告发丞相的罪行。皇上看到赵广汉的诉状，下令道："此事属私事，应由京兆尹处理。"赵广汉知道事情紧迫，就亲自带领吏卒直闯丞相府，令魏相夫人跪在庭下受审对质，讯问他们杀死婢女的事，并带走了十多个奴婢。魏相得到消息，非常愤怒，立即上书皇上道："那婢女是因为犯错被我打了一顿，羞愤之下离家自杀，并非夫人所杀。反而是他赵广汉多次犯罪，却未能依法伏罪。他以欺诈的手段胁迫臣，臣宽容他，没有上奏。今赵广汉又审讯我妻子，盼皇上派清明的使者来处理赵广汉所证实的臣下的家事。"皇上看了魏相的上书，于是，把此事交给廷尉于定国处治。

于定国是东海郡郯县人，他的父亲曾任县狱史、郡决曹等官职，判案公平，犯法而被他父亲依法判刑的人，没有因为不服而心怀怨恨者。郡中的百姓在他活着的时候就为他立了生祠，称作"于公祠"。于定国从小就跟随他的父亲学习法律，父亲死后，曾任东海郡狱吏、决曹。地节元年（公元前69年），他被调至京城，补廷尉史，后因才智出众，办案有方，升为侍御史，不久又升任御史中丞，如今为廷尉，职掌天下刑狱，俸禄为中二千石。因为他为人谦恭，能决疑平法，办案严谨，皇上曾经称赞他："于定国为廷尉，民自以不冤。"

于定国接案后，不久便查出真相：丞相因过错而鞭笞并逐走随身婢女，婢女被赶出丞相府才自杀的，并不是丞相夫人所杀。

魏相见于定国把事实搞得很清楚，就让丞相府中负责协助丞相检举不法行为的司直官萧望之上奏弹劾赵广汉："赵广汉折辱朝中大臣，想用威力胁制奉公守法之人，违反礼节，败坏风气，没有德政。"

此时，皇上正倚重魏相，遂下令革去赵广汉官职治罪，押入廷尉牢狱。经廷尉于定国复核，又得赵广汉妄杀无辜、鞫狱失实等事实，于是，数罪并罚，被判处腰斩。

赵广汉任京兆尹九年，不畏强御，豪猾敛踪，人民乐业。京兆吏民虽然得知赵广汉有罪过，当听说将要被腰斩后，数万名百姓以及很多官员，自发聚集在未央宫前，齐齐地跪下，有的神情肃穆，有的情不自禁地低泣，有的则抑制不住而痛哭流涕，还有不少人吁请代赵广汉而死。皇上得知后，想到赵广汉在京兆尹的治绩，犹豫不决很久。最后，为了汉室大计，依然没有收回成命。赵广汉被腰斩后，长安城百姓自发集结了数万人，为他送行……

属下还没说完，忽然，一门卫急匆匆来到他的跟前，惊慌不已道："京城百姓近千人集聚到京兆府前，跪地哭求京兆尹为赵广汉申冤……"

黄霸听到这里，急忙起身朝府门外而去：无论以后怎么处置，当下必须安抚百姓，不能让百姓对我黄霸失望，更不能让京城生乱。

黄霸来到大门外，只见近千名百姓真的都在门外跪着，一个个声泪俱下，泣不成声。前面的人看到黄霸，纷纷哭诉道：

"黄大人，赵大人虽然有过失，但他是爱民之官，不应该腰斩于市啊……"

"百姓闻知黄大人崇尚仁政，反对酷刑，今做了京兆尹，期盼借黄大人之力，为赵大人鸣冤……"

"赵广汉虽然不能生还，死后能有一个好的说法，俺百姓也心安也。"

黄霸听到这里，不由暗暗叹息：我与魏相曾经在河南郡一块儿共事多年，且是能整顿吏治、选贤任能之人，如今他虽然为丞相，对我黄霸依然倾情相顾。苏武扬名于匈奴，功显于汉室，虽古竹帛所载，丹青所画，其弟苏贤有错也应予以宽解。赵广汉为官廉洁清明，威制豪强，深得百姓赞颂，且与我黄霸也有不解之缘。京兆尹百姓愿意代他而死，足见百姓多么爱他。如今，得知我黄霸为京兆尹，又吁求我为赵广汉申冤。于公，他们都是清廉官员；于私，都有交情，我黄霸如何处置？这冤怎么申？我如果为赵广汉挺身而出，丞相怎么看？苏武一家怎么看？皇上又怎么看？如果对百姓的吁求置若罔闻，哪里还配得起爱民之美誉？京兆尹百姓怎么看我黄霸？

黄霸痛心良久，泪眼蒙眬地劝慰百姓道："我黄霸刚刚上任，一切有待查明，请众位起身，我黄霸当尽力而为之。"

众人听了，认为黄霸说得有道理，纷纷起身。但又都纷纷道："无论如何，爱民之官，百姓都会追思并歌之。"

从这天起，黄霸把处理赵广汉的事作为一件大事，不仅走访民间，也先后走访苏武、苏贤的家人和朋友，走访廷尉于定国，拜访御史大夫邴吉，重新查证事实，听取各方见解。结果，或大相径庭，或莫衷一是，或各打五十大板。

通过调查，黄霸还听说了不少赞美赵广汉的故事。有一次京城发生了一起绑架案：皇宫一个叫苏回的侍卫，在家里被两个劫匪劫持了。接到报案，赵广汉从蛛丝马迹中寻找线索，终于发现了劫人者的住处，他率人飞速赶到。为了稳住罪犯，赵广汉自己在庭院站下，让长安县丞龚奢敲门通告劫持犯："京兆尹赵君劝告两位，千万不要杀害人质，此人是皇宫侍卫。如果你们立即自首，将得到从宽处置，万一有幸碰到大赦，还可以获得自由。"二劫匪一听，大为惊愕，加上素闻赵广汉威名，想想也没其他出路，立即打开门，叩头请罪。赵广汉很温和地对他们道："幸好你们让人质活了下来。不然，就死定了。"赵广汉把犯人送到监狱后，又嘱咐狱吏善待他们，还给他们酒肉吃。按律法，到这年的冬天，这两名罪犯将被处以死刑，赵广汉就为他们预先安排好了棺材，以及安葬用品，并派人告诉他们安心服刑，两罪犯叹服："死无所恨！"

有百姓又介绍说，赵广汉很想把京兆尹治理得秋毫无犯，鸡犬不惊，歌舞升平，因为权力所限，未能如愿，他曾感叹说："之所以不能达到望想，是因为左冯翊、右扶风这二辅之地不归我管制，一些恶徒常越界流窜至京城作案。如果二辅也由我来兼顾，那京城一定会治理得更好。"

黄霸想，赵广汉虽然有重大过失，有些居功自傲，毕竟把京兆尹治理得比以往任何时候都好。自己刚刚上任，朝野都在关注，各方众目睽睽，当务之急应是稳定京师，安抚百姓，如果听任一些人任意诋毁，或者顾及魏相等几个人的情面，以后就没有人再大胆惩治豪强窃贼，左冯翊、右扶风二辅之地的一些恶徒必定以此为可乘之机，更会肆无忌惮地越界流窜至京城作案。这样，势必给京兆尹带来不安定的局面。

黄霸经过反复思考，一个月后的一天，大胆上书刘询道："黄霸任京兆尹一个月以来，深入民间，走访朝臣，听四方呼声，不绝于耳者乃赵广汉之议。赵广汉治理京兆尹九年，疾恶如仇，且以廉洁和礼贤下士而闻名，深受百姓爱戴。然，因其门客私自在长安街上卖酒一事而酿成如此大祸，毁一世美名，实在令人惋惜，乃小不忍则乱大谋也！《左传》云：人非圣贤，孰能无过。赵广汉已经正法，得到了应有的惩罚，为稳定京兆尹，谏言陛下为其削除罪名，以震慑京兆尹和左冯翊、右扶风三辅之地的不法之徒，安抚京城百姓。"

刘询看了黄霸的奏书，非常愤怒，念及他治理颍川的功绩和初任京兆尹，召见他，怒斥道："你认为朕把赵广汉杀错了？"

黄霸并不害怕，道："臣下以为，赵广汉治理京兆尹有功，得知他将被腰斩时，竟有数万吏民跪在皇宫前痛哭求情，并有官吏说：'臣活着无益于官府，愿代赵广汉死，让他能管理这里的百姓。'足见赵广汉深得民心。臣下与赵广汉私交远远不如丞相，臣下大胆上书为赵广汉鸣不平，绝非出于私心，乃为京城的安定着想，为陛下着想……"

刘询长叹一声道："赵广汉是有功于朝廷，但他日渐变了，变得自恃有功，目不见睫。哪个做朝臣的无功？若都目无余子，妄自尊大，长此下去，朝廷还有正气？为官者，不仅要有所为，要清廉，更要守节，不然，会从青史留名变成青史成灰也！"

黄霸知道一切已无法挽回，只得就此打住。

黄霸走出宣室殿，不由得有些郁郁寡欢。出了未央宫，本打算直接回京兆府，却让车夫驾车，沿着长安城大街转悠起来，一是排解心中的不快，二是了解市情、民情。过去做侍郎谒者和廷尉正的时候，虽然常常徜徉于大街之上，但那是"观景"，而今这里成为自己的管辖之地，有职责在身，再到街上，情感就不一样了。

长安城中有八条大街，分别是华阳街、香室街、章台街、夕阴街、尚冠街、太常街、藁街和前街，却有十二座城门。过去黄霸一直不解，通过巡视才明白，因为每座城门均有一条大街通往城内，由于未央宫和长乐宫占据城内西南隅和东南隅，其中未央宫南宫墙距南城墙不足二十丈远，西宫墙距西城墙不足十丈远，因此，由霸城门、覆盎门、西安门、章城门通向城内街道为两宫所阻，形成四条短街，十二条从城门通往城内的街道中，除去这四条短街，长街恰好是八条。

也就在这次的巡视中，黄霸发现京兆尹辖区内有很多条道路失修，百姓出行不便，就连道路中间皇帝的专用车道——驰道，因为失修，很多地方的路面也高低不平。驰道宽度是五十步，两旁种有树，大臣和百姓,甚至皇亲国戚都没有权利走。黄霸想,越是不修,损毁会越快,到时候耗资会更多。

不久,黄霸又到下面很多县查看,也都发现了同类的问题。修治驰道是要上报朝廷的,黄霸想,这是好事,又不是新建驰道,而是在原基上修治,且是在我的辖域内,如果很快修好,皇上不仅不会怪罪,还会高兴。于是,不经奏报,就调遣民工进行修治。为了加快速度,还调遣京兆尹所辖各县的牛马运土。

黄霸没有想到,刚刚动工不久,就有人举报弹劾他:"黄霸调遣民工修治驰道,没有事先向皇帝报告,属大逆不道罪。他调用牛马运土修路,致使守卫京师的屯卫兵马少士多,造成军马与卫兵无法配给的局面,耽误军队出动,这是违反军法之罪,当腰斩。"

黄霸得知消息,冷冷一笑,也不申辩。他意识到,自己替赵广汉鸣不平,得罪了朝中一些与赵广汉有仇的大臣,所以被举报弹劾,欲置之死地而后快。

刘询接到举报和弹劾书,想到黄霸曾经为赵广汉鸣不平,意识到如果不处置黄霸,京城和朝廷又不得安宁,但念及黄霸治理颍川郡有功,没有按举报者列举的罪行对他进行治罪。但是,为了稳定朝廷,让弹劾者闭口,却下诏免去了黄霸的京兆尹官职,并把俸禄降至八百石。

此时,黄霸做京兆尹仅仅三个月。

前不久,黄霸刚把妻子巫云接到京城,一家人正欢欢喜喜,其乐融融,这突然的变故,让巫云涕泗滂沱,黄霸的一腔热血顿时也变得冷若冰霜。

黄霸早就知道京兆尹是是非之地,且早有心理准备,只是没有想到这么快就被贬职。他痛心不已:素怀忠心,却报国无门,如此苟且偷安,不如弃官归田。于是,收拾行囊,准备偕妻子巫云,再次回阳夏老家,弃官归田。

就在黄霸准备返乡时,刘询想到黄霸确实是治理地方难得的人才，且颖川郡在黄霸离开后还没有物色到合适的郡守，就又下诏让他再度出任颖川太守。但是，俸禄却依然是八百石。

　　黄霸接到诏令，很不以为然，坚持要弃官归田。就在他整理好行囊，将要大步迈出屋门时，想到离开颖川的时候百姓对他的深情厚谊，想到颖川郡还有很多他未竟的事业，于是，又折身返回。

　　第二天，黄霸忍辱负重，再次踏上了去往颖川郡的路途。

　　很多人都把京兆尹看作是荣耀之地，黄霸不仅没有因此而荣耀，反而任职仅三个月就被贬官降秩，实在是一种屈辱。他做官不是为了荣华富贵，就是想为百姓做事，对俸禄多少并不在乎，只是，汉朝建立以来，以这样的俸禄出任太守，他是第一人。

第二十二章　明察秋毫重民生

黄霸再次出任颍川郡太守的消息传到颍川郡后，颍川吏民无不欢欣鼓舞，相互奔走相告。尽管知道黄霸不喜欢迎来送往的繁缛礼节，很多人还是提前几天就聚集在颍川郡边界的官道上迎接他，以表示对他的爱戴之情。

黄霸即将到达颍川边界时，忽然起了大风，道路上尘土飞扬。不知何因，他蓦然想了汉高祖刘邦的《大风歌》："大风起兮云飞扬，威加海内兮归故乡，安得猛士兮守四方？"他吟咏着吟咏着，忽然换了词："京兆尹兮风云翻，威风扫地兮归颍川。安得百姓兮万家欢。"吟咏后，居然泪眼蒙眬。

更遗憾的是，黄霸不知颍川很多吏民在颍川边界的官道边等着迎接他，而且等了好多天。他看着呼啸的大风，想到的却是前几年没有到西部山区巡视过，这次再赴颍川，不如顺便到鸠山一带巡视一番，这样，既能了解到西部山区的真实情况，也能节省很多时间和开支。于是，他不顾颠簸，让车夫避开常走的官道，另取其他便道，直接去了鸠山脚下。

黄霸驱车绕着山路，尽力往山的深处走。直到山路狭窄崎岖，实在不便前行，且前面出现了一个村庄，这才让车夫停下。接着，他让车夫把车停靠在路边，他则下车步行，直接去往农户家。

他以平原的直路判断，以为距村子已很近，殊不知，因为是山路，绕来绕去，好久才靠近村子。就在他即将走到村头时，由于只顾四处眺望，一不小心，右脚踏上了一个圆圆的石子，"扑通"一声栽倒在地。倒地那一刻，右臂着地，恰好砸在一块棱角凌厉的石块上。他顿时感到疼痛难忍，等费尽力气坐起身，却感到右手不听使唤。

这时，从山上下来一位砍柴的老人，看到他那疼痛的样子，忙向他走来。老人看到他不像本地人，忙问他道："客官，您这是怎么了？"

黄霸咬牙忍痛道："刚刚不小心栽倒于地，右臂疼痛难忍。"

老人伸手抚摸他的右臂，他更感疼痛。

这时，车夫远远地看见他栽倒在地，也奔了过来。惊恐地问："太守，您怎么了？"

那老人一听说"太守"两个字，大为惊讶，问："原来的太守叫黄霸，百姓常念叨他，朝廷不该让他走……您是新来的太守？请问太守尊姓大名？"

车夫忙介绍道："黄太守回京几个月，今又回到颍川任太守了。"

老人不知道黄霸是因为什么又回到了颍川，但听说他又回到颍川任太守了，十分高兴，道："颍川百姓都盼太守能回来，终于回来了。"说着，忙伸手去搀扶黄霸。他这么一搀扶，黄霸忍不住龇牙咧嘴。老人细心地抚摸着黄霸的手臂，忽然惊愕道："太守，您的骨头栽断了。"

黄霸很感吃惊，车夫更感不安，埋怨道："太守啊，您这么大岁数了，我劝您不要独自往山里走，您偏偏不听，非要……"

黄霸苦笑道："为官者自己怕吃苦，怎知百姓苦？"

车夫摇摇头，叹道："太守啊，事已至此，只能先回郡府了。"

那老人听了黄霸的话，感动得流泪道："俺过去只是听说黄太守常常到民间巡视，没想到名不虚传，今日在家门口就遇上了。"接着，老人忽然想起了什么，道："哎呀，只顾说话，我忘记了一件大事。"

黄霸以为是他家有什么大事，忙问："你家有何大事？"

老人道:"太守,您的骨头折断了,我家藏有接骨丹,服后消肿、止疼、活血、化瘀,能快速续筋接骨。快随我到家里去。"

车夫一听,忙搀扶着黄霸,跟随老人朝他家走去。黄霸一边走,一边注意到,这里说是一个村子,其实也就几户人家,他家的房屋和其他几家的都一样,墙壁都是用石块垒砌的,屋顶也仅仅覆以茅草。

进了屋子,老人拿出一块石头,那石头有拳头那么大,五颜六色,又晶莹剔透。黄霸第一次看到这样的石头,正奇怪着,老人道:"这就是接骨丹。"

车夫笑笑道:"这是一块石头,怎么叫接骨丹?它能接骨?"

老人没有直接回答他,道:"等我烧了水,让太守喝碗热水再说。"

老人说着就向厨屋走去。不一会儿,厨屋的门口和窗户都冒出一股股柴烟来。

黄霸不顾疼痛,在屋子里转悠起来。见屋子里没有其他人,很感奇怪,正欲跟车夫说什么,老人端着两碗热水走了过来,道:"二位一路劳顿,先喝碗热水解解渴。"

老人放下热水,随即又从一个布包里取出一块白银。黄霸十分不解,忙问:"老人家,拿银块做什么?"

老人道:"这接骨丹,只有白银才能把它划开和磨成粉状,银子在接骨丹上磨出的银粉,是这接骨丹的药引。然后,把这两者的粉末倒入黄酒中,一并服用。"

老人说罢,立即用银块在石块上用力地磨。磨了一会儿,磨出有一粒麦子那么大"一堆"接骨丹粉,然后将其放入碗里。接着,老人又从一个酒罐里用勺子取出一勺黄酒,倒入碗中,搅匀,递到黄霸跟前道:"请太守把接骨丹喝下,很快就不那么疼了。"

黄霸很受感动,忙喝了下去。喝罢,他没有问这接骨丹是怎么来的,怎么可以治病,却问老人的家事道:"家里有几口人?"

老人道:"三口人,老伴和女儿。女儿出嫁了,就剩我和老伴了。"

黄霸忙问:"你老伴呢?"

老人道:"在山上采药,卖了药,换成钱,买粮食。靠山吃山,靠水吃水啊。"

黄霸听了,不由想:都是老人了,还能有几年好日子?女儿成了人家的媳妇,跟前没有人,万一有个三长两短的怎么办?于是,对老人道:"年纪大了,上山采药很不安稳,你家门前宽敞,不如在门前喂些鸡呀、羊呀什么的。"

老人叹道:"过去是这样做了,可是,自从太守到京城的这几个月,常有一些盗贼趁我和老伴上山采药,就把鸡和羊给偷走了,俺也不敢再喂养了。"

黄霸意识到,他仅仅离开颍川郡几个月,一些逃往外地的强盗又回到了颍川郡,尤其是边界的县和山区,以后,要加强对山区的治理,打击强盗。

黄霸又与老人聊了一会儿,不得不起身离开,往附近的驿站赶,不然,天黑后更难赶路。这时,老人把那接骨丹递给黄霸道:"请太守把这接骨丹和白银拿着,回到郡府后,好好服用。三天饮用一次,每次磨出丹粉像麦粒那么大,用黄酒送服,不久就可痊愈。"

黄霸拒绝道:"这接骨丹我第一次听说,一定是你家祖传的,不可受。"

老人道:"太守说得很对,是祖传的,是我的爷爷在这鸠山上采到的。"

黄霸更不愿接受,道:"如此珍贵的接骨丹,我黄霸怎么能带走呢?"

老人一边把接骨丹硬往黄霸手里塞,一边道:"我在这鸠山住,相信还会采到的。"

黄霸又问:"附近乡亲知道你家有这接骨丹吗?"

老人十分喜悦道:"知道。凡有人摔伤,我都会以此帮助他们。"

黄霸道:"这就好,这就好,要多帮人。既然这样,我可以带走一点,一是我来服用,二是若听说有谁伤筋动骨的,也让伤者服用。"

309

老人见黄霸这样，只得用铁锤将接骨丹砸成两块，小块自己留下，大块让黄霸带上，还有那银块。黄霸接过接骨丹，却拒绝拿那银块，道："你家能有这银子不易，等我回到郡府，再买银块就行了。"

老人感慨道："太守为俺百姓想得真是周全啊。"

临行，黄霸又嘱咐老人道："跟乡亲们说，山区草多，虫子多，家家多养鸡、猪、羊，少费力，又能吃到肉和鸡蛋。等我回到郡府，会想法惩治盗贼的。"

黄霸说着，趁老人不注意，从怀中掏出一块皇帝赏赐的黄金，放在了老人的床头。

黄霸回到郡府，当天就令属下在府门外悬挂了一张告示：太守得一块儿接骨丹，吏民若有伤筋动骨者，可到郡府求助，郡府免费救治。

因为右臂栽断，黄霸原准备一到颍川就到山区巡视的打算只得取消，只能再次挑选贤德之人微服私访，到各县了解民情，尤其是西部山区。并下令，西部山区各县，要把居住在偏僻之地的百姓逐户登记，为他们把路修治平坦，不能让颍川郡一户人家受苦受难。

这天，黄霸正用银块磨制接骨丹准备服用，代表太守督察县乡、宣达政令兼司法的督邮，走上前报告道："阳翟县有一争儿案，三年了未能断决，前不久报到了郡府。"

黄霸诧异道："怎么如今才报到郡府？"

督邮道："阳翟县令认为这是一桩小案，想着他自己能断决，所以，一直没有报到郡府，不料，至今没能断决，两家仇恨越闹越大……"

黄霸忙问："报给郡丞断决了吗？"

督邮道："最近报郡丞了，郡丞也没能断决。"

黄霸很诧异："是怎么样一个争儿案，如此难断？"

督邮道："阳翟县有一富户人家，弟兄两个在一起过日子，原来关系很好，不料，因为一个儿子的事，弟兄两个反目成仇。"

黄霸不由问道："弟兄两个争什么儿子？谁家媳妇生的就是谁的，怎么还需要官府来断决？"

督邮道："他们弟兄两个的媳妇是同年同月同日生子，同一个接生婆接生。接生婆走后，有一天，有一家的婴儿死了，都说那活着的婴儿是自己的，所以……"

黄霸忙问："那孩子现在谁的家里？"

督邮道："在兄长的媳妇家。"

黄霸试探地问："就是说，弟弟的媳妇要向兄长的媳妇要儿子？说儿子是她生的？"

督邮立即回答道："是这样。兄长的媳妇说那儿子是她亲生的，骂弟媳妇厚颜无耻，是无德之人。"

黄霸想了想，对督邮道："明日令她们二人都到郡府来，让兄长的媳妇把孩子也带来。"

督邮立即领命而去。

第二天，争儿的弟兄两个和他们的媳妇都来到了郡府，那三岁的儿子由兄长的媳妇带着，也到了府堂。城中的百姓听说后，纷纷也跟到大堂看热闹。因为这桩案子三年了，在阳翟县城几乎家喻户晓。

黄霸不顾右胳膊被吊着，端坐于大堂之上，让她们两个妯娌一起来到大堂中央。黄霸问兄长媳妇道："报上姓名，姓甚名什么？"

兄长媳妇回答道："姓马，名英。"

黄霸紧紧盯住她的双眼，看了一会儿，又问："儿子是你亲生？"

马英立即回答道："是我亲生，我已养了三年。"

黄霸又对那弟媳妇道："报上姓名，姓甚名什么。"

弟媳妇忙回答道："姓刘，名桃花。"

黄霸紧紧盯住她的双眼，看了一会儿，又问："儿子是你亲生？"

刘桃花立即回答："是我所生。"

黄霸又问："是你所生，为何被马英养着？"

刘桃花一时语塞，流下泪来。

黄霸不再问，对着一卒吏大声道："把孩子抱到大堂中央来。"

孩子被卒吏抱到大堂中央后，黄霸轻声对孩子道："站在那里不要动，动了不是好孩子。"

黄霸说完，看看兄长媳妇的表情，又看看弟媳妇的表情，只见兄长媳妇的眼睛在盯着他黄霸，弟媳妇的眼睛却在盯着孩子。黄霸接着对她们两个道："都走到孩子身边，马英在右，刘桃花在左。"

妯娌两个分别到了孩子跟前，一个在右，一个在左。

黄霸忽然又对两妯娌道："各离孩子十步远。"

妯娌两个又离开孩子，各离开孩子十步远。

等她们站稳，黄霸道："听我口令，你们一起去抢孩子，谁先抢到，孩子就是谁的。"

自听了黄霸的这番话，马英就瞪大眼睛，立即虎视眈眈地拉开架势，做好了奔过去抢孩子的准备。而弟媳妇刘桃花先是恨恨地瞪了黄霸一眼，然后两眼紧紧盯着孩子，上上下下打量了一遍，最后，也伸着双手，做好了跑步向前抢夺的准备，但浑身发抖。

黄霸观察了一会儿她们的神情，忽然道："抢！"

妯娌两个同时奔到了孩子的跟前，兄长媳妇拉住孩子的右胳膊，弟媳妇则拉住了孩子的左胳膊。马英争夺时用力很猛，一副不管不顾的样子。刘桃花看到孩子被拉得龇牙咧嘴，既想把孩子争回来，又恐怕会伤着孩子，而不敢用力。她双手颤抖着，随着马英和孩子往前走，表情极为悲伤。

看到这里，黄霸顿时明白了一切，大喝一声道："停！"

刘桃花首先松了手，而马英却依然不松手。黄霸斥责马英道："休想欺瞒本太守，儿子是刘桃花的，不是你的！"

马英一听，神色大变，却对黄霸不满道："凭什么说儿子不是我的？儿子就是我的，谁也争不走。"

黄霸怒目而视道："你只想得到儿子，想没想到，用力争夺会使孩子受到伤害呢？真相已经非常明白：孩子是刘桃花亲生，而非你所生。赶快松手,把孩子还给刘桃花。"

一听此话,马英脸色苍白,立即松开了手。

黄霸厉声道:"孩子不是你的,为何说你的?如实讲来,否则,罪加一等。"

马英听了,立即下跪认罪,如实交代。

原来,马英的孩子生病死了,想到弟媳妇的儿子白白胖胖,便心生恶念,她没有哭泣,趁弟媳妇刘桃花如厕的时候,将她死掉的孩子放到弟媳妇刘桃花床上,然后抱着刘桃花的孩子匆忙往自家屋里赶。恰在这时,刘桃花如厕回来,看到了这一幕。她以为嫂子是想跟她的儿子亲热,也没在意。等她回到屋子洗了手向马英要孩子时,不料,马英却说孩子是她的。弟弟得知后,到嫂子和哥哥的屋子里大闹,而马英却坚持说这个孩子是他们的,不还给他们。从此,弟兄两个反目成仇,两家打了三年官司。

妯娌两个的争儿案三年没有断决,黄霸只用一个动作就让真相大白,很快在颍川郡传为佳话,吏民无不称赞他明察秋毫,是断案高手。

不久,黄霸在颍川郡各县发布公告,凡已经发生在颍川的各类案件,罪魁祸首能主动交代者,从宽处理,否则,一律严惩不贷。再有以强凌弱、草菅人命、欺行霸市、偷盗抢劫等不法行为者,罪加一等。

很快,罪魁祸首害怕被黄霸查明后从重处罚,都主动交代。过去一些潜伏到其他郡的强盗,在黄霸离开颍川后,重新回到颍川郡者,得知黄霸又回到颍川郡,且神明无比,又纷纷逃离颍川郡。颍川郡各县积压的疑难案件,很快也都报到郡府,并很快得到决断。

不久,黄霸又召集各县县令到郡府,宣讲断案准则:用儒家的德治,崇尚仁政,反对酷刑,先行教化,后用刑罚。断案要依据法律条规,证据确凿,不能凭个人想象和好恶办案。对无证据或证据不足,暂时无法取证者,从轻发落,释放回家,以观后效。对那些年老有病，非十恶不赦者，也从轻处理。

从此，各县都以黄霸断案的准则办案。监狱不再人满为患，到郡府来告状喊冤的人也日渐减少。同时，也挽救了不少将被错杀的人命。

黄霸颁布了断案的准则后，又对做了错事的下属官吏，进行苦口婆心的教育和感化，循循善诱，诲人不倦，劝他们改过自新，力求保全他们。只有那些不遵教化者，黄霸才对其施以刑罚。

就在黄霸再次出任颍川郡守的三个月后，即元康四年（公元前62年）三月，刘询下诏赐天下吏民以爵、牛、酒、帛。一年后，即神爵元年（公元前61年）三月，刘询再次下诏赐天下吏民以爵、牛、酒、帛，赈贷的钱物免收。

黄霸看到刘询如此爱民，继续利用劝善台，传扬刘询的仁政，从不因为刘询对他进行处置而心生不满。同时，教化吏民遵章守法，勤事农桑，节约资财。

一时间，颍川郡吏民赞扬黄霸持法平和，也称颂皇帝擢用贤良，英明宽宏，知人疾苦，操行节俭，慈仁爱人。颍川郡再次出现良好的局面：上安下顺，风清弊绝，道不拾遗，夜不闭户。

神爵三年（公元前59年）春三月，即黄霸再次到颍川郡的第三年，丞相魏相病薨。四月，刘询命识大体、顾大局、宽大礼让的御史大夫邴吉为丞相，命魏相的属官丞相司直萧望之为御史大夫。黄霸对魏相很敬佩，对邴吉更是尊崇。所以，以邴吉为做人做官的楷模，更是宵衣旰食，躬耕不辍。

颍川郡通过黄霸又三年的治理，比过去更加祥和，相邻的河南郡吏民十分羡慕，常有人到颍川郡投亲靠友，并留下来不再回河南郡。河南郡各县，尤其是靠近颍川郡的几个县，都盛赞黄霸的仁德，并说，要是黄霸不离开河南郡，并做郡守，河南郡百姓该多有福气啊。

这时的河南郡太守是严延年。严延年因为弹劾田延年等逃亡遇赦复出任丞相长史不久，因为跟随许延寿征讨西羌有功，被迁升为涿郡太守。涿郡最难治理的是大姓西高氏、东高氏，郡吏以下官吏都害怕、躲避他们，没有谁敢与他们作对。严延年执法严峻、残暴，到了涿郡后，立即镇压了他们。很快，郡内豪强屏息。不久，河南郡盗贼四起，刘询又把他迁为河南郡太守。他听说河南郡与颍川郡相邻的几个县的人都到颍川投亲靠友，并留下不再回河南郡，非常嫉恨黄霸，甚至看不起黄霸，说黄霸是软弱无能，是颍川郡的吏民善良才使颍川天下太平。

严延年身为河南郡太守，众人说应当杀死的人，他马上放出去。众人说不应当杀死的人，他反而要杀死。吏民没有谁能够猜测到他的意图，都非常害怕而不敢触犯他的禁令。他办的案件，文案整密而不能改变。他特别善于写狱辞，擅长隶书，所想杀的人，奏章写成在手，主簿和其他很亲近的官吏也都不让知道。属吏进言可以判死罪的，立即将其杀死，其速度像神一样快捷。为了显示他的才能高于黄霸，这年冬季，严延年传令所属各县，把囚犯都集结到洛阳城附近，全部判杀头治罪，以致流血数里。

黄霸离开京兆尹后，刘询又换了一任京兆尹，仍然不满意，最后命胶东国相张敞做了京兆尹。张敞与严延年是故交，张敞治理地方执法虽严，但知道刚柔兼济，适可而止。张敞听说严延年用刑苛刻急速，写信劝他多向黄霸学习，并说："战国时韩国有一名犬叫韩卢，它抓兔子时先仰观主人之意后才抓获它，也不是过多杀死。望你稍微放松刑罚，考虑施行这一办法。"严延年回信说："河南郡是天下咽喉之地，西周、东周的旧地，杂草茂盛，禾苗荒芜，怎么能不铲除？"并自我夸耀才华横溢，对皇帝褒赏黄霸而不褒赏他，很不服气，说黄霸治理颍川郡的方法都是一些雕虫小技。于是，不听张敞劝告，依然自行其是。

黄霸对严延年鄙视自己从来不放在心上，并召见与河南郡相邻的几个县的县令，令他们与河南郡各县处好关系，对逃往颍川郡的百姓做好安抚，尽力说服他们回到本土，遵章守法，勤事农桑。

神爵三年（公元前59年）十一月底的一天上午，黄霸忽然接到属下的报告说：河南郡太守严延年的母亲路过颍川郡，要去洛阳看望严延年，现在已走到阳翟城外。

黄霸听了，想到严延年的母亲从东海郡千里迢迢去洛阳，一路非常劳顿，不顾严延年平常看不起他，就让属下把严延年的母亲接到郡府，盛情款待。席间，严延年的母亲想到一进入颍川郡，看到的都是祥和之气，听到的都是对黄霸的赞言，对黄霸十分钦佩。

严延年的母亲离开颍川郡不久的一天，黄霸正在府堂审阅一个案卷，忽然一侍者走到跟前报告说：严延年的母亲从河南郡返回东海，特别经过阳翟，要拜见他。黄霸听了，立即走下殿堂，与侍者去迎接严延年的母亲。

黄霸把严延年的母亲迎到府堂后，关切地问她道："老人家，刚到洛阳不久，怎么就又返回东海？"

严延年的母亲求助似的望着黄霸道："原打算在洛阳过了腊八节，再过了年才回东海……可是，延年那小子让老母很失望。他不久就会被杀头，我要赶快回去给他准备棺木。"

黄霸听了非常吃惊，忙问："怎么一回事？"

严延年的母亲忍不住一五一十地给黄霸讲述一遍。

原来，严延年的母亲到达洛阳时，正赶上严延年在洛阳城外一都亭的不远处对囚犯行刑。严延年的母亲大惊，于是，停在都亭，不肯进入郡府。严延年行刑结束，到都亭拜见他的母亲，但他的母亲却闭阁不见。严延年在阁下摘去帽子叩头，过了很久，他的母亲才见他，怒目责备他道："你受皇上恩幸才得以担任郡守，独立治理千里之地，没想到，你不仅不施行仁爱教化，使百姓平安，反而靠过多地施刑杀人，以此树立威风，难道你就这样做官吗？"严延年听了，重重地磕头道歉，并亲自替他的母亲赶车，他的母亲才去往他的府上。严延年的母亲在过完腊月节后，对严延年说："天道神明，杀人太多的人必遭报应，我不愿在我老年时看见我的儿子受刑被杀戮。我原打算在洛阳住上一段才回去，如今不行了，我要赶快回到东海郡，等待你的丧期到达，为你准备后事。"

黄霸听到这里，不由想到了两年前有关严延年的一件事：两年前，三辅之一的左冯翊职位空缺，刘询就征召严延年为左冯翊。当使者带着印符离开京城，踏上送往河南郡的路上时，刘询听说严延年严酷的名声后，又下令将印符追回，而命此时为少府的萧望之任左冯翊。

严延年的母亲看到黄霸为严延年惋惜的神情，恳求黄霸道："颍川与河南是邻郡，你遇着机会一定要教他为官之道，让他像你一样做一个爱民之官。"

黄霸为了安慰她，道："若有机会，定把你的话转告给他。"

几个月后，时光不觉间进入神爵四年（公元前58年）二月，这时，长安城有凤凰飞集，甘露降落，刘询认为这是吉祥的象征，因而大赦天下。

黄霸两次为颍川郡太守，郡中各项事务的治理，在所有郡国中最为出色。到了四月，凤凰、神雀多次飞集各郡国，其中以颍川郡最多。刘询得知这一情况，颁布诏书称扬黄霸道：

> 颍川郡太守黄霸，常向民众宣讲朕的旨意，百姓都向往而归化朝廷，守孝之子、尊长之弟、贞洁之妇以及乖顺之孙都日渐众多，在田地耕作的人互相谦让田界，在大道上行走的人不捡拾别人的遗失之物，供养探望鳏寡老人，赡养帮助贫苦穷人，成为风气，监狱里八年没有重罪囚犯，官吏民众皆向往教化，熟衷交谊，真可谓贤人君子风貌。封爵关内侯，赐黄金一百斤，俸禄中二千石。

汉朝沿袭秦朝封爵之制，为奖励有功之人，共设立列侯、关内侯、大庶长、驷车庶长、大上造、少上造、右更、中更、左更、右庶长、左庶长、五大夫、公乘、公大夫、官大夫、大夫、不更、簪袅、上造、公士二十个等级的爵位。关内侯都是对立有军功的将领的奖励，仅次于列侯，黄霸没有上过战场，因为治理地方有功被授予这个爵位，俸禄也从八百石升为中二千石，是第一位。在黄霸之前，汉朝仅有卫青、李敢、陈汤、李息、苏武五个人被封为关内侯。黄霸虽然仅有其号，而无封国，亦足见刘询对黄霸的赏识。

接着，刘询又颁诏对颖川郡中孝顺、友爱和其他具有仁义品行的百姓，以及三老、力田等乡官，都分别赐予不等的爵位和财帛。这些被赏赐者都知道是因为黄霸在颖川郡的治绩才有这样的待遇，所以，无不对黄霸充满感激之情。

刘询下诏大赦天下后不几日，想到他与嫡妻许平君所生之子刘奭已经八岁，将来是皇位的继承人，为了汉室的长治久安，便立刘奭为太子。同时，想到需要贤良的人做他的老师，不久，便征调黄霸担任太子太傅，并赐给他一百斤黄金。

时，神爵四年（公元前58年）六月，黄霸七十二岁。

黄霸把皇帝赐给他的一百斤黄金依然分文不留，全部捐献给颖川郡，用于救济鳏寡孤独者。

黄霸前后两次任颖川郡太守，为时八年。

黄霸离开阳翟县城时，沿途百姓依依不舍，哭送百里之外。

黄霸走到颖川郡边界时，天空忽然淅淅沥沥下起了小雨，好似老天也被他的爱民之心所感动，与他难分难舍。

第二十三章　太子太傅献赤诚

十多天后，黄霸到了京城。

此时虽然正值夏季，天气却不是那么炎热，城中的树木都枝叶茂盛，青翠欲滴。黄霸刚从东门进城，只见有凤凰、神雀飞集于上空。他到了未央宫，只见朝臣们都走出厅堂，欢声笑语地举目观望。太子刘奭在十几位宫女的陪侍下，也在太子府前观看凤凰、神雀飞翔。

刘奭出生几个月后，刘询即位为帝。两年后，其母许平君被霍光的妻子霍显毒死，他从两岁就失去了母爱。地节三年（公元前67年）四月，八岁的刘奭被立为太子，因为年龄幼小，一直住在在未央宫东侧的东宫，如今十六岁了，已经长大成人，就搬到了太子府。

太子府内太子读书的地方为太子宫，另有含丙殿——太子起居地，甲观——太子习武地，画堂——太子修文地。太子太傅，秩比二千石，负责教导、辅弼太子，其属官有太子门大夫、洗马、中庶子、庶子、舍人等。太子门大夫秩比六百石，为太子宫宿卫之官。太子洗马秩比六百石，为太子的侍从官，出行时为前导。太子中庶子秩比六百石，可入禁中受事。太子庶子秩比四百石，掌教导诸侯卿大夫之庶子，有大事则率众子为太子所用。太子舍人秩比二百石，在宫禁中值宿，轮番守护。刘奭虽然幼小时就很孤苦，但多才艺，善史书，通音律，柔仁好儒。

黄霸看到了刘奭就在不远处，却没有前去与他搭话，因为他必须先到宣室殿拜见刘询。

黄霸到了宣室殿，刘询一看到他，忍不住眉开眼笑，立即走下御座，拉着他的手，再次赞美他道："黄霸君在颍川郡仁厚爱民，常常向民众宣讲朕的旨意，百姓都向往而归化朝廷，百姓谦让田界，行人道不拾遗，吏民无不敬仰，你是真正的贤人君子、国之栋梁啊。"

黄霸谦恭道："谢陛下恩典。"

刘询直言道："太子刘奭将来就是皇位的继承人，朕十分重视对他的抚育，故选定你为太子太傅。"

黄霸道："臣下虽不才，但会以自身的感同身受，尽心教导太子，还有什么吩咐，请陛下直言无隐。"

刘询笑笑道："你比任何人都能领会朕的心意，不需朕再赘言。"

刘询之所以这么说，一是黄霸对宫廷各级官职的职司都了如指掌，二是黄霸已是老臣了，对如何保养、监护、教谕训导太子都成竹在胸，所以，不再多说。

黄霸离开宣室殿，天色已晚。当晚美美地睡了一觉，第二天吃过早饭，便直奔太子府。

到了太子府，黄霸以为刘奭不一定起床很早，便先前往含丙殿。不料，他刚到含丙殿前，太子洗马便告诉他道："太子已到太子宫读书。"

黄霸到了太子宫，果然看到刘奭正伏案读书。刘奭听到脚步声，抬头一看，见是黄霸，立即起身相迎。黄霸朝几案上一望，见他正在阅读的是司马迁的《太史公书》，不觉眼前一亮。

刘奭见黄霸对他看到《太史公书》两眼充满喜悦之情，便知道黄霸也很喜欢此书，遂笑着捧起来，对黄霸道："自司马迁外孙杨恽献出《太史公书》后，父皇十分珍视，几年前就公开刊布，朝中大臣都得以读到此书。此书善序事理，辩而不华，质而不俚，本太子读之不遑暇食。"

黄霸赔笑道："司马迁著此书时我就读过一些篇章，只是后来不知去向，不曾再读。杨恽献出此书，实乃一大功绩。今得以回京，并在太子身边，当与太子一道，通读此书也。"

刘奭比较文弱，没有盛气凌人之势，加上对黄霸的敬重，与黄霸一同坐下，以晚辈对待长者的姿态，十分随便地侃侃而谈起来："太傅自幼攻读法律之学，却不像赵广汉、严延年那样崇尚严刑酷法，每到一地都把这个地方治理得很好，实在让人钦佩。"

黄霸笑笑道："是皇上躬亲朝政，为政宽简，惩治贪腐，励精图治，选贤任能，为君贤明，天下人莫不臣服也。"

刘奭则继续赞美黄霸道："太傅自为官以来，清廉无私，外宽内明，反对严刑峻法，仁厚爱民，当今之世，乃空谷足音也。"

黄霸谦虚道："太子过誉了。"

刘奭想了想，道："我听说太傅特别爱读书，甚至在狱中也在向夏侯胜求教《尚书》。"

黄霸不由很开心，道："《礼记》里有言：博学而不穷，笃行而不倦。"

刘奭道："我近来特别爱读《太史公书》，每每展开书卷，都不知疲倦，书中处处皆名言警句，读后让人气爽神清，如：运筹帷幄之中，决胜千里之外。不知其人，则不为其友。智者千虑，必有一失；愚者千虑，必有一得。富贵者送人以财，仁人者送人以言。失之毫厘，谬以千里。其身正，不令而行；其身不正，虽令不从，桃李不言，下自成蹊。聪以知远，明以察微。千人诺诺，不如一士谔谔。每每读到这些佳句，总感觉回味无穷，神心荡漾。"

黄霸笑道："我还没机会完整地读《太史公书》，以后当认真拜读。"

刘奭正色道："我对《太史公书》里的很多东西还一知半解，太傅以后当多多赐教。"

黄霸想到自己身为太傅，当担起太傅的职责，道："孔子云：

学而不思则罔，思而不学则殆。你喜欢读史，又身为太子，将来要登上天子之位，当以史鉴今，理清朝代兴衰的根源和道理，从而大治天下。"

刘奭忽然转换话题道："我反对严刑酷法，曾经进言父皇多重用儒生，不知太傅怎么看。"

黄霸道："制定律法意在规范人的行为，不是用来杀人。故执法者应以教化为先，不能把律法当做杀人的工具。"

刘奭道："我听说河南郡太守严延年个头矮小，却执法严峻、苛刻、残暴，有辱朝廷，这样的人，实在不宜做太守。"

黄霸想到严延年曾经嘲笑自己，感到不便在太子面前多加议论，否则，有锱铢必较、睚眦必报之嫌，笑了笑，半天无语。

刘奭则毫无顾忌，带着一身孩子气地笑道："太傅做京兆尹时，朝臣多有非议，而今张敞为京兆尹，也是言人人殊。京兆尹这个官不好做。"

黄霸笑道："人人都盼做官者为好官，殊不知，好官也不好做。"

刘奭正色道："我讨厌那些言行相诡，欺世盗名，不为民做事，反以作威作福为荣的官吏。"

黄霸停了一会儿，叹道："从古至今，无人不羡慕官场，认为那里是光艳无比，进了官场才知道，最脏莫过于官场。"

刘奭点头称是，道："能在最脏的地方做到一身清洁，那才是真正的好官。"

黄霸接着又道："无论如何，既然为官，当尽心尽力，做到像《孟子·尽心上》所说的：仰不愧于天，俯不怍于人。"

刘奭感叹道："为官者若都能像太傅那样，为国赤诚、为民尽心，大汉朝将是何等天下太平、万物安宁啊！"

黄霸摇摇头道："我黄霸做得还远远不够。"说着，话锋一转："如今我既然身为太傅，有些话不得不说：你将来要权倾天下，要立大志，多读书，勤思考，更要深谋远虑，励精图治。不然，作为一国之君，却难得盛世。"

刘奭点头道："太傅所言甚是。"接着，话题又转到对一些朝臣的议题上，道："张敞执法虽严，但知道适可而止，而严延年以滥杀为快，致流血数里，每每想起我就毛骨悚然。我常常向父皇提起，父皇也对这种行为深恶痛绝。"

黄霸听了刘奭的话，感受到他虽然柔懦，却也是一个爱憎分明的人。黄霸还没有想到此时该说些什么，刘奭又问他道："太傅对御史大夫萧望之如何看？"

黄霸对萧望之早就有所了解，却没有立即回答，而是心情很复杂地追忆起萧望之的一些往事。

萧望之，字长倩，是萧何第七世孙，因为他的祖父和父亲皆隐德不仕，以田为业，所以，他出身于一个农家。萧望之因为博览群书，学识渊博，尤善治《齐诗》，后来到掌宗庙礼仪的太常寺受业，还跟从夏侯胜学《论语》《礼服》，京师的儒生们对他都十分称赞。那时大将军霍光执政，时任长史的邴吉推举的萧望之、王仲翁等几个儒生，都被霍光召见。在此之前，左将军上官桀等谋杀霍光，霍光杀了上官桀等人之后，出入都加戒备，进见他的官民都要露体被搜身，并卸去兵器，由两个侍卫挟持。只有萧望之不肯听从这样的摆布，自动出入，侍卫对他叫嚷乱扯，他依然不让步。霍光知道后，上前制止了侍卫的这一做法。萧望之走到霍光面前，冷颜道："大将军，你用功德辅佐幼主，要能让崇高的教化流传天下，让天下的士都伸长脖子踮起脚，争着来效力辅佐高明的你。你现在这样对待来见你的士，恐怕不是周公辅佐成王那样，一沐三握发、一饭三吐哺接待天下之士的礼节。"

霍光见萧望之对他言辞如此犀利，甚至带着几多傲慢，心生忌恨。不久，霍光让王仲翁等都补为大将军史，却让萧望之仅仅做了看守小苑东门的看门人。王仲翁做了大将军史后，出入前呼后拥，趾高气扬，嘲笑萧望之道："不肯循常作为，怎么做了看门人呢？"萧望之则笑道:"鸟乐于树上筑巢,自由飞翔,狗乐于主人造窝,观色行事,喜好不同,志向不同。"

地节三年(公元前67年)夏,刘询即位第七年,京师下了冰雹,萧望之善经术,因此上疏,请求刘询安排接见,说要当面申说灾异之事。刘询早在民间时就已闻听到萧望之的名气,决定由少府宋畸问明情况,并让宋畸转告他的话:"有事直言,不必隐讳。"萧望之毫不隐讳,对少府宋畸直言道:"《春秋》里记载:鲁昭公三年,鲁国下了大冰雹,这时季氏专权,最后赶走了鲁昭公。假如过去鲁国的国君把灾害看清楚了,是不会有这个灾害的。现在陛下凭借圣明的德行为国君,思考政事寻求贤人,这是尧舜一样的用心。但是,好的兆头未到,阴阳又不协调,这是大臣执政,一姓擅势所致也。附着的枝叶大了,会折断树的主干,私家势力强大了,公室就会受到危害。望明主亲理政,考功能,举贤才,作为腹心,同他参政谋划,命令公卿大臣朝见禀奏事情,清楚地陈述他们的职责。如果这样,邪恶就堵住了,私权就被废除了。"

刘询接到少府宋畸的奏报,意识到萧望之是针对霍氏专权而发的议论,随即任萧望之为谒者,做接待宾客的近侍。

不久,刘询接受萧望之的谏言,进用贤能之士,将官民的上书交给萧望之处理,萧望之都做得很合刘询之意。不久,又擢升他为掌论议的谏大夫,很快又擢升为纠举不法的丞相司直,一年中升职三次。后又被选任为平原郡太守。元康元年(公元前65年)被征入朝廷当了少府。元康二年(公元前64年),又任萧望之为左冯翊,京师的人无不称颂。神爵元年(公元前61年),又被迁为大鸿胪。神爵三年,邴吉由御史大夫升任丞相,萧望之被迁为御史大夫,位列三公。

黄霸明白,刘奭作为太子,想了解每个大臣的为人和品德,倾听朝臣的识见,一是为他的父皇建言献策,二是未雨绸缪,为以后继承皇位后能知人善任。黄霸当初对萧望之上奏弹劾赵广汉很有成见,但过后还是很佩服他的为人和做法。于是,笑笑道:"萧望之为人刚正不阿，清正廉洁，仁义忠信，不善计谋，但他上奏弹劾赵广汉，致赵广汉被腰斩，不能说不是过失。"

刘奭听了，微微一笑，点了点头。

黄霸深知宫廷大臣之间关系盘根错节，稍有不慎就会招三惹四，声名狼藉，于是，没等刘奭再问，便笑笑，给刘奭讲起故事道："春秋末年，晋国贵族中有一个叫中行文子的，因为内部争斗，被迫流亡在外。有一次，中行文子经过一座界城时，他的随从提醒他道：'主公，这里的长官是你的老友，为什么不在这里停歇一下，等候着后面的车子呢？'中行文子答道：'不错，从前此人待我很好，我喜欢音乐时，他就送给我一把鸣琴。后来我又喜欢佩饰，他又送给我一些玉环。这是投我所好，以求我能够接纳他，而现在我担心他要出卖我而去讨好敌人，所以，我得迅速离去。'没有不久，这个官吏果然派人扣押了中行文子后面的两辆车子，献给了晋王。所以，人啊，知人知面，更要知心。"

刘奭听了很感兴趣，忍不住道："太傅还有哪些好故事，请为本太子多讲一讲。"

黄霸又道："战国时，魏文侯手下有一将领叫乐羊。有一次，乐羊领兵去攻打中山国时，恰恰乐羊的儿子正在中山国。中山国王就把乐羊的儿子给煮了，还派人给乐羊送来一盆乐羊儿子的人肉汤。乐羊悲愤至极，但并不气馁，毫不动摇，竟然坐在帐幕下喝干了一杯用儿子的肉煮成的汤。魏文侯知道后，对大臣堵师赞夸奖乐羊说：'乐羊为了我，吃下他亲生儿子的肉，可见，他对我是何等的忠诚啊！'堵师赞则冷笑说：'一个人连儿子的肉都敢吃，没有父子骨肉之情，那么，这世上还有谁的肉他不敢吃呢？'乐羊打败了中山国归来后，魏文侯奖赏了他。但是，从这时起，因为堵师赞的那番话，总是时时怀疑乐羊对自己的忠心，对乐羊也不再重用。"

刘奭吃惊地问："乐羊对魏国、对魏文侯如此忠诚，堵师赞为何还怀疑他呢？"

黄霸叹息道:"是啊!"

刘奭又忍不住问道:"如果乐羊不能取胜,堵师赞又会怎么说?如果魏文侯派堵师赞领兵攻打中山国,堵师赞能做到这样吗?"

黄霸笑道:"不可知也。"

刘奭摇摇头:"魏文侯怎么听信堵师赞的话,而怀疑乐羊的忠心呢?"

黄霸叹道:"古人说过,巧诈不如拙诚。但是,常常有人自己奸诈,总怀疑别人也居心不良。一个人的举动可以以小见大,但也不乏以小人之心度君子之腹者。观人于微而知其著,说起来容易,做起来就难矣。所以,做人难,察人更难。"

刘奭听了,陷入沉思。

黄霸见刘奭这样,意味深长道:"为君者,太柔懦了,会有臣下目无朝廷。太刚了,会一意孤行,酿成大错。所以,要做到刚柔并济,恩威并重。做臣下的,只要有一颗忠诚之心,尽力而为,他人如何评议,不要太在乎,做到问心无愧,足矣。"

刘奭赞道:"太傅所言甚善。"

刘奭特别喜欢音律,一日,当他读到《太史公书》中的《乐书》篇时,情不自禁地朗诵起来:"凡音之起,由人心生也。人心之动,物使之然也。感于物而动,故形于声;声相应,故生变;变成方,谓之音;比音而乐之,及干戚羽旄,谓之乐也。乐者,音之所由生也,其本在人心感于物也……凡音者,生人心者也。情动于中,故形于声,声成文谓之音。是故治世之音安以乐,其正和;乱世之音怨以怒,其正乖;亡国之音哀以思,其民困。声音之道,与正通矣……凡音者,生于人心者也;乐者,通于伦理者也。是故知声而不知音者,禽兽是也;知音而不知乐者,众庶是也。唯君子为能知乐。是故审声以知音,审音以知乐,审乐以知政,而治道备矣。"

黄霸听着,不由为刘奭少而博学感到高兴。

刘奭朗诵罢,忽然又引吭高歌起高祖的《大风歌》:"大风起兮云飞扬，威加海内兮归故乡，安得猛士兮守四方？"

黄霸听了，为刘奭胸怀大志而激动。

刘奭高歌罢《大风歌》，又忽然吟唱起深受孝武皇帝喜欢的名曲《北方有佳人》："北方有佳人，绝世而独立。一顾倾人城，再顾倾人国。宁不知倾城与倾国？佳人难再得。"

黄霸听着，不由心中感叹：刘奭虽然唱的是佳人曲，其实是对人才的呼唤。

刘奭唱罢，又操起古筝，弹奏起《乐府诗集》中的《安世房中歌》："大海荡荡水所归，高贤愉愉民所怀。大山崔，百卉殖。民何贵？贵有德。安其所，乐终产。乐终产，世继绪。飞龙秋，游上天。高贤愉，乐民人……"

黄霸看到刘奭多才多艺，掩饰不住内心的喜悦。但想到刘奭将来是皇位的继承人，认为他更要有治理天下的豪情壮志。自己如今身为太傅，是太子的老师，不仅要教他读书，还要教他做人之道，为官之道。

从这天起，黄霸每日全身心给刘奭讲《尚书》，说《论语》，讲治国治郡之道。并借助司马迁《太史公书》中的《书》，讲礼乐制度、天文兵律、河渠地理。以其中的《世家》，讲述子孙世袭的王侯封国史迹，和特别重要的人物事迹。以其中的《本纪》，讲五帝、夏、殷、周、秦至汉的王朝的更替，讲历代明君，使之知兴衰。通过《列传》，还讲述帝王诸侯以外其他各方面代表人物的生平事迹，以及边郡民族的传记，以了解各地人物和风土民情。

五凤元年（公元前57年）十月，黄霸任太子太傅一年多，大司农中丞耿寿昌向朝廷上书，建议设立常平仓，即把平准法着重施之于粮食的收贮，在一些地区设立粮仓，收购价格过低的粮食入官，以利百姓。在边郡也要筑建粮仓，以谷贱时增其价而买进，抑制粮价上涨，平常则可以供军用。

耿寿昌既是天文学家，也是理财家，他精通数学，曾修订《九章算术》，又用铜铸造浑天仪观天象，并著有《月行帛图》等。所以，刘询即位不久就任他为大司农中丞，掌财用收支、均输漕运之事。

刘询认为耿寿昌的建言很好，于是，召朝臣上朝论议。

黄霸常年在郡县，知道粮食的重要性，尤其是在河东郡任均输长的时候，对平抑物价的重要性感受很深，朝议时，对耿寿昌的建议大加赞赏。可是，御史大夫萧望之却责怪耿寿昌多事，并对黄霸支持耿寿昌进行了嘲讽。

就在设立常平仓议而不决的时候，河南郡境内出现蝗虫，恰好被下县巡视的太守丞看到。太守丞认为事关重大，立即返回告诉太守严延年，建议要及时予以治理。严延年因为不满朝廷任用黄霸而不用他，对刘询多有怨言，不予理睬道："难道此蝗虫能把凤凰吃了？"

太守丞年老，素畏严延年的严酷，恐怕被伤害，亲自到长安，向朝廷上书，列举了严延年十大罪名，之后服毒自杀，以明不欺。因为萧望之不重视粮食的收种和管理，刘询没有把此事交给萧望之，而是直接交给萧望之的属官御史丞调查。御史丞调查后，严延年的十大罪名全部属实。

刘询早就对严延年不满，认为他太不仁道，大怒，十一月，以心怀不满、诽谤朝政的罪过，对严延年处以弃市之刑。

黄霸看到严延年的下场，想到严延年的母亲当年路过颍川郡时的那番话，不由对严延年的母亲十分敬慕。

丞相邴吉虽然年事已高，因为品德高尚，刘询一直很尊重他。而萧望之则视邴吉老弱，对邴吉很不恭敬。萧望之小黄霸十六岁，黄霸任京兆尹时虽然对萧望之在处理赵广汉之事上多有微词，但知道他是个人才，一直很爱惜他。看到他对邴吉多有不尊，不顾他在朝议常平仓时对自己的嘲讽，就以长者的身份，以严延年为例，规劝萧望之道："人不论地位高低，都要注意自己的言行，不可妄自尊崇。不然，必有所失。"萧望之听了，冷冷一笑，置若罔闻。

五凤二年（公元前56年）八月初，黄霸任太子太傅第三年，萧望之不顾邴吉曾经举荐过他，上奏刘询道："百姓贫困，盗贼不停，是因为二千石一级的官员多数才能低下，不能胜任其职，三公也不是合适的人。所以，日、月、星三光因此不亮，今年开头日月少光，罪在几位大臣。"

刘询意识到萧望之意在轻视丞相邴吉，于是下诏命令侍中建章、卫尉金安上、光禄勋杨恽、御史中丞王忠，共同诘问萧望之。萧望之脱下帽子放到一边对答，对他们几个很不礼貌。从此，刘询不再喜欢他。

不几日，丞相司直繇延寿又向刘询上奏道："侍中谒者奉旨下诏给萧望之，他只拜了两拜。侍中谒者和萧望之说话，萧望之不起立，还故意垂下双手，反而告诉御史说：'侍中谒者礼节不周。'按旧例，丞相有病，第二天御史大夫就要问候病情；上朝时在大殿中聚会，御史大夫应在丞相后面，丞相道别，御史大夫要稍微前进，作揖。现在丞相数次生病，萧望之不仅不去探病，在大殿聚会时，还和丞相用相同的礼节。有时议事意见不合，萧望之说：'君侯，你的年纪难道能做我的父辈吗！'萧望之身为御史大夫，他表面佯装不擅自用权，暗地里却多次让守史私乘车马，到杜陵照护家事。少史戴着法冠，为他的妻子在前导车，又派他们为其家做买卖，这些人私下给他的钱总计有十万三千。按说，萧望之身为大臣，精通经术，位在九卿之上，是本朝大臣们敬仰的人，不应该走到不奉法自修、倨傲不谦让的地步。而今，他受贿所属牢狱的赃款二百五十万以上，请求逮捕囚禁起来，予以惩处。"

八月壬午日，刘询给萧望之写了一封书信，并派光禄勋杨恽给萧望之送去。信中写道："有司上奏说你责难使者礼不备，对丞相无礼，听不到你廉洁的名声，为人傲慢不谦逊，没有辅政为百官表率的姿态。你已陷于邪恶的行为中，朕不忍心让你受到刑法的制裁，派光禄勋杨恽传达朕的命令，左迁你为太子太傅，授给你太傅印。你交还原大夫印绶给杨恽，不必进宫谢恩，可直接到官。望你能闭阁思过，掌握道理，明白孝道，亲附、结交正直之士，竭尽其意，不要再有过失，不要有什么辩白。"

刘询想到黄霸对太子耳提面命，谆谆教诲，德高望重，很受朝臣敬爱，于是，命黄霸接替萧望之为御史大夫。

时，黄霸七十四岁，位居三公。

黄霸见自己与萧望之一升一降，且相互交换了职位，不由暗自感叹：芸芸众生，看似遥不可及，却往往摩肩接踵，或如登台演戏，你方唱罢我登场，谁能唱到最后，自己也难把握。

黄霸与萧望之交接这天，黄霸忍不住对萧望之道："想想当年赵广汉，再思君之境遇，为官者，趾高不可气扬，功高不可自傲，登高需一日，栽倒则一时。人往往自视高大，其实若九牛亡一毛，与蝼蚁何以异？《易》曰：'君子慎始，差若毫厘，谬以千里。'"

萧望之一向清高自傲，听了黄霸的话，想到之前黄霸对他的劝告，不由面色愧悔，道："长倩已知矣。"

第二十四章　位列三公风雨寒

黄霸能位居三公，而且升迁得如此之快，这是他没有想到的，在朝廷也引起极大震动。

三公，周朝时以太师、太傅、太保为三公。秦朝时以丞相、太尉、御史大夫为三公。汉初沿袭秦制，孝武皇帝时，罢太尉置大司马，以丞相、大司马、御史大夫为三公。

御史大夫也是副丞相，故丞相、御史大夫常常并称，丞相府和御史大夫府合称二府。凡军国大计，皇帝常和丞相、御史大夫共同议决。丞相位缺，则由御史大夫升任。由于御史大夫和皇帝亲近，故群臣奏事须由御史大夫向上转达，皇帝下诏书，则先下给御史大夫，再达丞相、诸侯王或郡守、国相，因而皇帝可利用御史大夫督察和牵制丞相。同时，御史大夫也有评定天下刑狱的职责，所以也是最高法官。郡国上呈的会计账目，也由御史大夫复核。

黄霸到任的第二天，即召集御史丞、御史中丞、侍御史、监御史、监军御史、符玺御史，以及属吏御史掾、西曹掾、主簿、少史、御史属、柱下令等属官，到御史府，共议匡扶汉室大计。

黄霸反对烦琐的礼节，先由御史丞把各位属官介绍一下后，然后让所有属下逐一介绍自己的履职情况。等介绍完毕，立即对御史丞道："我曾经做京兆尹，深深感受到京兆尹的安稳对朝廷关系重大，故,从明日起,先对京兆尹予以巡察,到民间倾听呼声。"

御史丞应诺后,黄霸又对御史中丞道:"早在孝武皇帝时,朝廷就把天下划为十三刺史州部,由刺史监察百官和皇族的不法行为,职在进善退恶,作为一州表率。当今皇上即位后,就十分重视对各郡国官吏的监察。我曾经任扬州刺史,深知监察对地方官的功用。"

说罢,黄霸一一列举出他任扬州刺史时出刺各郡的故事和出刺后各郡官吏的变化,又举出一些没有尽职尽责的刺史,申明督察部刺史的重要性。接着,又对御史中丞道:"御史中丞总领州郡奏事,考核诸刺史,要按考核结果予以奖惩,以激励刺史勇于任事,公正廉洁,抑制他们假公济私,恃权贪婪。同时,防范朝廷主官侵害百姓权益,贪赃枉法。"

御史中丞点头称是。

黄霸根据属官的职责分别对他们教导一番后,又谆谆告诫道:"贤臣是治国重器。十年前,皇上曾召见辞赋家、蜀郡人王褒,让他写一篇《圣主得贤臣颂》。这文章怎么写?王褒苦思冥想,忽然想到了马,写出善御者六辔在手,操纵自如,用良御御骏马比喻圣主得贤臣,其中写道:'夫贤者,国家之器用也。所任贤,则趋舍省而功施普;器用利,则用力少而就效众。故工人之用钝器也,劳筋苦骨,终日矻矻……庸人之御驽马,亦伤吻弊箠而不进于行,胸喘肤汗,人极马倦。及至驾啮膝,骖乘旦,王良执靶,韩哀附舆,纵驰驰骛,忽如影靡,过都越国,蹶如历块;追奔电,逐遗风,周流八极,万里一息。何其辽哉!人马相得也……'"

众属下见黄霸不仅治理地方赫赫有名,今吟诵《圣主得贤臣颂》也滔滔不绝,一字不差,不由都心生敬畏。

黄霸又对属下道:"这是一篇皇上很喜欢的美文,日后各位定当习读,并烂熟于心。切记:圣主必待贤臣而弘功业,俊士亦俟明主以显其德。上下俱欲,欢然交欣。故,众位身居高位,要做贤臣,成为国之栋梁。"

两个月后,御史中丞通过考核诸刺史,不仅对诸刺史有了全面了解,还从刺史那里了解到一些治绩突出的郡守,其中排在第一位的是西河郡太守杜延年。黄霸曾经与他的哥哥一道治理河南郡,早就知道杜延年的才识,看到杜延年的治绩排在几十个郡国的首位,十分高兴。

御史中丞知道黄霸对杜延年近年的情况不太熟悉,又特别给他详细介绍道:"想当年,杜延年得知桑弘羊、上官桀、燕王刘旦等人欲设宴谋杀霍光谋反后,立即告知霍光,由此得到霍光赏识,以'首发大奸'封为建平侯,不久迁官太仆加右曹、给事中。当时,吏民上书言事,霍光以领尚书事的名义控驭着尚书,先行披阅,遇有不好的,则压下不报。皇帝读后再由尚书交由丞相、御史大夫二府处理,治罪则交廷尉。霍光处理奏章时,每有疑惑,则咨询于杜延年,杜延年认为不好的,则压下不报。奏章由尚书下发,除交丞相、御史大夫外,并交杜延年的官署太仆寺,每有异议,则由杜延年与丞相、御史大夫共议处理。霍光在世时,杜延年入侍孝昭皇帝,参与朝议,尊贵无比。地节四年七月,霍禹等谋反被诛,杜延年也以霍氏旧人被皇上黜退,后任北地郡太守。杜延年在北地郡选用良吏,捕击豪强,郡中清静。后改任西河郡太守,依然政绩卓著。只是因为他与霍氏的关系,一直不得升迁。"

黄霸听了,为杜延年深感惋惜。

接着,御史丞又向黄霸报告朝野对朝中大臣的评价,尤其是对位居九卿的廷尉于定国给予了高度赞扬:"于定国为人谦虚恭谨,尤其敬重精通经术的士人,即使是地位低下、徒步行走前来拜访的人,于定国都以平等礼仪相待,照顾周全,尊崇备至。他身为廷尉,拜师学习《春秋》,亲自手执经书,面北而行弟子之礼。他判案公允,尽可能体恤鳏寡孤独之人,不是特别肯定的罪犯,都尽量从轻发落,朝廷上下都称赞他说:张释之任廷尉,天下没有受冤枉的人;于定国任廷尉,百姓都自认为不冤枉。"

御史丞说着笑起来。黄霸不解，忍不住用疑惑的目光看着他。御史丞见状，津津有味道："于定国很能喝酒，连饮数碗也不会醉。深冬时节，朝廷请他办案议罪，他饮酒后不但不糊涂，反而更加精明。"

　　黄霸听到这里，也忍不住笑起来："这么能喝酒，又不耽误办案者，恐怕仅此一人也。"

　　御史丞接着又向黄霸报告巡察京兆尹的情况道："张敞任京兆尹后，了解到境内秩序混乱，尤其是长安城，盗贼甚多，商贩和居民深受其苦，却一直抓不到盗贼。张敞通过私行察访，终于查出盗首原来是几个家境很富足，外出时还有童奴相随的人。这几个人，街坊邻居们谁也想不到他们竟是盗首，平时还以忠厚长者相待。张敞察知后，不动声色，派人分头将几个盗首召至府中，列举他们所犯的案件，要求他们将所有窃贼全部拿交，借以赎罪。几个盗首说：'今天我们蒙召来此，必为同伙窃贼所疑，如能给我们权补吏职，方可对他们相约。'张敞当即允诺，都给他们全部安排了官职，然后让他们回去。盗首回家后，以设宴欢庆升官为名，遍邀同伙入饮。那些窃贼不知是计，都赶去赴宴祝贺，一个个都喝得酩酊大醉。盗首按照在张敞府拟定好的计谋，乘机将每个盗贼后背都涂上红色，好让守候在门外的捕役辨认。盗贼们饮罢辞出，即被捕役一一捉拿。这一下就捕捉数百名盗贼。从此，长安城偷盗事件极少出现。"

　　黄霸听到这里，想到自己在京兆尹位置上仅三个月，忍不住好一阵伤感。

　　御史丞接着又道："张敞身为京兆尹，朝廷每有大议，他总能博引古今，献出良策，朝中公卿莫不佩服。可是，朝臣中对张敞也有不同之议。"

　　黄霸不由有些奇怪，忙问："都有哪些不同之议？"

　　御史丞道："张敞虽然为京兆尹，却没有做官的威仪。下朝时经过章台街时，他让车夫赶马快跑，自己也用折扇拍马。他不拘小节，不摆官架子，往往穿上便衣，摇着扇子，在长安街上随便溜达。"

没等御史丞说完，黄霸就忍不住道："这有什么可非议的？"

御史丞苦笑了一下，接着道："儿时，张敞顽皮，一次投掷石块，不小心误伤了同村的一个女孩。张敞当时因为害怕，逃逸了。张敞长大做官后，听家人说这女孩因为眉角有伤疤，一直未能出嫁，很为这女孩伤心。不久，便请人上门提亲，愿与她结为夫妻。那女孩也很感动，不久，他们就成了亲，而且感情很好。为了遮掩妻子眉角的疤痕，他每天都要替妻子画眉，技艺十分娴熟。他画的眉毛非常妩媚，外人无法看出疤痕。久而久之，张敞为妻子画眉的事就在长安城流传开来。张敞也因为每天早起为妻子画眉，耽误了不少时间，上朝常常迟到。因此，有不少大臣议论说：张敞作为京兆尹，为妻子画眉，经常迟到，有伤风化，是目无天子。"

黄霸听到这里，一言不发，忽然想到了自己的妻子巫云：做官以来，天南地北，日东月西，妻子巫云始终留守在家，不曾与她有多少恩爱，偶尔回家探亲，也是仓促而去，匆匆而归。每当他离开家的时候，妻子总是泪眼蒙眬，依依不舍……做了京兆尹后，把巫云接到了京城。可是，几个月后先被罢官，接着又去了颍川郡，巫云只好又回了老家。任太子太傅后，本打算再次把妻子接到京城来，却因为忙于国事，至今没能如愿。想到此，忍不住不由一阵心酸：等把巫云接到京城，老夫也要每天为她画画眉！

停了一会儿，黄霸又把思绪转到了张敞的身上，道："张敞在京兆尹的治绩卓著，他为妻子画眉，这是他个人私事，朝臣也不应该去非议，我作为御史大夫，也没有必要向皇上奏报。"

御史丞道："不少朝臣向本丞举报，今报告于你，是否向皇上奏报，由你决断。"

闻听此言，黄霸不由心下暗自嘀咕道：这是朝臣的举报，并说成是"有伤风化，目无天子"，今御史丞报告给了我这个御史大夫，如果不上奏，这些人岂不又要非议御史大夫府？非议我黄霸？

过了不几日，刘询召见黄霸，向他征询治国之道。

黄霸在向刘询奏报了上任后了解到的有关情况和自己的一些想法后，开玩笑似的顺便向刘询说了张敞为妻子画眉的事。

不料，刘询听了，甚感惊讶，道："一个朝廷大臣，怎么会如此不讲威仪？"

于是，刘询第二天便召见张敞，问张敞道："听说你天天为妻子画眉，可有此事？"

张敞笑道："确实是这样。"

刘询面色不悦道："每天给妻子画眉，还不避属下，成何体统？"

张敞笑得更响，道："夫妻之间，在闺房之中还有比画眉更过头的玩乐之事。陛下只问臣下有关京兆尹的大事做好没即可，臣下替妻子画不画眉，陛下管它干什么？"

刘询听他这么一说，感到他说得也不无道理，笑了笑，就没有再责备他。

但是，此事过后不久，黄霸明显地感觉到刘询对张敞有了看法，张敞对他黄霸也总是躲躲闪闪，见面时总是用目光斜视他。

此时，黄霸任御史大夫才两个月，他深深感到：官位越高，关注的人越多，你的一举一动都会有人注意，每个人都以自己的喜好来评价你，不顺了谁的心，谁就会附会穿凿，甚至会捕风捉影，夸大事实，真乃树大招风、位高路险也！想当初自己任京兆尹时，不是也因为一时不慎就被人弹劾吗？但是，他很快就把这忧虑给甩在了脑后：真诚待人，用心做事，赤诚为民，公正无私，无愧天地，何惧他人兴妖作怪、无事生非？

任御史大夫两个多月后的一天，黄霸听取完御史中丞巡察刺史的情况后，一属下忽然向他报告道："丞相邴吉病卧在床。"

黄霸与邴吉交往深厚，任太子太傅后，因为丞相邴吉身体欠佳，就多次前往看望。任御史大夫后，第一件事就是去丞相府看望邴吉。后来，见邴吉身体恢复很好，又忙于政务，就没有再去。黄霸听了，不由心中一惊：邴吉很久以来身体一直时好时坏，今病情加重，恐怕……黄霸放下其他事，立即起身前往丞相府。一路上，黄霸满脑子都是邴吉的事：

邴吉少时研习律令，从狱法小吏起步，初任鲁国狱史，后来学习《诗》《礼》，通晓大义，官至廷尉监。孝武皇帝时期奉诏治巫蛊郡邸狱，其保护当今皇上的事隐瞒几十年，如果不是那婢女的上书，至今不为天下知。如此高尚之人，千载难逢也。神爵三年（公元前59年）四月他接替魏相担任丞相后，崇尚宽厚，喜欢礼让，朝臣皆赞不绝口。丞相府中一位掾史有罪过，不称职，邴吉就给他休长假，让他自己离开职位，没有去查究。门客中有人对邴吉道："君侯做汉相，奸吏营私，没有不受惩处的。"邴吉道："若三公官府有被惩处的官吏，我自己就不识大体了。"邴吉的车夫嗜好饮酒，一次跟着邴吉出行，曾因醉酒呕吐在丞相车上。一个主领百官奏事的西曹告诉邴吉，准备赶走这个车夫。邴吉说："因醉酒失误而被赶走，让这人在何处容身？这只不过是玷污了我车上的垫褥罢了，西曹一定要容忍他。"这个车夫就没有被弃逐。邴吉有大恩于刘询而不言，任丞相三年来，以镇国家、理阴阳、亲诸侯、附百姓为事，倍受朝臣称赞，刘询对他崇敬有加。我黄霸当时时事事以他为楷模。

黄霸到了丞相府，直奔邴吉的卧榻。

邴吉看到黄霸，故意装作没事的样子，对黄霸道："黄霸君为官以来，宽厚爱民，施政有方，今为御史大夫，是朝廷一大幸事。"

黄霸本想问候邴吉一番，想想，还是不说他的病情为好。为了让邴吉高兴一些，面色羞愧地笑笑道："与丞相相比，乃天差地别也。"

邴吉微微闭了一会儿眼睛，道："汉朝已建立一百五十多年，虽经风霜雨雪，四海无不宾服。我很想多为朝廷做点事，怎奈年事已老，身躯多病，心有余而力不足，有负丞相之职焉。"

黄霸故意做出一副取笑他的样子道："丞相向来以国事为重，今日怎么为自己着想，且斤斤计较起来？"

邴吉强笑道："你不要宽慰我了。人都会死的，别谈死色变。"

黄霸故意笑得灿烂一些道："司马迁说过：人固有一死，或重于泰山，或轻于鸿毛。丞相即使死了，也重于泰山。你是国之栋梁，皇上的股肱之臣，不能轻易死掉，请丞相不要再谈死的事。"

邴吉正色道："我乃一平常之人，不配国之栋梁之誉。你是贤人君子，才是真正的国之栋梁。国兴则民强，梁不正则国不安。我死后，请你多多辅佐皇上，振兴汉室。"

黄霸也正色道："黄霸今为御史大夫，位居三公，执掌群臣奏章，下达皇帝诏令，并料理国家监察事务。担子比太子太傅更重，定会竭尽心智，恪尽职守。"

黄霸没有料到，就在这不久，邴吉病情加重，满朝公卿都前往探望、问候。黄霸也几乎每日都前往看望。身为九卿之一的太仆陈万年，每次都随同众人前往。邴吉不能起身致谢，就遣家臣出来，向前来看望他的人一一道谢。前来探病的人短暂逗留之后，都各自散去，只有陈万年一人不肯离开，在邴吉身边悉心侍奉，直至夜深才回去，天天如此。

陈万年字幼公，沛郡相县人，幼年丧母，因上进好学，走向仕途，初为县吏。因勤恳努力，为政清廉，对后母孝，一步步提升。刘询即位后，让各郡国推举孝廉，迁他为三辅之一的右扶风，不久任他为太仆。他生性热心仕宦，为了自己的仕途未来，不惜绞尽脑汁，因此遭到过不少人的非议。一次，陈万年病了，他把儿子陈咸叫到跟前，让他跪在床前，一遍遍告诫他，应该如何如何。说到三更，还在不停地说。陈咸打瞌睡，头碰到了屏风。陈万年很生气，拿棍子要打他，道："我全身心教你，你反而打瞌睡，不听我的话，为什么？"陈咸赶忙叩头认错道："我明白父亲的意思，就是教我如何谄媚。"陈万年听儿子这么一说，很惊讶，于是，不再训斥他。

黄霸知道，陈万年虽然喜欢巴结上司和有权势的人，常被人取笑，但从不做害人之事，从不像有些官吏那样，为了自己不择手段地加害于人。黄霸想到此，不由感叹道："陈万年虽有瑕疵，对比那些一登上官位就不可一世、作威作福、欺压百姓的官吏，却不知要好多少倍。"

这天，刘询再次带上黄霸亲临看望邴吉，只见邴吉眼窝深陷，面色苍白。黄霸看到这情景，意识到邴吉已经坚持不了多久了，心里十分难受。

刘询忍不住问邴吉道："爱卿，你若有不测，谁可以代你？"

邴吉知道这是刘询看重自己才这样问，看了一眼黄霸，却欲言又止。停了一会儿，推辞道："群臣的德行才能，明主尽知，愚臣不能辨别。"

刘询知道邴吉不仅善于识辨，而且看人很准，他这样说，是不愿像过去的一些权臣那样干预朝政，故意不说。

于是，刘询激将邴吉道："爱卿是对朕不相信呢，还是不愿为朕献计献策？"

邴吉苦笑了一下，依然不说。

黄霸见状，不由两眼潮湿：想当年刘询幼时在狱中孤苦伶仃，命悬一线，他邴吉以自己微薄的薪俸买得米肉，月月供给刘询。一次，邴吉病了，嘱托属下朝夕相问，查看刘询的席蓐燥湿，没有他的命令，不论早晨和夜晚，不得离开刘询。就是因为他的仁爱，才成育了圣躬，仅此功德已无量矣，更何况几十年来辅佐朝政，兢兢业业，默默无闻，只讲奉献，而不求索取？现在，生命垂危之际，刘询想满足一下他的"奢望"，他却依然不愿张口，从古至今，天下为臣者，哪个能比？恐怕以后的千秋万代，也不一定能有来者也！

见邴吉迟迟不语，黄霸在一边忍不住插话道："丞相，这是国事，不是你的私事，陛下如此屈身相求，当直言不讳。"

刘询几近相求道："爱卿有大恩于朕，匿功不言，今朕想让你举荐贤良，你怎么能讳莫如深，默不作声？都有哪些大臣当重用，这是事关大汉江山之计，请务必告诉朕。"

邴吉见刘询这样以"大汉江山之计"真诚相求，顿首道："臣以

339

为，西河郡太守杜延年精通法度，了解国家旧日的典章，之前任九卿十余年，后任西河郡太守，他把那里治理得很好，其才能远近闻名。廷尉于定国，执行法令细致公正，有了他，天下人认为自己不会受冤。太仆陈万年尽心奉养后母，敦厚纯朴，为政勤恳。这三个人的才能都在臣之上，望陛下察之。"

刘询认为邴吉看人很准，评价到位，尤其是对杜延年的评价。立即答应道："丞相说的都对，朕记下了，定会都予以重用。"

接着，刘询又告诉邴吉一喜讯道："如今北部的匈奴诸王纷立，争战不休，被分为五单于，并相互攻击，死者以万计，畜产大耗，人民饥饿，相燔烧以求食。单于阏氏子孙昆弟及呼遬累单于将众五万余人附汉。单于称臣于汉，北边晏然，不再有兵革之事。"

邴吉听到北部边境安然，露出开心的微笑。

五凤三年（公元前55年）正月癸卯日（二十六日），丞相邴吉安详离世，谥号"定侯"，葬于杜陵原。

二月壬申日（二十五日），刘询召黄霸到宣室殿，询问黄霸对各郡国和朝臣考核的情况。黄霸虽然才做御史大夫六个月，却都考核得清清楚楚。刘询听了，十分满意。于是，命黄霸为丞相，并封为建成侯，食邑六百户。命西河郡太守杜延年接替黄霸，任御史大夫。

时年，黄霸七十五岁。

第二十五章　高居丞相难成眠

黄霸任丞相，辅佐皇帝，总理百政，为百官之长，可谓一人之下，万万人之上。朝臣纷纷祝贺，门庭若市。

黄霸则不骄不躁，依然像在颖川郡做郡守时那样，恭敬谨慎，事必躬亲，毫不懈怠。

御史大夫杜延年也像黄霸一样，恪尽职守，建言献策，不知疲倦。

因为由他们两个辅政，朝臣无不尽心尽力，朝廷出现了刘询即位以来少有的祥和之气。

杜延年曾任北地郡、西河郡太守，前后十二年，北地郡、西河郡都位于大汉朝版图的北部，与匈奴接壤，北地郡领马领、直路、灵武、富平、灵州、昫衍、方渠、除道、五街、鹑孤等十九县，西河郡领富昌、驺虞、鹄泽、平定、美稷、中阳、乐街、徒经、皋狼、大成、广田等三十六县，这两个郡常被匈奴骚扰入侵，能把这里治理好，非一般人可为。因为杜延年任郡守时把那里治理得天下太平，北部的匈奴人都羡慕异常。去年年底，匈奴呼邀累单于率众降汉，被朝廷封之为列侯。今见黄霸任丞相，杜延年任御史大夫，意识到汉朝会更加强大，匈奴呼邀累单于特别派弟弟奉珍宝到长安祝贺，以期与汉朝更加友好。

三月底,刘询想到他的曾祖孝武皇帝曾六次祭祀后土,汉室威震四海,于是,效仿他的曾祖,率众臣出行至河东郡,祭祀后土,以求圣母女娲保佑大汉天下长治久安。

黄霸伴随刘询来到后土祠,看到那熟悉的庙宇,回想起在河东郡任均输长的岁月,和参加孝武皇帝祭祀后土的情景,抚今追昔,不禁感慨万千。

刘询依照曾祖孝武皇帝的祭祀礼仪,前往后土祠拜祭圣母女娲。祭祀礼毕,也仿照曾祖孝武皇帝的做法,颁下诏书,并让御史大夫杜延年宣诏,以告天下:

> 往者匈奴数为边寇,百姓被其害。朕承至尊,未能绥安匈奴。虚闾权渠单于请求和亲,病死。右贤王屠耆堂代立。骨肉大臣立虚闾权渠单于子为呼韩邪单于,击杀屠耆堂。诸王并自立,分为五单于,更相攻击,死者以万数,畜产大耗什八九,人民饥饿,相燔烧以求食,因大乖乱。单于阏氏子孙、昆弟及呼遬累单于、名王、右伊秩訾、且渠、当户以下将众五万余人来降归义。单于称臣,使弟奉珍朝贺正月,北边晏然,靡有兵革之事。朕饬躬斋戒,郊上帝,祠后土,神光并见,或兴于谷,烛耀齐宫,十有余刻。甘露降,神爵集。已诏有司告祠上帝、宗庙。三月辛丑,鸾凤又集长乐宫东阙中树上,飞下止地,文章五色,留十余刻,吏民并观。朕之不敏,惧不能任,娄蒙嘉瑞,获兹祉福。《书》不云乎?"虽休勿休,祗事不怠。"公卿大夫其勖焉。减天下口钱。赦殊死以下。赐民爵一级,女子百户牛、酒。大酺五日,加赐鳏、寡、孤、独、高年帛。

众臣听了诏书,莫不称赞。

黄霸随刘询祭祀后土回到京城后不久,为不负刘询对他的厚望,在丞相府召集九卿、中二千石、博士一起,接见各郡来到京城汇报考绩的长吏、守丞、侍中等官吏,准备按照治理情况,变更法令,对各地的官吏划分等级,以激励他们尽心竭力地治理好地方。

汇报刚进行一半,一群羽毛五颜六色的鸟雀飞集到了丞相府。黄霸不识,忙问众臣,众臣皆说不认识。黄霸以为是神雀,很为惊奇,由此联想到刘询即位以来屡次出现吉祥鸟的事:本始元年(公元前73年)五月,凤凰聚集于胶东郡、千乘郡,刘询说这是吉祥的象征,为彰显仁政,大赦天下。元康三年(公元前63年)二月,因凤凰多次栖集于泰山,刘询赐天下以金、爵、牛、酒、帛。三月,封故昌邑王刘贺为海昏侯,封皇子刘钦为淮阳王。神爵四年(公元前58年)二月,长安有凤凰飞集,甘露降落,刘询因而大赦天下。四月,凤凰神爵,数集郡国,颍川郡最多,刘询颁诏大赦天下,并对孝顺、友爱和其他具有仁义品行的百姓,以及三老、力田等乡官,都分别赐予不等的爵位和财帛,我黄霸被升为太子太傅。前不久,鸾凤又飞集长乐宫东阙中的树上,刘询率众臣祭祀后土……而今,又有这么多的鸟雀飞临丞相府,众臣都说不认识,一定是神鸟。于是,便与众官吏商议向皇帝上书,称祥瑞之气再现京城,一是赞美国泰民安,二是为了让刘询高兴,想让刘询再次大赦天下,恩赐百姓。

黄霸把奏书写好后,还没有来得及上奏,不料却被京兆尹张敞知道了。张敞不知是因为他为妻子画眉的事被奏报到刘询那里心中不快,还是别有用心,他没有告诉黄霸那些鸟不是什么神鸟,而是他府上喂养的鹖雀,却直接向刘询上书诋毁黄霸道:

> 臣下见丞相和九卿、博士一起接见各郡国派来京师奏报考绩的长吏、守丞,让他们逐条报告为民兴利除弊、推行教育、感化的情况,凡是报告辖域内做到农夫在田间让田界,男女不混杂同行,遗失在路上的东西没有捡了据为己有,以及能列举出孝子、悌弟、贞妇姓名人数的,列为第一等,让

他们先入厅屋上坐；有能举出郡中孝子、悌弟、贞妇的一些事例，但是说不出姓名、人数的，列为第二等；没有制定条规制度的，排在最后。这些郡国的长吏、守丞应向丞相叩头谢罪。丞相嘴上虽然没说话，实际上心里是希望他们这样做。众官正应对之时，恰有臣下家中鹖雀飞到丞相府屋上，丞相下面的官吏看到鹖雀的有数百人。官吏们大多认识鹖雀这种鸟，丞相询问他们，却都假装不知。丞相便商议上奏圣上，说是上天显示祥瑞，降下了神雀。事后他得知鹖雀是从臣下家里飞来，才没有上奏。郡国官吏都暗暗耻笑丞相虽有仁厚足智的名望，却又自以为是而大惊小怪。昔日汲黯接任淮阳太守，辞别同僚离京赴任时，对大行令李息说："御史大夫张汤内怀奸诈，欺君瞒上，你若不早去告发，一旦事情败露，恐怕你也难免与他同遭杀身之祸。"李息害怕张汤，一直没敢告发。后来张汤事情败露被诛。孝武皇帝听说了汲黯对李息曾经说过的话，就问了李息的罪。臣张敞不敢诋毁丞相，唯恐众臣对此事不加上报，而长吏、守丞又害怕丞相的权势，致使法令失效，私心暗存，浮夸成风，淳朴失落，虚伪盛行，名实难副，公事懈怠，乱臣横行。假如下令京城之地先期推行"让界分路，路不拾遗"之风，其实正好适得其反，而为天下事先树立了虚伪的典范，所以决不可行。就是诸侯国先期推行，若虚伪之风超过京城，其后果也不堪设想。我大汉朝除弊通变，制定法令，以便劝民从善，防盗禁奸，其条文详备，不可增改。应该令大臣明白地训示长吏、守丞，回去禀告郡守，推举三老、孝子、悌弟、力田、孝廉、廉吏一定要名副其实，郡中公务应依法而行，不可擅自制定法令。如有胆敢用伪诈手段骗取名誉的，一定先行正法，以正明善恶。

刘询看了张敞的奏书，召集郡国来奏报考绩的长吏、守丞，令侍中公告了张敞的奏言，并召见黄霸道："丞相说的那些鸟不是什么神鸟，而是张敞家中的鹖雀。如今朝廷制定的法令，劝民从善，防盗禁奸，条文已经很详备了，不可增改。应该令大臣训示各地官吏，回去禀告郡守，推举人才一定要名副其实，郡中公务应依法而行，不可擅自制定法令。"

黄霸听了刘询的话，为自己不认识鹖雀而惭愧，更为不知道是京兆尹张敞府上养的家雀而汗颜：刚任丞相不久就闹出这样的笑话，以后还有什么威仪？看到张敞的奏言，才明白那些长吏、守丞、侍中之所以说不认识是什么鸟，原来是因为按治绩分了等次，心存不满，故作不知。心中不由恨恨地骂道：我黄霸向来以诚待人，肝胆相照，推心置腹。在颍川郡的时候，老百姓朴实敦厚，问什么都如实回答，为何一些人做了官就心怀鬼胎，耍起鬼蜮伎俩？你张敞既然知道那是你府上的家雀，为何不告诉我，偏偏直接上书皇上？是何居心？是因为我向皇上讲了你为妻子画眉的事？那是我要上奏的吗？是有朝臣向我举报，说你目无天子……他骂了一阵，又联想到做京兆尹的失败，忽然意识到位高引谤，树高招风，才高人妒，如今这个丞相更不好做。

从这天起，黄霸一改往日雄心勃勃的气概，变得小心谨慎起来。

五凤四年（公元前54年）初，黄霸任丞相十个多月后，鹖雀事件风波刚刚止息，朝中又发生了一连串的大事：同为九卿之官的太仆戴长乐与光禄勋杨恽，相互告发，闹得满朝风雨，群臣皆避而远之，以致不能正常上朝，刘询得知消息，很为恼火。

戴长乐是刘询流落在民间时相交的朋友，刘询即位后，先拔擢他为小吏，后任太仆。戴长乐与杨恽本是很好的朋友，杨恽献出他外祖父司马迁的《太史公书》后，戴长乐对杨恽盛赞有加，没想到他们竟然因为一件小事失和：戴长乐因为与刘询的特殊关系，刘询曾让戴长乐在宗庙代他先学习威仪，然后再教他。戴长乐回来对掾史炫耀说："我亲自面见皇上，接受诏令，辅助天子研习威仪，禾宅侯亲自为我

345

驾车。"戴长乐的话不慎传出，有人就上书告发戴长乐，认为这牵涉皇上的隐私，他不应该向外说。刘询听说后也很气愤，就把此事交给廷尉于定国查处。

戴长乐怀疑是杨恽教唆主使，于是，罗列了杨恽一大堆罪状，上书告发杨恽，其中一段说："高昌侯的车子狂奔冲进北掖门，撞断了殿门的闩子，杨恽告诉富平侯张延寿说：'听说以前曾有过狂奔的车直撞殿门的事，殿门的闩子撞断，马死，孝昭皇帝就驾崩了。现在又这样，这是天时，不是人力造成的。'左冯翊韩延寿有罪，被关进监狱，杨恽上书为他诉讼。郎中丘常对杨恽说：'听说你为韩延寿诉讼，他应该能活下去吧？'杨恽说：'谈何容易？正直的人未必能保全自己。我自己都不能保全，何况他人？这正是人们所说的：老鼠是不能在洞中衔着垫子的。'一天，中书谒者令捎回单于使者的话，给各位将军、中二千石官员看。杨恽说：'冒顿单于得到了汉朝的美味佳肴，说是恶臭，单于不来朝，态度是很清楚的了。'杨恽曾登上西阁，观看阁上人物画像，指着桀、纣画像对乐昌侯王武说：'天子经过这里，一一问桀、纣的过错，可以得到师傅了。'画像中的人物，有尧、舜、禹、汤，他不赞美，却提出桀、纣，居心何在？杨恽从匈奴投降汉朝的人那里听说单于被杀，说：'摊到不贤的君主，大臣为他谋划良策而不采用，只得让他死无葬身之地。秦朝胡亥时，只任用小人，诛杀忠良，最终灭亡；假使秦朝亲近任用大臣，就会至今不亡。古今是一样的。'杨恽妄自引用灭亡的国家，诽谤当代，没有做臣子的礼节。杨恽还对我戴长乐说：'正月以来，天气阴沉，久不下雨，臣下必然有犯上作乱的行动，这是《春秋》中记载的，夏侯胜曾经谈论过的天象。天子巡行，一定到不了河东。'把主上拿来随便谈论，尤其违背道理……"

刘询看到戴长乐的上书，也交给廷尉于定国查处。廷尉于定国审讯取证后，上奏道："杨恽身为光禄勋，位列九卿，是值宿警卫皇上的近臣，皇上信任的人。他参与政事决策，不竭尽忠心，尽臣子道义,反而妄自怨恨,妖言恶毒,大逆不道,请求逮捕惩处。"

刘询看到于定国的奏书,一时气恼,把杨恽问罪下狱。

黄霸认为两人一个是太仆,一个是光禄勋,都是九卿之官,是朝廷的重臣,不该因为一些言差语错,或者因为言辞高低,就判以"大逆不道"的杀头之罪,这样做有点太过严苛,不是他刘询慈仁的作风。于是,不顾鹖雀事件给自己造成的阴影,直接奔赴宣室殿,大胆谏言刘询道:"臣以为,戴长乐、杨恽皆为九卿之官,都有功于朝廷,虽然都有不敬之语,当以训诫为要。陛下一向操行节俭,慈仁爱人,如今天下大治,更应向孝文皇帝那样率先天下,忍容言者,含咽臣子之短,不应判处杀头之罪。"

刘询听了黄霸的话,忽然醒悟,想到戴长乐、杨恽的功德,遂不忍加诛,便将两人免罪,最后将他们都贬为庶人。

黄霸很为杨恽、戴长乐惋惜:你们本是好友,竟然为一些小事不顾大体,相互攻讦,有失体统也。如今沦落到这个地步,实乃咎由自取。杨恽啊杨恽,你出身官宦之家,书香门第,轻财好义,把上千万财物都分给别人,从小在朝中就有很大的名气。为官之时也能大公无私,奉公守法,不徇私情。你疾恶如仇,每逢看到朝廷有贪赃枉法者,就大胆揭发,不留情面,我来到京城后已深深感受到。对朝廷那些贪赃枉法者,朝中大大小小的官吏都视而不见,独有你杨恽与你外祖父一样,出污泥而不染,铁骨铮铮,一身正气,敢于冒死在皇帝面前直谏,大胆进行揭发,你也因此遭人怨恨。戴长乐啊戴长乐,皇上如此器重你,你被人告发,是你不谨慎所致,没有真凭实据,怎么就怀疑是杨恽唆使?一语不和,反目成仇,何得何失?

黄霸虽然为他们惋惜,因为他们的事都直接与皇上有关,一切都由皇上定夺,他无力回天,只能怜之叹之。

在杨恽离开未央宫时,黄霸特别为他送行。

杨恽见朝臣都不敢出面,唯有黄霸关切如故,不胜感激。黄霸劝他道:"回去后闭阁思过,相信有机会皇上还会重用。"

杨恽笑笑道："人，往往都有得意忘形的时候，我也不例外。皇上已非昨日之皇上，昨是今非，我已别无他求。"

黄霸听了，忍不住长叹一口气。

杨恽离开长安后，黄霸心情久久不能平静。

几个月后，就在黄霸准备上书刘询，让刘询召回杨恽时，却发生了让他难以想象的事：杨恽回到老家后，想到自己是丞相的儿子，年轻时就在朝廷中显名，一朝因私下闲谈被废黜，心里很不服气，索性在家大置产业，广交宾客，以财自慰。安定郡太守孙会宗与杨恽是好友，很有智略，见杨恽这样，就写信给他，劝他应当闭门思过，不应搞什么宾客满堂，饮酒作乐，以彰显自己。杨恽看了孙会宗的信，立即给孙会宗写了一封回信，名字叫《报孙会宗书》：

赖先人余业，得备宿卫，遭遇时变，以获爵位。怀禄贪势，不能自退，遂遭变故，横被口语，身幽北阙，妻、子满狱。不意得全首领，圣主之恩，不可胜量！君子游道，乐以忘忧，小人全躯，悦以忘罪！家本秦也，能为秦声，妇赵女也，雅善鼓瑟，奴婢歌者数人，酒后耳热，仰天而呼："田彼南山，芜秽不治，种一顷豆，落而为萁。"拂衣而喜，奋袖低昂，顿足起舞，诚荒淫无度也。幸有余禄，逐什一之利，此贾竖之事，恽亲行之，下流之人也。明明求仁义，卿大夫之意也，子安得以卿大夫之制而责我也……

杨恽给孙会宗的信很长，怕孙会宗没有耐心去读，还特意把他作的一首诗《拊缶歌》，附在了信的后面：

田彼南山，芜秽不治。
种一顷豆，落而为萁。
人生行乐耳，须富贵何时。

拊缶歌就是敲击瓦器而唱歌。战国时秦国大臣李斯因为不满秦王嬴政逐客令，在给嬴政的《谏逐客书》中写道："夫击瓮叩缶，弹筝搏髀，而歌乎呜呜快耳目者，真秦之声也。"意思是说秦国没有很好的音乐，只有击瓮叩缶，秦国现在好的音乐都是从其他几国引进来的。《拊缶歌》貌似叙述他在南山耕种，因为不擅长耕种，弄得田地荒芜，没有收成，实乃暗讥刘询也像秦王嬴政一样在驱逐人才，会使朝廷充满杂音，而无优美之声。

杨恽给孙会宗的信中，既有对皇帝的怨恨，也有对孙会宗的讽刺挖苦，也为自己狂放不羁的行为辩解。整封信写得锋芒毕露，与其外祖司马迁《报任安书》桀骜不驯的风格如出一辙。

杨恽的《报孙会宗书》写好还没寄出，这时，发生了日食。那些与杨恽有嫌隙的人，借机纷纷上书刘询，说这都是因为杨恽骄奢不悔过所造成的。刘询看了这些上书，就下令再次把杨恽抓入牢狱。廷尉于定国奉命搜查杨恽的家时，搜出了还没寄出的《报孙会宗书》，并立即呈送给刘询。刘询看后大怒，定为"大逆不道罪"。廷尉于定国按照刘询的旨意审讯杨恽，判处杨恽腰斩之刑，杨恽的妻子儿女也被流放到遥远荒凉的酒泉郡。孙会宗也因此被罢官。

杨恽被腰斩后，朝廷的风雨还没平息，又有官员向刘询上奏，说张敞是杨恽的同党，而且关系密切，不宜再担任京兆尹。刘询爱惜张敞治理京兆尹之功，将奏书扣了下来，没有追究。尽管如此，张敞被人弹奏的事情还是在京城传开了。

此时，张敞正让一个名叫絮舜的贼捕掾去办一个案子。絮舜得知张敞已经遭到弹奏，认为张敞一定会被革职查办，便不听指令，回家歇着去了。有朋友劝絮舜说："京兆尹平日里待你不薄，你这样做不是落井下石吗？"絮舜反而说："我以前为他干了不少事，够尽心的了。现在他自身难保，顶多再当五天京兆尹，哪里还顾得上管我的事？"

不料，絮舜的话被传了出来。张敞听到后，大怒，立即派人将絮舜抓了起来。

　　这时已经接近年底,冬天即将过去,春天就要来临。按照惯例,每当一年复始,新春到来之际,皇帝都要办一件善事:派使者到民间和京城周围的各个监狱中去查访冤情,大赦一批犯人。此案如果不能在新年到来之前结案,絮舜必赦无疑。于是,张敞立即将絮舜定了死罪。临行刑前,张敞派主簿拿着他的判决书对絮舜说:"五日京兆尹怎么样?现在冬日已尽,你还想再活下去吗?"没等絮舜说话,张敞一个手势,行刑者立即将絮舜斩首。

　　没过几天,刘询派使者巡行天下,举冤狱,絮舜的家人得知后,用车子拉着絮舜的尸体,将张敞的那番话写在竹简上,挂到车子的前面,向使者鸣冤。使者看到这一情况,不得不立即上奏刘询。

　　刘询问明原委,怜惜张敞治理京兆尹之功,想让他设法逃脱。于是,先宣布张敞以前与杨恽有株连、不宜再居其位的奏状,然后将他削职为民。受到这样的处分,张敞也明白了刘询的用意,便缴还印绶,匆忙从宫阙之下逃命而去。

　　黄霸任丞相后,想到三公中他和御史大夫杜延年都是七十多岁的人了,很想辅佐刘询为汉室干几件大事,让汉朝日盛一日,没想到朝廷一波未平一波又起,朝臣之间相互猜忌,人人自危,都不思朝政。更甚的是京兆尹张敞竟然借鹢雀事件把他弄得颜面扫地,又上书刘询说他"以伪诈手段骗取名誉",把他搞得威信扫地。这些被杀和被罢官者,除张敞因为杀人外,其他几位重臣都是因言语不慎而被诛杀。黄霸联想到初任丞相时谏言变更法令,遭到非议,刘询因此不悦,他禁不住望而却步,噤若寒蝉。

　　御史大夫杜延年一向为人安和,见朝廷这种状况,也不敢多言。

　　黄霸看到这一局面,回顾着汉兴以来的盛衰,忍不住一次次叹息说:天下大乱时,大臣们多能挺身而出,置个人生死于不顾,如今天下太平,偃武修文,国富民安了,为何这些官吏们身在福中不知福,不知珍惜?反而为一己之私,处心积虑,患得患失,并嫉贤妒能,唯我独尊？

　　黄霸在为这些朝臣之间钩心斗角、貌合神离、尔诈我虞叹息之时，也不由得对刘询感到忧虑：陛下，您即位二十年来，励精图治，任用贤能，贤相循吏辈出，朝野一片赞美之声，眼下是否有些飘飘然？不然，为何不像过去那样为政宽简？长此下去，汉朝必会衰微也。

　　一日，黄霸与太子刘奭相遇，忍不住向刘奭倾诉了自己的焦灼和忧闷。刘奭也早对他父皇的做法有些不赞同。

　　这天，刘奭陪刘询用膳，想到黄霸的忧虑，委婉地对刘询道："父皇，近来有几位大臣被诛杀，是否使用刑罚略有点过分了？应该多多重用儒生。"

　　刘询正为朝臣之间党争纷沓，相互倾轧，导致朝廷鸡犬不宁而心烦意乱，一听这话，顿时变了脸色，厉声道："汉朝自有汉朝的制度，本来就是'王道''霸道'兼而用之，怎能像周代那样单纯地使用所谓的'德政'呢？"

　　刘奭见父皇这样说，一脸的惊愕，还要说什么，父皇接着说："那班俗儒，谈经论典，侃侃而谈，大张其词，不仅不能洞察世事变化，反而喜好厚古薄今，连'名'与'实'之别都难以分清，怎能交给他们治理国家的重任？"

　　刘询说完，又长叹一声道："乱我家者，太子也！"

　　刘奭听了，起身而去。

　　刘询也放下筷子，再无食欲。

第二十六章　冒死上书笑九泉

第二天，黄霸来到太子府，打算像往日一样给太子刘奭讲述治国、治郡之道，却见刘奭心神不宁，愁眉不展，忍不住立即询问原委。刘奭讲了昨天与父皇一块用膳的情景和对话，黄霸不由蹙额颦眉，半天无语。

黄霸心下道：刘询所言不无道理，可是，仅靠"王道""霸道"，动辄杀人，能使天下建久安之势、成长治之业吗？刘询即位以来，隐忍蓄势，躬亲朝政，平乱定鼎，整饬吏治，加强考核，朝野一片赞美之声，是否有些飘飘然？我身为丞相，难道能对朝廷这种局面听之任之，熟视无睹？

连续数日，黄霸寝食难安。

刘询也因为大臣间的相互构陷和太子刘奭不懂"王道""霸道"而心事重重，一连几日，食不甘味。他感到太子刘奭太过柔弱，便想废掉他再立太子。当这一念头刚闪现，便忍不住潸然泪下：

"我刚即位时刘奭出生，他的母亲虽然被封为皇后，却在他刚两岁时母亲就被害死去，之后几次险被霍氏谋害。地节四年，第二任皇后霍成君因为霍氏谋反被废后，为了能找到关爱他的人照顾他，就选择后宫中谨慎而无子的妃嫔王氏为皇后。王氏的祖先在高祖在位时期，因为立过战功而被赐封为关内侯，从沛郡迁到长陵居住，并传爵位到王氏的父亲王奉光。王奉光少时喜欢斗鸡,我在民间时几次与王奉光相见,因而相识,并交往很深。王氏十几岁当要出嫁时,男方突然去世,所以一直没有嫁出去。元平元年,我有幸继皇帝位,将王氏纳入宫中,封为婕妤。因为这种关系,所以,我于元康二年二月立王氏为皇后,命她做刘奭的母亲,抚养照顾刘奭,刘奭才得以长大成人,并被册立为太子……刘奭命运多舛,许皇后和他的父亲有恩于我,我对他们不曾有所报答,怎么能因为刘奭柔弱而更换太子呢?"

于是,打消了这一念头,放弃了更换太子的想法。

刘询尽管没有废黜刘奭的太子之位,黄霸从他的言行中看出了他对刘奭的不满,心里说:刘询是皇帝,他的所作所为决定着汉朝天地的昌盛与倾覆,自己身为丞相不能对此坐视不问。几日的夜不成眠后,担心刘询继续飘飘然,不能纳言,于是,奋笔疾书,写了一份奏章,其文言之凿凿,字字铿锵。

黄霸写好奏章,感到自己的言辞过于犀利,担心才四十岁的刘询正是心高气盛的时候,如果不能纳谏,君臣之间反会闹得不快,不禁有些犹豫。同时,联想到前面几位大臣的遭遇,几次想把奏书呈上,却又放下。

就在他为奏书的事犹豫不决之时,御史大夫杜延年因病辞职。杜延年虽然位居三公,却没有新建自己的府邸,而是住在其父亲原来的官府中。但是,他从没有使用过父亲用过的席位,就连父亲坐卧的地方都不敢坐卧,而是另换了别的地方。刘询见他如此清廉恭谨,特别优待他,派光禄大夫持节赐给他黄金百斤及酒、药。接着,又赐给他可以坐乘、由四匹马驾驭、象征高贵的驷马安车。

黄霸想到杜延年正在病中,刘询此时正心情不好,就决定短时间内不再上奏。

几个月后,即甘露二年(公元前52年)二月,任御史大夫三年的杜延年去世,谥号敬侯。

杜延年去世,在让谁接替御史大夫这一事情上,刘询犹豫未决,所以，御史大夫职位一直空缺。

黄霸心忧汉室，认为此职应及时补上，不然，会贻误朝廷大事。于是，这天便登上宣室殿，向刘询建言道："陛下，杜延年去世，御史大夫职位空缺，当尽快补之。"

刘询不知因为什么，似乎有些不悦，道："朕会考虑的。"

黄霸见刘询的表情有些异样，意识到他此时正有心事，便退下。

不几日，黄霸想到了刘询祖母史良娣弟弟史恭的长子，即刘询的表叔史高。刘询即位后，命他为侍中，入禁中受事，掌管刘询的车、轿、衣服、器物等，并参与朝事，常备顾问应对。因检举霍禹谋反，被封为乐陵侯，刘询很器重他，在朝中名望又很高。黄霸认为当下朝廷正是急需人才之际，史高应该予以重用，于是，忍不住上书道："汉初沿袭秦制，以丞相、太尉、御史大夫为三公。孝武皇帝时，罢太尉置大司马，以丞相、大司马、御史大夫为三公。霍光曾任大司马大将军，再沿用大司马一词，会让人想起霍氏的阴影，让人不快，不如把大司马再改为太尉。侍中史高，为人正直，品行高尚，名望很高，臣下以为他可任太尉。"

刘询看了黄霸的奏书，一提到史姓，忽然之间又想起自己的童年往事，情绪大变，瞬间泪眼蒙眬：刘询幼时被收监在监狱时，不知道自己的亲人都已经被杀害，只知道进入监狱那一天，胳臂上还佩戴着一条有彩色图案的宛转丝绳，上面系着来自印度的一枚宝镜，宝镜像八株钱那么大。那丝绳是祖母史良娣编织的，祖母给他佩戴时，用丝绳系着宝镜，说这枚宝镜能照见妖魔鬼怪，佩戴它的人会得到天神的保佑。刘询即位后，每每拿起这枚宝镜，都会长时间地感叹呜咽。他曾用琥珀装饰的竹筐装宝镜。那宝镜是张骞出使西域时从大夏商人那里得到的。张骞还朝后或将宝镜赠予他的祖父刘据，祖父希望他这个长孙能逢凶化吉，便让史良娣编织丝绳，系起宝镜，佩戴在他的胳膊上……

但是，刘询看完黄霸的上书，感到很不悦，第二天，便令尚书召黄霸到宣室殿，质问黄霸道："太尉一官早在孝武皇帝时就已被废除，其职责由丞相兼管，这是为了息武兴文。如果国家动乱，边境吃紧，左右大臣都可领兵打仗。丞相的职责是宣明教化，评判冤案。任命将相是朕的事。况且，史高是朕的近臣，朕深知他的才能底细，何劳丞相越职举荐他呢？"

黄霸见刘询说到这份上，想了想，不再陈述，羞惭满面地摘下帽子谢罪道："是臣下年老昏庸，请陛下恕罪！"

刘询一句话不说，只用两眼盯着他。

尚书见状，忙给黄霸递个眼神，一块儿走出宣室殿。

数日后，刘询回想黄霸对朝廷的忠诚，才裁定黄霸免罪。

从此以后，黄霸再也不敢向皇上进奏。

黄霸很久闷闷不乐，一次次独自叹息说：想当年我做太守时，不拘一格，无论郡府官吏、县令、老百姓，有事都可以向我相告，是人才就能举荐，民无不敬仰，如今做了丞相怎么就不能向皇上直言相谏了呢？我黄霸作为丞相，是为大汉江山社稷着想，绝无私心，你皇上为何如此冷颜厉目地对待我呢？长此下去，大臣都俯首帖耳，唯唯诺诺，不敢直言，与朝廷何益？

几个月后，黄霸忍无可忍，做好了被罢官和杀头的准备，愤然把那份压了很久的奏书直接呈送到了刘询的面前：

> 臣黄霸入京做太子太傅、御史大夫以来，尤其是做了丞相后，深感为臣者不易，作为国君者治理天下更不易。臣虽然不才，但为大汉天下计，不得不冒死相谏。陛下即位后，躬亲朝政，平乱定鼎，整饬吏治，考核百官，为政宽简，惩治贪腐，调整经策，整顿工商，抑制兼并，轻徭薄赋，降服匈奴，囊括西域，天下无不称颂。纵观君王成败得失，朝代兴衰更迭，虽有天时地利之别，但君王韬略乃鼎定乾坤之要也。

乱世出英雄，在于无私无畏也。盛世出乱象，在于为官者私欲横流也。官吏贪腐是乱象之根，盛世不能长久，是君王浑浑噩噩，听不进逆耳忠言也。臣下做郡守时，常常告诫属下教化为先，严禁酷刑，故吏民乐之。而今，却见朝廷很多案件量刑失当，差强人意，百姓哀之，朝臣也人人自危。《左传》有言："人谁无过，过而能改，善莫大焉。"若因一言而废人，因一事而开杀戒，实乃因小失大，因噎废食，得不偿失。臣下自幼习学律法，以为汉律当下应修改完善之。《商君书·战法》云："王者之兵，胜而不骄，败而不怨。胜而不骄者，术明也；败而不怨者，知所失也。"朝廷安顺，在于君王敢于纳谏，群臣同舟共济。

臣做御史大夫时，丞相邴吉病重，陛下亲往探望，并恳求他举荐才俊，邴吉不言，陛下激将他说："丞相是对朕不相信呢，还是不愿为朕献计献策？"于是，邴吉才直陈所见。臣做丞相之初，不识鹖雀，不是什么大事，有人告知乃一了百了，不料京兆尹张敞竟然厉言上书，此事在京城传得沸沸扬扬，与朝廷何益？臣向陛下举荐史高，是见陛下能真诚向丞相邴吉求贤，才大胆直言，此乃为汉室分忧，并无私心，不料，陛下斥责臣越权行事，让臣无地自容，再不敢直谏。杨恽奉公守法，不徇私情，一身正气，仅因一些讥笑之言而被腰斩。发生日食，是天上的变化，怎么能是因为杨恽骄奢不悔过所致？皇上怎么就相信这样的不经之谈？孙会宗因为写信劝杨恽闭门思过，有何罪过，居然也被罢官？如此痛失良才，岂不悲哉？想当年孝武皇帝时，招揽文学儒士，要让朝廷面貌一新。某日朝会，孝武皇帝向群臣大讲其宏图大略，自比唐尧、虞舜，臣子皆随声附和，唯有汲黯直言不讳："陛下内多欲而外施仁义，奈何欲效唐虞之治乎！"等于说孝武皇帝假仁假义。孝武皇帝心中恼怒，仅脸色一变，罢朝走人，却依然重用汲黯。臣子一般不敢抱怨皇帝，汲黯看着旧日的下属纷纷升职，甚至超过自己，很不服气，对孝武皇帝拈酸吃醋："陛下用群臣如积薪耳，后来者居上。"孝武皇帝心里有气，却沉默不语。匈奴西部的浑邪王率四万多部众投降汉朝，孝武皇帝欣喜异常，颁布诏令要求备两万辆车，欲将这些降汉的匈奴人接到京城长安。一辆车需四匹马拉，两万辆车就需要八万匹马，国家的马厩里没有这么多马，又拿不出钱来去临时购买，就发布命令向百姓借马。百姓闻讯大多都把马藏了起来。官员们借不到马，孝武皇帝雷霆震怒，意欲杀掉长安县令。汲黯此时任主管京城官员的右内史，长安县令是他的属下，他直奔宣室殿，当着众朝臣的面，上奏孝武皇帝说："陛下，长安县令你就别杀了，官太小，杀了也不管用，要杀就杀我这个右内史，杀了我，就能借到马了。"这番话一出口，整个朝堂的文武百官都惊得目瞪口呆，孝武皇帝大为震怒，但终于忍住，默不作声。孝武皇帝为何能大治天下，在于他重用人才，敢于接受逆耳之言。晚年发现自己的过失，不顾自己所谓皇帝的尊严，下《轮台罪己诏》，乃千古一帝也。臣黄霸纵观近年朝廷是非云云，斗胆上书，盼陛下思之。

刘询以为黄霸又在越权举荐太尉或者御史大夫，没有立即展卷阅览，只是心不在焉地问了一些无关痛痒的事。黄霸见此情景，只得悻然而去。

黄霸呈送了奏书，很久不见刘询召见，感到凶多吉少，迎接他的可能是一场灾难，不由身心交瘁，几日后便病倒在床。

黄霸没有想到，这天他正在病床上感到绝望的时候，刘询亲自来到他的府上看望他，而且态度十分和蔼。黄霸十分惊诧，忍痛起身叩拜。

刘询道:"你的奏书朕看了很多遍,虽然逆耳,却不失为忠言也。"

黄霸先是一愣,接着情真意切道:"臣已年近八十,对朝廷没有丝毫非分之想,只想大汉王朝在陛下手中再现盛世,百姓安康。"

刘询感叹道:"丞相对朝廷的忠诚,日月可鉴。"

黄霸颤声道:"能得到陛下首肯,臣死可瞑目矣!"

刘询迟疑了一会儿道:"你书中所言'乱世出英雄,在于无私无畏也。盛世出乱象,在于为官者私欲横流也',说得太好了。朕正是看到一些朝臣官位一高,私欲横流才不得不以重刑震慑。然,用刑过重的事,朕以后会注意。之前,太子也曾经劝朕多多重用儒生,看来是有道理的。"

黄霸听了,不由十分欣喜。

从这天起,刘询开始扭转过去的做法,重视对臣下恩威并重,施行德政。

甘露三年(公元前51年)正月,匈奴呼韩邪单于被他的哥哥郅支单于打败,呼韩邪决心跟汉朝和好,亲自来朝见刘询。刘询遣使者赐以冠带、衣裳、黄金玺、玉具剑,并有弓一张、箭四发、棨戟十、安车一乘、马十五匹、黄金二十斤、钱二十万、衣被七十七袭、杂帛八千匹、絮六千斤。礼毕,使者迎接单于到了距长安五十里的长平。刘询也亲自到长平,请呼韩邪单于到建章宫相见,又邀各部族君长、王侯等同去迎接单于。呼韩邪是第一个到中原来朝见的单于,刘询特别为他举行了盛大的宴会,让他不胜感激。

呼韩邪单于在长安住了一个多月,请求刘询帮助他回去。刘询欣然答应,派两个将军,带领一万名骑兵护送他到了漠南。这时候,匈奴正缺粮,刘询又下令送去粮食三万四千斛。呼韩邪单于见状,千恩万谢,一心和汉朝和好。

西域各国得到匈奴与汉朝和好的消息后,也都争先恐后地同汉朝交往。

甘露三年二月,刘询以四夷宾服,思股肱之美,画功臣十一人于未央宫中的麒麟阁，法其容貌，署其官爵、姓名。十一名功臣依次是：大司马大将军、博陆侯霍光，卫将军、富平侯张安世，车骑将军、龙额侯韩增，后将军、营平侯赵充国，丞相、高平侯魏相，丞相、博阳侯邴吉，御史大夫、建平侯杜延年，宗正、阳城侯刘德，少府梁丘贺，太子太傅萧望之，典属国苏武。

甘露三年三月初，黄霸居丞相位的第五年，刘询接受黄霸的谏言，为尊崇儒家思想，又诏命诸儒在未央宫殿北藏书处——石渠阁，进行论辩，讲论五经之异同。参加论辩的诸儒有《易》家博士施雠，《尚书》家博士有欧阳地余、博士林尊、博士张山拊、译官令周堪、谒者令假仓，《诗》家有淮阳郡中尉韦玄成、博士张长安、博士薛广德；《礼》家博士有戴圣、太子舍人闻人通汉，计二十多人。

韦玄成是原丞相韦贤之子，字少翁，年少时好学，因为父亲的缘故先后被任命为郎、常侍骑。他继承父亲的事业，研究《诗》《礼》《尚书》，谦逊待人、礼贤下士。出外遇到认识的人步行时，则叫随从用车把他送回去，并把这当作是很平常的事。对待贫困的人更加尊敬，常常予以接济。因此，他的名声很好。后来，凭借通晓经书而拔擢为谏议大夫。元康三年（公元前63年），即十二年前，刘询改淮阳郡为淮阳国，立次子刘钦为淮阳王。当时，刘钦年幼，尚不能前往封国，刘询便征召韦玄成为淮阳国中尉，代替刘钦治理淮阳国。虽然淮阳距离长安很远，因为韦玄成通晓经书，又把淮阳治理得很好，刘询特别召他回京参与石渠阁论议。黄霸听说韦玄成回京后十分高兴。

论辩由刘询亲自主持，由黄门侍郎、易学"梁丘氏之学"的开创者梁丘临奉刘询命提出疑问。梁丘临首先道："自孝武皇帝采纳董仲舒建议，罢黜百家，表彰六经，设五经博士，置博士弟子员以后，说经者有加无已，经说越来越细碎烦琐，异说也越来越多，分歧不堪。经外有传，传外有注，导致传注参差，异说纷呈。今皇上召各家博士于石渠阁，意在以儒术为正统，尊崇儒家礼仪，进而达到纲纪的统一和法度的统一。"说罢，即令诸儒各抒己见。

论辩结束后，由太子太傅萧望之综合各家意见，整理成册，而后上奏皇帝刘询。

刘询接到奏书，亲自逐条进行审定，增立梁丘临《易》、大小夏侯《尚书》，及《谷梁春秋》博士，正式立学官，讲学者必须遵循。从此，儒家思想和学说得到进一步统一。

接着，刘询颁诏，废除一些苛法，免田租、算赋，招抚流民，在发展农业上进一步施行宽松之策。

黄霸知道这次石渠阁论议是他的上书起了作用，很想到场见识一下博士们的高谈阔论，因为病情突然加重，只得作罢。

黄霸虽然病卧在床，闻之朝廷重新出现一派祥和之气，感到十分欣慰。

甘露三年（公元前51年）三月己巳日（初六日），黄霸含笑而薨，享年八十岁。

刘询听到消息，十分悲痛，给黄霸谥号定侯。依黄霸遗嘱，将其厚葬于淮阳城南十里，冢高三丈。接着，命其子黄赏任函谷关都尉，领兵守备关隘，兼掌税收，并封其为思侯。

九泉之下的黄霸怎么也没想到，两年后，即黄龙元年十二月甲戌日（公元前48年1月10日），刘询因病驾崩于未央宫，年仅四十三岁，谥号孝宣皇帝，庙号中宗。

黄龙元年十二月癸巳日（公元前48年1月29日），太子刘奭即位，为汉朝第十一位皇帝。

2018年3月—2018年9月草成
2018年11月—2018年12月第二稿
2019年元月—2019年3月第三稿
2020年7月—8月第四稿

图书在版编目（CIP）数据

黄霸传 / 李乃庆著. -- 北京：作家出版社，2022.12
ISBN 978-7-5212-2083-4

Ⅰ.①黄… Ⅱ.①李… Ⅲ.①长篇历史小说－中国－当代 Ⅳ.①I247.5

中国版本图书馆CIP数据核字（2022）第202257号

黄霸传

作　　者：	李乃庆
责任编辑：	宋辰辰
装帧设计：	意匠文化·丁奔亮
封面书法：	丁建财
出版发行：	作家出版社有限公司
社　　址：	北京农展馆南里10号　邮　　编：100125
电话传真：	86-10-65067186（发行中心及邮购部）
	86-10-65004079（总编室）
E-mail：	zuojia@zuojia.net.cn
http：//	www.zuojiachubanshe.com
印　　刷：	唐山嘉德印刷有限公司
成品尺寸：	152×230
字　　数：	312千
印　　张：	23.25
版　　次：	2022年12月第1版
印　　次：	2022年12月第1次印刷
ISBN	978-7-5212-2083-4
定　　价：	55.00元

作家版图书，版权所有，侵权必究。
作家版图书，印装错误可随时退换。